桂苑古代文学研究丛书

元散曲风格特质及其成因研究

张筱南◎著

中国出版集团

世界图书出版公司

广州·上海·西安·北京

图书在版编目（CIP）数据

元散曲风格特质及其成因研究 / 张筱南著 . —广州：
世界图书出版广东有限公司 , 2014.6（2025.1重印）
ISBN 978-7-5100-8193-4

Ⅰ . ①元… Ⅱ . ①张… Ⅲ . ①散曲—文学研究—
中国—元代 Ⅳ . ① I207.24

中国版本图书馆 CIP 数据核字（2014）第 135119 号

元散曲风格特质及其成因研究

策划编辑 刘婕妤
责任编辑 翁 晗
出版发行 世界图书出版广东有限公司
地 址 广州市新港西路大江冲 25 号
http : // www.gdst.com.cn
印 刷 悦读天下（山东）印务有限公司
规 格 710mm × 1000mm 1/16
印 张 16.5
字 数 285 千
版 次 2014 年 6 月第 1 版 2025 年 1 月第 3 次印刷
ISBN 978-7-5100-8193-4/Ⅰ · 0311
定 价 78.00 元

摘　要

本书通过分析元散曲语言修辞、句式章法、情趣立意等方面雅俗文化元素的并立，论析了元散曲以俗见雅、雅俗合一的风格特点及其构成方式。本书的中心论旨为元散曲包蕴了元代雅俗多层次的文化元素，它得益于元代士人借俗写雅，以雅化俗的主观努力，是元代士人主动顺应社会文化环境的必然结果。围绕这一中心论旨，本书主要从元散曲雅俗交融风格特质的构成、雅俗冲突与融合的方式、雅俗合一风格特质的成因三个方面，考察和分析元散曲独特的艺术风貌。

（1）本书上编论述元散曲雅俗交融风格特质的构成，主要分为两部分：

前两章分析了元散曲的俗文化特质。第一章从文本构成角度分析元散曲中市民化的语汇构成和散文化的章法结构营造了元散曲的"俗"味。第二章从题材内容角度探讨了元代底层文化心态对士人价值体系的渗透和改造。

第三、四章论述了元散曲中雅文化特质的构成。第三章通过分析元散曲中对偶、用典、隐栝等多种艺术修辞手法论述元散曲的雅化方式。第四章从元代士人心态角度分析这一雅文化特质的成因。

（2）第五、六章组成了本书的中编，集中分析元散曲雅俗冲突与融合的方式。

第五章通过分析元散曲内容、结构、语言等雅俗文化元素的不匹配，认为雅与俗两种风格元素以二元对立的创作模式普遍并存于元散曲作品中。

第六章探讨了元代士人在元散曲的创作中对元代俗文化元素的借用和改造，认为"和而不同"的雅俗融合方式使元散曲既"耸观"又"耸听"，成为雅俗共赏的复合型文化成果。

（3）本书的下编分为由第七、八、九三章组成，系统分析了元散曲雅俗合一风格特质的成因。

第七章从社会角度分析了元散曲的现场演绎方式和接受者的生活经验、价值观念和审美趣味，认为曲家的创作内容和风格较易受到现场环境和接受者的制约和引导，这有利地推动了元散曲的雅俗交融风格的形成。

第八章从文化角度论析元代多民族文化的融合、元代儒学朱陆合流的学术理念和思想界包容开放的思维方式，以及这些文化因素对元代士人平等开放的文学观念和元散曲雅俗交融风格的影响。

第九章从创作心理角度分析了元代士人通过散曲创作实现自我塑造的创作动机。他们借文学创作转化焦虑，获得个体精神的替代性满足，并借以完成个体形象的自我塑造。"面子疑于放倒，骨子弥复认真"是对元代曲家创作心理的准确解读。

本书主要运用社会历史分析、文本批评、接受美学等方法分析元散曲雅俗交融的风格特点及其成因。从作品审美趣味的多元化，到曲家创作动机的复杂化，再到接受者期待视野的多样化，雅俗文化元素的杂糅融合造就了元散曲独特新颖的艺术风格。

目　录

上编
元散曲的风格特质构成

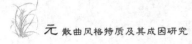

绪　论

第一节　研究源起及文献综述

元代周德清在《中原音韵·作词十法》中提出过一个著名的观点：元曲"造语必俊，用字必熟，太文则迂，不文则俗；文而不文，俗而不俗，要耸观，又耸听"[1]。这句话中的"文而不文，俗而不俗"就是后世对元散曲语言艺术特色的经典评价。这个评价揭示出元散曲融雅、俗文学特质于一身的综合性特点，也反映出元散曲与雅、俗两派文学天然的血缘关系。

这一说法得到了学界的普遍认可。然而，仔细分析这一观点，至少还有这样几点能够引发我们的思考。

（1）元代士人社会地位低下，比前朝任何时期的文人更接近市井底层，这必然会使他们受到底层文化的影响，但具体来说，元代底层文化的具体形态是什么样的？元代士人受到的是什么样的影响？这样的影响与元散曲的世俗风格又有着什么样的具体的联系？

（2）元代科举虽然时断时续，影响了大多数士人的入仕之路，但儒学传统并没有因此而真正断绝。元代盛行的书院及游学方式使元代士人仍然继承并发展了儒学的思想和理论，传统高雅文学的创作也一直在元代士人中延续。这些士人构成了元散曲最主要的创作者群体，因此，元散曲必然带有传统高雅文学的艺术特质和思维特征。然而，这些艺术特质和思维特征具体指的是什么？它们与元代士人心态之间有什么样的联系？

（3）如果能够理清元散曲的雅、俗风格特质的话，接下来的问题就是：它们是以什么样的方式糅合在一起的？它们之间的对立冲突会给元散曲造成什么样的艺术

---

[1]　中国戏曲研究院编：《中国古典戏曲论著集成》（一），中国戏剧出版社1959年版，第232页。

魅力？它们之间的融会中和又是如何实现元散曲的"雅俗共赏"的？

（4）是哪些因素的综合作用造就了元散曲雅俗交融的艺术风格？

尽管上述问题尚不能涵盖元散曲雅俗风格研究的全部，但倘若能对之做出较为合理的回答，相信对元散曲的艺术风格能有一个更深入全面的把握。

从研究文献角度来说，1998 年，杨栋先生在《中国散曲学史研究》中就集中谈到了散曲学研究的传统模态：一是经验性、技术性和可操作性；二是重直觉、重感悟；三是基本概念、术语的不确定性；四是滚雪球式的累积模式。这四点合而论之，指出了散曲研究一直滞后于散曲创作，散曲研究的参与者也多是从实际应用的角度来探究散曲的创作技巧，"重实践、重实用的态度压倒了抽象思辨的纯理论态度"[1]；又由于研究者所处时代、对散曲的认识各有不同，致使对于散曲特质的认定及评判标准也存在着个性化和不确定的情况，后人往往就是在这样的零碎的研究信息中择取自己认同的部分加以深化改造，这就造成了散曲研究概念的模糊性。

这样的研究状况对本书立足的散曲风格研究来说，优点和缺点并立。优点在于这些散曲风格的著述者多是散曲创作者，他们是真正从散曲创作的感受出发来探讨散曲风格的特质的。他们的散曲创作虽然有着个体风格的差异，但对于"曲"与"词"的界限却一直有着敏感的认识，对于散曲的艺术特质一直有着直觉的感性的把握，这显然有利于我们深入研究散曲的艺术特质。缺点在于散曲风格研究多感性认识，多个性评判，少有系统中正的理性思辨。因此，它更需要现在的研究者对散曲风格研究的历程进行系统的整理。

元代散曲风格的研究以时间为轴，主要可以分为元代、明清、近现代及当代四个段。前两段主要是从创作论的角度归纳散曲风格。从燕南芝庵《唱论》中的重声乐，到周德清的重文辞，再到明清两代曲家的重意趣，古代散曲风格研究是一个由表及里、逐渐深入的过程。近现代以来的曲学界积极吸纳西方文学批评理论，新见迭出，在元散曲的风格特质及成因研究领域取得了系列成果。以下将从四个研究阶段分论之。

一、元　代

燕南芝庵的《唱论》是最早出现的散曲理论论述。其价值在于：一、明确区别散曲与词，代表着散曲创作寻求理论独立的尝试。二、强调了散曲音乐性的表演性，证明元散曲是文人情感和市井娱乐相协调的艺术产物。

---

[1]　杨栋：《中国散曲学史研究》，高等教育出版社 1998 年版，第 27 页。

其后，周德清的《中原音韵》涉及曲的辞藻和创作关键，认为散曲作品应"未造其语，先立其意；语、意俱高为上……造语必俊，用字必熟，太文则迂，不文则俗；文而不文，俗而不俗，要耸观，又耸听，格调高，音律好，衬字无，平仄稳"[1]。这段话既注意到散曲辞意并重的特点，又强调散曲"意在语先"的创作原则，成为后世散曲创作与审美的基本规范。

《南村辍耕录》记录乔吉"凤头猪肚豹尾"说："起要美丽，中要浩荡，结要响亮，尤贵在首尾贯串，意思清新。苟能若是，斯可以言乐府矣。"[2]它立足于元散曲听众的听觉感受，说明元代曲家已经注意到散曲世俗因素对元散曲的影响。

夏庭芝的《青楼集》记录了一百多位代著名歌伎的艺术专长、生平简历、师传承继及与当时名士的交往。从中，我们可以看出：一、元人重视个人才艺，不论是文才出众的士人，还是技艺精当的歌伎，都能得到社会的尊重和赞赏；二、技艺出众的歌伎可以超越自己低贱的社会地位，得到与"才高名重"的士人平等交流的机会；三、元散曲的创作环境和传播途径都离不开市井勾栏，这为散曲的"俗"提供了一个传播学的基础。

《录鬼簿》与《青楼集》主要记载对象为元曲的创作者、传播者，它真实记录了元人对于散曲的价值观、审美观。其主要的观点为：一、元代散曲创作是元代士人"学问之余，事务之暇……以文章为戏玩"的结果，因此"和顺积中，英华自然发外"[3]，这既强调了元曲出于天然质朴的情感的一面，也同时突出了元曲创作者的士人身份，为元散曲与传统诗教之间附上了一层无法扭断的联系。二、《录鬼簿》中多以"工巧"、"俊丽"、"新奇"等词评价散曲，这表明元代士人相当注重散曲的表现形式，散曲创作更接近于一种展示文才的文字游戏，很少附着作者的经国理想和儒者追求。这种"轻松感"正是俗文学的重要特征。

此外，元代许多零散的文章也证实元代曲家已经开始具有明确的风格意识。如贯云石的《阳春白雪序》说："北来徐子芳滑雅，杨西庵平熟，已有知者。近代疏斋妩媚，如仙女寻春，自然笑傲；冯海粟豪辣灏烂，不断古今，心事天与，疏翁不

---

[1]　中国戏曲研究院编：《中国古典戏曲论著集成》（一），中国戏剧出版社 1959 年版，第 232 页。

[2]　陶宗仪：《南村辍耕录》卷二，齐鲁书社 2007 年版，第 110 页。

[3]　中国戏曲研究院编：《中国古典戏曲论著集成》（二），中国戏剧出版社 1959 年版，第 104 页。

可同舌共谈。关汉卿、庾吉甫造语妖娇，却如小女临怀，使人不忍对。"[1] 其后的杨维桢《周月湖今乐府序》中也有这样的风格分类论述："士大夫以今乐府鸣者，奇巧莫如关汉卿、庾吉甫、杨澹斋、卢疏斋；豪爽则有如冯海粟、滕玉霄；蕴藉则有如贯酸斋、马昂父。"[2] 这样的论述说明元散曲已经具有独立的风格特质，真正走向成熟。

二、明清阶段

这一阶段对元散曲句法、韵味等方面的研究逐渐深入。曲界普遍承认曲中有雅、俗两种风格元素的存在，但在审美取向上则重雅轻俗。李开先《词谑》中说："世称诗头曲尾，又称豹尾，必须急并响亮，含有余不尽之意。"[3] 这句话指出散曲不仅重句法"急"，声音"响亮"，从"耸听"角度，立足于散曲在实际演出中的艺术效果；同时，曲与一般俚曲的区别还在于"含有余不尽之意"。这种"不尽之意"代表了欣赏者对散曲文字中隐含的精神审美内涵及社会风教意义的重视，即是周德清所言"不文则俗"，"格调高"。这种对于曲辞"意味"的要求正是评论者从"耸观"角度转向"耸观"与"耸听"并重，是对散曲的雅俗文化特质并重的结果。

明代王骥德从诗词与散曲的对比中来谈散曲的用语特征。他认为："诗与词，不得以谐语方言入，而曲，则唯吾意之欲至，口之欲宣，纵横出入，无之而不可也。故吾谓：快人情者，要毋过于曲也。"[4] 所谓"快人情"就是从接受者的角度来谈曲的特点。在《曲律》中，王骥德要求曲的字法"要极新，又要极熟；要极奇，又要极稳"[5]，这正说明了作者已经意识到了曲不仅要求新求奇以"近俗"，同时也要以文人之心思求熟求稳，使曲免于俗套。把握雅俗之间的分寸就在于"宜自然，不宜生造"。这里的"自然"，即指贴近市井言语的浅白风格。

明代孟称舜在《古今名剧合选序》中肯定了北曲有着"雄爽婉丽"的风格特点，而"雄爽婉丽"就包含了传统士文化所推崇的"雄"、"婉"风格以及宋元以来市

[1]　《全元文》（第 36 册），凤凰出版社 2005 年版，第 190 页。

[2]　程炳达、王卫民编著：《中国历代曲论释评》，民族出版社 2000 年版，第 56 页。

[3]　中国戏曲研究院编：《中国古典戏曲论著集成》（三），中国戏剧出版社 1959 年版，第 356 页。

[4]　中国戏曲研究院编：《中国古典戏曲论著集成》（四），中国戏剧出版社 1959 年版，第 160 页。

[5]　中国戏曲研究院编：《中国古典戏曲论著集成》（四），中国戏剧出版社 1959 年版，第 124 页。

民文化中更喜爱的"爽"、"丽"风格。这种综合论的观点弥合了明代中后期"沈"、"汤"两派之争，从散曲创作论的角度既强调"才人之胜"，要求有文人的辞采气骨，又重视"协律"，不忽视散曲的世俗演唱功用，"可演之台上，亦可置之案头"，这正是对雅、俗两种文化交融的认同的表现。

从明代开始，对于散曲风格的研究也开始从文辞雅俗之辨中拓展开来，开始涉足散曲创作的情感表达。张琦的《衡曲麈谭》就从性情天然的角度称："曲之者，达其心而为言者也。思致贵于绵渺，辞语贵于迫切。"[1]辞语迫切是指语言的直白坦率，在于创作者的吐露心声，不务雕饰；思致绵渺则要求作者心思细腻，有感而发，对于市井寻常的生活体验能发掘出审美或精神上的更深意味，以艺术之情思升华日常之人情。这种对于艺术感受力的要求是对明代"本色派"和"情采派"文辞观的超越，也为我们把握散曲的艺术特质提供了一个新的思路。

清代的黄周星总结曲体的根本特质在于"少引圣籍，多发天然"，而制曲之要诀就在于"雅俗共赏"。这就是指散曲之美在于跨越了人的社会属性，鲜明艺术地展示人类之共同情感。这样，作品自然会"生趣勃勃，生气凛凛"。这种对于散曲艺术风格的把握超越了雅俗之辨，直指散曲对于人之真情本性的热爱和推重。

其后，刘熙载《艺概·词曲概》开始区分雅俗在散曲创作中的作用、地位，提出"借俗写雅"[2]说，他细致分析了散曲"潇洒蕴藉"风格的精神实质，提出"曲以'破有'、'破空'为至上之品，中麓谓'小山词瘦至骨立，血肉消化俱尽，乃炼成万转金铁躯'，破有也。又尝谓'其句高而情更款'，破空也"[3]。"破有"、"破空"都是借用佛教义理，讲求对于现实世界的超越，这种精神超越既要破除对于俗世俗情的沉溺玩味，不执于"有"，又要避免对于空虚枯瘠的禅思的执见，强调要"超乎'空'、'欲'二界，'空'则是入禅，'欲'则入俗。超之之道无他，曰'发乎情止乎礼义'而已"[4]。这种观点既立足于艺术的生活本原"情"，又以创作者自身的修养和对现实的精神"礼义"超越提升对现世之"欲"的观照，可以说，是对前人"雅俗共赏"论的发挥，

---

［1］　程炳达、王卫民编著：《中国历代曲论释评》，民族出版社2000年，第286页。

［2］　中国戏曲研究院编：《中国古典戏曲论著集成》（九），中国戏剧出版社1959年版，第119页。

［3］　中国戏曲研究院编：《中国古典戏曲论著集成》（九），中国戏剧出版社1959年版，第116页。

［4］　中国戏曲研究院编：《中国古典戏曲论著集成》（九），中国戏剧出版社1959年版，第116页。

也是对散曲艺术植根于俗世俗情，又以文人之气节、精神超越世俗欲念的风格特质的精准解读。

三、近现代

王国维先生的《宋元戏曲史》创造性地引入西方美学研究思想分析中国传统文学作品，为后来的散曲风格学研究开辟了一条新路。至此，元散曲风格学研究走上了中西方研究方法并举的道路。

1931年任纳先生将他的《散曲之研究》修订为《散曲概论》，完成了近现代第一部系统研究散曲的学术专著。这部著作全面分析了元散曲的文体风貌、源流变迁、风格特质、作者流派，散曲研究成为真正独立的学科。《散曲概论》中，任讷先生明确地区分了散曲与剧曲、词等文体，凸显了散曲风格特质，使之成为独立的研究对象。在其后的《词曲通义》中他从散曲的表现内容、表达方式、艺术风格等方面做出总结：其一，它揭示了散曲"雅俗俱可，庄谐杂出"的杂合型的审美基质；其二，它概括了散曲"急切透辟，极情尽致"的语言特质；他在高扬散曲的审美特质的同时，有力地反驳了学界崇雅卑俗、以词绳曲的评价标准，对元散曲价值的确定无疑具有奠基的作用。

任先生一反传统曲坛重雅轻俗的审美取向，认为元散曲的艺术之美就在于它独辟蹊径，突破了诗词的题材、主题、风格、手法局限，以迫切坦率之笔写真实坦荡之情，视尖新豪辣、俗趣盎然之作为散曲中的最上品。但同时，我们也注意到任先生个人重俗轻雅的审美倾向对元散曲的现代研究造成了巨大影响。

其后，梁乙真于1934年出版的《元明散曲小史》分清丽、豪放两大派来分述不同风格阵营的作家作品。自这本书起，元散曲的风格研究就开始走上了二分或三分的风格流派分析的道路。虽然许多元散曲作家具有"一人多格"的艺术特点，但为了研究的便利，学界仍习惯于将作家作品归于"豪放"、"清丽"等类别。其中，又出于对作家作品的"人民性"或"平民性"的强调，和区别于传统诗词的目的，大力推崇元散曲作品的"白话色彩"和"世俗气息"。虽然梁作对于曲家及其曲作的评价多以感悟式点评为主，但其评价的主体标准仍然不离崇俗轻雅这样一个基本原则。好在本书选材公允，虽然重点介绍了清丽风格的散曲，也没有忽视对豪辣灏烂风格作品的分析。

将元散曲风格研究的崇俗轻雅标准推向极致的典型例子是郑振铎先生于1954年

出版的《中国俗文学史》和《插图本中国文学史》。他携时代之风气，站在"俗文学"的立场上，认为"散曲是流行于元代以来的民间歌曲的总称"，是"活泼泼的民间之物"。因此，他在品评元散曲的作家作品时，重俗轻雅的审美取向表露无疑，如对关汉卿的作品的评价就决然分为两种，他认为关氏的那些描写儿女情事的尖新小令就值得大力褒扬，"几乎没有一首不好的"，而关氏的那些"闲适"的带有文人气息的作品就"无什么出色之处"。对风格佻达、题材世俗的王和卿，郑先生既肯定了他对民间生活的关注，同时也认为王和卿没有真正站在人民的立场上，"滑稽和讽刺的对象都落在可怜的被压迫的阶级以及不全不具的人体之上，并没有对统治阶级有过什么攻击"。郑先生散曲研究的平民立场成为这两部文学史的显著特点。

在这一时期大量崇俗斥雅的散曲风格研究中，刘永济先生的观点就显得独树一帜了。他在《元人散曲选序论》中从气势和语言两方面指出曲和词也有许多相通之处："至若沉着痛快，哀感顽艳，固词曲所同尚，而曲尤得力于痛快顽艳者独多。其有风流蕴藉，含蓄不尽者，要已不能出词家之牢笼，遂亦不能称曲家之独造。盖自来文家于此一端，已尽态极妍，后来者无以易之。故曲乃别启土宇……世人但见元曲尚自然，重本色，以为异于往辙，虽得之而未尽也。"[1] 这段话从文学自身发展规律的角度指出了词曲都存有"沉着痛快"、"风流蕴藉"的风格类型，但在蕴藉一脉，词已尽极致，后起者唯有另辟蹊径，才能成就独立高峰。同时刘先生也含蓄批评了时人认为元曲只"尚自然"、"重本色"的看法，认为曲中也有雅丽一派值得重视。在当时的研究背景下，这种评判客观公允，实属难得。

四、当　代

当代学者辈出，富有创见的著作将元散曲风格研究向深广处推进，其中又以 20 世纪 80 年代以后的成就最为丰厚。

李昌集先生《中国古代散曲史》分散曲形式发展史、散曲文学潮流史和散曲作家创作史三卷，在散曲的篇制、语体、审美构成等几个研究领域中创见频出。在论及散曲审美构成时，他借用刘勰《文心雕龙》中的术语，从"风力"、"情采"、"物色"、"辞藻"等角度分析散曲风格特质，认为："散曲'风力'的基本态势"是"冲突、动荡与非和谐性"，表现在"哲理与情感相交织的'理趣'"中，其主导风范是"滑稽谈谐"；散曲"情采"的主调归为"豪放率真"，而"情采"的审美建构方式是"急

---

[1]　刘永济：《元人散曲选序论》，《文哲季刊》第五卷第二号（1936 年）。

切透辟"；散曲"写气图貌"多具有一种动态性，而"化丑为美"是散曲"物色"的突出倾向之一；而散曲辞藻最明显的特征是"雅俗并蓄"，"文而不文，俗而不俗"被认定为"散曲'乐府'的辞藻特征"。[1] 李先生的研究延续了20世纪初任讷、卢前等学者中西合用、注重作品艺术特质的研究路数。其特点在于对散曲风格研究条分缕析，细致详尽。但李著的研究重点仍是元散曲"俗"味的源头及表现，对于散曲中"雅"元素构成着墨不多，对于"文而不文，俗而不俗"的风格特质的判断也恪守任讷先生在《作词十法疏证》中的观点，归结为文言与白话的杂用。

赵义山先生的力作《元散曲通论》理清了元代有关"豪放"、"清丽"两派作家的活动时代，得出了豪放派和清丽派同时活跃于元贞、大德至延佑、至治年间的结论，纠正了以前曲学界一直认为的元散曲由前期本色豪放向后期清丽典雅转变的观点，为元散曲雅俗风格的并行交融提供了具体的作家论据。这些角度和论述持论公允，是20世纪80年代以后元散曲研究的重要成果。

2000年后，曲学界的创新意识更为突出，大量新的研究方法和研究角度被运用到元散曲的研究中。王广超的《论元代散曲语言配置形态及其影响》以语言学方法研究元散曲，认为元代正面临着"由典范文言语汇向近代白话"和"书面语汇与口语语汇由分离向统一转型"的语汇转型，这一语言环境决定了散曲语言"新旧参半"的用语特征。文章立足散曲语言素材的微观研究，分析了元散曲中白话词汇和文言词汇相结合的多种语言配置类型，为学界提供了新鲜的研究角度，但作者以元代白话为散曲创作的语言基础，仍然侧重的是元代世俗风格散曲的语言元素分析。

韦德强的《元代文人身份焦虑论》借用社会心理学理论方法，选取"身份焦虑"这种生命体验形式作为切入点探究元代作家的精神世界，指出文化等级和消费等级的下降将元代文人置于社会边缘地位，造就元代文人群体性的身份焦虑，在文学中表现为"一种无可奈何的焦躁"和"激愤之后的冷漠"，[2] 迫使他们以戏谑消解身份焦虑。他认为元散曲的艺术特质源于曲家对客观社会环境的主动适应，点明元代社会文化背景与元曲家创作的互动关系。这种新的研究角度的引入，成为当代元散曲研究的主流。

总之，当代曲学界习惯于将周德清的"文而不文，俗而不俗"理解为元散曲语言风格的总体概括，研究侧重于元散曲的世俗风格特点，将散曲的世俗风格特征等

---

[1] 李昌集：《中国古代散曲史》，华东师范大学出版社2007年，第145页。
[2] 韦德强：《元代文人身份焦虑论》，《百色学院学报》2008年2月期。

同于元散曲整体风格，这就造成了"文而不文，俗而不俗"概念的指向单一化，而忽略了元散曲雅俗融合风格的意义。

第二节　写作构想及研究方法

上述研究倾向的形成原因在于曲学界长期以来对散曲体裁的独立文学地位的正名努力。正是在与"诗词"、与"南曲"的不断对比中，散曲的"俗"凸显了出来。而对于元散曲"雅"的一面，就因为它的个性不突出而被逐渐漠视。在当代散曲研究中，一方面是反复将散曲的"俏"、"谐"、"趣"等特点归结于俗文化的体现，另一方面又以传统文学的眼光看待散曲，偏重散曲中"思想境界高"的少部分作品，从而导致了散曲两极的审美评价：要么是以俗为尚，越俗越美；要么将散曲等同于诗歌，以脱离散曲艺术特点的思想性来评价散曲，从而得出了散曲思想内容浅薄低下的结论。

鉴于元散曲风格研究的历史与现状，本书拟对元散曲的雅俗融合风格做系统考察，具体的研究思路和论文构架如下。

首先，对于元散曲"文而不文，俗而不俗"风格的研究的起点设定在对元散曲"文"和"俗"的风格特质的分析和界定上。元散曲文本中的俗文化特质主要呈现为市民化的语汇构成和散文化的章法结构上。散曲内容上，民间生活中贵生重利、求变尚新的底层文化心态渗透进了士人的价值体系中，俗的审美情趣指导着士人的散曲创作，使散曲总体呈现出俗文化特点。本书第一、二章即是从文本和内容两个层面分析元代社会底层文化对于元散曲中俗文化特质的影响。第三、四章则沿用前两章的框架分析元散曲中雅文化特质的文本构成和形成原因。首先从散曲与"乐府"之间的关联说起。从元散曲中的乐府语及对偶句式，运用典故、隐括手法及元散曲惯用的开放式结尾艺术三个方面剖析元散曲中代表雅文化特质的修辞方式。本书认为，元散曲中雅文化特质形成的原因在于元代士人仍然具有传统士人积极功利的入世观，但当他们遭遇现实的挫折后，他们的归隐退守不是为了东山再起，而是表现为一种"返诸自然"的超越精神，这与元代文人对主体价值的重新认识和他们少了儒学束缚后对"独立自由"的个性追求有着因果关联。

接下来，本书从元散曲雅俗文化体系的关系、互动角度细分它们的冲突和融合方式。第五章立足元散曲雅俗冲突的外在表现，分别从文本形式、题材内容、审美追求三个方面探讨元散曲雅俗对立造成的审美效果。第六章总论元散曲雅俗融合的基本方式为和而不同。这一章从语言、结构章法和文化元素三个角度阐述了散曲"和而不同"的融合方式。其后，进一步理清元散曲雅俗文化和谐交融的原因，本书认为元代文人的杂家身份和"中和"思想对雅俗交融风格的形成起到了重要的引导作用。

最后，本书系统地运用社会历史分析方法，从传播学、社会学、心理学等角度深入分析了元散曲的雅俗风格特质的成因。第七章以传播学的角度切入论题，以创作者和接受者的双重角度来谈雅俗交融风格形成的必然性。第八章关注元代多元文化对散曲的创作和传播造成的影响。第九章深入研究散曲作家的创作心理，分析其创作流程，窥察他们的潜在心理感受和价值取向，以此为根本原因为元散曲的风格研究作结。

从研究方法来说，本书的研究方法显得相对传统，但对于风格研究这一传统题材，数据分析的理性研究方式，虽然直观可信，却难以完全表达本人在研究过程中时时被作品激荡起的对元代曲家的敬仰和喜爱之情。本人在阅读元散曲的种种原始材料时，一直试图透过这些陈年的文字揣测曲家创作时的心境。元代散曲题材庞杂、水平不一，但作者在创作时的真实和坦率，却常常令人动容。元散曲的"真"造就了它的"美"，因此，本书也希望通过系统的回望和求真，以感性的态度理性研究他们的作品，以此向关汉卿、马致远、张可久等致敬。

上编
元散曲的风格特质构成

第一章　元散曲中俗文化特质的文本构成

元散曲的"俗"是历来学者公认的事实。对于元散曲"俗"特质的研究，学界一般集中于俗语、市井语对散曲的渗透。本书将在此研究的基础上进一步阐明：元散曲的俗，源于元散曲中大量白话口语的俗语构成，更根源于元代俗文化元素在散曲文本层面的影响。具体来说，元散曲中俗文化特质在文本层面表现为市民化的语汇构成和散文化的语篇结构两个方面。

第一节　元散曲市民化的语汇构成方式

学界对于元散曲中市民化的语汇构成的研究甚多，往往是从"通俗的白话"角度切入，将之视为"白话口语"[1]，"带有市井语言和方言土话的特征"[2]。这是对于元散曲中词汇的拆分式理解，将散曲词汇分解成了一个个单独的单词，把散曲变成了一大堆零碎的"市井语言"和"方言土语"的集合。它忽视了文学作品的生成不仅在于词汇的选用，更在于词汇在文本中的组合方式。这也正是本章的研究起点：元散曲中语汇的动态生成。本节将以此为切入点分析元散曲文本中所展示的世俗文化特质。

在元散曲中，词汇表现出的富于俗文化意味的特殊之处，主要体现在以下三点。

一、动作行为动词较多

散曲中的动词以动作行为动词居多，心理活动动词相对较少，呈现出主体心理活动外化的特点。

传统诗词，由于它们的主要功能在于抒情表意，作品中也长于展示作者的情思和凝结着作者情感的自然景物。由于古典诗词委曲深婉的艺术特质，在诗词中展示

---

[1]　杨栋：《中国散曲学史研究》，高等教育出版社 1998 年版，第 2 页。
[2]　杨栋：《中国散曲学史研究》，高等教育出版社 1998 年版，第 83 页。

的主人公心思的流动，是主人公（作者）思维的显现。与这种跳跃流动的心理流程的流动性相比，主人公外化的动作、表情就显得不是那么重要了。

如宋词中柳永的《戚氏》全词共 212 字，叙写深秋时节，孤灯逆旅的感慨："停灯向晓，抱影无眠……暗想从前，未名未禄，绮陌红楼，往往经岁迁延。帝里风光好，当年少日，暮宴朝欢。况有狂朋怪侣，遇当歌对酒竞流连。"全文都用铺排手法，细写当年的人生际遇，数十载的繁华风物，在作者心头一一流过，以乐景衬哀景，整首词都落脚于作者的回忆和人生感叹中。可以说，词中活跃的是作者内在的思绪，而淡化的是作者外在的行动。

即使是以第三人称视角叙写的诗词也更注重以舒缓优雅的外在动作衬托出主人公丰富的内心感受。例如温庭筠的《望江南·梳洗罢》，从"梳洗"到"独倚望江楼"，词中思妇的一连串动作虽然表达了对离人强烈的思念之情，却又显得优雅含蓄，绝非市井细民表达爱情时的肆意张扬。其后的三句"过尽千帆皆不是，斜晖脉脉水悠悠，肠断白蘋洲"中，除了眼波的流动和思绪的飞驰外，词中思妇的外在动作近乎静止。夕阳移动、水波流转影射出女主人公内心的痛苦挣扎，但她的内心波澜却被一个默默等候的静态身影掩饰过去了。这种内心激荡而姿态优雅的涵养功夫，让人联想起《世说新语》"雅量"篇中面临丧子之痛而"神气不变"的顾雍，成为传统士林文化中儒者形象的一个侧影，因此，《望江南》虽然明写的是妇人相思，却透露出浓厚的文人气息。

而到了散曲中，主人公的外在行动就开始变得异常的丰富起来。曲家习惯于用更生活化、更急迫夸张的动作表达自己的内心。曲中人物的心意更多以明确的动作行为动词而不是心理行为动词来表达。如：

花月下温柔醉人，锦堂中笑语生春。眼底情，心间恨，到多如楚雨巫云。门掩黄昏月半痕，手抵着牙儿自哂。

——孙周卿《沉醉东风·宫词》

弃微名去来心快哉，一笑白云外。知音三五人，痛饮何妨碍？醉袍袖舞嫌天地窄。

——贯云石《双调·清江引》

一自多才间阔，几时盼得成合。今日个猛见他门前过，待唤着怕人瞧科。我这里高唱当时《水调歌》，要识得声音是我。

——徐再思《双调·沉醉东风·春情》

三支散曲的俗美都来自于曲中鲜活的动作行为动词。第一支曲以《宫词》为名，用字虽然浅白，却也颇具词味，直到最后一句"手抵着牙儿自哂"，将女子又爱又怨的相思之情用动作外化出来，从一个第一人称的直抒胸臆转为了第三人称视角，这种外旋式的写法是散曲中俗美的典型方式。

第二支曲是元人常见的归隐题材，极力营造出归隐之后士人的身心自由。与诗词的典雅、含蓄、文人化不同，曲中的士人不论是笑还是饮，都以肆意快意为准则。身心的无拘无束以至于"醉袍袖舞嫌天地窄"。主体精神的极致放大是与天地同一，这种精神的快意是通过最夸张的动作表现出来的。但从曲词的第一句"弃微名"即可知道，曲中主人公的快意并不是真正的随心所欲的逍遥，而是对于压抑的社会意识形态的反抗。这种快意如同翱翔于天空中的风筝，看似自由无羁，实则被世俗观念牵绊。人物挣扎于自由和羁绊之间，越是夸张的自由快意，越反衬出他者（社会）强大的压制力量，这之间形成的语言张力正是散曲俗美的艺术内因。

第三支曲纯用时间为线索，在短短的 44 个字中，叙述了一个完整而生动的恋情故事。从第一句起，散曲女主人公就把自己渴望与心上人相见的期盼直吐而出，不加遮掩；到"猛见他"时，惊喜与生怕错失机会的担忧一齐袭上心头，对爱的追求与对女孩子颜面的维护，再到以歌传情的急中生智，透露出小小女儿家的真情和率性。全曲情节紧凑，一气呵成，只借用女孩儿爱情生活中的一个片段就勾勒出了她大部分爱的旅程。这种手法得益于元代发达的叙事文学的成功尝试。元散曲的世俗文化需求决定了作品内容的表达必须是直白易懂、开门见山的。因此，它难以通过外在的自然景物曲折婉转地反衬主观感情，也难以借用大量的心理描写来铺排透析人物感受。于是，要使无形的情绪、感情具体生动地表现出来，就必须运用精准的动作描写来反映人物心理。这种连续的动词造就的戏剧性，又使作曲呈现出如杂剧一般的生动和紧凑，这更增添了作品的可观赏性，任讷在《散曲概论》称："词静而曲动。"散曲中经常出现的这种动作描写就是"曲动"的重要成因之一。

可以说，元散曲简单直接的线性思维模式更符合接受者听曲的欣赏习惯。它降低了理解欣赏的难度，这种欣赏难度的降低本身又增强了散曲浅显易懂的"俗"的特质。作为散曲作者，他不仅借曲写出了自己的情绪感受，而且必须考虑到作品的接受过程，即读者在阅读中也可以随着作者的情绪变化而体会到作者当时的真实心境。这种过程毫无回环往复的韵味，它是一条思路的单行道，只要顺着它，我们就能读懂这个作品。这也是元散曲作品往往全曲都不涉俗词，却始终涌动着浓浓曲味的原因所在。

这种曲味不仅来自于作者在创造中直陈心意的坦白爽快，更来自于创作中对于主体思路不加修饰的铺排。这种直肠子的写法，可以让读者最快捷最轻松地了解作者的主观感受，但也因为这种直接和方便而减少了阅读欣赏中的主观障碍。然而中国古典诗歌的审美愉悦往往就来自于这样的阅读障碍，就因为有障碍，才逼迫着读者放慢阅读速度，在有限的阅读空间中反复琢磨，仔细捕捉作者隐藏于文字中的思想和情绪暗号，并通过读者自己才识、阅历和审美能力的水平提升，来解读出作者的深意，这种解读一旦成功，即是读者与作者隔着时空的心灵对话，是精神的共振和互通，成为一个真正的双向交流的愉悦的思想过程。而散曲中的曲味恰恰为了提高读者的现场的舒适度，为了"耸听"又"耸观"，刻意地降低了欣赏的难度，不仅将创作者的主观体验直陈出来，还将作者的创作过程直接地展示出来了。

在这样的阅读和欣赏中，欣赏者和创作者可以最大化地缩短他们之间理解交流的时间，也可以最大化地降低他们之间误读的可能性，但同时也最大化地减少了阅读者体会琢磨解读作品的时间和体验。可以说，这种创作思路的直陈方式牺牲了读者复杂的阅读体验的同时，也强化了作品的真实性。

另外，从散曲中可以发现，散曲的动态特征不仅显现于叙事、咏怀等题材上，同样也表现在写景等更凸显主体思想地位的题材上。以张养浩的《双调·折桂令·凿池》为例：

> 殷勤凿破苍苔，把湖添风烟，中半分开。满意清香，尽都是千叶莲栽。
> 看镜里红妆弄色，引沙头白鸟飞来。老子方才，陶写吟怀，忽见波光，摇
> 动亭台。

曲中的景致充满了动态感，第一句将平静的凿池以动态写出，原来千年来静止不动的一池湖水顿时化为活物。"红妆弄色"、"白鸟飞来"，不是停留于其一时间的红妆白鸟之美，而是写出了一个景物随时间和空间的变化而改变的过程。最后四句，作者一个"方才"、一个"忽见"也是在语气的突转中强调景物对于作者心理的冲击力。"陶写吟怀"是一个需要作者收敛心力，全心将外在景物内化为个性体验的过程，主体只有沉入内心的"虚静"中才能完成这样一个创作的过程。可以说，在"陶写吟怀"时，除了被强大的主体意识收编的有助于表达作者心意的事物之外，作者眼中看到的事物都是外在于主体意识之外的。但此时，一个"忽见"证明了作

者的创作状态被突然打破的过程。在全面内化之时，作者突然"看见"了"波光，摇动亭台"。波光和亭台在作者创作之初就是呈现于作者眼前的景物，对于一个湖景而言，也并不具特别之处。突出的是这个动作"波光摇动亭台"，这个动作来自于作者的主观体验，或者说，在粼粼的波光中亭台似乎也在随之摇摆，这种突然的幻象把作者从全面内化的努力中抽离出来。从这里，我们可以看出，全篇都构建于"我"的感受之上，而"我"并不是一个强大的统御全程的主体，不是所有的景物为我的心境所选择所使用，而是外在景物以一种自主的强势的方式独立存在，在作家兴起创造之意时"扑面而来"，以强大的冲击力震撼作者的心灵，从而形成了一个客体景物与主体自我的互动过程。这种互动是一种积极的双赢的互动。外在景物因作者的审美之思而显出人化的自然美感，作者的内在自我也因为自然他者的强力侵入而愈发丰富。作者的创作也正是再现了这样一个互动过程，通过大量的行为动词呈现出作者视角转换及心理感受变化的过程，创造了一个充满动态感的世界。

可以说，与散曲相比，传统诗词创作中也会有叙事手法的介入，但这种介入往往是作为主体抒情的背景材料而出现的。诗词中主体的情意感受是作品表达的核心，为了方便读者的理解和共鸣，需要提供相关的背景资料，作为读者情感介入的路径，这时，能提供时间背景的叙事手法就顺时而用了。但它难以超越背景价值，真正走上前台，成为作品中与主体感受同等重要的核心元素。散曲的情节则凸显在话语表层，它通过主动连续的动词、夸张肆意的体态描写从背面烘托出势均力敌的他者。曲中主体与他者的互动使主体始终无法摆脱世俗的羁绊，表达出社会意识形态对主体意识的强势介入。

二、动词的连续性

如马致远《般涉调·耍孩儿·借马》：

> 近来时买得匹蒲梢骑，气命儿般看承爱惜。逐宵上草料数十番，喂饲得漂息胖肥。但有些秽污却早忙刷洗，微有些辛勤便下骑。有那等无知辈，出言要借，对面难推。
>
> 【七煞】懒设设牵下槽，意迟迟背后随，气忿忿懒把鞍来鞴。我沉吟了半晌语不语，不晓事颓人知不知？他又不是不精细，道不得"他人弓莫挽，他人马休骑"。

这支曲有两个特点：

1.动作性强

"逐宵上草料数十番，喂饲得漂息胖肥。但有些秽污却早忙刷洗，微有些辛勤便下骑"，一连串动作，生动展现出主人家对马儿的"气命儿般看承爱惜"；面对外人的借马，他只能牵马备鞍，但"懒设设"、"意迟迟"、"气忿忿"三个口语形容词的运用反映出主人的不情不愿。散曲的连续性动词，增强了散曲的表演性。

2.语言本色流畅

一方面是大量俗语、市井语的运用令作品极具现场感；另一方面也是因为多个人物形象的共存与互动营造出逼真的生活景象，酷肖马主这个市井小民的口声，极大地丰富了曲词的表现力。

作为民间俗文学的延伸，散曲中的俗成分很多来自于语言中动词的运用。以马致远的这支套数为例，如果抛开散曲的格律来看这支散曲，就是一个叙事文的描写片段，一连串的动作不仅指出了当时的场景，更带着曲中人马主强烈的感情因素。

这种全用行为动词展示动作描写，暗含作者主观情感态度的写法是民间俗文学中常见的技巧。它以一连串的动词快速地推进叙事的发展，看似理性客观，却在用字上或褒或贬，融入了作者对于主人公的情感态度。明代拟话本小说"三言二拍"脱胎于宋元话本，深受市民文学的影响，这种对于动词的运用就显得尤为突出。以其中《卖油郎独占花魁》中秦重服侍花魁娘子王美娘醉酒的这一段为例，正是通过一连串逼真生动的行为动词，作者刻画出一个细心体贴的痴心郎形象：

> 却说美娘睡到半夜，醒将转来，自觉酒力不胜，胸中似有满溢之状。爬起来，坐在被窝中，垂着头，只管打干哕。秦重慌忙也坐起来，知他要吐，放下茶壶，用手抚摩其背。良久，美娘喉间忍不住了，说时迟，那时快，美娘放开喉咙便吐。秦重怕污了被窝，把自己的道袍袖子张开，罩在他嘴上。美娘不知所以，尽情一呕，呕毕，还闭着眼，讨茶嗽口。秦重下床，将道袍轻轻脱下，放在地平之上。摸茶壶还是暖的，斟上一瓯香喷喷的浓茶，递与美娘。美娘连吃了二碗，胸中虽然略觉豪燥，身子兀自倦怠，仍旧倒下，向里睡去了。

这种动作行为动词的连环使用，造成了一个连续不断的动作组，与单个的动作行为相比，它更接近于现实生活体验，因为也在客观上造成了这一连串动作的可信度。

作为虚构文学的小说，增强可信度是引导读者阅读的前提。而在散曲中这种手法的大量运用，一方面是出于表演的客观需要，另一方面也是创作者受俗文化影响对于流动性的偏爱所致。

三、用词刻意重复

用词刻意重复是元散曲中一个十分突出的语言特点。如周文质《正宫·叨叨令·自叹》：

> 去年今日题诗处，佳人才子相逢处。世间多少伤心处，人面不知归何处。
> 望不见也末哥，望不见也末哥，绿窗空对花深处。

这支小令题名为《自叹》，可见作者的创作目的是为了抒情写意，是传统文化中士人进入创作心境的一个基本原因。曲辞隐栝唐代崔护《题都城南庄》诗意，也显示出文人思维中常见的"物是人非"的主题。但特别之处在于散曲的用词上。散曲一句一个"处"字，以重复的字眼串起全曲。从散曲的"耸听"角度看，全曲全用一个字收尾这显然是押韵的极端例子，在演唱过程中便于形成回环往复的音乐美；从"耸观"的角度来说，这支曲极工巧，是一种富有趣味的文字游戏。

钟嗣成在《录鬼簿》中评价诸多散曲名家时常用到的一个词"工巧"。如高克礼"小曲、乐府，极为工巧，人所不及"，汤式"所作乐府、套数、小令极多，语皆工巧，江湖盛传之"[1] 等等，都显现出元代散曲家将"工巧"作为了散曲语言的风格特征之一。"工"即工整，是传统诗词格律化的延续；"巧"则是强调这种工整不在于文字的典雅蕴藉，而取其市民口味的"因巧成趣"。民间文学中讲求"无巧不成书"，是指以巧合串起小说叙事；散曲中的"巧"则多指以语言的故意冲撞来显示作者驾驭文字的高超水准。就像金圣叹在点评《水浒》时指出的"犯"字决，专以情节的重叠对照来显出作者迎难而上、越险越巧的高超艺术手法。散曲中的用词不避重复，也是散曲作家的一种迎难而上、以显示其文才的手段。它以浅显明了的方式展示作者的文学才华。不论欣赏者的水平高低，都可以一眼看出作者驾驭文字的能力。

这种方式与散曲中种种"巧体"、"俳体"的运用一样，是散曲适应社会普通大众浅层审美需要的产物。任讷先生在《散曲概论》中指出："曲之初创，本属一种文字游戏，填实民间已传之音调，茶余酒后以资笑乐者。"这指明了元散曲本是

---

[1] 中国戏曲研究院编：《中国古典戏曲论著集成》（二），中国戏剧出版社 1959 年版，第 134 页。

民间游戏的文人变体，其根源仍是民间的喜乐文化，消遣娱乐为它的本质。它经由文人的吸收消化和借用改造后，仍然难以如南宋词一样真正成为文人抒情言志的工具，虽然在元后期不断雅化，但散曲的游戏本质仍使它成为文人娱乐的不二之选。

这种文字游戏的特性，就意味着它是文人间的一种交往互动形式。作者以文字为戏，创作目的就在于博人一笑，显出自己"人所不及"的一面，赢得"江湖盛传"，那么在创作中作者就必然要以"江湖"口味为标准，迎合"江湖"欣赏趣味。这种读者意识是文人们争相创作这种"巧体"、"俳体"的主因。也可以说，是元代社会开放的市民意识形态介入到士人的创作意识中的力证。元散曲作品中"俳体之格势极多，制作不穷，几占全部著述之半"（任讷《散曲概论》），也从数量上证明了民间游戏风气对于文人创作动因的渗透。

第二节　元散曲散文化的语篇结构

从吴梅先生开创散曲现代研究开始，学界就注意到了元散曲散文化的艺术特征。研究的重点始终停留在散曲的口语化的用词及白话体的句式构成上，而对散曲散文化的语篇结构一直研究甚少。本书认为，元散曲散文化的语篇结构主要体现在散曲作品的简单化结构模式和线性思维模式上。

一、简单化结构模式

以乔吉的《双调·清江引·有感》为例：

> 相思瘦因人间阻，只隔墙儿住。笔尖和露珠，花瓣题诗句，倩衔泥燕儿将过去。

这支写相思之情的小令一开始就点明了引起"相思瘦"的原因是有人从中作梗，即使一墙之隔也成了咫尺天涯。因为无法见面，所以连互通情愫也是难上加难。于是，主人公只好以露珠和墨，花瓣题诗，请衔泥燕儿将自己的相思情意衔过墙去。这样的散曲内容几乎可以用几个因果句连缀起来，它完全抛弃了诗词中的留白、回环、顿挫等技法，将语意、情意全部吐露了出来，虽是直陈却因情真而显得动人。全曲用语直白，情韵天然，全凭着别致的想象和真挚热烈的感情而获得了清丽神秀之美。

散曲总体而言是以散文的体式构架全篇。与宋词结构的婉转回旋相比，散曲的结构普遍要简单得多。这里说的简单，就是指散曲语篇结构的简单化，也是指散曲创作基本遵循日常口语书面化的特点。与诗词语言不同，它以简单清晰的结构层次构建内容。这与散曲多"即席之作"的特点有着密切的关系。正是由于散曲创作的即时性特点，它的结构层次更多出于"耸听"的考虑，也就呈现出一听即懂、层次明朗的简单化结构特征。

二、线性思维模式

具体而言，元散曲中有三种基本的线性思维模式。

1. 以时间为轴的线性思维模式

如杨果《仙吕·翠裙腰》：

> 【金盏儿】减容姿，瘦腰肢，绣床尘满慵针指。眉懒画，粉羞施，憔悴死。
> 无尽闲愁将甚比？恰如梅子雨丝丝。
>
> 【绿窗愁】有客持书至，还喜却嗟咨。未委归期约几时，先拆破鸳鸯字。
> 原来则是卖弄他风流浪子，夸翰墨，显文词，枉用了身心空费了纸。
>
> 【赚尾】总虚脾，无实事，乔问候的言辞怎使？复别了花笺重作念，
> 偏自家少负你相思。唱道再展放重读，读罢也无言暗切齿。沉吟了数次，
> 骂你个负心贼堪恨，把一封寄来书都扯做纸条儿。

这支套曲运用的是典型的以时间为轴的线性思维模式。它通过一位女子接读一封虚情假意的"情书"的前后情态变化，将主人公既爱又恨的心理剖绘得淋漓尽致，极富生活气息。同时，从"慵针指"到"拆破鸳鸯字"，再到"再展放重读"、"暗切齿"，直至"把一封寄来书都扯做纸条儿"，大量的动作行为动词将女子的内在心理的变化外化成可演、可见、可感的具体行为，使女子缥缈的情思实化为了现实的生活场景，具有了鲜活的市井味道。以时间为轴遵循了真实的生活流程，它抛开了文人创作时刻意改变叙事时间以营造叙事效果的专业手法，以最简单的时间流程模拟生活真实，其间表露出的是作者对于现实生活的刻意仿制，以及专意求俗的创作心理。

2. 以创作心理流程为轴的线性思维模式

以徐再思的《中吕·朝天子·常山江行》为例，曲中写到：

> 近山，近山，一片青无间。逆流上乱石滩，险似连云栈。落日昏鸦，
> 西风归雁，叹崎岖途路难。得闲，且闲，何处无羹饭？

从标题中，可以看到这是一支典型的写景散曲，从江景入手是最正常不过的写法。而在开阔的江面上，作者的视野可以自由地延伸开来，因此，"远山，近山"同样呈现在作者的眼前，这种同样逼近眼前的自然山水让作者感到的是连缀成一整片的绿色。但视野的舒畅不能掩盖小船逆流而上的艰难。乱石滩的颠簸让作者从实景的感受中产生了对生活的联想，连云栈是古代川陕必经之路，寓意蜀道难。而后一句既是写景，也是写情，作者的思绪也由外在自然引发的直观感受和联想，自然地转向了由内心体验而人化的外在景物上。就在这一出一进的转化间，作者的思路就从最初的人对自然的客观观察转化为了对于主体内心苦闷的外射上，由此，作者的心情从最初的"一片青无间"的江山美景，转为了带有主体强烈意志的"落日昏鸦，西风归雁"上。这样的景物并不一定是完全出于作者的想象，也很可能就是作者当时所见之景，但与一片郁郁葱葱的青山相比，它所蕴含的作者的内在意志已经压倒了它的自然性，而使之成为了作者"叹崎岖途路难"的外化注脚。到全曲的最后一句，作者已经完全从自然景物中跳脱出来，他的"羹饭"之思源于作者现实生活中"途路难"的生存感受。这时的作者已经无意去欣赏那一片远山、近山了。他的社会性的痛苦体验压倒了他对自然的审美欣赏。从乐景到悲景的转变，连带着作者的主观情感体验的变化。如果这样一个题材交由一个宋代词人创作，全用景语已足够作者发挥。而在散曲作者手中，他不仅写出了自己的情绪变化过程，而且忠实地再现了这样一个过程，读者在阅读中也可以随着作者的情绪变化而体会到作者当时的真实心境。

3. 以日常言语交流为轴的线性思维模式

对话模式在元散曲中得到了广泛的应用。从多人间的问答，到男女双方的对话，到主人公自己内心的辩驳，再到主人公个体的独白，莫不遵循日常交际中的基本原则和交流模式。如：

> 夜深深静悄，明朗朗月高，小书院无人到。书生今夜且休睡着，有句话低低道：半扇儿窗棂，不须轻敲，我来时将花树儿摇。你可便记着，便休要忘了。影儿动咱来到。

——刘庭信《中吕·朝天子·赴约》

> 欲寄君衣君不还，不寄君衣君又寒。寄与不寄间，妾身千万难！

——姚燧《越调·凭阑人·寄征衣》

第一支散曲虽然只写了一个主动热情的女子的语言行动，但曲中主人公显然更注重的是两人间的互动：女子的"赴约"是以男子的"等候"为前提。这不是《聊斋》中一场意外的"自奔"，所以女子一再提醒书生："今夜且休睡着"、"你可便记着"。因为是互动，是交流，女人的话语内容及语气也是遵循最基本的交际原则，将自己预设的行为、时间、地点以及对对方的要求一一点明。这并不是传统诗歌独白式的写法，它是现实中交流的艺术版本，也是民间文学努力适应普通大众欣赏需要而做的贴近生活的尝试。

第二支散曲写出了一个思妇内心中与夫君的交流。思妇的两难和挣扎在她的独白中一一呈现，但与传统诗词的不同在于，在她的独白中，夫君的感受以思妇的替代想象的方式表达出来。我们可以将这支看似独白的散曲改成对白的形式：

妇：欲寄征衣？

君：不还。

妇：不寄征衣？

君：寒。

妇：寄与不寄？

君：……

妇：妾身万千难。

因此，这篇独白更像是两个人的心灵对话。在他们的反复商量中，远隔万里的两个人的关系因一件征衣而贴近了。比较一下传统思妇题材中的"悔教夫婿觅封侯"，我们可以发现，在传统诗词中，夫婿是否真的愿意去封侯，并不是主人公关注的重点，女子着重表达的是自己的孤独体验，这种对"独"的表现和体验正是文人创作的重点。而对话，这种日常交际的方式显然要比个体的独白更具生活气息，也更具民间风味。

对于元散曲这样一种极具表演性的艺术形式而言，线性思维不仅是为了方便作者的创作，更是为了方便观众和听众在短时间内了解曲辞大意，体会曲意。这种对欣赏者欣赏感受的注重推动了散曲俗文化特质的融入，也使散曲作者不仅写出了自己的情绪变化过程，而且忠实地再现了这样一个过程，读者在阅读中也可以随着作者的情绪变化而体会到作者当时的真实心境。

这种线性思维模式显然是受到了元代杂剧、话本等多种叙事艺术形式的影响，很多元散曲创作就是微型的杂剧或杂剧片段。它顺应听众的欣赏习惯，降低了理解欣赏的难度，令元散曲具有了"耸听"的特点，也增强了散曲浅显易懂的"俗"的特质。

综上所述，元代散曲中的俗根源于它所着力展示的生活真实上。这种生活真实不仅仅是精确描摹市井生活百态，更在于真实再现民间文化中人与他者的紧密互动。这种互动构建了元散曲中作者与读者、主人公与他者、内在主体与外在客体等多元并立的艺术结构，并以他们富于变化的关系作为元散曲俗美构建的基础，在元散曲的文本层面上显现出市民化的语汇构成和散文化的语篇结构特点。

从凸显主体意识到强调两者关系，这是元散曲从传统仕林文化中分离出来的最主要特征。在散曲中这种手法的大量运用，一方面是出于表演的客观需要，另一方面也是创作者受俗文化影响所致。它造就了元代散曲中活泼泼的生活律动，也奠定了散曲鲜活躁动的艺术美感。

第二章　元代民间俗文化心态对元散曲的影响

"曲为有元一代之文章，雄于诸体，不唯世运有关，抑亦民俗所寓。"[1] 元人散曲是都市文化的衍生物，它的创作者主要是沦为市民阶层的士人群体。这些社会中下层的士人与聚居于大都市中的小手工业者、商贩及僧侣道众等一起，组成了成分极为复杂的城市市民阶层。这个由三教九流、五行八作构成的市民群体整体文化程度低，流动性大。他们相互依存又各自独立的生活及工作方式造就了喧闹的城市生活。城市中的普通市民生活既按部就班、平静稳定，又极其脆弱，任何意外变动都能轻易打破市民生活的平衡和平静。已知的常规生活与未知的冲击改变轮番成为市民生活的主调，构成他们充满活力又平静充实的市井生活。因此，市民阶层既寻求稳定又向往变化，他们以市民审美方式不断调整生活、休闲方式，逐渐衍生为与庙堂文化截然不同的世俗的市民情趣。

这个市民群体自生成以来，一起存在于社会上层阶级的视野之外，他们的情趣喜好和价值追求一直被社会主要话语权的执掌者——士人所忽略。然而，在元代特殊社会环境中，士人从社会上层跌落，混迹于市井之中。他们不仅从生活方式、谋生手段等方面不断向底层市民靠拢，也在无形之间受到市井文化、市民情趣的深刻影响，从而在他们的文学创作中透露出俗文化的印迹。中国文学真正意义上的俗化，就是从这一时期开始的。

从元散曲题材内容的世俗倾向与这一变化有着密切的关系。元代民间生活中求变尚新，贵生重利的底层文化心态渗透进了士人的价值体系中，俗的审美情趣指导着士人的散曲创作，使元散曲呈现出俗文化的诸多特点。

---

[1]　姚华：《曲海一勺·述旨》，载吴国钦：《元杂剧研究》，湖北教育出版社 2003 版，第 74 页。

第一节　"求变尚新"的底层文化心态

在士人从俗文化中借鉴吸收的有益方面中，最突出的是民间"反秩序"的文化基因。它主要表现为强烈的"求变"意识，即对于传统的僵化的文化积习和历史定规的否定和反抗。

民间文化与正统儒家文化从它们诞生的现实生活基础来说，就有着天然的区别。作为正统儒家文化的真正的执行者和受益者，当儒学思想与统治阶层利益真正结合在一起后，儒生就成为了封建社会秩序的受益者。中国传统儒家文化将一切社会关系都纳入"君君臣臣父父子子"的社会伦理秩序中，而民间文化中却始终保持着反秩序的冲动。民间思维中的"好奇"意识，不断强化生活中的偶然因素，在否泰变化中强调命运的变化无常，甚至用"男女艳遇"突破封建伦常。在民间文化的价值取向中，"改变"始终代表着希望和新生，是一种正面的含义。而儒家文化则更强调秩序，更强调规则的稳定性，这与封建统治阶层对于统治的稳定性要求有关，不可否认，也与儒生一直是社会秩序的受益者有着莫大的关系。

对于一个儒生而言，"学而优则仕"，是中国封建社会早已为他们设计好了的人生道路。不仅优秀的儒生可以通过考试的方式，实现自身社会地位和经济地位的几连跳，就是普通的儒生也可以顺着这种道路，逐渐以时间换前途，终其一生，总会有一个较高或较好的结局。"书中自有黄金屋"，入仕可以带来一个儒生自我价值和社会价值的双重实现。顺着这条道路，儒生可以很便利地踏上社会阶层的上行通道。可以说，社会秩序在维护其自身的稳定性的同时，也维护了儒生上行通道的畅通和稳定。

但生活在社会底层的数量庞大的市民阶层却没有这样的机会。虽然失去土地，使他们减少了对土地的依附，增强了他们的地域的流动性。但这种流动绝大多数都是横向的：其在社会等级中的地位并没有因为生活地点的改变而发生变化。从社会等级来说，市民阶层始终居于社会的底层。不论是市民群体中的工匠、商人还是妓女，他们可能一定程度上在经济层面得利，也可能通过个体的努力成为行业的佼佼者，但最终他们的社会地位难以撼动。与他们日常生活中的常变相比，他们的社会地位始终是固化的。因此，民间文化中的"求变"思想是底层群体对于改变自身所属阶层，渴望上行的心理需求的展现。这种"求变"不仅在于现实生活的偶然性变化，更在于通过这种偶然性变化实行主人公社会等级的上行。

元代士人特殊的生存境遇使他们从单纯的儒生身份中游离出来，他们中的大部分开始尝到社会底层民众上行无望的痛苦，他们也同样渴望改变现行的社会等级秩序，因此，在他们的作品中，也自然地融入了反秩序的因子。这种"反秩序"反映在文学的语言上，就呈现出民间语言对传统文学体裁的掺杂。如果说，前朝的士人在诗词创作中愿意借用民间语汇，目的在于丰富文人作品语言的表现力，激活文人创作的创造力；那么元代儒生不约而同地走上散曲这种"文而不文，俗而不俗"的创作道路，其内在的驱动力就在于借用民间文化表达自我对于当下社会秩序的反抗。

一、反传统的价值判断

市民阶层是一个无关政治命运的群体。"他们感性，有一定的经济能力进行文艺消费，同时他们也为从事这类文艺活动的文人提供了生存保障。他们不奢望自己成为上流社会的显贵，只追求生存的快乐和金钱物欲。他们的存在，使作为政治道德附庸的文学发现了自身愉悦价值的一面。"[1] 这种价值观对于元代曲家的影响主要表现为以下三点。

（一）元代曲家对传统文学观念的反叛

钟嗣成的《录鬼簿》一书，专为难入正史的元代曲家作传。在该书自序中，钟嗣成公然声言："酒瓮饭囊，或醉或梦，块然泥土者，则其人虽生，与已死之鬼何异？"他赞扬"门第卑微，职位不振，高才博艺"的已亡名公才人为"不死之鬼"。[2] 这种不惜"得罪于圣门"的奇谈怪论，表现了钟嗣成将豪门权贵、正统文人与梨园曲家相对立的可贵意识。与钟嗣成同时的周浩也曾作散曲表达了同样的想法：

> 想贞元朝士无多，满目江山，日月如梭。上苑繁华，西湖富贵，总付高歌。麒麟冢衣冠坎坷，凤凰台人物蹉跎。生待如何？死待如何？纸上清名，万古难磨。
>
> ——《双调·蟾宫曲·题〈录鬼簿〉》

"纸上清名，万古难磨。"重视文学事业，这是中国典型的文人意识，曹丕就

---

[1] 白寅、杨雨：《从庙堂到民间——中国文学精神向近现代化转变的主体因素》，载《中南大学学报》（社科版）2004年6月。

[2] 中国戏曲研究院编：《中国古典戏曲论著集成》（二），中国戏剧出版社1959年版，第101页。

曾说过:"盖文章,经国之大业,不朽之盛事。年寿有时而尽,荣乐止乎其身,二者必至之常期,未若文章之无穷。"(《典论·论文》)但这种观点并没有越出儒家将"立言"与"立德"、"立功"并提的传统功利观念的框架。而周浩在这支散曲中提到的"纸上清名",却是用以赞颂《录鬼簿》上以曲作见长的曲家的,他肯定的是被摒弃于正统文学之外的通俗文学,张扬的是具有精神解放性质的排除了功利观念的人生观,这就与正统的儒学观念拉开了距离,呈现出鲜明的元代士人的精神特征。

(二)突出文学娱乐消遣的功能

市井文化的突出特点在于它带有商业文化的性质,其价值观往往是现实功利的。它更关注普通人的自家生活和自身价值,对历史和政治的宏大命题常常持漠视的态度。市井文化由市井细民共同创造,其中孕育出的世俗艺术以种种娱乐性极强的形式为市井细民提供休闲与消遣,因而市井文艺作品也必须是贴近市民的日常生活和现实心态,站在他们的道德立场上,以他们的审美取向和文化水准为基底来赢得他们的认同和喜欢的。有学者指出,"市民的情感与欲望,常常不是因为对现实与历史的深层次的忧患,而是从直接的生活表层,也即从柴米油盐这一类生存状态的趋向所引发的,要适应这种生存状态所引起的心理反应,因而它必然通俗也必须通俗。这完全由市井文化的本体所决定"[1]。所以在元散曲中出现了如《秃指甲》、《长毛小狗》这一类世俗的作品,它们是现实市井生活中新奇事物的代表,是人们茶余饭后消遣的谈资。它们源于生活,也只能归于生活,历史和思想与它们无关。这样的作品出现在文人的笔下,只能证明元代士人不仅有着世俗的娱乐消遣需要,而且也敢于并惯于以文学的方式消遣娱乐。传统文学的神圣性在元代被彻底地打破了。

(三)士人思想的世俗化

相对于前朝士大夫文人的归隐山林、终南捷径,元散曲中以归隐叹世为主的一类作品的主题呈现出别样的景致。 "市隐"取代林隐、山隐,成为元代文人更常见的选择。元代从太宗九年(1237)到仁宗延佑二年(1315)近八十年不设科举,大批士子失去进身之阶,生计无着,但他们仍然选择留在了城市之中。他们在勾栏瓦舍中找到了安身之所,成为"书会才人"、"书会先生",他们"躬践排场,面敷粉墨,以为我家生活,偶倡优而不辞"[2]。这些文人的社会身份和心态已经和处于社会底层

---

[1] 肖佩华:《现代中国市民小说的市井意识》,载《河北大学学报》(哲社版)2005年第5期。
[2] 臧懋循:《元曲选序》,《元曲选》,中华书局1958年,第3页。

的倡优伶人接近，关汉卿《一枝花·不伏老》、钟嗣成【醉太平】等曲作中表现出的思想情感、价值观念和审美趣味，就带有明显的下层社会文化气息。"市隐"之外，他们对归隐山林田园的表现，抒写的也多不是士大夫衣锦还乡式的悠闲庄园生活，而是亲身渔樵稼穑，混迹于老农村夫、樵夫渔父之列，如胡祗遹、卢挚的【沉醉东风】所写的，他们的隐居，是真正的不合作、不回头，他们不是为了走"终南捷径"，不图谋"东山再起"，彻底放弃了"致君尧舜"，也不管"天下苍生"。元代统治者既已远远地抛弃了他们，相应的，他们便也不必再对君国黎庶担负什么使命。他们是从封建宗法伦理数不清的责任义务中解脱出来的一群。他们身心舒放，浪迹山林，谈天说地，读书作画，酣饮大睡，其乐无穷。除了他们摆脱不了的文化学识和时而显露的文人气质之外，在物质追求、娱乐喜好上他们已然和村夫野妇、市民细民相去无几。在这种世俗审美眼光的观照之下，元代文人的田园山林景色的高雅诗意氛围较前朝数量大减，剩下的只是充满下层社会真实场景的热闹哄哄的世俗情趣。

试看下曲：

> 宾也醉主也醉仆也醉，唱一会舞一会笑一会。管甚么三十岁五十岁或七十岁，你也跪他也跪恁也跪。无其繁弦急管催，吃到红轮日西坠，打的那盘也碎碟也碎碗也碎。

——无名氏《正宫·塞鸿秋·村夫饮》

> 沙三伴哥来嗏，两腿青泥，只为捞虾。太公庄上，杨柳阴中，磕破西瓜。小二哥昔涎剌塔，碌轴上淹着个琵琶。看荞麦开花，绿豆生芽。无是无非，快活煞庄家。

——卢挚《双调·蟾宫曲》

这两支曲很明显是拒绝微言大义和孤芳自赏的。它们写出了一种纯粹的民间生活的快乐。元代社会逼迫着士人放低身架，他们也意外地因此获得了一种世俗的生存快乐。

民间文化一个重要的精神特征在于主体对社会的主动和解。生活在底层的市井细民远离政治权力，并不追问生存的意义，他们享受着现实的人情和人欲，在恶劣的生存环境中卑微而自在地活着。元代士人在市井中与民同乐，并在他们的带领下得以走下神坛，返回日常生活，从斑驳的世俗景象之中体验快感。与这些市井细民相比，传统士人一直拥有一种"知识的傲慢"，他们的傲慢不仅仅来自作者的知识优势，还源自一种道德优越感。当底层民众的要求更多是简单直接的快乐时，传统士人穷尽一生都在追求价值和意义。对于元代士人来说，这种价值和意义的追寻已是一种思想的惯性，轻易难以改变。然而，他们的价值追寻又带有明显的时代特征，即强烈的拒绝传统价值的意味。

宋方壶《中吕·山坡羊·道情》中这样写道：

> 青山相待，白云相爱，梦不到紫罗袍共黄金带。一茅斋，野花开，管甚谁家兴废谁成败？陋巷箪瓢亦乐哉！贫，气不改；达，志不改。

从这支散曲中可见元代士人的儒者视野已与前朝不同。元人也在散曲表达自己的思想和志趣。但他们的"理趣"与宋代儒生的"理趣"及魏晋时期士人的玄学不同，它更带有市民文化的生活经验的味道。换言之，元代士人在散曲中体现出来的价值追求更多停留在此岸的生活体味上，更多追求的是对精神苦闷的回避和现世生活的平静快活；与前朝的忧国之思和人生之问相比，元人的"理趣"少了深度，多了务实。

二、求新的表达方式

夏庭芝《青楼集》"般般丑"条中载："时有刘庭信者……至于词章，信口成句而街市但近之谈，变用新奇，能道人所不能道者。"[1] 可见，仅是出口成章、言近市井并不是一个散曲高手的最出色之处，能"变用新奇"才能化腐朽为神奇，道常人之所不能道。这种表达方式上的求新成为了元散曲的基本特性之一。吴乔在《围炉诗话》中也说："杨铁崖乐府……文字自是创体，颇伤于怪。然笃而论之，不失为近代高手。太白之后，自是一家，在作者择之。"[2] 所谓"文字自是创体"，就是艺术语言的独特性。"变用新奇"就指明了这种艺术语言的独特性不是为了复古，也不是为了展示作者的学养，而是自然地把民间语言嫁接到传统的诗词语言中，使作品的语言"文而不文，俗而不俗"，为传统的文学语言注入新鲜的活力。

如张鸣善《越调·金蕉叶》套【尾声】：

> 就今生设下来生誓，来生福是今生所积。拼死在连理树儿边，愿生在鸳鸯蛋儿里。

末句化用了传统诗词和民间都流传不息的"在天愿为比翼鸟，在地愿为连理枝"

---

[1]　孙崇涛：《青楼集笺注》，中国戏剧出版社 1990 年版，第 211 页。

[2]　吴乔：《围炉诗话》，上海辞书出版社图书馆藏清光绪三十四年铅印本影印。

的经典言情祝词，语言直白浅近，极具生活气息。末句突起，用"愿生在鸳鸯蛋儿里"表达比翼成双的愿望，设喻新奇，引人发噱。这正是变用新奇，以奇生趣的绝佳例证。

又如周文质《正宫·叨叨令》：

> 叮叮咯咯铁马儿乞留灯琅闹，啾啾唧唧促织儿依柔依柔叫，滴滴点点细雨儿浙零浙留哨，潇潇洒洒梧叶儿失流疏刺落。睡不着也么哥，睡不着也么哥，孤孤另另单枕上迷阸模登靠。

全曲巧用象声词和叠字，以大量极富音乐感的衬字取巧而生趣。类似这样的把普通的内容以奇巧的语言来表现，使之更具"耸听"效果的创作技巧也是元散曲的特点。作为一种主要用于现场演唱的文学形式，欣赏者对于作品的评价是即时反映出来的，这也逼迫着创作者必须真正关注听众的感受，并预先设计，以求听众第一时间的接受和认可。这里所指的欣赏者并不是指纯粹的毫无文化素养的下层细民，而是在元代士人融入社会中下层市民生活之后，他们自己的欣赏口味和消遣需求也随之市民化，他们也已有了对于文学作品的娱乐化的要求，这才促使散曲的欣赏者和创作者共同努力，推动散曲这个文学体裁的整体俗化。

对于散曲这种形式近词、风格却与词截然不同的特点，古代曲家已有了明确的认识。刘熙载《艺概·词曲概》总论北散曲诸家时称："北曲名家不可胜举，如白仁甫、贯酸斋、马东篱、王和卿、关汉卿、张小山、乔梦符、郑德辉、宫大用，其尤著也……观彼所制，圆溜潇洒，缠绵蕴藉，于词事固若有别才也。"[1] 刘氏的所言强调了元散曲与词的差异。所谓"圆溜"、"缠绵"都是指元散曲沾染上俗文化的气息之后，表现出的语言顺畅、语透意尽的俗文学特点。即便是元代后期已经逐渐雅化了的散曲，也仍然与婉约雅致的词存在艺术特质上的本质区别。这种区别中一个重要的因素就是散曲中始终洋溢的俗文化的气息。

以徐再思为例，作为元代后期以词化著称的散曲大家，他的散曲中"点俗为雅"的倾向非常明显，其中的闺怨散曲更是流露出浓厚的词味，这种词味，与徐再思的文人气质相互映衬，不论是散曲的用词还是用典都透出清丽俊雅的士人自矜的味道。但细读散曲，一种市井的生活气息又回环不去，决然不同的俗与雅的审美追求浑然地融合在一起，使徐再思的散曲极富词的气息，却又绝不是词。

---

[1]　中国戏曲研究院编：《中国古典戏曲论著集成》（九），中国戏剧出版社1959年版，第116页。

试看徐再思的《双调·清江引·春夜》：

> 云间玉箫三四声，人倚阑干听。风生翡翠楹，露滴梧桐井，明月半帘
> 花弄影。

从全曲用字上看，不仅格律严整，对仗工整，且用词典雅，全曲无一句直接写情，但从首句就暗含弄玉吹箫的典故，以人物静态的动作"听"为点睛，以"景语"作侧面烘托，确实可以给人以空灵清雅之感。但从另一方面，"人倚阑干听"，听的是什么，想的又是什么，从全曲的意境来说，曲中人所听的正是情曲，所思所想的也是一段动情的心曲，然而这个情并不是中国传统文人可以引发出广漠人生之思的人生思恋之情，而是来自于"风月"，来自"露滴"的最市井的小儿女之情。后三句中的"风"、"露"、"月"不免让人有风月之情和露水姻缘的联想，而"明月半帘花弄影"更是从民间最熟悉的故事《西厢记》中化用而来，是市民中率真男女不媒而合的爱情实景的写照。徐再思一生仅为"嘉兴路吏"，他自己也在曲中多次直陈"旅寄江湖"，是个沉沦市井的"江南倦客"。长期的市民生活和求仕无望的心理焦虑使他的心理视野中不可避免地会收入市井元素，不论他是多么希望保留自己的儒生本色，这种生存环境和心理失落又会令他不能成为一个纯粹的文人，因此，在他的作品中我们既能读出强烈的对于正统文人雅士的追求，也难以抹除世俗市井文化的痕迹。

散曲通俗性的一个显著特征是叙事手法在散曲中得到广泛的运用。在艺术表现手法上，通俗文学作品往往与市民阶层的欣赏习惯、欣赏情趣、欣赏能力相一致。它们的语言通俗生动，富有浓厚的市井生活气息和极强的场景再现能力。如元代平话小说《三国志平话（卷上）》写张飞怒打段常侍一段中，出场人物繁多，但各具性格，段珪的嚣张跋扈，刘备的隐忍委婉，张飞的意气用事历历在目，显示出元代叙事文学已经达到相当高的艺术水准：

> 当日，刘备正与诸侯坐间，有一小校来报，有汉宣使来见先锋。刘备见道，
> 慌出宫门迎接，至中军帐坐定。刘备礼毕，问常侍官何来。"你不识我？
> 我乃是十常侍中一人。"段珪让道，"俺众人商议来，玄德公破黄巾贼寇，
> 金珠宝物多收极广，你好献三十万贯金珠与俺，便交你建节封侯，腰金衣紫。"
> 刘备曰："但得城池营寨，所得金珠缎疋，皆元帅收讫，刘备并无分毫。"
> 段珪听言，忽然便起，可离数步，回头觑定刘备，骂："上桑村乞食饿夫，

你有金珠，肯与他人！"张飞大怒，挥拳直至段珪根前。刘备、关公二人
扯拽不住，拳中唇齿绽落，打下牙两个，满口流血。段珪掩口而归。刘备道：
"你带累军卒也！"

　　这段文字中的动词精准，张飞一言未发，只是一拳，从周边人的反应到段珪的
狼狈，戏剧性强，现场感突出，虽然写的是战场、诸侯间的较量，但从中也可以看
出市井小民打架斗狠，劝架解围的生活画面。文中还运用了如"上桑村乞食饿夫"
这样概括力极强的俗语，将段珪作为汉宣使、十常侍对刘备的藐视一展无余，更是
具有世俗气息。元散曲这样的作品数量相当多，如：

　　　　碧纱窗外静无人，跪在床前忙要亲。骂了个负心回转身。虽是我话儿嗔，
一半儿推辞一半儿肯。

——关汉卿《仙吕·一半儿·题情四首之二》

　　这两个作品的文学体裁不同，描写内容也完全不同，却都鲜活地表达了底层民
众真实具体的生活经验，不论是文辞的生活化还是对于具体生活场景的描摹都需要
作者有一定的市井生活体验才可以做到。《三国志平话》为不知名的说话艺人创作，
而《仙吕·一半儿·题情》的作者关汉卿则是"梨园领袖"、"编修师首"、"杂
剧班头"，从两个作品中鲜明的俗文化特色可以看出，元代士人的思想、情趣、喜
好中都已渗透了市井文化因素。

第二节　民间文化中重情求真的文化基因

　　中国传统儒家理论中，"士志于道"和"以天下为己任"一直是士文化的核心
理念之一。这种男性中心的文化中，女性一直居于附属地位。与之关联的夫妇之道
也一直是作为君臣的政治关系的象征出现，成为士"治国平天下"的基础步骤。男
女之情、自然之性更是降为阻碍或误导士人成功的祸首，从《世说新语》几则描述
夫妻间亲密情感的小故事都被归入《惑溺》篇中就可以窥见这一观念的普遍了。然而，
在元散曲，人情俗欲被极力放大了。不仅绝大多数的作者都涉足了闺怨题材，更突
出的是在元散曲中，男女之情回归到了最基本的性别层面。如马致远【寿阳曲】："相
思病，怎地医？只除是有情人调理。相偎相抱诊脉息，不服药自然圆备。"如此直
接坦白的疗情之法，如此直率大胆的表达方式，在中国古代文学中实属罕见。

究其原因，在于元代市民化的社会环境推动了整个学术界和文学界理念的生活化。丰富鲜活的世俗生活为世人展现出蓬勃的生命力，它使元人整体都较前朝更乐于享受生活，也敢于坦言他们对世俗生活的接受。因此，与宋儒们所建立起来的理学（道学）对天然的性与情采取禁忌与压抑的做法相较，元代的思想家如北方的许衡、刘因，南方的黄震、邓牧、吴澄，对此所持的态度都要开放得多。黄震认为："圣人亦与人同尔。"王艮指出："性皇上帝，降'中'于民，本无不同，鸢飞鱼跃，此'中'也。"所谓"天性之体，本是活泼"，正是指人之饥餐渴饮、男女之爱，本属于自然天性，其中洋溢的勃勃生机不必压抑。

从文学理论上说，宋儒论文重"理"，而元儒重"气"。元代文论中多次提到"文以气为主"，"气"存在于天地之间，"自然氤氲而不容已"。与"理"中蕴含的浓厚的社会伦理属性不同，"气"更强调人性中蓬勃激荡的生命活力。这种"气"无处不在，在与社会伦理规范的冲撞中愈显出其活泼朴野的本质力量。元代散曲中言情之恣纵无忌，与这种主气的文学观不无关联。

清人黄周星《制曲枝语》为之概括："曲之体无他，不过八字尽之，曰'少引圣籍，多发天然'而已……论曲之妙无他，不过三字尽之，曰：'能感人'而已。"[1] 这种能够"感人"的"天然"之作来自于真切的市民情趣。王和卿的散曲《双调·拨不断·长毛小狗》中写道："丑如驴，小如猪，《山海经》检遍了无寻处。遍体浑身都是毛，我道你有似个成精物，咬人的笤帚。"从古典诗学的言志传统来看，这支散曲毫无价值可言，我们很难从中解读出作者的寓意，或对世态的教化之功，它更像是一个士人的游戏之作。语言明白如话，除了《山海经》可以让我们察觉一丝文人的知识结构，其他用语都是最纯粹的市井口语。但这支散曲读来又让我们觉得妙趣横生，它写出了一个普通人在平凡的生活中突然见到了一只长得奇丑的长毛狗的瞬间感受。对于这个丑陋之物，作者并不是以一个实用的眼光看待，而是以一个发掘生活之趣的态度来写的。元代散曲中这一类型的作品数量颇多，究其原因，还在于元代曲家在世俗喧闹的创作环境中已经抛开了文学的教化功能，将创作中的自己定位为一个普通人，一个不对社会发展和稳定肩负使命和责任的"士"。故此，他们才能以轻松随意的笔调写自己的现实感受，目的在于博当下的听众一笑，求得瞬间的快乐。这种创作观已经消解了传统儒家的"三不朽"中对文学价值的定位，成为一种最世俗也最轻松的创作观。

---

[1] 程炳达、王卫民编著：《中国历代曲论释评》，民族出版社 2000 年，第 363 页。

我国的古典美学习惯于将创作者的人格修养与作品的审美价值紧密联系。因此，一个正统的儒生在文学创作中也应贯彻儒学的审美意识，注重文学作品对读者潜在的教化、引导功能。"发乎情，止乎礼义"、"乐而不淫，哀而不伤"的审美观念在规范了文人创作的同时，也限制了文人创作的自由发挥。市民文化恰恰就是对这一审美标准的反拨。市民文学是寻常百姓在平凡生活中追求的一点精神愉悦和心理放松，其本质是娱乐而不是教化。因此，市民文学追求的是"奇"、"趣"，是"感天动地"，是与现实决然不同的充满变化与动荡的艺术世界。所谓含蓄、优雅与稳定，在市民文学中是没有市场的。市井美学追求的是张扬之美，以夸张的笔调传奇叙事，讲求的是跌宕起伏，句句说得极致。其中包含的就是市井文化中积极向外的精神视野和好奇乐观的"尚趣"意识。如兰楚芳在《南吕•四块玉•风情》中写道："我事事村，他般般丑。丑则丑村则村意相投。则为他丑心儿真，博得我村情儿厚。似这般丑眷属、村配偶，只除天上有"。"村"到事事"村"，"丑"到般般"丑"，可谓傻到、丑到了极点。但这样的傻人、丑人都迸发出了最真最纯的感情。最傻最丑的人和最真最美好的感情，美丑两极奇迹般地撞击了一起，难怪作者要说"只除天上有"了。这种带着夸张的"野气"的情歌字里行间充溢着情的满足和俗的自豪，它以世俗男女不重外在，只求情真的质朴感受傲视传统的择偶观念，表现出社会底层民众相互依靠、真心相爱的无视阶层的情爱观。又如关汉卿【醉扶归】翻空出奇地咏"秃指甲"，一反传统文人诗中将女子的纤纤玉指喻为"春笋"、"玉葱"；转而大写指甲之秃之钝，并夸张地形容这双手已经"纵有相思泪痕，索把拳头揾"，佳人的优雅之美荡然无存，余下的是寻常女子平凡的形象，表现出了作者以丑生趣的世俗眼光和逗笑取乐的创作目的。

　　世俗谐趣的审美取向要求有浅显直露的生活环境与之相配合，以助成其一听即快、令人发噱、热闹哄哄的欣赏氛围。以关汉卿《四块玉•闲适》为例，纯是村俗本色，虽然曲中人物与往来朋友"山僧野叟"在一起所做的事也是传统的文人情趣"相吟和"，但朋友间"他出一对鸡，我出一个鹅，闲快活"，诗情化为食趣，这种快乐显然已经不是文人之间的君子之交，而成了市井百姓的邻里之乐了。

　　由此可见，元散曲的景、环境已经超越了作者表达心意和感叹的背景和起兴功用，它与曲中人物是相依存的关系，不再是作者偶然遇到的突发之思，它更多成为作者（曲中人物）日常生活的现实环境，开始成为曲中人物的生活环境，在影响他的生活的同时，也塑造着人物的个性。这种生活环境源于现实，是曲家每天接触、观察的对象。这种细致的观察中融入的是作者真实的生活体验，因此，在他们的笔下不仅真实细致、栩栩如生，更有助于作者以赋笔多角度、多层次地铺排文字。如杜仁杰的《耍孩儿·庄家不识勾栏》、马致远的《耍孩儿·借马》、刘廷信的《折桂令·忆别》等，这样生动的市井生活画面，靠幽居于书斋之中的风雅士人的想象是难以完成的，曲中人物的言语、心理、情绪，如同实录，鲜明可感，这与传统诗词的差异是明显的。

自宋元以来，对于现实的高度仿真就是俗文学作品的艺术特质之一。俗文学中的人和事不再是经过士人心灵内化的产物，它就是作者对于生活的观察和体验，它承载着作者的思想和价值观，也包含了创作者对它的爱和恨，但最终作者的主观意志是让位于主人公的客观存在的。中国传统题材中的女子和士夫都是士人理想人格的外化，他们的形来自于作者的想象，他们的神却直接源于作者心灵理想的具体化。而俗文学不同，它展现的是多少与士人生活和价值观有差异的市井百姓的生活现场和情感体验。这种生活现场和情感体验与士人们的有着自然层面的统一，比如对于女性美和物质享乐的喜爱，对年华易逝的感伤；但在精神的终极追求、主体的自我定位、对社会的责任承担等方面，士大夫阶层又与市井百姓拉开了极大的鸿沟。对于一个士人来说，他是一个有血有肉的离不开衣食住行的市井中人，更是一个承担着儒生的责任和痛苦的阶层的人，种种身份杂糅在一起，使得元代这些散曲作者在创作中始终有一种定位上的矛盾，他一面希望作品有着阳春白雪的高雅，一面又渴望曲子能合着世人的口味，愿意用低姿态来换得世人的认同。这种复杂心态落实到他们的作品中，我们就看到了一个既努力设置障碍，提升作品内涵，增加作品容量的"文"化趋向，又在行文构思上尽力用创作思维的线性真实和市民语言增强作品的易读性的"俗"化趋向。

元散曲的市井传播方式也是它具有俗文化特质的重要原因。凌蒙初在《读曲杂记》中这样形容曲的流行程度："不问南北，不问男女，不问老幼良贱，人人习之，亦人人喜听之，以至刊布成帙，举世传诵，沁人心腑。"[1] 可见，散曲的听众是不受限制的，它不像诗文一样，是士人的特权。元散曲的大众性决定了它必须符合大众的审美品味。而一个城市中，占有最大人口数量的人群就是社会社会中下层的市民阶层。士人和权贵依然是元散曲的重要受众，但已经不是唯一的受众了。元曲中描写了大

---

[1]　中国戏曲研究院编：《中国古典戏曲论著集成》（四），中国戏剧出版社1959年版，第213页。

量的市井人物形象，再现了众多世俗生活场景，可见它的作者已经意识到了这一点，即它的受众是以元代城市人口为主的，这些听众的社会地位、生活经历、文化心理决定了他们喜欢热闹、不求高深、追求娱乐、好奇求新的审美趣味。曲家为了满足这部分听众的喜好，就必须选取来自市井的"寻常说话，略带汕语"[1]，创作出悦耳动听、浅白晓畅的偏俗的文学作品。

来看徐再思的《双调·水仙子·夜雨》：

一声梧叶一声秋，一点芭蕉一点愁，三更归梦三更后。落灯花，棋未收，叹新丰孤馆人留。枕上十年事，江南二老忧，都到心头。

一开始，作者就开门见山地写眼前之景。梧桐叶落，飘然有声；雨打芭蕉，愁在心上，一个愁字，将全曲的基调明确落实，曲中所取意象都紧贴愁意，如雨点般密集而下，创造出一个使人不胜怅惘、无限凄凉的抒情环境。

从户外的梧叶芭蕉引发愁思，再将目光拉近，作者身边的灯花、残局都附着上了愁苦的气息。在静谧的秋夜中，不断提示着曲家的孤独。窗外窗内的景物融合在一起，造就了最孤单的氛围，逼迫着曲家把自己一直潜藏在心里的感叹发出来。有家不能归，思亲不得见，长叹不已，"独在异乡为异客"的孤苦感既是"异客"的真实感受，也是曲家在字面上就明示的主题。

孤独之人最常做的事就是回忆。再接下来，"枕上十年事"是时间的纵轴，由此时到过往，时光在不经意间飞逝，十年的光阴只换得了今夜的孤独，这种失落感与寂寞重叠，为曲家的愁又添了一层人生的感叹。"江南二老忧"是空间的横轴，以父母为坐标，离家越远，牵挂越多，失意也越多，是路遥不便回，还是失意不愿回？人到中年，遥想家中二老对子女的企盼，作者的秋夜孤寂又添了一层为人子的悔恨自责。孤独、失意、迷茫、忏悔、思亲等等感情汇成巨流，冲击着作者情绪的堤坝。作者在深秋夜雨之中的愁思在最高峰处戛然而止，这种欲说还休为读者留下了无限遐思，使文字的张力达到了最大化。回看这支散曲，就是这样以它层层深入的细密文字，细腻真实地铺展着作者的情绪历程。

这篇散曲情景交融，最动人处就在其中一以贯之的情绪线索，因秋景而生寂寥，因寂寥而弃残棋，因残棋而思过往，因过往而忆双亲，作者的愁情在具体的景物与缥缈的思绪中反复印证，这种创作中的线性思维结构与读者的阅读思维是一致的，

---

[1] 何良骏：《四友斋丛说》，中华书局 1959 年版，第 125 页。

因此，即使作品具有抒情文学的意象的跳跃性，在曲句之间也多有留白，也不会妨碍读者的理解。可以说，它结合了诗词与曲的两种文体的优势，既以流畅的线性思维引领读者的思绪，以留给读者丰富的想象空间，这样的散曲用词雅致又语意豁然，确是散曲中的精品。

　　总之，徐再思的这支散曲在元散曲中已属偏雅之作，然而，从整体风格上来说，它仍是"曲"，这与全曲中的线性思维结构所导致的语意晓畅、情感真切有着密切的联系。

第三节　民间文化中重利务实的文化基因

　　元代的统治者来自于草原，他们的特质需要是很难做到自给自足的。因此，与其他民族之间的贸易交往由来已久。他们不断地向外扩张本身就是满足自己生存物资需求的表现。统一中原后，元蒙统治者奉行的经济至上的政策也极大地刺激了元代工商业的发展，中原的城市经济在元代呈现出空前的繁荣态势。如元初的大都、平阳府及元代中后期的杭州等都发展成为涉及全中国的经济文化中心，各类人才聚集，商业及文化活动异常活跃，马可波罗也曾羡慕地写道："中国的城市，既大且富，商人众多"。"尤其是大都，至所有珍宝之数，更非世界任何城市可比。"[1]

　　在此基础上形成的元代市民文化，与儒学对物质享受的轻视和对商业的贬低不同，一直是崇尚物质的，从民间一直盛行的拜财神等活动可知经济富足一直是平民阶层的梦想。元代的重商政策又加大了民间这种重利的风气。于是我们可以在元散曲中看到大量融入了商业元素的作品。元散曲中的一个特色就在于以商业话语言情，表现出浓厚的商业气息。如：

　　　　本利对相思若不还，则告与那能索债愁眉泪眼。

　　　　　　　　　　　　　　　　　　——关汉卿《双调·沉醉东风》

　　　　相思有如少债的，每日相催逼。常挑着一担愁，准不了三分利，这本钱见他时才算得。

　　　　　　　　　　　　　　　　　　——徐再思《双调·清江引·相思》

　　　　搅柔肠离恨病相兼，重聚首佳期卦怎占？豫章城开了座相思店。闷勾

---

[1]　马可波罗：《马可波罗游记》，中国文史出版社 1998 年版，第 97 页。

肆儿逐日添，愁行货顿塌在眉尖。税钱比茶船上欠，斤两去等秤上掂，吃
紧的历册般拘铃。

——乔吉《双调·水仙子·为友人作》

从这些散曲中，可以明显地感受到商业气息已经渗透到了元代士人的生活之中，
商业用语成了他们日常话语的一部分，致使他们能灵活运用、随时变通，以适应他
们情感表达的需要。

民间重利的风气的另一面是极力批判为富不仁。这源于为富不仁违背了平民阶
层中最倚重的互助精神，因此受到最大限度的否定。不论是宋元的平话、小说、杂剧，
还是散曲中都表现出这样一种向往富贵却又痛斥为富不仁的思想倾向。这与正统儒
学将金钱视为"阿堵物"的态度截然不同。元代士人社会和经济地位双双沦落后，
对于市民生活体验感同身受，才接受了民间文化中这一元素的原因。这也是元散曲
中"俗"味的源头之一。

夺泥燕口，削铁针头，刮金佛面细搜求，无中觅有。鹌鹑嗉里寻豌豆，
鹭鸶腿上劈精肉，蚊子腹内刳脂油，亏老先生下手！

——无名氏《正宫·醉太平·贪小利者》

鸡鸣为利，鸦栖收计，几曾得觉囫囵睡。使心机，昧神祇，区区造下
弥天罪。富贵一场春梦里。财，沤泛水。人，泉下鬼。

——曾瑞《中吕·山坡羊·叹世》

从无名氏对贪小利者的嘲讽，到曾瑞对为富不仁者的诅咒，士人俨然成了社会
底层民众的代言人，他们用文字记录下贪利者的丑行，代表被压迫被欺辱的那一群
人表达他们的愤怒。从作品直白夸张的语言中可以感受到这种愤怒不是如"三吏三
别"一般的对百姓的怜悯，它来自于创作者自身的感受，是他们自己生活体验的凝聚。
元代士人作为社会中下层的一员，他们的愤怒也是与社会中下层民众的愤怒一致的。
因此，他们才能用如此俗化的语言，写出如此纯粹的俗曲。

进一步说，元代城市经济的发展迅速，造就了商业、手工业、娱乐业的高度发达，
逐渐在城市中形成了一种独特的文化形态：追逐"功利"，崇尚务实，厌弃清高。
这种世俗文化的政治和伦理色彩相对淡漠，这与程朱理学形成了一定程度的对峙。
这时的散曲更乐于歌颂城市的繁华和人生的享乐，极富世俗生活的情调，反映出新
的市民阶层的逐利务实的人生态度。

同时，市民阶层处于社会的中下层，他们的勤奋推动了整个社会的良性发展，但作为个体，他们在经济上、政治上都很软弱，政策的变化，甚至官吏的变动，一次生活中的偶然变故都会对他们的生活造成不可预知的影响。他们赖以生存的个人能力和少数的财富积累都只有在最安稳的社会环境和最平顺的人生遭遇中才能发挥和保存。因此，维护个体生活环境的稳定是他们最基本的生活需求。所以，他们最欣赏故事中的"大团圆"结局，他们渴望每一次变故都会指向最终的安稳，这是市民阶层向往的最大的幸福。个体能力的薄弱和生存环境的脆弱又使他们不敢轻易尝试激进的改革和反抗，为了维持或回归安稳，忍辱退让、安分守己、谨言慎行，成为市民阶层共同的行为准则。他们在享受娱乐时也不忘这一点，在大量的市民文学中，这样的生存哲学通过各种故事被反复搬演。《醒世恒言·十五贯戏言成巧祸》的结尾说："善恶无分总丧躯，只因戏言酿祸危。劝君出言须诚实，口舌从来是祸基。"就是这种市民阶层生存哲学的反映。

热衷享乐和退缩避祸成了这种新人生态度的两面，它的核心就在于对于个体生存利益的务实计算。有利则为之，不利而避之，沉重的社会责任对于市井细民来说，属于毫无价值的精神负担。这种民间观念对长期生活在市井之中的元代士人产生了深远的影响，反映到元散曲中，表现为他们对人生价值的判断往往简化为利害得失的计算，这使他们与传统志士所追求的精神境界已渐行渐远。

从个人的得失为出发点来评价历史和人生，这与传统儒家"先天下之忧而忧"的天下情怀形成了巨大的反差。元散曲中的众多归隐之作都是如此。从表面看，这一类归隐之作都散发着道家的超脱逸气，表达着作者对于名利的厌弃。但这一类散曲中，我们看到的主人公的归隐更多是出于个人得失的务实计算的结果。试看以下散曲：

> 往常时为功名惹是非，如今对山水忘名利；往常时趁鸡声赴早朝，如今近晌午犹然睡。往常时秉笏立丹墀，如今把菊向东篱；往常时俯仰承极贵，如今逍遥谒故知；往常时狂痴，险犯着笞杖徒流罪；如今便宜，课会风花雪月题。
>
> ——张养浩《双调·雁儿落兼得胜令》

这样的直白的归隐理由可能只有在元代散曲中才可能出现。一样是归隐，一样是"把菊向东篱"的潇洒风度，但理由却是畏祸贪闲。张养浩官至礼部尚书，本该是最具儒者操守的士人，但他归隐的理由不是为了修身明道，而是因为他的官宦生涯危机四伏，不仅常常"为功名惹是非"，而且"险犯着笞杖徒流罪"，就算是平安之时，也要辛苦奔忙，"趁鸡声赴早朝"、"秉笏立丹墀"，看似富贵，却要低三下四地"俯仰承极贵"。与这样的生活相比，悠游地在民间享受风花雪月，自然要舒服得多。在这样的得失盘算后，自由的隐居生活当然成了上上之选。这样的选择不是真正的儒生的归隐的理由，他更像一个务实的市民对自己的生活的盘算，因此，张养浩自己理想的隐居生活也与一个对生意心生倦意的老富翁的理想相似：游山玩水，赏花酣睡，见见老友，玩玩风月。这样的归隐与儒者的"道"无关，它本质上是世俗的选择，一个洞彻人事的老人疲倦后的退路，他的前路是悠然养老，而不是修身明道。

这样的想法在元代士人群体中很常见，薛昂夫在《中吕·朝天曲》中把话说得更明白：

> 好官，也兴阑，早勇退身无患。人生六十便宜闲，十载疏狂限。买两个丫鬟，自拈牙板，一个歌一个弹。醒时节过眼，醉时节破颜，能到此是英雄汉。

好官做久了也没有什么意思，急流勇退，才能保证一个平安无患的晚年。什么样的晚年最理想，与张养浩一样，风花雪月是一个老人对自己半生辛苦的报偿："买两个丫鬟，自拈牙板，一个歌一个弹。"这样的享乐生活与陶潜"采菊东篱下，悠然见南山"的精神追求早已南辕北辙。他们的起点都是离开官场，但他们的终点却一个是更热闹快活的俗世，一个是更心静志远的精神乐土。元代士人的"俗"由此可见一斑。

又如卢挚的《双调·蟾宫曲》：

> 想人生七十犹稀，百岁光阴，先过了三十。七十年间，十岁顽童，十载尫羸：五十岁除分昼黑，则分得一半儿白日。风雨相催，兔走乌飞，子细沉吟，不都如快活了便宜。

不论是儒家的修齐观还是道家的逍遥游，在计算生命的长度时，他们注重的都是生命的意义和价值。与转瞬即逝的生命相比，精神有着"朝闻道，夕死可矣"的不朽意义。这与此曲表达的人生观显然是不同的。这种提倡及时行乐的人生观更像是市井细民盘点积蓄时的精心计算。然而这支曲的作者卢挚是元代名扬一时的大儒、显宦、文学家，他的一言一行对元代士人有着不可低估的影响力。而卢挚回首自己的一生所算的这笔人生的细账粗浅而务实，带着浓厚的市民哲学色彩。人生短促、及时行乐的主题在诗词中并不少见，但更多是结合事功名利，反衬出士不遇的悲哀。而此曲以赋体直陈之法敷写，在一五一十的精打细算中直指享受当下的世俗心理，表现出了浓烈的市井气息，反而给人以尖新直露之感。

除卢挚《双调·蟾宫曲》之外，元散曲的归隐之作中，随处可见"岂是无心作大官？"，全因"高竿上本事从逻逻，委实的赛他不过"，想来"百岁光阴能有几？快活了是便宜"的感叹。这样的归隐观，令元散曲中随处可见的归隐之作不能简单视为元人高洁志向的流露，而更适宜于看成是他们在世俗文化浸染下对人生利益的计算结果。

从另一个角度来说，元人热衷"吏隐"、"市隐"，也有着难以忍受"山林之隐"的贫穷寂寞的重要原因。市井勾栏的繁华热闹、世俗生活的享乐快活已成为元代士人生活中不可缺少的一部分。"休弹山水兴，难洗利名心"，在市井中享受生活，等待机会，成为元代士人最务实的选择。对于这一点，元代士人并不讳言。

> 舞低簇春风绛纱，歌轻敲夜月红牙。金橙泛绿醅，银鸭烧红蜡，煞强如冷斋闲话。沉醉也更深恰到家，不记的谁扶上马。

> ——卢挚《双调·沉醉东风·适兴》

> 拂寒生跟跄步空涧，踏冻雪越趄度浅湾，拨荒榛屈曲盘深涧。抵多少庐山高蜀道难，对梅花细说愁烦。谁家无锦衾毡帐？那答无银筝象板？何处无玉辔雕鞍？

> ——汤舜民《双调·湘妃引·道中值雪》

卢挚在《沉醉东风》中留恋着酒宴的奢华热闹，不愿回到自己的冷斋之中；汤舜民在冰冷危险的山路中跟跄前行，孤寂失意之时只有对着梅花细说愁烦，然而，他对着清雅傲雪的梅花寻问的却是哪里有"锦衾毡帐"、"银筝象板"、"玉辔雕鞍"？这不能不说成了一种讽刺。梅花在这里不再是隐士精神的象征，它沦为了挨冻忍饥的文人的同命人，在相互同情和慰藉中怀着对富贵生活的向往苦熬寒日。对物质享受的留恋，只有元代曲家敢于如此坦白地直接说出来。这证明了元代商业社会造就的繁华世俗生活对于士人思想的深刻的影响力。

第四节　民间文化中贵生自重的文化基因

与儒家讲究"舍生取义"、道家追求"放浪形骸"等为了追寻心中的"道"不惜放弃肉体、生命的观念不同，民间文化中始终包含着对于生命的珍视和留恋。种种"及时行乐"的观念就是由此生发出来的。普通平民一直处于社会等级的最底层，是社会的最弱势群体。在他们的生活中"风波"、"是非"永远来得突然而凶猛，生命的消逝是不可预见又时时可能发生的事情。无力改变命运的底层民众因而更珍惜生命的存在，忍辱求全是典型的民间思维，他们在巨大的生存压力面前，主动放弃了社会责任，以保全自身为最高宗旨。元代中后期战火中，大量士人不积极于建功立业，而是隐居于一隅，热衷于集社享乐，既有对政治失望的因素，也可以说是这种全身心理的反映。这一思想在元散曲中有着明显的体现。它成了元代士人的人生退路，是他们留恋诗酒生活、热情歌咏市民风情的内在动因。

在这种文化意识的驱使下，屈原成为元代士人的价值观中一个突出的反面教材。他的死成为一种违背人性、没有意义的行为。在他们看来，个体的生命价值比家国责任更实在，家国只是虚指，而个体生命联系着实实在在的亲情和现实生活，更值得看重和珍惜：

> 思古来屈正则，直恁地禀性僻。受之父母，身体发肤。跳入江里，舍残生，
>
> 博得个，名垂百世，没来由管他甚满朝皆醉。
>
> ——王爱山《中吕·上小楼·自适》

屈原在曲中成了一个执拗人的象征：他妄图以个人生命的自弃来换取虚无的政治价值。对屈原这一行为的批判，展示出元代士人对于人生价值的重新判断。全身贵生，珍惜与保护自己的生命成为元代士人价值观中世俗化的一面。元散曲中群体性的对屈原投江这一行为的价值的否定，更反映出这种观念已经成了元代士人的共识。

市民意识决定了他们考虑事物取舍的角度不是"杀身成仁"的形而上的价值观，而是明察事机、相时而动、贵生保身的生命至上原则。因此，社会中下阶层的市民更易于接受张良、范蠡这一类急流勇退者的人生选择。元代士人同样受到这样的观念的影响，忍辱避祸也成为元散曲中屡受表扬的明智之举。

　　民间生存智慧一方面表现为在人生大事上的全身避祸，另一方面则表现在生活细节中的自我心理平衡上。谐谑是市井细民寻求内心平衡的最主要手段。社会中下层民众通过说笑获得身心放松，而笑话中常有的取笑他人的题材更能使寻常百姓获得生活的优越感，而得到愉悦和满足。元散曲中许多作品在审美取向上就迎合市民的情趣，以谐谑调笑为主要基调。

　　这同时也是元散曲的一大特色，所谓"嬉笑怒骂皆成文章"，这一点在元曲中表现得非常突出。许多作家如关汉卿、王和卿等辈亦以滑稽名世。历来论者在分析元曲之谐谑的时候，多强调它是在黑暗的社会现实下，作家们超越痛苦心灵、释放抑郁情感、批判黑暗现实的重要手段。这固然是元代散曲谐谑风格产生的一大原因，但我们也不能忽略了市井审美需求对作家的影响。借他人酒杯，浇自己垒块的方法不止谐谑一项，元代文人之所以对此手法表现出异常的钟情，很大程度上是受到市井细民欣赏口味的影响。

　　据明代贾仲明所作《凌波仙》中所载，"好谈笑"、"善滑稽"是元代曲家典型的性格特征之一。如陆显之"滑稽性，敏捷情"，王晔"善滑稽"，汤式"好滑稽"，王和卿"滑稽佻达，传播四方"，沈和甫"能词翰，善谈谑"，施君承"好谈笑"，金元素"笑谈吟咏，别成一家"，李用之"戏谑乐章极多"等。[1] 从曲家们的别号上，也可以看出他们近俗脱雅的审美倾向。如贯云石号"酸斋"，徐再思号"甜斋"，钟嗣成号"丑斋"，鲜于必仁号"苦斋"，黄公望号"大痴"，于志能号"无心"，曾瑞号"褐夫"，谢应芳号"龟巢"，张择自谓"顽老子"，乔吉和冯子振分别自称为"惺惺道人"和"怪怪道人"等等。由此可见元代曲家自我调侃之风的盛行。这种心态反映出他们"以文章为戏玩"的创作态度，他们不再寄望于在文学中抬升自己的形象，掩饰自己的缺点。散曲在他们的文学观中成为表达现实心声的日常用具。他们在散曲中描写的就是真实的不完美的自己，而不是传统观念中庄重端正的士人形象。这种将散曲中的自我形象与生活真相等而视之的文学观孕育出了如关汉卿《一枝花·不伏老》这一类的作品。他们敢于在作品中放开面皮，公然宣扬自己过的是"半生来折柳攀花，一世里眠花卧柳"的浪子生活。元散曲中的作家自我形象，少见端正自律的文雅君子，更多是从外在行为到内心感受，从人生观到价值观都已世俗化的市井文人形象；但同曲家现实生活中的处境对照，又显现出难得的真实坦诚之美。

―――――――――

　　[1]　中国戏曲研究院编：《中国古典戏曲论著集成》（二），中国戏剧出版社 1959 年版，第297 页。

这正是元代散曲虽俗却真的审美特质的源头之一。推而广之，元代曲家既然已经迈出了自我调侃的这一步，那么帝王将相、仙道圣贤就更是信手拈来，任意谈谑，无所顾忌了。

元散曲中的谐谑题材往往来自于市井笑话。其中一个很常见的题材就是孤陋寡闻的乡下人进城大惊小怪，处处出丑的故事。杜仁杰的散套《般涉调·耍孩儿·庄家不识勾栏》就调侃了一个乡下人初次进城看戏时喜不自禁又少见多怪，以至笑话百出的蠢相。相对于生活信息丰富、资源流通迅速的城市居民来说，乡下人自然就显得毫无见识了。寻常的市井细民在城市中地位低下，属于被嘲弄、被侮辱的群体，他们只有通过取笑比他们社会地位更低、见识更少的农村人才能反衬出他们作为城市居民的优越感，这就是典型的社会中下层民众的市民意识。睢景臣的《高祖还乡》借用了近似的方法，笔锋却逆转，以一个乡下人的傻，掩饰他的勇敢无畏，揭开至高无上的帝王的无赖底细，体现的是士人阶层对于市民文化的借用和超越。

从社会心理的角度来说，元代社会矛盾激化，世态艰难，普通市民的生存压力巨大，心理压抑沉重，如果冷峻地直面人生，就意味着将承受现实和心理的双倍压力，如此重压是寻常百姓难以承受的。于是，他们更渴望在生活中寻找快乐，放松身心，以嬉笑冲淡忧患，以幽默宣泄不平。大量包含谐趣元素的散曲令人在嬉笑中获得愉悦，暂时忘记了生活的痛苦。这样的谐谑本身就包含着市民的生存智慧。从心理学角度来说，谐谑有着心理疗伤的功效，当人们取笑、嘲弄某些人、某些事物时，也在无形中降低了那些人、那些事物的价值，在心理上获得了与那些人、那些事物相对的优越地位。当占有知识特权的文人以文学抒发积郁，获得愉悦时，市民阶层就以这种世俗的嬉笑调适身心，这也形成了市民审美观念中重喜剧，爱谈话的欣赏眼光。这种以谐谑为美的审美观也成为元人散曲审美取向中一个突出的特点。

元散曲中的谐谑作品数量很大，也往往表现出不同的主题和思想。不仅是单纯的市井调笑之作，还有许多具有反抗意识的作品掺杂其中。它们是元代士人对于市井文化利用、改造以适应自身思想表达需求的产物。

元代散曲中的谐谑之作的一个重要特点在于"以丑为美"。在传统美学中，人们总习惯以貌取人，"丑"和"恶"总是紧紧联系在一起。人们一想到恶人，总觉得他们天生就长了一副丑相。而美貌的人给人的感觉总更有可能会是一个好人。在生活奢靡，附庸风雅的统治阶层看来，广大的市民处于社会底层，他们衣衫褴褛、目不识丁、卑贱低下，一贯被视为"贱民"和"下人"，往往主观地被强加上形丑和品恶这两个特点。而在民间文化中，这一点恰恰被颠覆了。美貌之人常常有着蛇蝎心肠，而丑陋的人却多是命运坎坷、本领高强、心地良善之辈。这是民间文化对于正统观念的反抗，代表了社会下层细民对他们被强加的恶的罪名的抵制。因此，在民间文学故事中，他们往往故丑其"丑"，以丑为美，用丑的外在形象和善良智慧的内在品格反衬上层社会的虚伪和冷血。当元代士人被迫沦入社会中下层时，他们也成了被有权有势者伤害侮辱的那一群人。对面伤害和侮辱，他们也每每只能忍辱负重，黯然承受，这种底层感受使元代士人与市井细民在心理上有了许多相通之处。当他们为市井细民们代言时，他们也在为自己的不幸命运和底层遭遇呐喊。因此，元散曲中的写丑之作中，曲家虽然总以谐谑的口吻来取笑他们的丑和傻，但他们笔下的丑人和傻人绝不是恶人，他们是社会中被欺凌和被侮辱者，他们却从未对这个世界带来半点的恶。如《王大姐浴房内吃打》、《胖妻夫》、《咏秃》、《绿毛龟》等等，莫不是如此。

元散曲谐谑之作中的优秀者则能以更犀利的笔法以丑喻美，展现人性美善的光辉。如钟嗣成创作的散套《南吕·一枝花·自序丑斋》，就以自己丑陋的外貌开涮，自称是："灰容土貌，缺齿重颏，更兼着细眼单眉，人中短髭鬓稀稀。"衣着上更是丑上加丑："有时节软乌纱抓割起钻天髻，干皂靴出落着簌地衣"，他先人一步，自我调侃："有一日黄榜招收丑陋的，准拟夺魁。""似一个甚的？恰便似现世钟馗唬不杀鬼"、"恰便似木上节难镂刨，胎中疾没药医。"这一连串的自嘲把自己的形象踩到了最底层，但他却无一字嘲讽自己的人格、才华。他自豪地评价自己是"胸藏锦绣，口唾珠玑"，而他的这支曲恰恰也证明了作者的才华，绝非虚言。然而，在一个以外表、钱势论人的社会中，他纵然胸藏锦绣，也只能"生前难入画，死后不留题！"这些论世之言及出众的文才与作家不为世用的遭遇对照在一起，正反映出作者内心的辛酸、痛楚和激愤！

对于"恨无上天梯"的中原布衣们来说，唯有撕破面皮的自嘲和机巧急智的调侃才能化解社会地位的巨大落差所导致的精神压力。他们借用民间的眼光，以自诩丑陋反衬自己内心的美好，"正是其民间的眼光能见人所不能见，民间的话语能道人所不能道，他们嗅惯了村野中清新的气息，因而就能敏感地觉察到弥漫于主流文化中那股腐败气，主流知识分子却因久处其中，非但不觉其臭，反觉其馨如兰"[1]。这也许可以看作是民间文化给予这群白衣秀士们的最重要的精神馈赠。

[1]　刘宗迪：《刘姥姥、俳优与知识分子》，载《读书》2000 年第 6 期。

进一步说，这一类散曲与传统的"文以载道"、"诗以言志"的文学观相悖逆，它讲求有趣，正是沉抑者放荡不羁，心理上求得挣脱时的一种特殊情结下的产物。它的锋芒是深藏于俳谐和滑稽背后的。可以说，当人们普遍对社会政治产生疲劳与厌倦心理，文学这个社会心态的风向标，就开始向纯粹的娱乐和游戏回归。在娱乐、游戏中放松身心，从社会价值层面来说，这一类散曲的确远离了自先秦以来中国正统文学的社会责任感；但从生理层面来说，却是人类得以在重压之下暂时喘息，消除紧张情绪的重要手段。元代散曲重滑稽、多调笑，看似格调不高，也少了许多前朝拟代之作的象征隐喻作用，却因而拥有了因心理反弹而喷薄出来的即兴、爽利之气。

　　总之，元代士人长期的市井生活，必然会使他们的文化心态中沾染上世俗文化的成分。理清民间俗文化对于元代曲家的影响，有助于我们真正了解了元散曲俗文学风格的成因。

第三章 元散曲中雅文化特质的文本构成

元人常将散曲称为"乐府"。传统"乐府"是指"感于哀乐，缘事而发"的作品，我们可以看出元人将散曲称为"乐府"是有道理的。同时散曲作品又不等同于"乐府"，只有散曲中的优秀作品才能被称为乐府。这就解释了散曲作品中两极分化的问题，也为散曲作品的规范和改进指引了一个明确的方向，这一标准的制定也同时意味着散曲风格的雅化趋势。在具体创作实践中，元代曲家运用了对偶、用典、收尾等多种传统的诗词创作技巧来体现散曲的"乐府"风格。因此，散曲在题材多样化、功用娱乐化的前提下仍然保持了其艺术风格的文雅特点，突显出了散曲这一文体的雅文化特质。

第一节 元散曲与"乐府"的关联

中国古代所指称的乐府，其内涵大致有历史演变进程中的三重涵义：最早的第一义的乐府偏重于现实主义传统的思想特质，往往仅指"感于哀乐，缘事而发"的汉乐府；而第二义的乐府则偏重于体式自由，不受拘束的诗体特质，不仅指汉魏南北朝隋唐乐府，而且包括"即事名篇，无复倚傍"的唐代新题乐府在内；第三义的乐府是南北宋时期强调"倚声而作"的乐府，它所推崇的是乐府文学融会雅俗的音乐特质。从这三重涵义中，我们可以看出乐府文学始终具有着贴近现实、体式自由、注重音乐的特点，它的源头是生机蓬勃的民间文学，它的发展和发扬却依赖于历代文人的吸收改造和精神注入。可以说，乐府诗是士人们借用了民间文化的"形"，而用于表达士人特质精神追求和艺术感受的"神"的文学样式。

这种"借俗写雅"的特点也正是元代士人能够在捍卫自身儒学文化传统的同时，仍然能够坦然地投身于散曲这样一种至俗的文学体裁的创作中的主要心理动因。这也是他们乐于将散曲中的优秀作品称为乐府的重要原因。如周德清所说，散曲不仅要"耸观"、"耸听",还要求"语(言)、意(境)具高"、"格调高",[1]使具有俗的外在形式的散曲展现出文人审美情趣。语意具高,"造语必俊,用字必俗"这不正是乐府作品的共同艺术特点吗?

从元明清三代曲家的共同评价中,我们可以看出士人将散曲纳入"一代之文学"的范畴,不仅是出于拔高散曲地位、为自身正名的考虑,也是因为散曲这一文体本身就具有着为传统士人阶层乐于接受的乐府文学特质,士人们从一开始就敏感地发现了散曲这种起于民间而成于士人的特点。从另一角度说,就是元代士人从散曲兴起之初就开始对来自民间胡乐的散曲注入了向乐府文学转向的因子。

散曲创作中始终标举着一个高的乐府的标准。寻常百姓固然可以任由自己的喜怒创作出肤浅低俗的散曲作品,但在文人的心目中,那只是一时游戏之作,只有在散曲中注入了诗意,使它上升为"乐府",他们才能心安理得地以士人的身份参与这种民间文学的创作。在他们的散曲创作心理中,他们只是在继承古代文学的传统,创作"大元乐府"、"今乐府"而已。这种心理的认同感是元代士人积极投身散曲创作的主要动因之一。

从"乐府"的界定中,我们可以看出元人将散曲称为"乐府"是有道理的。乐府文学,既有"感于哀乐,缘事而发"的传统,能够反映衰乱之世的社会现实,又便于表现人性,进行人生思考,加之体裁多样,形式自由,正可适应这个时代的要求。

(一)散曲与传统乐府文学的相似文学特征

元代曲家常称散曲为乐府,表明文人接续文统的渴望和摆脱其出身"曲子"中与生俱来的俗质的急切,将词引向文人用以界定自我的雅致。文人照例将这种他们参与改定创作的"曲子"称作"乐府"。贯云石《小山乐府序》评价张可久的散曲创作说:"文丽而醇,音和而平,治世之音也。谓之今乐府,宜哉!"[2]可见,在元代相当数量的曲家眼中,散曲有着与传统乐府文学近似的文学特征,具体来说,即是对音乐性的重视,文辞的自由有物及对乐府精神的继承。

1.乐府文学强调音乐性

乐者,音乐;府者,官署。乐府之制,始于殷商时期,殷有瞽宗,即为乐官。其后周有大司乐,秦有太乐令、太乐丞,都是掌乐之官。乐府之名,则始见于秦。[3]

---

[1] 程炳达、王卫民编著:《中国历代曲论释评》,民族出版社2000年版,第26页。

[2] 杨栋:《中国散曲学史研究》,高等教育出版社1998年版,第108页。

[3] 1977年,在陕西秦始皇墓附近出土的编钟上面,已有用秦篆刻记的"乐府"二字。参见寇效信:《秦汉乐府考略》,载《陕西师范大学学报》1978年第1期。

汉因秦制，至惠帝二年（前193），乃以名官，即《汉书·礼乐志》所谓"使乐府令夏侯宽备其箫管"。而立为专署，实始于武帝——"自孝武立乐府而采歌谣，于是有赵代之讴，秦楚之风，皆感于哀乐，缘事而发；亦可以观风俗，知薄厚云。"（《汉书·艺文志》）[1] "在汉代由乐府官署编录、演奏的诗作被称为'歌诗'，晋、宋之际开始称为'乐府'，并视之为诗体中的一种。"[2] 此后，《昭明文选》、《玉台新咏》和《文心雕龙》都专立《乐府》一目，"乐府"从此走向真正的独立。从《文心雕龙》对乐府的定义"声依咏，律和声"来看，声律即作品的音乐性仍然是乐府的首要评判标准。因此，从创建之初就一直强调音乐性的散曲，也有了靠近乐府的理由。

2.乐府诗歌的体制灵活，诗文自由有物

乐府的创作体制与音乐有着密切相关，作品常常首先是用于咏唱的，故与纯粹的书面文学有别。乐府诗歌强调易于歌咏，这也就意味着它对主体抒情的尽兴的要求要重于对形式规范严整的要求。一旦追求不以文害意，作者对于文体格式的要求就会趋于放松，而以内容表达的尽兴为首要前提。乐府的体制松散自由也得益于它与民歌的密切关联，民间歌曲中简单流畅、明朗上口的音乐特质与其中饱含的自由奔放的生命动力延伸到乐府诗歌的创作中，使乐府诗歌也具有了篇幅自由、体式多样、语言浅白、意脉流畅、换韵频繁、体尚铺排的民间文学风味。对此，清代学者有着更为明晰的认识，如许学夷在《诗学辨体》中所称"乐府体既轶荡，而语更真率……且轶荡宜于节奏，而真率又易晓也"[3]，"宜于节奏"则"耸听"，"易晓"又使作品"耸观"，乐府体制自由的特点使乐府不以单纯的文字形式来营造文学美感，而更多是借用精准的用词追求文学的内在情感力量。换言之，乐府文学正是以形式的松散自由、用辞的自然平实来换取诗歌的意脉流畅、感情充沛。沈德潜也指出"措词叙事，乐府为长"[4]，"乐府宁朴毋巧，宁疏毋炼"[5]，就是以外在诗歌形式的"巧"和"炼"来换取诗歌内容的直率动人，它如久积于心里的话语一旦脱口而出，具有不择言自动人的艺术魅力。这就是乐府形式"轶荡"，用语却更显直率的原因。

[1] 萧涤非：《汉魏六朝乐府文学史》，人民文学出版社1998年版，第5—6页。

[2] 《宋书》卷五十载："鲍照尝为古乐府，文甚遒丽。"卷一百将乐府与诗、赋等并置："沈林子所著诗、赋、赞、三言、箴、祭文、乐府、表、笺、书、记、白事、启事、论老子，一百二十一首。"鲍照、沈林子均晋至宋初人，乐府转为诗体名，殆始于此。以上转引自陈才智《新乐府名义辨析》，载《南阳师范学院学报》2004年第7期。

[3] 许学夷：《诗源辨体》卷三，人民文学出版社1987年杜维沫校点本，第67页。

[4] 沈德潜：《古诗源·例言》，中华书局，第1页。

[5] 沈德潜：《诗诗畔语》卷上第46条，人民文学出版社1998年版，第198页。

更有学者将"乐府"与"诗"相对比,指出乐府创作技巧和风格上的差异——"乐府之异于诗者,往往叙事。诗贵温裕纯雅,乐府贵道深劲绝,又其不同也"[1],所谓"古诗贵浑厚,乐府尚铺张。凡譬喻多方形容尽致之作,皆乐府遗派也"[2]。

3.乐府的民间源头,决定了它的创作始终根植于现实中

从《汉书·艺文志》的"感于哀乐,缘事而发"起,乐府文学以真实动人的呐喊传达时代的呼声,展现民众的苦痛,是士夫阶层悲天悯人、救国图治的刚劲之声。从建安曹操诸人的"借古乐府写时事"的铮铮风骨到白居易的"歌诗合为事而作"的文坛新声,乐府文学的形式随着时代变迁不断地变化着,但乐府的"感事"精神却一以贯之。当新乐府"不复拟赋古题",彻底放弃了与旧乐府的最后一点形式联系时,"因事立题"的创作主张却抓住了感事精神这一"乐府"内核,使之成为乐府之称传世的主要纽带之一。元代大儒虞集正是从乐府的感事精神的角度将"元乐府"视为"国家正声"的代表:"我朝混一以来,朔南暨声教,士大夫歌咏,必求正声,凡所制作,皆足以鸣国家气化之盛,自是北乐府出,一洗东南习俗之陋。"[3]他注意到了大元乐府的感事之风,将之抬上了国家治世之音的宝座,希望将元散曲扶持成为元代雅文学中的"正音"。

从上述评述上,我们可以清晰地看出元人将散曲称为"乐府",不仅是出于抬升散曲地位的考虑,也在于他们已确实从散曲的风格特点中发现了与传统"乐府"诗的相似之处。这种确认表明元代士人虽然承认散曲中"近俗"的一面,但从创作的精神出发点来说,散曲仍是古典诗教的一个载体,是士人们表达心声、抒写情怀的工具。从这个角度来说,元代中后期元代士人有意识地将散曲逐步雅化就是一种自然而然的选择了。

由于作为"今乐府"的曲之本源是神圣的"乐",在性质上与诗等观,故而在其引起文人的重视后不得不对其品质做出某种规定。如身居高位的元诗四家之一的虞集就在为《中原音韵》所作的序中说:"乐府作而声律盛,自汉以来然矣……尝恨世之儒者薄其事而不究心,俗工执其艺而不究理,由是文、律二者不能兼美……方今天下治平,朝廷将必有大制作,兴乐府以协律,如汉、宣之世,然则颂清庙、

---

[1] 张实居:《师友诗传录》第七则,载丁福保辑:《清诗话》(上册),上海古籍出版社1978年版,第132页。

[2] 施补华:《岘佣说诗》,载《清诗话》(下册),上海古籍出版社1978年版,第976页。

[3] 中国戏曲研究院编:《中国古典戏曲论著集成》(一),中国戏剧出版社1959年版,第173页。

歌郊祀，据和平正大之音，以揄扬今日之盛者，其不正在诸君子乎！"[1]但这番话总让人觉得太冠冕堂皇，仿佛对于曲来说是不能承受之重。从现存散曲作品来看，没几个曲家认真把这种官调当回事，在散曲中出现的不仅有传统诗词里可写的，更多的则是传统诗词不可作、不屑作的题材，正是这种创作上的自由，再加上元代曲唱活动的活跃，使得曲这种新兴歌辞体得以勃兴，而这种状况必然会招致正统士人们的不满，就连素以离经叛道著称的杨维祯也说："迩年以来，小叶徘辈类以今乐府自鸣，往往流于街谈市谚之陋，有渔樵欸乃之不如者。"[2]尽管对于散曲文统地位的确认无端给散曲加诸许多限制，但同时也提高了散曲的地位。第一个明确将元散曲提到与唐诗宋词同等地位的是元人罗宗信，他在《中原音韵序》中说："世之共称唐诗、宋词、大元乐府，诚哉！"[3]他说三者并谈已是"世所共称"，而且也用"乐府"一词称呼散曲，表明在文人的努力下，散曲（只指文人所作）已逐渐擦拭掉其原生的痕迹，成为一种新的文人所习用的文体了。

（二）散曲作品不等于"乐府"

如何解释散曲作品中两极分化的问题？散曲中有极俗游戏之作，也有咏怀叹世的传统题材，元代士人是如何看待这两类作品？很明显，散曲中的极滥俗的作品是不能登入大雅之堂的。可以说，元代儒生已经认识到了散曲创作中随意、游戏之风，也注意到了散曲在实际生活中的娱乐功用，因此，他们提出了评判散曲优劣的标准，认为：散曲作品不等于"乐府"，只有散曲中的优秀作品才能被称为乐府。这就解释了散曲作品中两极分化的问题，也为散曲作品的规范和改进指引了一个明确的方向，这一标准的制定也同时意味着散曲风格的雅化趋势。

周德清在《中原音韵》中，特举马致远的套数《双调·夜行船·秋思》为例说："此方是乐府，不重韵，无衬字，韵险，语俊。"[4]可见，只有套数中的精品才能称为乐府，

---

[1]　中国戏曲研究院编：《中国古典戏曲论著集成》（一），中国戏剧出版社 1959 年版，第174 页。

[2]　杨维祯：《沈氏今乐府序》，见程炳达、王卫民编著：《中国历代曲论释评》，民族出版社 2000 年，第 51 页。

[3]　罗宗信：《中原音韵序》，见周德清：《中原音韵》，载《中国古典戏曲论著集成》（一），中国戏剧出版社 1959 年版，第 177 页。

[4]　中国戏曲研究院编：《中国古典戏曲论著集成》（一），中国戏剧出版社 1959 年版，第232 页。

所以周氏又悲观地说："套数中可摘为乐府者能几？"[1]周德清提出的"作词十法"，其实就是作"乐府"十法。可他的举例中我们可以看出，乐府的概念是高于一般民间习作的小令和套数的，只有"不重韵，无衬字，韵险，语俊"，展示出作者高超的文字功力，显示出文人雅士不流于俗的高超的文字功力，这样的作品才可以被称为"乐府"。

燕南芝庵的《唱论》认为："成文章曰'乐府'，有尾声名'套数'，时行小令唤'叶儿'。套数当有乐府气味，乐府不可似套数。"[2]他将乐府、套数区分开的标准就是"成文章"，也就是从雅化的角度来鉴定作品属于乐府还是套数。要想成为乐府，那么在创作中就要抛开套数的俗味，而优秀的套数作品也一定有雅化的倾向——"有乐府气味"。可见，这里的乐府气味正是乐府高于套数的雅的那一面。周德清在《中原音韵·作词起例》中更进一步解释了何为"成文章者"："凡作乐府，古人云：'有文章者谓之乐府。'如无文饰者谓之俚歌，不可与乐府共论也。"[3]可见，乐府这一概念的提出就是为了将优秀的雅化的散曲与一般的俚歌区别开。"成文章"、"有文饰"都是从雅的角度对乐府的界定。

元人贯云石在为张可久《小山乐府》所作的译文中称其"奴苏（轼）隶黄（庭坚），文丽而醇，音和而平，治世之音也。谓之'今乐府'宜哉！"[4]罗宗信也为"大元乐府"张目："世之所共称唐诗、宋词、大元乐府，诚哉。学唐诗者，为其中律也；学宋词者，止依其字数而填之耳；学今之乐府，则不然。儒者每薄之，愚谓：迂阔庸腐之资无能也，非薄之也；必若通儒俊才，乃能造其妙也。"[5]罗宗信不仅将大元乐府与唐诗宋词鼎立，而将乐府的创作视为更能显示作者文学功底的舞台，它不仅需要士人有过人的文学才华"俊才"，也强调士人高雅的思想境界"通儒"，这两者的合流就是对乐府作品的雅化的要求。

如杨朝英辑《乐府新编阳春白雪》、《朝野新声太平乐府》，无名氏辑《梨园

---

[1] 中国戏曲研究院编：《中国古典戏曲论著集成》（一），中国戏剧出版社1959年版，第232页。

[2] 中国戏曲研究院编：《中国古典戏曲论著集成》（一），中国戏剧出版社1959年版，第160页。

[3] 中国戏曲研究院编：《中国古典戏曲论著集成》（一），中国戏剧出版社1959年版，第231页。

[4] 杨栋：《中国散曲学史研究》，高等教育出版社1998年版，第108页。

[5] 中国戏曲研究院编：《中国古典戏曲论著集成》（一），中国戏剧出版社1959年版，第177页。

按试乐府新声》等都冠以"乐府"之名。其中所辑的作品，也全部为元人的小令和套数。可见在当时人的心目中，乐府即是散曲的代名词。相反"散曲"概念出现得较晚，最早见于明初朱有燉的《诚斋乐府》，在卷一中他标明"散曲"，收有小令两百余支，可见，散曲最初就是单指小令。

从这一点看，元人已能自觉地区分乐府和套数小令，士人们追求的不是仅仅以套数小令取乐，而是以大元乐府继承中国文学和思想传统，在为"今之乐府"正名的同时，为自己争取文学史上的一席之地。

从元人士人对于乐府和套数的区别对待，可以看到他们对于传统文学体式的尊崇和重视。对于兴起于民间的散曲，他们从一开始就有了将之雅化，推入高雅文学殿堂的想法。推入的方式，就是将散曲作品分出等级，将其中的优秀者称为"今之乐府"、"大元乐府"。这种称谓既是为了与传统的诗词区分开，也是为了表明元代散曲作品与传统雅文学不可分割的文化渊源。

杨维桢在《周月湖今乐府序》中说：关汉卿、卢疏斋等人都是士大夫中"以今乐府鸣者"，他们之后"继起者不可枚举"，但"往往泥文采者失音节，谐音节者亏文采，兼之者实难之也。夫词曲本占诗之流，既以乐府名编，则宜有风雅余韵在焉。苟专逐时变，竞俗贱，不自知其流于街谈巾谚之陋，而不见夫锦脏绣腑之为懿也，则亦何取于今乐府，可被于丝竹者哉？"[1]在这里，杨维桢显然把乐府中的"风雅余韵"作为了乐府高于一般的套数小令的最主要之处，只有不流于俗者才能以"锦脏绣腑"为散曲的内核，作出风雅有致的作品。可见散曲中的优秀者绝不仅仅是"合乐"作品，更要有文雅的内核才能登堂入室，从小令套数中升格为"乐府"。

从以上分析可知，元人心目中的散套、小令只是社会上流行的以文字为载体的艺术活动而已。它以文字为载体，就成为士人施展才华的舞台，但仅仅只是才思敏捷，落笔能文只能算是长于技者，唯有优秀的儒生才能将自己的修养、学识和风韵投注到散套、小令中，使之具有端雅的文化气息，这样的作品才能称得上是散曲中的上品，可以冠为"乐府"。

1. 在题材的选择上

元散曲包罗万象，大至日月山河，小至米盐枣栗，美则佳人胜境，丑则恶疾畸形，无不可入笔端。这种题材的杂和博，是元散曲贴近现实生活的真实反映，散曲作品中为数众多的描写市井底层民众生活使元散曲这一体裁有了比诗词等传统体裁更多

---

[1]　程炳达、王卫民编著：《中国历代曲论释评》，民族出版社2000年，第56页。

的世俗色彩。但从另一角度来说，元散曲作家在散曲这一新兴体裁的创作中从未放弃对传统诗词题材的选择。从叹世怀古，游子思妇，到思乡惜时等等，各种传统题材在元散曲中都有体现，在元代曲家笔下都焕发出了带有鲜明时代色彩的新生。可见，元代曲家并非一味迁就散曲这一文体的娱乐性和音乐性功能，他们仍然借用这样的一种文体展现他们的士人之思和志士情怀。因此，在元散曲中，士人们用传统诗词创作手法表现世俗题材，或是用市井语文表达他们的忧国之思，在"借俗写雅"中，他们创造出了大雅大俗的"一代之文学"。可以说，元散曲的艺术成就一方面来自于元代士人们对市井语言、题材和艺术手法的吸收和借鉴，另一方面也离不开士人高雅的审美追求和高远的情操志向对元散曲整体艺术水准的拔高。

2. 在意境的提炼上

元散曲中不乏低俗淫滥之作，但其中的优秀者，也就是可以称为"乐府"者，必然是营造出了诗的意境，带有浓郁诗意的作品。不论是"诗缘情"，还是"诗言志"，诗歌的高雅意境都源于作者主体意志的审美表达。以此观照元代散曲作品，可以看出元散曲中的优秀之作都不是简单的叙事纪实之作，它们往往借一时、一地、一事、一物表达出创作者或悠远或激荡，或淡泊或沉痛的诗人之思。在这样的作品中，嬉笑怒骂只是表相，市井的热闹肤浅下隐藏不了的总有一种清冷悲痛之情，这种更深沉的情感超越了浅层的琐碎生活，将作者的主观情感引向了更广阔的时空之中，这种由浅及里的创作思路是元散曲中优秀之作的共同特点，也是传统诗词中诗人情思的经典表达方式。

以王恽的《咏大蝴蝶》为例，我们可以清楚地看出这样一个意境的营造对于作品审美价值的提升作用："弹破庄周梦，两翅架东风。三百座名园一采个空。难道风流种，唬杀寻芳的蜜蜂。轻轻的飞动，把卖花人扇过桥东。"在《南村辍耕录》的记载中，这支散曲来源于一个市井的真实事件——"燕市有一蝴蝶，其大异常"[1]，是王恽由真实情境引发想象创作出的一支咏物散曲，从散曲的内容来说，全曲的核心都集中在这只蝴蝶的"大"上。它从庄周的梦中挣脱出来，乘风而起，腾云驾雾，颇有"其翼若垂天之云"、"抟扶摇而上者九万里"的气势。然而，在作品的阅读中，我们又分明可以感到作者并没有简单地停留在现实中蝴蝶的"大"上。现实中的蝴蝶是弱小的，任何他者都足以对他构成致命的威胁。但当一只蝴蝶大到了如鲲鹏一样时，它就拥有了与天地万物抗衡的能力，它因无所畏惧而有了行动上的绝对自由，

---

[1] 陶宗仪：《南村辍耕录》卷二十三，齐鲁书社 2007 年版，第 301 页。

作者通过文学创作从现实中的"大"转向了精神中的"自由"，这种无所恃的状态正是中国传统文人们最为熟知的道家的逍遥境界。

因此，从第一句"弹破庄周梦"开始，我们就随着作者从现实中的具体可见的一种"其大异常"的大蝴蝶的市井奇闻，通过自己的联想和想象，体会到了想象世界中一种无所依赖、无所畏惧的逍遥蝴蝶的精神自由的快感。这种想象的无限扩展使读者拥有了精神自由的体验，从而实现了文学所拥有的引领读者从现实世界向精神世界的飞跃。

进一步说，当我们体验到作者创作出的这种任意行走于幻梦与现实之间的极度自由快感之后，我们很容易感受到作者王恽对这种自由逍遥的向往，而一旦我们返回历史现实，我们又会突然意识到在作者的羡慕和幻想之后突显出的他的现实中的弱势与无奈。只有现实中的失意才会激发出主体对自由逍遥的强烈渴望，也只有通过这样的幻想才可以暂时平衡作者心中的不平之气。

由咏物而抒情，从他者而推及自身，曲家王恽的主体意识和抒情意识使《咏大蝴蝶》超越了事件本身的简单肤浅，变成了一个值得读者反复体味的文学形象远大于现实形象的艺术作品。可以说，当作品中的形象与它所蕴含的思想意义、情感叠合在一起时，文学的情境就生成了，这种情境有着强烈的指向性，引导着读者与作者的思想、感受在作品中相逢，这种超越了现实性和功利性的高远的审美感受撞击到读者的心灵时，诗意也就随之产生了。

3. 在手法的运用上

大量传统诗词创作手法在散曲的创作中也得到了普遍的运用。它们不仅使以日常口语为主干的散曲语言变得更文雅和更高雅，而且还在有限的篇幅内使散曲的内容更为丰富饱满。在众多的诗词创作手法中，尤其以对偶、用典、豹尾为主，通过这些修辞手法的运用，散曲在题材多样化、功用娱乐化的前提下仍然保持了其艺术风格的文雅特点，因此突显出了散曲这一文体的雅文化特质。

第二节　元散曲中代表雅文化特质的修辞方式

周德清在《中原音韵·作词十法》提到散曲的"造语"时指出散曲语言可以分为："乐府小令两途。乐府语可入小令，小令语不可入乐府。"又引前人言论说："前辈云街市小令唱尖新茜意。"可见小令语即是元代流行的新兴日常语。乐府语与之相对，地位明显高于小令语，由此可知乐府语应该为元代士人阶层习用的文雅书面语。周氏还指出："造语可作乐府语、经史语、天下通语。"[1]可见，乐府语与经史语、天下通语居于同等地位，又明确区分。如果将士人阶层的文雅书面语分为三个部分，天下通语为元代通行的"官话"，经史语代表儒学典籍中常用的散文语言，那么乐府语就是指与街市小令的日常俗语对应的高雅的诗化语言。这种诗化语言合律可歌，又文雅秀丽，所以以"乐府"名之。周德清将"乐府语"的运用作为元散曲创作的基本法则，证明元代士人已经有意识地将源自于民间的散曲推向正统文学阵营。因此，分析元散曲中的"乐府语"有助于厘清元散曲中雅文化元素的存在方式。

一、代表士人文化权利的乐府语及对偶句式

在元代众多的散曲资料中，常常以"骈丽"称赏优秀的散曲作品，如钟嗣成在《录鬼簿》中就称曲家陈存父"其乐章间出一二，俱有骈丽之句云"；刘世昌"所作乐府，语极骈丽"等。可见，曲家一直重视散曲语言的文雅华美与对偶手法的运用。从欣赏和表演的角度说，华美的诗化语言有意拉开了高雅文学与世俗文学的距离，通过用词的修饰和语意的迂回增强作品的文化内涵和高雅美感；而对偶句式音乐感强，在对仗中实现了语意表达的强调和延迟，给欣赏者预留回味的时间，能增强作品的柔婉美。乐府语与对偶的并用，也可以丰富散曲语言意蕴，提高散曲语言的文化档次，造就"骈丽工巧"的艺术特点。

（一）乐府语

元散曲中的乐府语一般可以分为诗词语言和诗意语言两类。它们从元散曲兴起之初就存在于散曲之中，因为它们对诗词语言的仿效，一直被认为缺乏元散曲特色。但它们在元散曲中的普遍存在，又不能不让人承认它们是元散曲的重要组成部分。

1.诗词语言

所谓诗词语言就是指元散曲中效仿诗词语言的表达方式，以工整端雅的语言创作的散曲句子。如庾吉甫《商角调·黄莺儿》：

怀古，怀古，物换千年，星移几度。想当时帝子元婴，阎公都督。

【踏莎行】彩射龙光，云埋铁柱。迷津烟暗，渡水平湖。高士词堂，
旌阳殿宇。洪恩路，藕花无数。

---

[1] 中国戏曲研究院编：《中国古典戏曲论著集成》（一），中国戏剧出版社1959年版，第232页。

【盖天旗】残碑淋雨，留得王郎佳句。信步携筇，登临闲伫。雁惊寒，衡阳浦。秋水长天，落霞孤鹜。

【应天长】东接吴，南甸楚。绀坞荒村，苍烟古木。俯挹遥岑伤未足。夕阳暮，空无语，昔人何处？

【尾】孤塔插晴空，高阁临江渚。栋飞南浦云，帘卷西山雨。观胜概，壮江山，叹鸣銮，罢歌舞。

虽然这是一支格律规范的元散曲，但频繁运用的诗词典故和文雅诗化的语言无不显示出曲家是在以诗的意韵作曲。在这支曲中，作者融诗句、诗境、诗意入曲的努力也表露无疑。明朱权《太和正音谱》评庾氏之曲为"奇峰散绮"，可见这种绮丽不俗、珠玉遍见的语言风格是他散曲风格的常态，也证明这种诗词语言在散曲中确实起到了雅化散曲的作用。

2.诗化语言

诗化语言是指虽然散曲语言质朴，却融入了大量诗词意象，意境高雅开阔，使曲作言浅而意深。如商衟《双调·风入松》的末句：

【离亭宴煞】秋声儿也是无情物，忽惊回楚台人去。酒醒时鸾孤凤只，梦回时枕剩衾余。塞雁哀，寒蛩絮，会把离人对付。翠竹响西风，苍梧战秋雨。

本曲写相思离愁，用语文白交错，曲意也浅白透辟，有着元散曲"言浅"的语言特点，但在"翠竹响西风，苍梧战秋雨"的刚劲秋意中却又显出作者的诗人本色。塞雁寒蛩，枕剩衾余，相思与秋声重叠，作品似乎也有了寄托之意，曲作的诗味也油然而生了。

可见，元散曲中诗化的"乐府语"在丰富作品的语言风格的同时，也极大地提高了散曲的文化品格，它使元散曲一直行走在雅化的道路上。

（二）对偶句式

对偶修辞手法也同样是元散曲雅文化元素中的一员，它是保持元散曲的文雅风格的重要手段。

1.对偶便于士人纠正散曲"韵密"造成的单调感和俗化倾向，有助于形成散曲参差变化的音乐美感

散曲则用韵较密，几乎要求句句用韵，一韵到底，中间不能换韵。如张养浩的《山

坡羊·潼关怀古》：

> 峰峦如聚，波涛如怒，山河表里潼关路。望西都，意踌躇。伤心秦汉
> 经行处，宫阙万间都做了土。兴，百姓苦；亡，百姓苦。

在这首曲中，我们除了可以看出须句句押鱼模韵并一韵到底外，还能够分析出散曲韵律上的两个特点：其一，平上去三声通押（曲无入声）。其二，不避重字重韵，如"苦"字在句尾出现两次，这在词里是非常忌讳的。这种用韵的灵活性，使散曲更具有顺口、动听的声韵之美。又如赵善庆的《中吕·普天乐·江头秋行》：

> 稻梁肥，蒹葭秀。黄添篱落，绿淡汀洲。木叶空，山容瘦。沙鸟翻风知潮候，
> 望烟江万顷沉秋。半竿落日，一声过雁，几处危楼。

全曲的用韵同样很密，但因为在对偶中用到了"肥"、"落"、"空"、"日"、"雁"这几个不入韵的句脚字，使全曲在保持了"一韵到底"的和谐性时，也造就了散曲参差变化的音乐美。散曲的对偶与散曲特有的"密韵"特点结合在一起，既在文意冲突时有回旋余地，也让全曲在音韵上富于变化。

同时，对偶在文学创作中的优势在于它的对称结构，它以"二二"或"二三"结构的交替出现，自然地形成了文字的节奏感。这种节奏上的起伏跳跃、长短变化与语音的平仄相结合，造就的音乐美感同样也是传统诗歌审美的一个重要组成部分。

2.对偶句中两两相对，自然成双的句式特点是一种相当稳定和平衡的结构，它在对句之间各自成句又同行并进的语意态势暗合了中国儒家文化中的"不偏不倚"的中庸之道

刘勰在《文心雕龙·丽辞》中称赞对偶是"造化赋形，支体必双；神理为用，事不孤立。夫心生文辞，运载百虑，高下相须，自然成对"。对偶句既机巧，又自然，作为士人语言的重要标志，它成为中国文人文学中使用频率最高的创作技巧之一。

对偶承担的主要表达功能是抒情。对偶的长处是字数的增多，但两两相对的格式又限制了它内容的容量，因此它更适合满足抒情文体婉曲深厚、直契心源的要求，产生含蓄、深婉、曲折的美学效果。

以吴西逸的《双调·雁儿落带过得胜令》为例，全曲抒写了曲家对于隐逸生活的向往，属于诗歌创作中的传统题材，在曲的框架下，这样写道：

> 春花闻杜鹃，秋月看归燕。人情薄似云，风景疾如箭。留下买花钱，

趋入种桑园。茅苫三间厦，秧肥数顷田。床边，放一册冷淡渊明传。窗前，抄几联清新杜甫篇。

开头两组写曲家触景生情，引发归隐的愿望：春残花谢，闻杜鹃而惊心；秋寒月圆，看归燕而思乡。按下来就是作者理想中的田园生活的描写：省下供挥霍的"买花钱"，赶紧走向农家田园；盖上三间茅草屋，种上几顷秧稻田。除了这种归家务农的特质生活，作者还为自己安排了更为丰富的精神享受。在农事之余，读书写诗，以诗酒自娱，读的是宁静淡泊的陶渊明的传记，抄的是清新工丽的杜工部的诗句。这两位古代的大诗人的人生境遇和人生追求都与作者有相似之处，因此最容易产生感情上的共鸣。大量对偶手法的运用在客观描述中增大了作品的容量，在从容舒缓的对偶语句中表达了作者对于这种自由舒畅的田园生活的向往。作者对对偶手法的熟练运用不仅让人感叹作者出色的创作能力，更让人感受到田园生活的悠闲适意。全曲运用白描手法，平易浅近，流畅自然。全用白话口语，但对偶精致多变，铺排饱满自然，可知平淡自然来自于作者的用心经营，而这样的用心构造使全曲全用口语却饱含诗意，显出士人不同于凡夫俗子的高雅诗情。

对偶手法在散曲中的运用也呈现出了多样化的特点。有的是将同一情感表现的自然景观和个人体验包容在一起，如"忧则忧鸾孤凤单，愁则愁月缺花残"（关汉卿《双调·沉醉东风》），以此形成物我交融的整体情绪；有的是将不同时空中的不同事物对接在一起，如"黄芦岸白苹渡口，绿杨堤红蓼滩头"（白朴《双调·沉醉东风·渔父词》）和美人自刎乌江岸，战火曾烧赤壁山，将军空老玉门关"（张可久《中吕·卖花声·怀古》），前一例从秋景写到春景，后一例将霸王别姬、赤壁之战、班超从戎三件不相连属的史事并列举出，作用都在于扩大了作品的时空感，将作者的瞬间抒情拉长为作者经过岁月磨砺和验证了的人生感受；还有的散曲以对偶的方式将事物的瞬间发展过程铺排开来，以更长的篇幅对事物进行精雕细刻，如"自天飞下九龙涎，走地流为一股泉，带风吹作千寻练"（徐再思《双调·水仙子·惠山泉》），将雨水喻为天上落下的九龙涎，在地面化为流泉，微风吹来，清澈的泉水泛起涟漪，宛如千寻白练。三句鼎足对一气呵成，图像完整，雨水化为流泉的过程清晰可辨，曲文简练自然而内容丰富生动。

可见，散曲因自身表现内容的扩大化，表现手法也有了多样化的倾向。对于细致的生活情境，曲家融口语入对偶，表现出人物内心的诗意咏叹；对于大开大阖的历史主题，对偶以鼎足对的形式丰富了散曲的内容，加强了散曲的表现力；而在对偶中融入叙事，打破对偶中惯有的平行意序，更增添了曲作的动感表现，使原本俗语化的顺时态陈述有了诗意的平衡美、音乐美。可以说，散曲中的对偶方式的多样化，既是对对偶这一传统艺术形式的丰富和创新，也是顺应了散曲体裁雅俗交融的艺术特征的外在变化。

3. 对偶手法在散曲中的运用既要照顾到内容上的新奇和平衡，又要兼顾到字句的音律、节奏，它成为元代士人文学才华的展示平台

从元代制曲多以"骈丽工巧"为尚可以看出，对仗技巧的运用是评判一个作者的文学才能的重要标准。元代文坛多种文体并存，传统诗词并没有走向消亡，仍旧是文人创作中常用的文学体裁。而散曲与诗词的差别之一就是散曲的欣赏接受群体的社会阶层更加广泛。与诗词的欣赏多在士人内部流传不同，散曲的创作更需要考虑社会各阶层和各种文化层次上的接受者的欣赏水平。因此，在散曲中出现了"巧体"、"俳体"等众多的文字游戏。这些文字游戏对于欣赏者来说，是游戏的一种，是娱乐的工具；对于士人来说，就是个人文学才能展示的舞台。许多士子便是以散曲中有某些联语工巧、奇巧而名动一时。"串对"（即"流水对"）、"扇面对"、"错综对"、"当句对"等等，使对偶更富于变化。它是士人驾驭文字能力的体现，成为大量才子展现自己文学才华的舞台。元代钟嗣成曾在《录鬼簿》中称赞众多的散曲家都能作"骈丽工巧"的散曲，就在于它"有非他人之所及者"。[1]

二、代表传统文化传承的典故及隐括手法

（一）用 典

周德清在《中原音韵》中提到作曲须"明事隐使，隐事明使"[2]。王骥德论曲中使事用典时进一步对周德清的说法进行了解说："曲之佳处，不在用事，亦不在不用事。好用事，失之堆积；无事可用，失之枯寂。要在多读书，多识故实，引得的确，用得恰好，明事暗使，隐事显使，务使唱去人人都晓，不须解说。又有一等事，用

---

[1] 中国戏曲研究院编：《中国古典戏曲论著集成》（二），中国戏剧出版社1959年版，第134页。

[2] 中国戏曲研究院编：《中国古典戏曲论著集成》（一），中国戏剧出版社1959年版，第234页。

在句中，令人不觉，如禅家所谓摄盐水中，饮水方知咸味，方是妙手。"[1] 这的确是曲中使事翻典的高致，也是曲之"当行本色"所决定的。典故的功用在于以古喻今，在彰显创作者的学识的同时，也以史为鉴，成为元人论今叹世的证明材料。它的文字简明，是文人交流时隐晦的语言通道，有着以少胜多的艺术效果。而"隐事显使"和"明事暗使"就从两个方面明示了散曲中用典的方法和特点。

1. 隐事显使

刘勰在《文心雕龙·隐秀》篇中提出优秀的作品也就具有"隐秀"的特征。"隐也者，文外之重旨也"，即士人借文字表达的思想；"秀也者，篇中之独拔也"指文学显露在外的动人出彩之处。"由外露的秀而领会到内在的隐，是文学艺术之所以有味的原因所在。"[2] 使事用典就是文学创作中一个兼顾内容的"秀"与思想的"隐"的有效方式。文人常以鲜明生动的典故本身故事引人注目，又以典故中所蕴藏的文人观点暗示出自己的情感态度。典故故事本身所处的环境、时空与创作者所处的环境、时空叠加，原来的故事所表达的情感在当下总要面临情势的变形，这种变形就形成了用典的复义。换言之，用典是创作者在"用事"时的个体感悟与典故事件本来的意义的叠加。这双重意义之间的距离似近还远，就在若即若离间，令读者回味、思考、体味。而元曲则逆流而上，曲家在创作散曲时对于所用典故所代指的意义有着明确的主观态度，或赞颂或否定，曲家常常把自己的情绪表露于字面，可称为"意浅"。

另一方面，他们又惯于用大量铺排、罗列的方式凸显自己的态度，这种毫不隐晦的以量取胜的方式使典故成为了散曲创作中作者用于表达心意、简化文辞的工具，而不再是作者用于隐藏自己真正想法、委婉营造诗意的筹码。元代曲家在接受散曲整体俗化的情况下，以用典的量大弥补了意浅在诗意营造上的不足，以情感表达的浓度取代了诗词用典在意蕴上的深度，这种改变既是曲家们在散曲创作中对散曲俗文化特质的妥协，也从另一个角度展现出他们对于用典这种传统诗词艺术手法的坚持。

元代散曲中用典手法的"意浅"有两层含义：一是指典故本身多为寻常百姓熟悉的故事及人物；二是指典故运用中放弃了深婉的意韵深度，而以典故的铺排为尚，以数量上的优势形成一种语言上、情绪上的气势，追求情感的浓度而不是深度。

---

[1]　中国戏曲研究院编：《中国古典戏曲论著集成》（四），中国戏剧出版社 1959 年版，第127 页。

[2]　张少康：《夕秀集》，华文出版社 1999 年版，第 43 页。

典故多为一般市民所习见者，如用双渐与苏卿、张生与莺莺、高唐云雨、刘阮天台等写男女相爱；用韩退之、孟浩然、朱买臣、吕蒙正写雪中寒士受困；用班定远、楚灵均、苏子、冯唐写遭谗受贬；用王魁、陈毅直、李勉写忘恩负义；用伊尹、傅说、子房及汲黯写名人出山等；还用冯谖弹铗、王粲登楼暗喻追求功名者；用张良、范蠡暗喻不愿仕进者；用吹箫访伍员喻清白；用弃瓢学许由喻高洁，甚至还直接点出"志高如鲁连"，"德高如闵笃"。另外，还有直接引用典籍的，但已走入日常口语的常见语句，如"得道多助失道寡"、"出乎其类拔乎萃"等。李渔在《闲情偶寄》中直言："其事不取幽深，其人不搜隐辟，其句则采用街谈巷议，即有时偶涉诗书，亦系耳根听熟之语，舌端调惯之文，虽云诗书，实与街谈巷议无别者"[1]，这正是散曲用典意浅的一个典型特征。

同时，在一支元散曲中，往往出现一连串典故峰出叠用的情况。曲家在用典时并不以少而精为美，而更习惯于用大量典故的铺排加强曲作的气势，它一改传统用典手法的含蓄蕴藉，以显露浅近为美。如无名氏《中吕·十二月过尧民歌·相思》：

一扇儿双渐小卿，一扇儿君瑞莺莺；一扇儿越娘背灯，一扇儿煮海张生；

一扇儿桃源仙子遇刘晨，一扇儿崔怀宝逢着薛琼琼；一扇儿谢天香改嫁柳

耆卿，一扇儿刘盼盼昧杀大官人。

双渐、苏卿的故事在当时广为流传，张君瑞、崔莺莺、谢天香、柳耆卿等都是元杂剧、宋元戏文中著名的人物。用这些富有喜剧性的爱情故事来衬托一个少女心系情郎、心思百转的情思，直露明白而情深意浓。再如马致远的《双调·拨不断》："子房鞋，买臣柴。屠沽乞食为僚宰，版筑躬耕有将才。"这里连用四个典故作为自己期待出山的依据，在众多历史人物的命运叠加中，将一个士人白发渐生而壮志未酬的悲伤、急迫心情吐露无遗。其他如苏彦文《越调·斗鹌鹑·冬景》中的"这雪袁安难卧，蒙正回窑，买臣还家。退之不爱，浩然不夸。"查德卿《仙吕·寄生草·感叹》中的"姜太公贱卖了磻溪岸，韩元帅博得拜将坛。羡傅说守定岩前版，叹灵辄吃了桑间饭，劝豫让吐出喉中炭。"更是铺排为五个典故的连用，充分反映出作者对官场的厌恶和对仕途险恶的深深惧怕，虽然语意上是平行结构，没有表现出递进关系，但五典连用的庞大规模也造成了语气上的一气呵成，气势雄浑，作者甘于淡泊、

---

[1] 中国戏曲研究院编：《中国古典戏曲论著集成》（七），中国戏剧出版社 1959 年版，第 28 页。

乐于归隐的淡怀逸志之情也因此添了一丝为世所迫、悲壮慨叹的意味。

2. 明事暗使

贵在有韵味。从典故手法的功用上说，典故用在诗歌里，能使诗歌在简练的形式中包容丰富的、多层次的内涵，而且使诗歌显得精致、富赡而含蓄。[1]元散曲作者们在散曲创作整体趋俗的背景下仍然频繁地以用典手法在散曲中融入历史纵轴内容，其目的也是为了增加散曲的韵味，引人回味。以朱庭玉的《越调·天净沙》为例，曲中写道：

> 秋庭前落尽梧桐，水边开彻芙蓉，解与诗人意同。辞柯霜叶，飞来就
> 我题红。

"红叶题诗"的旧典在元散曲中焕发出了新的生机，被作者赋予了别具诗情的新意境。"红叶题诗"本是出于唐人笔记的一个流传很广的爱情故事，大意是说唐代一个宫女在红叶上题诗寄情，经御沟流出，为一士人所得，这片红叶就成为二人日后结为佳偶的因缘。朱庭玉撇开了故事中的哀怨情调，把"红叶题诗"作为一个引发诗情的风雅典故，使曲辞有了逸兴遄飞的味道。后一句中，霜叶辞别树枝，飞来"就"我，一扫原典中哀怨无助的无力感，突出了红叶的主动作为。使全曲别开生面之余，又添加了爽利豪辣的兴味。在本曲中，"红叶题诗"典故的运用以一个原本贴近生活本相的景象构置了将古与今的连接。物是人非，但这里"人非"，不仅仅是主人公的不同，更重在主人公对待红叶的态度已然改变，这种更激扬的情感态度使红叶也翩翩起舞，焕发出蓬勃的生命力。

同时，从典故的接受层面来说，典故的通畅通俗与晦涩文雅，"取决于作者与读者的文化对应关系"[2]。从这一层上说，典故正是文人们用以区分他我的一个重要利器。只有拥有相同知识背景的欣赏者才能理解曲家在作品中蕴含的真义。散曲中的典故为曲词的欣赏设置了理解的障碍，从而也具有了筛选读者的功能。只有当欣赏者能够了解典故中所蕴含的深意时，他才真正成为作者的"知音"。可以说散曲中的典故既满足了创作者表现内心情感体验和施展个人才华的需要，也让"知音"的欣赏者有了一种在众声喧哗中与作者心意暗通的隐秘快感。这也许是元代散曲多

---

[1]　葛兆光：《论典故——中国古典诗歌中一种特殊意象的分析》，载《文学评论》1989年第10期。

[2]　葛兆光：《论典故——中国古典诗歌中一种特殊意象的分析》，载《文学评论》1989年第10期。

创作于酒宴之中，又多见典故、常化用经典诗词的一个重要心理因素。

值得注意的是，元代士人在散曲创作中虽然习于用典，但对于典故的选择仍倾向于正统性、悲剧性和高雅性，并非来者不拒，雅俗不分。

从表面看，使散曲的材料来源基本与小说杂剧等民间文学一致，不论是民间传说、名人轶事，还是诗话故事都可见于散曲作品中。但从选材上看，散曲中典故的选材仍围绕士人情感、士人社会职责及士人品格这几个核心展开。元代士人在散曲中的心理关注点仍然在同类人物的命运上。相反，大量在其他俗文学中反复出现，为寻常百姓熟知的典故和人物形象如张飞、李逵等在元儒的散曲创作中被基本忽略。

元儒心目中的英雄人选以传统史观为基础，被视为英雄者不外乎帝王将相和出众文人这两类。这种观念与市民阶层的英雄判断有重叠处，也有差异。比如，在市民文化中极为常见的张飞、李逵等草莽英雄形象屡屡出现在元杂剧中，一直为市民阶层喜闻乐见。在元代三国故事、水浒故事杂剧英雄人物形象中，最突出、最丰满、最受欢迎、最有影响的就是张飞和李逵了。在现存的 21 种三国戏和 6 种水浒戏中，以张飞、李逵为主角的分别为 9 种和 4 种。 但在散曲中，士人们始终努力保持着这一文学体裁的文化色彩，张飞、李逵等形象在元儒的散曲创作中被基本忽略。散曲原本是文学体裁中最接近市民口味的一种，它的创作虽然与市井生活息息相关，但创作者仍然以士人为主，文人价值取向始终是散曲的主要特征的根源。

具体来说，张飞、李逵等人物形象少见于散曲的主要原因有三点：

（1）张飞、李逵等人物虽然有着忠贞不贰、勇武刚强的英雄气质，但他们打抱不平、粗豪爽直的个性更贴近市民喜爱的江湖风味，与社会上层强调的隐忍、权谋等不合。

（2）元散曲中的英雄人物的个性和命运往往都带有强烈的悲剧色彩，是儒生自身悲剧心理在历史人物上的影射。如项羽的"四面楚歌"、诸葛亮的"出师未回，长星坠地"都足以让元代儒生们感同身受，为之感伤，而张飞、李逵在民间的印象里总带有草莽的粗豪，他们的磊落胸怀更多来自于他们的纯真心性，而不是儒者心怀家国的浩然之气。

（3）元代儒生虽然自己没有了为国为民、治国安邦的机会，却始终在积极寻找着能够实现理想的路径。他们中的绝大多数终其一生都一无所获，但在他们心中，成了万众瞩目的英豪有着赢得世人尊崇的荣耀，是他们人生价值中最耀眼的一环。这样的形象即使是悲剧性的，也是不容亵渎的。而"张飞们"心理上的天真烂漫表现在行为上，就具有了强烈的喜剧效果。在元杂剧中，他们的纯真与他们外形上的粗豪形成了强烈的对比，这也构成了他们极具个性的喜剧形象。如《负荆》一剧中，就是通过"黑手拾落花"的片段来凸显李逵不染世俗的个性气质的：

> 【醉中天】俺这里雾索着青山秀，烟罩定绿杨州。(云) 那桃树上一个黄莺儿，将那桃花瓣儿唑呵唥呵唥的下来，落在水中，是好看也。我曾听的谁说来，我试想咱：哦！想起来了也，俺那学究哥哥道来，(唱) 他道是"轻薄桃花逐水流"。(云) 俺绰起这花瓣儿来，我试看咱，好红红的桃花瓣儿。(做笑科，云) 你看我好黑指头也！(唱) 恰便似粉衬的这胭脂透。(云) 可惜了你这瓣儿，俺放你趁那一般的瓣儿去。我与你赶，与你赶，贪赶桃花瓣儿。(唱) 早来到这草桥店垂杨的渡口。(云) 不中，则怕误了俺哥哥的将令，我索回去也。(唱) 待不吃呵，又被这酒旗儿将我来相迤逗，他、他、他，舞东风在曲律杆头。

玩赏落花本是"学究哥哥"们的情趣之举，寄托的是他们伤时幽怨的文人情绪，一落到黑旋风的身上，就呈现出人物身份与行为的不对应，显得极不协调，令人发笑。但同时，李逵的拈花又表现出他的不通世情，一派天真的内心世界以及他对美好事物的热爱。尤其是那一句"你看我好黑指头也"，更令人拍案叫绝。这一言一笑，以憨态写率真，反衬出"学究哥哥"们的精于世故和矫揉造作。在这个小片段中，环境的秀丽、旖旎与人物的天真、粗犷，既冲突又和谐，合力刻画出粗人李逵的可爱和真诚，看似戏弄，实则颂扬，这种喜剧形象在杂剧的舞台上能够取悦于社会底层的观众，但在士人聚会和儒生抒怀之时，他们就成为了不合宜的抒情对象。

（二）隐　栝

还有一种与用典相似的修辞手法——隐栝，在散曲创作中也得到了普遍的运用。隐栝是指把前人（包括自己）的诗（词）、文、赋等辞章的意境、词语、句子进行剪裁并引入新文章（体）的修辞手法。[1] 元代曲家们常常主动地化用唐诗、宋词中的名句，赋以新意，拓宽意境，给人以新鲜之感。具体来说，元散曲中的隐栝手法可以分为以下三类。

１.化用前人诗文中，还有概写、缩写

如庾天锡《双调·蟾宫曲》就是概写欧阳修《醉翁亭记》全文的语意而成；同调，

---

[1]　孙虹：《从隐栝修辞看宋词与诗合流的文体演变轨迹》，载《福建师范大学学报》(哲社版) 2004 年第 6 期。

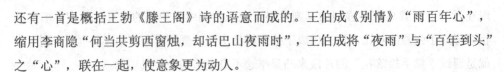

还有一首是概括王勃《滕王阁》诗的语意而成的。王伯成《别情》"雨百年心"，缩用李商隐"何当共剪西窗烛，却话巴山夜雨时"，王伯成将"夜雨"与"百年到头"之"心"，联在一起，使意象更为动人。

2.从前人诗句中脱胎出来

如阿鲁威《双调·蟾宫曲·怀友》"何日论文，渭北春天，日暮江东"，脱胎于杜甫《春日忆李白》："渭北春天树，江东日暮云。何时一樽酒，重与细论文。""想人生七十犹稀"，出自杜甫《曲江》："人生七十古来稀"。张可久《双调·清江引·春晚》"离愁困人帘未卷，上下双飞燕"既合冯延巳《清平乐》之意，又合张炎《解连环》之意。"暗水流花片"是杜甫《绝句漫兴九首》与秦观《望海潮》的合意。

3.仿前人构思意境

如张可久《中吕·山坡羊·闺思》"柳花飞，小琼姬，一声'雪下呈祥瑞'，团圆梦儿生唤起。谁，不做美？呸，却是你！"小丫头报告下雪，唤醒了小姐的"团圆梦"，构思颇似李清照的《如梦令》。"谁，不做美？呸，却是你。"活画出这位少妇娇嗔微怒的神态。

这些是文坛崇尚博雅的审美取向的文学表现，源于散曲作者对于雅化的自觉追求。

三、代表经典文化意蕴的开放式结尾艺术

羊春秋先生的《散曲通论》中以专门的篇幅论述了散曲的结尾艺术。他在书中将曲的结尾分为两类：以情结尾和以景结尾。

1.以情结尾

以情结尾多用直陈式，将主人公的心曲全盘脱出，既以直白真切动人，又因为仅是内心感受而不涉及具体行动，但这整支散曲如同一个未完成的故事，在主人公发出了心理积聚的呐喊后就戛然而止。这如同戏剧在高潮时的结束一样，让读者留下了充裕的想象空间。

2.以果结尾

以景结尾的作品也是如此，全曲最后描绘的画面浓缩了主人公复杂的情感，它往往具有丰富的社会文化及历史内涵，其中蕴含的意象可以引发读者的多重解读。这种多重语意的画面式的结尾给予了读者广阔的想象空间，也造就了作品解读方式的开放性。

这样的结尾共同构建了散曲艺术中的审美张力。它们如同一个巨大的漩涡，将读者深陷于其中，令读者在轻松愉快地完成了作品的文字层面的阅读后，却无法放手。散曲的未完成特质和结尾的开放性如同中国画的留白，用主动的放弃和语意的多重解读空间诱使读者参与到作品的完成中，从而实现读者的主动性参与。这种技巧不同于民间文化中习用的完满结局，它以文字暗示我们，这只是现实中的一点或一小段：在它之前，有我们可能想象又无法明了的"前文"；有它之后更有需要读者用自身体验去填充的后续。这样的结尾方式"要在人领解妙悟"，正是文人意趣在散曲中反映。

散曲常常通过一个短小的情节写出人物正在活动着的情绪。这是一种戏剧式的写法，它截取人生中的一小段，描写人物心理的突转，比诗词更显得生动。而这种动态生活的片段截取的方式因为前因和后果的空置，又因为缺少具体环境的制约而显出了一种普遍性的意味，这种普遍性的情绪描写因此可以衍生到各类人的生活体验中，这种心理感受的延伸和转移正是诗意联想的第一步。通过不同读者对于故事片段前因后果的自主联想，使一个简单的生活片段呈现出了多样的意味，这种理解的多元性本身就是诗意的源头之一。

散曲创作中这种刻意的留白艺术很显然是借鉴了诗词的创作手法的，它也因为让散曲的读者在阅读和聆听中更多地想到自己，而不是如戏剧小说一样把联想引向历史和他人。如王和卿的《双调·拨不断·偷情为获》：

> 鸡儿啼，月儿西，偷情方暂出罗帏。兢兢业业心儿里，谁知又被人拿起，
> 含羞忍耻。

曲家从第三人称的全知视角描写了一个女子偷情被抓时的心理感受。从偷情时的"怕"，被人拿起时的"惊"，到被获后的"含羞忍耻"，心理过程真实贴切，它既有戏剧艺术擅长的叙事性特点，又兼具抒情文学出色的静态抒情优势。特别是结尾句，看似收尾，却又似乎停留在了故事行进过程中的一个瞬间，这种从外在叙事转向内在心理感受的做法集叙事文学与抒情文学两者之所长，因此，既给读者一个清晰可感的具体生活画面，也不会失于浅薄，以细腻幽深的心理描写令人回味。这种语尽意不尽的方式正是元散曲的收尾艺术的魅力所在。

再看元代无名氏的这一首《山行警》：

> 东边路西边路南边路，五里铺七里铺十里铺，行一步盼一步懒一步，

霎时间天也暮日也暮云也暮。斜阳满地铺，回首生烟雾，兀的不山无数水
无数情无数。

近乎民歌的反复吟唱，全曲无用典，"霎时间"、"兀的"等俗词的熟练运用，
使这支散曲有着浓浓的俗意，但综合全曲，它仍不失为一首雅致之作。特别是收尾
句"山无数水无数情无数"，万里征途，情意绵长，看似已把情意表以浅俗的语言
表达到了极致，但将山水不尽的景与相思不已的情的对比联系，又会将读者或听众
的思绪引向幽远缥缈处，这种诗意的迁移正是诗歌艺术的抒情手段之一。这种结尾
融入浅俗的语言与深婉的意韵为一体，同样体现出了语尽意不尽的结尾艺术特点。

第三节　元散曲中雅文化特质形成的原因初探

以上种种艺术手法在元散曲中的频繁展现根源于元代曲家对于儒生身份的珍视。
尽管元代儒生的社会地位大降，愿意完全抛弃儒生身份者仍居少数。他们中的多数
人迫于生计或是社会风气的感染，有了种种"从俗"的表现和行为，但在精神追求上，
他们依旧习惯于以儒学的思维方式和文学形式表达自己的感情和想法。因此，在元
散曲这种近俗的文学新体裁中，运用历史典故以表达自己的人生追求，或用经典诗
词展现自己的文学才华，就成了元代曲家们不自觉的共同选择了。具体来说，元散
曲中对偶、用典和隐栝等手法的普遍运用有以下几个方面的原因。

1. 从生活的表象来说，元代士人多是混迹于市井的"细民"，这造就了士人被
社会定位于"一世不得发迹"的"白衣秀士"底层文人形象

与社会的轻视相对应的是士人们的"自重"。他们对于自己的士人身份显示出
了强烈的肯定心态。从风行的以文人身份进行结社到文人聚会时流行的唱和，再到
文学作品对"时不我遇"的悲叹，无不证明虽然社会已经放弃了士人这个群体，但
这个群体仍保存着对儒者身份的肯定和认同。马致远在《双调·拨不断》中写道：

叹寒儒，谩读书，读书须索题桥柱。题柱虽乘驷马车，乘车谁买《长
门赋》？且看了长安回去。

整支散曲文意浅显，一目了然，却仍然弥漫着浓浓的书卷气，其所依赖的，一
是作者选用的两个专指文人命运的典故；二是作者透过这两个典故流露出的文化气
息，表现出他对于文人身份的留恋和失落。

饱受传统儒学教育的士人不仅在人生价值观上已经被修齐观等儒学正统观念所主导，他们的思维方式也已经被传统儒学浸透了。从马致远的曲中，我们可以看到，虽然曲家的感情已经到了不得不吐露的程度，他的语言也已直白得不愿多花心思去琢磨，但他仍然近乎本能地愿意以曲折迂回的方式来表达自己的情感。世俗平民的直白坦露，近乎把自己的内心毫无掩饰地暴露在人前，这种赤诚相见对于早已"文明"化了的士人来说，已不能适应了。所以他们更愿意用别人的话语、故事为自己代言。从自己的知识积储中提取出最能与自己共鸣的历史故事来代言自己的感受，既是一种文化层次的表现，又是一种迂回内敛的思维方式。这也再次证明了元代士人在现实世俗环境中，仍然没有放弃士人这种代表社会高层次文明的身份。

元人孟昉在《越调·天净沙·十二月乐词并序》中谈及自己将李贺的《十二月乐词》隐栝为小令时的创作动机时，这样说："增损其语，而隐栝为【天净沙】，如其首数。不惟于樽席之间，便于宛转之喉；且以发长吉之蕴藉，使不掩其声者。"可见他隐栝李贺诗的原因在于欣赏李氏诗歌的温柔蕴藉，这种文人间的惺惺相惜是曲家创作隐栝散曲的主要原因，从中我们也可以看出元代士人在创作散曲时也并非一味地从俗，文人的创作习惯和审美思维在元散曲的创作中也仍然保有一席之地。

2.儒生的生成过程就是一个不断学习儒家经典，学习用儒家经典阐释思想的过程

这种思维训练的结果就是儒生习惯于用文学经典来表达思想，也以此来提高欣赏难度，区分文化等级。文学、政治典故在散曲中的运用多集中于叹世、咏史、归隐等传统文学题材上，通过对旧文本的借用、改造甚至颠覆实现了士人在文学创作中的话语权，成为他们自我身份认同的显性标志。从元代后期雅化派散曲作家如张可久等在创作中大量的典故运用就可以证明这一点。关汉卿在《太和正音谱》中被视为"可上可下之材"，其风格以"琼楼醉客"[1]名之。在世人眼中，他是一个玩世率性的"铜豌豆"，但在他的散曲中，正统儒雅的诗词意境仍时时可见，如他的《双调·大德歌》之五就是典型的归隐寄兴之作：

雪粉华，舞梨花，再不见烟村四五家。密洒堪图画，看疏林噪晚鸦。

黄芦掩映清江上，斜缆着钓鱼艖。

[1] 中国戏曲研究院编：《中国古典戏曲论著集成》（三），中国戏剧出版社1959年版，第17页。

关汉卿通过一系列闲适淡雅的意象来象征其高洁的人格理想，这种凝聚着儒者人格美的审美意味饱含诗意。这样的作品在关氏的散曲中一再出现，不容忽视。如《南吕·一枝花·杭州景》中的描写："松轩竹径，药圃花蹊，茶园稻陌，竹坞梅溪飞。"《双调·碧玉箫》中的闲居意象："松径偏宜，黄菊绕东篱。正清樽斟泼醅，有白衣劝酒杯。"这种写景，就带有明显的象征意义。因为在中国传统文化中，松、鹤、石、酒，梅、兰、竹、菊都象征着文人的高雅志趣和高洁人格，是士人审美观念中的重要意象。关汉卿借助这些意象营造出一幅超离物外、不染世俗的高雅生活画面，委婉表达自己傲霜斗雪、不与俗同的抗争意志和高雅脱俗的人生追求。读者在欣赏作品中描写的宁静和谐的自然意象的同时，还可以意会到作者蕴于作品中的丰富的人格内涵，从而得到双重的美感享受。

进一步说，散曲作者面对同一的历史文本以元代当下的社会意识形态加以判断表现，就会使自己的作品呈现出完全的社会风貌。同时，由于作者本身的复杂性，他在创作时更偏重于自己的哪一种身份（士人还是市民），也会致使他的作品的社会意识倾向不同。就是由于这种种的不同，使元散曲表现出丰富的社会意识内涵。同一个作者，在不同的时期、在不同的心理状态下，对于同一典故和主题的解读也是完全不同的。这种丰富性，或者说这种寻找差异的主动性，正是文人确定自我的主要方式，也是散曲作品不落入俗套的主要心理动因。

关汉卿有一首表现他闲适生活精神状态的散曲《南吕·四块玉·闲适》：

> 适意行，安心坐，渴时饮饥时餐醉时歌，困来时就向莎茵卧。日月长，
> 天地阔，闲快活！

曲中他将自己的整个精神状态和生活状态归为"闲快活"，这本该如他作品的字面意一样，表达出一种适意闲散、悠游宁静的祥和之美，但曲中长短交错的句式和反复对生活状态的肯定语气，反而让读者从作品中读出了一种与字面意相反的焦虑感、宣泄感。

这种文字的张力从何而来？关氏如何将对生活的肯定与否定融为一体？回到曲中的"渴时饮饥时餐醉时歌，困来时就向莎茵卧"，仔细体会关汉卿，或者说是这一代士人的命运悲剧，我们才能发现他们生命中的复义。对一般寻常百姓来说，吃得快乐、睡得酣畅是一种生命本身的完满状态，能达到这一层面，人生已"夫复何求"，但对于一个儒生来说，他们的生命原本的价值远不止于此，他们存在的社会价值就

体现在于对于社会现状的改造，对于苍生苦痛的悲悯和对于个体精神价值的不懈追求。这种追求超越了生命的长度，以对社会的改造为个体价值的实现。不论是立功、立德，还是立言，都是一种儒者与生命、时间抗衡的方式。而这支曲中，关汉卿却彻底放弃了儒者的社会属性，"渴时饮饥时餐醉时歌"，在获得肉体的简单快感时，也意味着对于自我的社会价值的自弃。对于任何一个饱读诗书的儒者来说，这种自弃都是一个悲剧，它是一个儒者在被社会放逐后的自我放逐。

可以说，关氏感受到的正是"生命中不能承受之轻"的痛苦。这种"轻"和"无"形成一种如影随形的压抑感。士人只能以酒或狂欢的方式忽略它、摆脱它、忘记它。他们对"闲快活"的正面解读正是他们抵抗生命失重感的方式，他们以这种方式来宣告自己对于社会价值的蔑视。

这支曲仍是由士人创作，它是作者以文人特有的文字特权表达出的个体感受，这之间的痛苦就在于士人在用文字表达着放弃文字的愿望。这种愿望并不是市民阶层的想法，对于毫无知识和文学修养的人来说，他并不能了解文字在曲折迂回间隐晦表达自己心意的快乐。这种看似肯定实则否定的文字游戏本身就在彰显着作者的士人身份。

总之，元代散曲作者们在以乐府为元代这一新兴的艺术体裁命名时就已为元散曲的雅化奠定了基础。他们不断推动散曲向传统乐府文学靠拢的努力就意味着散曲一直不曾真正的俗化，传统士人阶层的雅文化意识凝聚在元散曲的创作之中，通过对偶、用典、隐栝和收尾等多种艺术手法，保证了散曲在传统高雅文学中仍能保有一席之地。这种传统雅文化成分的介入有着元代士人自我彰显文人特质，展现文学才华的原因，更代表着整个儒生阶层在困境中坚守的勇气和意志。

第四章　元代士人心态对散曲的雅文化特质生成的影响

元代社会轻儒的风气造成了元代儒生的群体悲剧命运。儒生对儒学价值的自重，首先表现为与元代世俗社会意识的对抗冲突，其次以"养气"说将儒生与外在社会意识的对抗内化为自身道德、学识修养的提升，以儒者的"浩然之气"实现对现实困境的精神超越。儒者涵养的提升也推动他们在散曲创作中追求雄强、率真的艺术美。

第一节　元代士人"有用于世"的入世观

元代士人普遍具有强烈的入世观，其主要原因有二。

（1）元代初期的统治者出于稳定国势的考虑，曾短暂地表现出对儒生的重用和对儒学的热情。这一态度激发了元代儒生强烈的用世之心。尤其是北方早已适应了辽金统治的汉族儒生更将"华夷之辨"放在一边，表现出积极的入世态度。大儒郝经就曾明确表示："今日能用士而能行中国之道，则中国之主也。士于此时而不自用，则吾民将膏铁钺，粪田野，其无孑遗矣。"[1] 这代表了当时蜂出的儒生继承宋代理学观念，以天下为己任，积极济世的普遍心态。对于这时的儒生来说，国朝初立，正是一个儒生有用之时。因此，在蒙古入主中原，开国之君广纳贤才之时，大量汉族儒生欣然应征，并以此作为经国治国、一展抱负的良机。

元初儒生不仅积极求用，以实际行动表达自己的入世观，也通过理论上的认证来强化这一观点。郝经在《上紫阳先生论学书》中就曾强调儒生之学以有用为宗，而儒生的有用之学不仅指儒者的社会价值的实践，也包含了儒者个体功利价值的实现：

> 士结发立志，诵书学道，卒之乎无用，可乎哉？幼而学，长而立也。
> 迩焉而一身，小焉而一家，大焉而一国，又大焉而天下，必有所用也。鸟

---

[1]　《全元文》（第4册），凤凰出版社2005年版，第164页。

兽龟鳖，屑屑之物也，犹皆有用也。蜂虿蚖虺，毒世之物也，犹皆有用也。灵而为人，学而为士，夫乃反无用，可乎哉？世有人焉，之无伏腊之不辨，鲁鱼亥豕之不分，乃辨天下之大事，立天下之大节，济天下之大难，享天下之大富贵，声色不动而有余裕焉。吾诵书学道之士，试之一职，则颠蹶而不支，委之一事，则龃挠而不立，汲汲遑遑，终其身不能免于冻馁，而趋利附势殒义丧节，何也？事无用之学也。[1]

在郝经看来，一个儒者"学而为士"，就应当"辨天下之大事，立天下之大节，济天下之大难，享天下之大富贵"，"身为儒者，又讲事功"这种义利并举的观点显然是新朝儒生渴望以一己之学，匡国济世，又成就自身一世功名的思想的体现。王恽在《贱生于无用说》中也表达了类似的看法："万物盈于两间，未有一物而不为世用者，况人乎？人之为物，得气之全而灵之最者也。苟自暴自弃，不为世之所用，非惟反不及物，而贱之所由生也。"[2]不为世用者则为贱，这种偏激的论点从另一个侧面反映出了元代儒生入世之心的急切程度。

这种积极的用世观对于整个元代的儒生都产生着重大的影响，同时也客观造成了元代中后期文人强烈的失落情绪。

（2）元代儒生所受的正统儒学教育深刻地影响着儒生的精神取向和价值追求。元代完备的官学设立也为儒生的培养提供了有力的保障。出于稳定儒生的考虑，中统二年（1261），也就是忽必烈即位次年，元朝地方官学开始设立[3]，至元八年（1271），元朝国家最高学府国子学设立[4]，这标志着元代儒学教育体系基本完成，成为元代儒生立身的基础。国子学和官学的设立是为朝廷"教养人才"，"学于此者，诵其诗，读其书，习礼明乐于其间"，接受的都是正统的儒学教育。儒学学府的教学宗旨就是为了传承儒学道统："诚其道也，不敢不俯焉以尽其力；非其道也，不敢杂然以妄用其心。"[5]在这样的教育环境下，元代儒生所受的正统儒学教育必然会深刻影响

---

[1]　《全元文》（第4册），凤凰出版社2005年版，第164页。

[2]　《全元文》（第6册），凤凰出版社2005年版，第260页。

[3]　据《元史》卷四《世祖纪一》"诸路学校久废，无以作成人才，今拟选博学洽闻之士以教导之。凡诸生进修者，仍选高业儒生教授，严加训诲，务要成材，以备他日选擢之用。仍仰各路官司常加主领敦劝。"这份诏书的意义，在于正式宣布恢复地方官学设置，并将发展教育明确规定为地方政府的职责之一。

[4]　宋濂等：《元史》卷七《世祖纪四》，中华书局1976年版，第74页。

[5]　虞集：《新昌州重修儒学宣圣庙记》，见《道园学古记》卷八，四库丛刊本。

到儒生的精神取向和价值追求。

但现实中的元代的官员选拔制度决定了元代儒生阶层普遍面临着学无所用的尴尬状态。首先这种追求自身道德和学识完善的为士之道和元代官府用人的要求并不相合。当元代儒生潜心于学问修养的完善时，现实的出路问题摆在了他们的面前。元代儒生的困境在于，儒学教育制度的相对完善并不意味着他们能够借此获得入仕的机会。蒙古之法："取士用人，惟论'根脚'，其余图大政为将为相者，皆根脚人也……而负大器、抱大才、蕴道艺者，举不得与其政事。"[1] 所谓根脚人，是指蒙古、色目人的权贵而言。只要出身"根脚"硬，即使胸无点墨，也可出将入相；汉人儒生即使满腹经纶，也弃而不用。因此，大量接受了系统教育的儒生在肄业之后生存无着，只能求取仅需最基本的文字知识而不要求文化修养的吏职，以维持生计。元成宗大德三年（1299），姚燧就曾说："大凡今仕……由吏者，省、台、院，中外庶司郡县，十九有半焉。" 郑介夫也说："今中外百官，悉出于吏。"（《历代名臣奏议》卷六七《治道》）

而一名普通儒生由吏职转任官职，没有经年累月的苦熬，难以实现。许多儒生就是在卑微的吏职上蹉跎岁月。元臣郑介夫在《上奏一纲二十目》中明确指出："各处州县以吏进者，年二十即从仕，十年得补路吏，又十年得吏目，又十年可得从九，中间往复，给由待阙，四十余年才登仕版，计其年已逾六十矣。或有病患事故，旷废月日，七十之翁未可得一官也。"五十年的俯首事人仍"未可得一官"，可见元代读书人"吏进"之难。

马致远在《南吕·金字经》中这样书写自己投谒不遇，天涯沦落的悲哀："夜来西风里，九天雕鹗飞，困煞中原一布衣。悲，故人知未知？登楼意，恨无上天梯。"空有"登楼意"，却无"上天梯"，这正是元代儒生生存困境的写照。

除了现实中的生存困境，儒学在整个社会遭受的冷遇也让元代儒生的心灵倍受打击。除了屈身为吏需要折节事人，颠覆儒生在学校中所继承的儒家精神和追求外，更重大的心理危机来自于社会对儒生的评价标准也随之功利化。史载中并不确切的"九儒十丐"的说法在一定程度上指明了儒生社会地位的低下，但在这一等级序列中，"一官二吏"却同样指明了元代轻视的只是没有一官半职的儒生。至于踏入公门者，在贪腐肆行的元代社会，依旧是最得意也最受人"看重"的群体。

---

[1] 权衡：《庚申外史》卷下，转引自蒙思明：《元代社会阶级制度》，上海世纪出版集团2006年版，第49页。

　　传统儒学教育的核心在培养士人的文化修养，使之担当起社会道德模范的责任。但当元代儒生在理学思想的浸润下，开始积极承担起自己的社会责任时，却失望地发现官府对于他们的要求仅仅是"行遣熟娴，语言辨利，通习条法，晓解儒书，算数精明，字画端正"[1]。昔日的儒生"学而优则仕"，即功名，是儒生实现人生抱负的重要前提。但在元代，儒生的学问做得越好，越看重道德品行，就越轻视时务吏业。是为了生存重利轻义，还是为了道德操守重义轻利？两种价值观之间的冲突迫使儒生必须在学和仕之间做出选择。而一旦决意坚持儒家的道德标准，他们就迅速沦为了元人眼中"迂阔"的代名词："世俗尝以吾儒者迂阔。甚而相与目笑之曰，是腐也，常败及公事……谈者例訾儒生为政迂阔。"[2] 在元人眼中，传统的儒生"以标致自高，以文雅相尚，无意于事功之实"。故此，"小夫贱隶，亦以儒为嗤诋"[3]，儒学在整个社会遭受的冷遇可见一斑。

　　现实生活中的困境限制了元代士人的行为选择，儒生们很难无视生活的贫困而真的选择隐居乡野，而四处漫游寻求入职的机会成为元代普通儒生的常态选择。在四处寻访荐举人的过程中，他们一面要努力把握有限时机在权贵面前展示自己的才华，一面又要屈节迎合荐举人的喜好，其中的压抑自怜是难以回避的。稍有节操的儒生就只能在志气和功名之间做出选择。"几番待发志气修身于功名，争奈一缕顽涎硬。"（无名氏《中吕·粉蝶儿·阅世》）在元人的眼中，志气就是指不惜代价修身于功名，只要有了功名，富贵也随之而来，为了功名所做出的有辱斯文的种种言行都在"功名富贵"的锦被下一一掩盖了。在重利轻义的社会功利观的影响下，只有少数"顽涎硬"的儒生才能全自己的节操。

　　《新元史·隐逸》中记载儒生王鉴："游京师，大臣荐其才行，授侍仪司舍人，鉴辞曰：'吾虽不敏，安能为人所役？'即宵遁。后乐吴中风土，遂隐居焉，足迹不出户者二十年。"王鉴游京师，就是为了受人赏识，有一番作为，但他的才行并不能为他换得一个官位，侍仪司舍人只是一个最低等的吏职。这样的授职让王鉴看到如果他接受这个职位，就意味着他将"为人所役"。在受人驱使和贫困自由之间，王鉴毫不犹豫地选择了后者，他"即宵遁"了。然而，他心灵自由的代价是"家贫，无儋石之储"。

---

　　[1]　柯劭忞：《新元史》卷五十九，人民出版社 1978 年版，第 197 页。

　　[2]　刘鹗：《惟实集》卷二《送府推郑君仁化令尹序》，载《全元文》（第 38 册），凤凰出版社 2005 年版，第 519 页。

　　[3]　余阙：《贡泰父文集序》，载《全元文》（第 49 册），凤凰出版社 2005 年版，第 133 页。

因此，更多的士人的选择是穷尽一生奔波于求仕的道路上。元人顾德润有一首《述怀》散曲，在曲中，他抒写了"士不遇"的挣扎和痛苦：

> 蛛丝满甑尘生釜，浩然气尚吞吴，并州每恨无亲故。三匹乌，千里驹，中原鹿。走遍长途，反下乔木。若立朝班，乘骢马，驾高车。常怀下玉，敢引辛裾。羞归去，休进取，任揶揄。暗投珠，叹无鱼，十年窗下万言书。
>
> 欲赋生来惊人语，必须苦下死工夫。

一面是"浩然气尚吞吴"，自诩为"三匹乌，千里驹，中原鹿"，有着治国平天下的高远志向和强烈信心；一面是朝内无人帮扶，"并州每恨无亲故"，只落得"暗投珠，叹无鱼"的惨况，欲退不能"羞归去"，欲进不得"休进取"，只能忍气吞声"任揶揄"。一生仕途不顺的顾德润，仅任过杭州路吏等低级吏职。他的人生遭遇和感叹正是元代大量儒生的真实写照。"英雄事业何时办，空熬煎两鬓斑。"元散曲中大量的"自怀"、"自述"作品都有着与顾德润相似的感叹。

同时，现实的不平激发了元代士人的抗争意识。当儒生们从这种日趋衰微的情势与命运中深切地感受到"无用于世"的杀伤力，自觉到时代对儒者价值的否定力量，而又不甘心于被社会吞噬和否定，那么悲哀、惊恐、呐喊就成了他们文学作品的主旋律。而儒生们群体的抗争、超越的努力便在其中了。

元散曲中有大量散曲都表达了儒生对于现实生存困难的痛苦和不甘于随波逐流的志士心态。他们否认社会对他们的轻视："尘事如麻，吾岂匏瓜。"（汪元亨《双调·折桂令》）孔子在《论语·阳货》中说："吾岂匏瓜也哉？焉能系而不食。"[1]他们四海为家，甘忍寂寞，即使是归隐田园，也是他们主动的选择。他们自喻为外圆内刚的铜豌豆："我是个蒸不烂、煮不熟、捶不匾、炒不爆、响珰珰一粒铜豌豆。"表现的也正是这样一种不与俗同、内在自强的志士心态。他们承认自己迂腐，立志要坚守道统的决心。"乾坤腐儒，天地逆旅，自叹难合时务！"（杜仁杰《双调·蝶恋花》）元代士人虽然这种坚守就意味着"难合时务"，但儒者精神的价值就是在坚守中才能突显出来。

这种对于社会舆论的消极抵抗表明了元代士人对于自我价值的追寻。在以往的汉族统治时代，明确的价值标准在束缚士人的价值选择的同时，也消除了绝大多数士人的心理迷茫。他们只要努力迎合社会标准，适合社会需要，做一个优秀的士人

---

[1] 朱熹：《四书章句集注》，中华书局1983年版，第177页。

就可以获得社会承认。元代相对世俗肤浅的社会价值标准直接贬低了士人的价值，对于一个士人来说，这个时代已经不是对他们的优劣做出评判，而是直接对他们的身份和存在价值提出质疑了。因此，元代士人必须独立承担起再建士人社会价值和自我价值的责任。他们感受到了"难合时务"的痛苦，就要建立起一个新的足够强大的价值标准，使之能够与社会价值标准抗衡，这样，他们才不会在社会价值的浊流中迷失自我。

作为元代社会中弱势的群体，他们无力从社会制度和经济地位上改变自己的命运和他人的看法，但他们却可以通过内心的修炼实现另一种形式的自强。他们蓬勃的用世之心在现实面前的集体败北，逼迫着他们从追求外在的"英雄伟业"转向了内在的"英雄气"。

《录鬼簿》的作者钟嗣成在《录鬼簿序》中将儒生中的抗争者视为"不死之鬼"："圣贤之君臣，忠孝之士子，小善大功，著在方册者，日月炳焕，山川流峙，及乎千万劫无穷已，是则虽鬼而不鬼者也。"[1] 从《录鬼簿》中，我们可以看到元代散曲作家仍然以儒者形象居多。如：

陆仲良：为人沉重简默，能词能歌。

詹时雨：为人沉静寡言，才思敏捷。

郑光祖：为人方直，不妄与人交，故诸公多鄙之，久则见其情厚，而他人莫之及也。

陈彦实：性资沉重，事不苟简，以苛刻为务，讦直为忠。与人寡合，人亦难之。

罗贯中：与人寡合。

李士英：天资明敏，秉性刚烈，人难犯之。

刘君锡：性差方介，人或有短，正色责之。

徐孟曾：气岸高峻，时人以为矜傲，呼为"戆斋"。

沈拱：天资颖悟，文质彬彬，然惟不能俯仰，故不愿仕。

乔梦符：美容仪，能词章，以威严自饬，人敬畏之。

---

[1]　中国戏曲研究院编：《中国古典戏曲论著集成》（二），中国戏剧出版社 1959 年版，第 101 页。

金文质：性纯雅，于乡党恂恂如也，乡人皆重之。平生未尝轻诺。[1]

这些精通散曲创作的儒生并不都如关汉卿一般地沉溺于烟花柳巷，以风流浪子自诩。他们坚守着行为端方、孤介不倚的谦谦君子形象，虽然得不到时人的理解，被视作是社会中的异类，却有着凛然难犯、不与俗同的铮铮傲骨。

与社会上整体对功名富贵论人的标准相对，元代儒生退守到了士人的小圈子中，以文学创作的成就来博得生前身后名。这种文人内部的品评标准让元代士人有底气与社会世俗价值观对抗。虽然他们难以实现建功立业的英雄梦，但至少他们可以用自身的价值判断来抵消世人的嘲讽和白眼，实现儒生精神上的自重与自立。

因此，历史上的文人雅士就成了元代儒生的精神载休。"耻于求自抱熬愚，厌追陪懒混尘俗。傲慢似去彭泽弃职陶潜，疏散如困夔俯豪吟杜甫，清高似老孤山不仕林逋。岂浊，不鲁。处酸寒紧闭乾坤目，躲风雷看乌兔。静掩柴扉春日哺，便休题黑漆似程途。"（汪元亨《南吕·一枝花·闲乐》）陶潜、杜甫、林逋，这些士人的共同点就在以自身出众的文才和修养战胜了可遇而不可求的功名利禄。对于功名不顺意的元代士人来说，他们的万古扬名意味着一个更长远的价值标准。当他们接受了这样一个士人内部的价值标准后，世俗的功利的价值观和由此所带来的对士人的轻视就可以坦然视之了："教人道我豪放风魔。由他似斗筲之器般看得微末，似粪土之墙般觑得小可，一任由他。"（曾瑞《正宫·端正好·自序》）

同时，对于历史上真正建立了伟大功业的英雄圣贤们，元人也将对英雄圣贤们造就的物质成果的羡慕转为了对他们经久不衰的精神遗产的景仰。这种精神财富表现为对现实困境的超越和对家国苍生的悲悯之情，即是一种造就了儒者精神至境的浩然之气。

浩然之气从本质来说，是一种能够与社会意识相抗衡的至刚至强的精神力量。孟子提出："其为气也，配义与道；无是，馁也。是集义所生者，非义袭而取之也。"[2]失去了浩然之气的个体在社会意识面前是弱小无助的，只能随波逐流，可谓"馁"也。只有"集义所生"，又 "配义与道"，就是要求以儒家提倡的道义标准加强儒生的人格道德修养，才能培养出一种"至大至刚"的"浩然之气"，从而无待于外物，实现精神自强。这种"浩然之气"不以个体的生存体验为转移，能够超越具体的生

---

[1] 中国戏曲研究院编：《中国古典戏曲论著集成》（二），中国戏剧出版社 1959 年版，第 101—110 页。

[2] 《孟子·公孙丑上》，转引自朱熹：《四书章句集注》，中华书局 1983 年版，第 231 页。

存境遇，而以审美化的独立人格作为表现中心。人类个体原本是天地间最渺小的存在，在强大的命运面前毫无反抗之力。只有通过涵养浩然之气，才能以精神的至大至刚来弥补实体的渺小脆弱，"塞于天地之间"，成为与天地合一的平等主体。

这种浩然之气成为中国古代士人寻求天人合一的至高境界的方式，也成为士人为了对抗强大的命运的内在精神动力。越是在挫折失意之时，越是被社会和时代抛弃之时，士人们越发强调这种浩然之气的价值。

儒者的积极进取的人生态度的外在表现是以治国平天下为己任，以求在社会、历史的进程中留下自己永恒的印迹；其内在就体现在个人的修身齐家，以个体意志的强大和精神的丰足，无视外在环境的约束和压制，实现对现实的抗争。一般讲，元代初期的儒者志向，治世理想成分占了较大分量，随着他们在社会生活中逐渐失意，他们的精神追求不断回缩，逐渐转向了个体精神的独立与自强。以钟嗣成为例，他"以明经累试于有司，数与心违，因杜门养浩然之志。著《录鬼簿》，实为己而发之，其德业辉光，文行温润，人莫能及"[1]。这种浩然之气以其开阔的天地视野，必然会致使士人为了追求至大至刚的精神境界而放弃现世的功利追求，但就是这种主动放弃才凸显出了浩然之气的精神的至高性，也因此帮助处于物质匮乏中的儒生在精神层面获得心理平衡。因为，元代士人在生存困境中再次高举起养气的旗帜，力图以个体精神的高度来抗衡社会群体轻儒的心理失落，超越世俗的物质享受，而成就超越人生。

这种儒者志向体现在文学作品风格上，就是对雄奇、劲健文风的追求。具体到元散曲中，它就呈现为强健雄壮和冷峻激荡两种风格。

（1）强健雄壮。郭绍虞《诗品集解》说："何为'雄'？雄，刚也，大也，至大至刚之谓。这不是可以一朝袭取的，必须积强健之气才成为雄。"雄伟风格的关键在于作家长期积累的致用之心。元人自有昂扬亢奋的英伟之气，因为愤激积于心中，因此散曲中多见不平则鸣的呐喊："退毛鸾凤不如鸡，虎离岩前被兔欺，龙居浅水虾蟆戏。一时间遭困危，有一日起一阵风雷，虎一扑十硕力，凤凰展翅飞，那其间别辨高低。"（无名氏《双调·水仙子》）这是愤懑之气的迸发，是对风雷的渴望。亢文苑《南吕·一枝花》："蛟龙须待春雷吼，雕鹗腾风万里游，大丈夫峥嵘凭时候，扶汤佐周，光前耀后，直教清名长不朽。"还有施惠的《南吕·一枝花·咏剑》："离

––––––––––

[1]　中国戏曲研究院编：《中国古典戏曲论著集成》（二），中国戏剧出版社1959年版，第281页。

匣牛斗寒，到手风云助，插腰奸胆破，出袖鬼神伏……笑提常向尊前舞，醉解多从酒后赎。则为俺未遂封侯，把他久耽误。有一日修文用武，驱蛮静虏，好与清时定边土。"元代士人尽管生不逢时，却掩不住胸中的勃勃英气，他们期待着春雷怒吼、虎啸龙吟、雕鹗腾风、扶汤佐周、驱虏伏魔，做成光耀古今的大事业。这样的强健气势是元代儒生精神的底蕴，也是元散曲强健雄壮的艺术风格的源头。

同时我们看到，元代儒生的这种强雄气势更多表现为一种理想化、审美化的人生价值观，并不简单表现为以功利性为目的的现世成就。在元散曲中，这种刚健进取的英雄气势表现为一种"大开大阖，纵横古今"的"大人"气象。《易传》有云："大哉乾乎！刚健中正，纯粹精也。"[1] 在孔子看来，"大"是对于圣人的赞美："大哉！尧之为君也！巍巍乎！唯天为大，唯尧则之。"[2] 孟子也说："充实之谓美，充实而有光辉之谓大。"[3] 这种对"至大"的追求促成了元代士人始终拥有的与日月同辉，与天地同大的至高精神视野。从现实的社会风气来说，有元一代，士人重游历，这不仅丰富了他们的人生阅历，更以"读万卷书，行万里路"的方式，成就了元散曲中的开阔视野："弃微名去来心快哉，一笑白云外。知音三五人，痛饮何妨碍，醉饱袖舞嫌天地窄。"（贯云石【清江引】），曲家在朦胧醉意中突破了灵肉的界限，以一腔灵性游走于天地之间，这才有了"一笑白云外"、"嫌天地窄"的。这种天人合一的心灵感受，正是以至大至刚的志士气度来俯瞰世间的微小名利，从而实现个体精神的高扬。因此，在元散曲中的写景之作中，雄浑阔大的景物描写要远多于精致细微的园林之作；[4] 在咏史之作，我们少见元人对于一朝一代的具体得失品评，他们多是站在历史的高位，纵览历史的沧桑变化；[5] 连最易抒写诗人幽微心曲的闺怨

---

[1] 《周易·乾卦·文言》，载（魏）王弼：《周易注校释》，中华书局 2012 年版，第 76 页。

[2] 《论语·泰伯》，载朱熹：《四书章句集注》，中华书局 1983 年版，第 107 页。

[3] 《孟子·尽心下》，载朱熹：《四书章句集注》，中华书局 1983 年版，第 370 页。

[4] 例如张养浩《过金山寺》："长江浩浩西来，水面云山，山上楼台。山水相连，楼台相对，天与安排。诗句成风烟动色，酒杯倾天地忘怀。醉眼睁开，遥望蓬莱，一半儿云遮，一半儿烟霭。"风云际会，天与安排，在广阔天地中，诗人"酒杯倾"、"诗句成"，他没有一丝在自然、历史面前的渺小感，人的个体意志超越了生命的脆弱，与天地融为了一体，这种"大人"气象正是作者内在充盈的儒家理想的文学外化。

[5] 以徐再思的《黄钟·人月圆·甘露怀古》为例："江皋楼观前朝寺，秋色入秦淮。败垣芳草，空廊落叶，深砌苍苔。远人南去，夕阳西下，江水东来。木兰花在，山僧试问，知为谁开？"朝代兴替在时光的流逝间显得暗淡无光，"木兰花在"，"知为谁开"，作者在超越时代的兴亡时，也已超越了自己的生命。

之作，我们也看到的是市井儿女们坦荡刚烈的英雄气概。[1]

（2）冷峻激荡。刘永济先生在《元人散曲选序论》中指出："其情虽若放逸颓废，嫚戏污贱，无故国故君之思，然其磊落不平之气，与夫轻帝王、卑爵禄、贱权势之念，已足以摧陷钳制之枢，摇动压抑之势矣……语似旷达，而讥时疾世之怀，凛然森然，芒角四出，可谓怨而至于怒矣。"[2]刘先生的评价一语道破了元散曲世俗、滑稽、调侃的风格的本质。在元人看似轻松闲适、逍遥快活的生活表象下，涌动的是士人们悲愤激越的不平之声。"磊落不平之气"、"轻帝王、卑爵禄、贱权势之念"让元代曲家们以一腔热血入世观世，但现实却让他们不约而同地发出了"讥时疾世之怀"。

被闲置、被藐视的生存困境让元代士人转而以冷面孔包裹自己的热心肠。他们的冷脸是在险恶情势下所取的守势："看别人苦眼铺眉，笑自己缄舌闭口，但则索向寒窗袖手藏头。"（亢文苑《南吕·一枝花》）曾瑞的《讥时》就是这种痛极而冷的典型例子："繁花春尽，穷途人困，太平分得清闲运。整乾坤，会经纶，奈何不遂风雷信。朝市得安为大隐，咱，妆做蠢；民，何受窘。" 这种冷是以超然于外的姿态，对丑恶的社会现实进行的居高临下的嘲弄和否定。

正因此超然于外，心热而脸冷，他们说出的话就更显得尖刻。从睢景臣的《高祖还乡》到曾瑞的《秋扇》，再到钟嗣成的《自序丑斋》，元代曲家们都以看似轻松玩笑的笔调撕开社会的丑面目。正因为是这些丑陋造成了他们自己和社会苍生的悲剧，所以在撕开这些丑时，也撕开了他们心中的隐痛。因此，我们总能从他们的调侃中看出他们肆意的骂世，可以说，元代士人是边舔着自己的血边斥骂这个黑暗的社会。他们的冷和骂总追求着"言无不尽"的痛快感，因而展现出峻峭犀利的风格，故称为"峻"。从另一面来说，由于深植于他们心中的儒者志向，他们的眼光一直是望向社会苍生的，这使他们即使在反复歌咏着逍遥的道情曲时也不能真的超脱于世俗，他们的思想情感一直游走于希望与失望、入世与出世之间。从闺怨题材的爱

---

[1] 元散曲中多见儿女闺情之作，其中的小儿女，特别是女性形象往往以敢爱敢恨，言语爽利，不畏人言著称。人们往往将这一类女儿形象视为市井细民的写照。无名氏【双调·水仙子·风情】表现了女性的刚强坦荡："转寻思转恨负心贼，虚意虚名歹见识。只被他沙糖口啜赚了鸳鸯会，到人前讲是非。咒的你不满三十，再休想我过从的意。我今日悔懊迟，先输了花朵般身己。"无名氏【中吕·红绣鞋·老夫人宽洪】表现了女性的不悔不惧："我为你吃娘打骂，你为我弃业抛家。我为你胭脂不曾搽。你为我休了媳妇，我为您剪了头发，咱两个一般的憔悴煞。"传统女性的柔弱美一变而为阳刚烈性的女丈夫形象。这些女孩儿并非没有真情意，但她们的真情意只能用直言语表露，不婉约，不示弱，虽粗糙却真实。应该说，元散曲中的小女儿形象不是让人怜爱而是让人敬佩的。

[2] 刘永济：《元人散曲选序论》，载《文哲季刊》第五卷第二号（1936年）。

恨交织，到叹世咏史题材的自怜与自傲，道情题材中的超世与骂世，情感的大起大落、大开大阖落入文学作品中，构成了散曲表面的冷和内里的热的强烈冲突，形成了元散曲"激荡"的风格特征。

第二节　元代士人"返诸自然"的归隐之心

出于对于自身价值确立的目的，元代儒生开始抛弃传统的以功名论成败的评价方式，转而以儒生的学识、襟怀、文才等儒者的修养为主要评判标准。他们常常把儒生中的佼佼者称为"英豪"。明初朱权的《太和正音谱》就把散曲曲家编成"古今群英"[1]一百五十人。在《录鬼簿》中，作者也一再将出色的士人称为"英雄"、"豪杰"。如【吊吴中立】："莱芜穷又染维摩病，想天公试世情，使英雄遗恨难平。"【吊王伯成】："马致远、忘年友，张仁卿、莫逆交，超群类一代英豪。"【吊史九散仙】："编《胡蝶庄周梦》，上麒麟图画中，千古英雄。"【吊黄德润】："一心似水道为邻，四体如春德润身，风流才调真英俊。"[2]

由此，我们可以看出，儒生的评判标准中，"英豪"首先是文才出众者。正如散曲"诗情放，剑气豪，英雄不把穷通较。江中斩蛟，云间射雕，席上挥毫"中所言，文人把"席上挥毫"与"江中斩蛟"、"云间射雕"相提并论，将"诗情"和"剑气"等同视之，正反映出元代儒生自己的价值评判，是对当时民间对儒者的轻视的反拨。儒生在元代的低下地位，使得穷通进退已不能与儒生个人的才华能力联系在一起，功名机遇的普遍丧失使得元儒们评定英豪时"不把穷通较"。这样的士人聚在一起以文会友，当没有了外界的眼光，儒生们会以纯粹的文才及气质作为评判标准。因此，在《录鬼簿》中，众多的仕途失意的曲家都是以出众的文才和儒雅的风度成为元代士人心目中的"一代人物"的。如：

> 宣庸甫：日与诗人墨客讨论经史、商榷古今，或赋诗饮酒、填词歌曲、蹴踘吹箫，诚一代人物也。

> 沐仲易：读书敏捷，工于诗，尤精书法，乐府、隐语皆能穷其妙，一时大夫士交口称叹。

[1]　中国戏曲研究院编：《中国古典戏曲论著集成》（三），中国戏剧出版社1959年版，第16页。

[2]　隋树森编：《全元散曲》，中华书局1964年版，第1365页。

金元素：风流韫藉，度量宽洪，笑谈吟咏，别成一家。

月景辉：公人物俊伟，襟怀洒落。吟诗和曲，笔不停思。

黄德润：公有乐府，播于世人耳目，无贤愚皆称赏焉。

虎伯恭：当时钱塘风流人物，咸以君之昆仲为首称云。[1]

对于元代少数功业有成、主政一方的士大夫，文才和儒者风度仍然是他们在文坛内赢得声名的主要途径。如贾伯坚贵为扬州路总管，他在文坛的扬名来自于他的创作和"急就章"的捷才："（贾伯坚）善乐府，谐音律。有《朱砂渍玉鼎·庆元贞》盛行于世。至初任满时，新太守到任，僚属设席于路后堂，庆新送旧。席间，新指上高竿为题，求公乐府，公不停思，咏【水仙子】一阕，满座称赏。"[2]僚属公然在宴席之上，对新任太守出题考核，正说明士人们对于一个官员的文才的真实性有所怀疑，而"公不停思"，一阕《水仙子》为他迎得了真正的声名。从钟嗣成对这个故事的记叙中，我们也可以看出元代大量士人被朝廷弃用的现实也促使元代士人的价值观从外在的建功立业转向了内在的文才和风度上。脱离了社会地位的高低贵贱，文人开始正视士人自身拥有的真实能力。这也是《录鬼簿》和《青楼集》这一类专为才华出众而地位低贱者立传的作品在元代出现的社会思想基础。

然而这种儒者形象的坚守和士人评价标准的转变还只是属于抗争外在表现，对于儒生个体而言，仍需要强大的内心力量才足以维持这种抗争状态。元代儒生对这一问题有着深入的思考，"养气说"是元代儒生经常论及的一个话题。

清人朱庭珍《筱园诗话》卷一关于诗歌主气的一段带有集大成意味的论述作为后期气论的代表："夫气以雄放为贵，若长江、大河，涛翻云涌，滔滔莽莽，是天下之至动者也。然非有至静者宰乎其中，以为之根，则或放而易尽，或刚而不调，气虽盛，而是客气，非真气矣。故气须以至动涵至静，非养不可。"养成浩然之气的根本在于达到这样一种心泰然无事而常乐，世俗之荣辱不足为己之轻重的理想道德境界。

至此，我们可以将儒生的精神追求区分为由内到外和由外而内两大系列：前者是向外发散，意气昂扬，要求自我实现，即"外王"弘道；后者向内收敛，宁静观照，

---

[1]　中国戏曲研究院编：《中国古典戏曲论著集成》（二），中国戏剧出版社 1959 年版，第290 页。

[2]　中国戏曲研究院编：《中国古典戏曲论著集成》（二），中国戏剧出版社 1959 年版，第291 页。

要求和谐整一，即"内圣"修身。这种足以与世俗抗争的精神境界就是内圣修身的精神追求，是元代士人从外王的政治理想失意后的儒者追求的转换。

郝经的《养说》强调儒者之"气"必由后天养成："古之大圣大贤，莫不有以养之者。尊养时晦，时纯熙矣，此武王之所以养其武也；'公孙硕肤，赤舄几几'，此周公之所以养其圣也；三省其身，犯而不校，此颜、曾之所以养其贤也；至大至刚，养而无害，浩然塞于天地间，此孟子之所以养其气也。由此观之，圣之所以为圣，贤之所以为贤，大之所以为大，皆养之使然也。"[1]

元代另一位大儒吴澄在《别赵子昂序》进一步区别了自然之气和养成之气："盈天地之间一气耳，人得是气而有形，有形斯有声，有声斯有言，言之精者为文。文也者，本乎气也。人与天地之气通为一。气有升降，而文随之。画《易》造书以来，斯文代有，然宋不唐，唐不汉，汉不春秋战国，春秋战国不唐虞三代，如老者不可复少，天地之气固然。必有豪杰之士出于其间，养之异，学之到，足以变化其气，其文乃不与世而俱。"[2] 这段话阐明了人生而有气，但这种气与"天地之气通为一"，豪杰之士的不与俗同之处在于通过"养"与"学"以"变化其气"，当后天的"养成"施之于文时，这样的文才"不与世而俱"。具体的养与学又是指什么呢？吴澄在下文中以赵子昂为例，给予了说明："心不挫于物而所养者完，其学又知通经为本，与余论及书乐，识见复出流俗之表。"可见，道德境界的修养完善和学识的博大精深，最终实现了豪杰之士内在气质的升华，这样的士人的作品才能"不与世而俱"，超然于世俗之外了。

这种超然于世俗之外的人生态度，是元代士人经历了儒者社会价值的失落，对生命价值的恐慌后，逐渐找到的与自我和解的精神之路。只有走到这一步，元代士人才能真正从激愤、焦虑中解脱出来，他们的儒学修养不再是他们实现名利或实现不朽的工具，而真正变成了他们心中自发自愿的快乐之源。只有在这时，浩然之气才能筑造出一个独属于元代的"豪杰"来。

白贲的《正宫·鹦鹉曲》在元代最负盛名，一方面是因为它的曲律和谐，用字精巧；另一方面也是由于这支散曲写出了元代士人最后的心灵归宿。曲词中写道：

侬家鹦鹉洲边住，是个不识字渔父。浪花中一叶扁舟，睡煞江南烟雨。

觉来时满眼青山，抖擞绿蓑归去。算从前错怨天公，甚也有安排我处。

---

[1] 《全元文》（第4册），凤凰出版社2005年版，第299页。

[2] 《全元文》（第14册），凤凰出版社2005年版，第93页。

　　此曲被推为曲中"最上品"，作者因此被赞为"如太华孤峰"[1]，其原因除了对于音韵的要求非常高，创作难度相当大之外，此曲中的高雅意蕴也历来为士人所称道。曲中渔父自称"不识字"，其思想境界却远胜于凡夫俗子。"满眼青山"早已不是衣食所系，而成为渔父心灵的乐土。他的不识字，更像是对儒者身份的解脱。因为不识字，他不再担负儒者济世的使命。他的儒学修养只会滋养他自己的心灵，不论外在的环境如何（"江南烟雨"），他总能在风雨中"睡煞"，这种沉睡，更多是一种儒生在排除世情纷扰后的精神独立。"觉来满眼青山"，看穿世情后的智者才能真正从生活中看出生活之美，他热爱生命却不受制于生命，一个真正的儒者在穷尽学识之时，也不会拘泥于学识，"抖擞绿蓑归去"的渔父主动奔向了自己的桃花源。这样的"入乎其内，又出乎其外"的潇洒才是元代儒生追求的至境。

　　这种心中的真乐，才能使饱受世情打压的儒生能放开心中的焦虑，寻求坦荡洒落的精神乐境。这种精神的大解脱成为一部分优秀的元代儒生面对世俗时的解药，让他们从世俗的混乱中抽离出来。当这类人超脱出了世情的藩篱时，他们展现出的洒脱之气让他们占据了元代儒生群中的心灵高位。可以说，这样的"豪杰"之士才是儒生中真正的豪杰，是儒生中的精神领袖。

　　另外，由于元代士人洒脱来自于对社会意识的超越，这也使得他们的"洒脱"始终区别于道、释的"虚无"。从元代归隐、游历题材散曲中突出的"有我之境"特点中，我们可以看出元代散曲家们并不是故意忽略现实，他们在作品中刻画的自然田园充斥着社会现实生活的痕迹，是一种对于痛苦的现实生活的逆向思维和精神超越。从这里，我们可以更清楚地看到儒者的精神追求对于元代文人创作的深刻影响。

　　从元散曲描绘的元代士人的生活画面中，我们也可以发现他们的生活理想始终是以浓厚的文人生活情趣为基调的。不论是穷困时感叹雪夜折梅的尴尬，还是幻想中理想田园的闲适，他们的散曲中都不曾忘记自己的文人身份。即使是与渔樵为伍，隐居田园，诗酒书茶也是他们赖以区别于凡夫俗子的醒目标志。以曾瑞的《般涉调·哨遍·村居》为例：

　　　【幺】量力经营，数间茅屋临人境，车马少得安宁。有书堂药室茶亭，甚齐整。鱼池内菱芡，溪岸上鸡鹅，壮观我乘高兴。缲车响蝉声相应，妻蚕女茧，婢织奴耕。陇头残月荷锄歌，牛背夕阳短笛横，听农家野调山声。

---

　　[1]　朱权：《太和正音谱》，载中国戏曲研究院编：《中国古典戏曲论著集成》（三），中国戏剧出版社 1959 年版，第 17 页。

【耍孩儿】虽然蔬圃衡畦径，搀造化夺时发生。也和治世一般平，桔槔便当权衡。堤防着雨涝开沟洫，准备着天晴浇水坑。栽排定，生涯要久远，养子望聪明。

【幺】把闲花野草都锄净，尚又怕稊稗交生。桑榆高接暮云平，笋黄菜绿瓜青。葫芦花发香风细，杨柳阴浓暑气清。开心镜，静观消长，闲考亏盈。

【五煞】菜老便枯，菜嫩便荣，荣枯消长教人为证。菜因浇灌多荣旺，人为功名苦战争。徒然竞，百年身世，数度阴晴。

【四】兴来画片山，闲来看卷经，推敲访友针诗病。消磨世态杯中酒，聚散人情水上萍。心方定，但缘有酒，与世忘形。

曲中既写了农家乐、乡野情，又用儒者的高雅审美趣味将其美化，是一幅明显的文人化了的乡居图。作品中的主人公的生活环境悠闲适意，乡邻朴直有礼，他们在与诗朋酒友的高雅交往中过着诗意雅致的生活。它的文人化的倾向如此明显，以至于散曲很难被解读为作者的现实生活的真实摹写，而更像是作者在幻想自己的精神家园。多数涉及田园归隐的散曲作品都属于此类。

另有少数作品则显然写出了儒生生活中的另一面。在这样的生活中，儒生的居所景象萧索"老树支门，荒蒲绕岸，苦竹圈笆"（乔吉《双调·折桂令·荆溪即事》），他们因入仕无门而生活艰难"寒风透户，夜永更深"（丘士元《双调·折桂令·秋晚》），孤寒交迫"寒侵帐幕，冷湿阑干"（白朴《大石调·青杏子·咏雪》），物质生活极其贫困。但就是在描写这样的困苦生活的同时，士人的雅兴总是在的，他们"冻骑驴灞陵桥上"，仍不忘"对梅花细说愁烦"。士人的雅趣冲淡了生活的苦，精神的丰富让描写现实生活的散曲作品也有了雅意。这之间的矛盾正是儒生环境和心境、现实和理想的冲突的体现。

元代曲家以写实的手法直陈生存的艰难，却又难以放弃自己的文人身份，即使现实迫使他们以吏、医、商等其他身份谋得生存之资，但他们的内心世界仍然只有文学可以表达，他们也只有在文人的世界中才能获得慰藉。以高雅的文人情趣抵御现实的困境，这是元代散曲创作动机和艺术特色的重要特点。

第三节　元代士人"独立自由"的精神追求

书斋山水的最终目标是对生活的超脱和赏玩，它的精神本源在于"万物皆备于我"的从容气度。只有建立了强大的儒者修养，才能"历万变而中未尝变。曳履古藜，撼泄运化，吟咏情性，从容自得，然天壤之间，而寓其天趣"[1]。一个真正的儒者所拥有的精神力量本质上是和谐安宁的，他以"从容自得"的态度任世事万变而心不变。他的目光超越了世俗社会而停驻于"天壤之间"，只因他已得其"天趣"。大儒郝经的这段话为我们指明了儒者的"从容自得"的源头和表现。冯先生所指的"天地境界"正是一种儒家的入世而又超越的境界。对于这一境界，解释得最为形象的是孔门弟子曾点。在《论语·先进》中曾点曾自言其志："莫春者，春服既成，冠者五六人，童子六七人，浴乎沂，风乎舞雩，咏而归。"[2]而孔子深有同感地说："吾与点也。"这回应所肯定的人生境界就是一种人与自然和谐共处、个体的身心协调合一的充满大乐的境界。曾点之乐正是深深根植于世俗生活中的生命体验，但儒者就是在这样的生命体验中体味到了人与天地万物融合为一的道德体验与审美体验。这种体验将人与生命、自然的对立完全消弭于无形，在一种真正的和谐中显露出一种"胸次悠然，直与天地万物上下同流"[3]的至高境界。这种至高境界又被冯友兰先生称为"天地境界"。这种"天地境界"虽然具有最高的超越性，是个体精神的至境："是从一个比社会更高的观点看人生。"但它同时也是深植于日常人生的、具有生活的烟火气和存在感的："在'天地境界'中的人，要做些什么特别的事呢？并不须要做什么特别的事。他的生活就是一般人的生活，他所做的事也就是一般人所做的事。不过这些日常的生活，这些一般的事，对于他有不同的意义。这些不同的意义，构成他的精神境界——天地境界。"[4]这也进一步地指出了这种境界驾驭两极的特性，唯有真正以平和心感受生活者，才能真正以审美精神获得自然感受，其目标在于脱俗，其路径却在于入俗。

那么，在脱俗与入俗之间，如何寻找平衡？孟子进一步阐释说：一切都在于人心。

---

[1]　郝经：《陵川集》卷二十六，文渊阁四库全书本。

[2]　朱熹：《四书章句集注》，中华书局 1983 年版，第 130 页。

[3]　朱熹：《四书章句集注》，中华书局 1983 年版，第 130 页。

[4]　冯友兰：《三松堂自序》，人民出版社 1998 年版，第 256 页。

"尽其心者，知其性也，知其性，则知天矣……存其心，养其性，所以事天也。"[1] "事天"，先要"知天"，知天，不求于外，而求诸内，寄望于个体的内在修养。换言之，外在环境的优劣又不能成为个体品格气度的条件。"历万变而中未尝变"，只要端正自身，合乎天理，处任何环境中，行任何世俗事，人都能在天地的和谐共生中自得其乐："万物皆备于我，反身而诚，乐莫大焉。强恕而行，求仁莫近焉。"[2] 人与天地万物之间的"隔"消除了，人摆脱个体限制而成为与天地同其大的大我，自然能感受到"万物皆备于我"的莫大之乐。

这种"自得之趣"是一种建立在高贵儒者志向和洒脱个人精神之上的"真性情"。元初刘埙《答友人论时文书》使用了"自得"一词论学，他说："士禀虚灵清贵之性，当务高明光大之学……今幸科日废，时文无用，是殆天赐读书岁月矣。寻求圣贤旨趣，洗濯厥心，先立其大，岂不油油然有颜曾自得之乐？……学以明理，文以载道，其妙在乎自得。"[3] 这段话有两层意思。首先，"寻求圣贤旨趣，洗濯厥心，先立其大"，说的都是儒者内圣修身的功夫。刘埙指出，儒者内圣修身，才能达到真正的"与天地合流"的境界。也只有达到这样的境界，诗人才可以"油油然有颜曾自得之乐"。可见，"自得"不是"与俗同"，而是达到至高的"天地境界"的表现。

这种精神追求，落实到文学作品中的风格取向是从容、自由、率真，就是"随事酬酢，造次天成，初无一豪尚人之心，亦无拘拘然步趋古人之意，机用自熟，境趣自生，左右逢源，各识其职"[4]。当一切都"自熟"、"自生"，那么人为的机巧文饰就成了多余的装饰，文学作品的自然气象就随之生成。可见，作品的"自然"风格根源来自于儒生在内圣修身基础上的精神自由。

进一步说，散曲中的"趣"源于创作情感的真实和方法的圆熟，而这种态度和方法的根源是士人的精神自由。"机用自熟，境趣自生，左右逢源，各识其职。"当一切外在"技巧"（机用）都已融会贯通，那么作品的"趣"也就可以"自生"了。可深可浅，可雅可俗，不受拘束，境趣自生。所以明代著名戏曲理论家李渔说："元人非不读书，而所制之曲绝无一毫书本气，以其有书而不用，非当用而无书也，后人之曲则满纸皆书矣。元人非不深心，而所填之词皆过于浅近，以其深而出之以浅，

---

[1] 孟子：《孟子·尽心上》，载朱熹：《四书章句集注》，中华书局 1983 年版，第 349 页。

[2] 孟子：《孟子·尽心上》，载朱熹：《四书章句集注》，中华书局 1983 年版，第 350 页。

[3] 刘埙：《水云村稿》卷十一，文渊阁四库全书本。

[4] 欧阳玄：《雍虞公文序》，载虞集：《道园学古录》卷首，文渊阁四部全书本。

非借浅以文其不深也，后人之词则心口皆深矣。"[1] 元代士人的"读书"和"深心"正是为了内圣修身，而内圣修身的最终结果是"万物皆备于我"、"与天地万事上下合流"达到自然的至境，这样所填词曲就必然呈现出"自然"、"天趣"。

可见，散曲的语言虽然"贵显浅"，但语浅不等于意浅，而恰恰应是"意深词浅"。散曲中思想性、艺术性融合完美的佳作，都是"以其深而出之以浅"，以浅显通俗之语表达出士人悲天悯人的儒者情怀。【高祖还乡】里庄户人口中脱口而出的谐谑通俗的语言中透露出的是"窃钩者诛，窃国者侯"的社会批判意识；《天净沙·秋思》中天涯游子的漂泊孤苦透露出儒者行道之难；张养浩的《山坡羊·潼关怀古》中对百姓悲剧命运的怜悯更是儒生心怀天下的社会责任感的体现。这些篇什在语言上都是颇为显浅的，但中间充盈的却是一种直率自由的真意，而这种真意的流露，应归之于元代儒生在遭遇世事的磨砺，放弃世俗功利的追逐后一种老而弥辣、返璞归真的自由文风。

因此，元代散曲作品中各种题材各异，但感人至深者多为"性情之作"。当儒生眼见自己两鬓成霜而功名未就，时不我待却又无力回天时，他悲切的呐喊中涌动的是儒者经国治世的崇高志向："黄尘万古长安路，折碑三尺邙山墓。西风一叶乌江渡，夕阳十里邯郸树。老了人也么哥，老了人也么哥，英雄尽是伤心处。"这样的作品是壮士暮年的慷慨悲歌，更是儒生高雅情操的自然展现。它的语言浅俗，正是因为它的真情深意已容不得文字技巧的修饰，只能以最自然的方式喷薄而出，说尽透辟。由此可见，正统儒家的"雅文化并没有远离元散曲，它深深地植根于散曲中，成了散曲内在精神和情感的根基"。

此外，我们也应注意到正是元散曲的特殊文体特性使它更顺利地成为了元代士人坦露真实情感的文学载体。元散曲在文学史上一直被视为一种近俗的文体，甚至有学者直接将它划入了俗文学的范畴。这其中的原因很多，但最主要的除了是作品本身具有俗语、俗意、俗体，还在于元代士人对于散曲创作的认识多是停留在"技"的层面，虽然当时社会将散曲称为"乐府"，颇有提高其文学地位的意思，但就实际创作而言，它依旧无法摆脱"特余事耳"的定位。少了儒者志向的承载，散曲因此而有了更多创作的自由度。然而创作自由绝不意味着轻浮放纵，元代散曲家也反复指出散曲的创作仍然离不开作者学识、修养的驾驭。如果"无长歌之纡徐，短咏

---

[1]　《闲情偶寄》卷一《词曲部·贵浅显》，载中国戏曲研究院编：《中国古典戏曲论著集成》（七），中国戏剧出版社 1959 年版，第 22 页。

之激烈，无以陈说其志意，而感动其性情"，使得人们"手无可披之编，口无可吟之艺"，就"不能使人有所欣慕而感发于无穷"，"所以立言立行之不可偏废也如此"。[1]

在元代散曲作品中，我们也同样可以看到曲家们的主观控制力。对元代士人来说，散曲这种"余事"、"小技"的价值就在于它是儒生"和顺积中，英华自然发外"[2]的成果。这种"技"，并不是属于市井工匠的技能，而是儒者士夫展示自己才学的一个途径。这也从另一个侧面为我们解释了元代儒生一面深自检束，以"纯雅"君子自任，另一面又"于乐府、隐语无不用心"[3]的形象的两面性的原因了。

总之，元代士人的儒学思想依旧可以分为外王弘道和内圣修身两个部分。他们强烈的治世雄心来自于"外王"的志士心态，在受到社会压制后，把悲愤之情、不平之声反映到元散曲的作品中，使作品具有了强健雄壮和冷峻激荡两种风格。而元代儒生为了自我价值重建而积极地内圣修身，又推动他们超越世俗、追求天人合一的自然之境，从而使他们的散曲作品呈现出自然"真"、"趣"的风格特征。这四种风格相互交融，既是元代士人们精神境界的外在表现，也是元散曲中雅文化特质的体现。

---

[1] 虞集：《道园学古录》卷三十三《陈文肃公诗集序》，载《全元文》（第26册），凤凰出版社2005年版，第112页。

[2] 钟嗣成：《录鬼簿》，载中国戏曲研究院编：《中国古典戏曲论著集成》（二），中国戏剧出版社1959年版，第104页。

[3] 钟嗣成：《录鬼簿》，载中国戏曲研究院编：《中国古典戏曲论著集成》（二），中国戏剧出版社1959年版，第125页。

中编

元散曲雅俗文化体系的冲突与融合

第五章　二元对立是元散曲雅俗冲突的外在表现

纵观元代散曲，风格多样化是个很突出的特点。不仅同一时期、同一地域、同一阶层、同一民族的曲家会表现出差异明显的作品风格，即使同一个作家，其作品也往往呈现出"一人多格"的特点：或蕴藉骈丽，或本色通脱，或"滑雅"叠沓，往往风格迥异。"秋思之祖"的马致远既写出了清朗淡雅的小令《寿阳曲·远浦帆归》，又创作了浅白世俗、机趣幽默的《般涉调·耍孩儿·借马》，就是显例。

不仅如此，面对单篇作品，我们也可以明显看到雅与俗两种风格元素在作品中的共同呈现。这种呈现有的来自于两种语言风格的并存；有的来自于市井题材和文人意趣的融合，还有的表现为市井心态对传统文人题材的再解读。这种杂糅造成了散曲作品艺术风格的不统一，也造成了散曲作家艺术风格的跳跃，但就是在这样的冲突中，形成了元散曲强烈的艺术张力，从而成就了元散曲雅俗共赏的复合型艺术美。

李昌集先生的《中国古代散曲史》涉及了这一研究领域，并从一开始就敏感地意识到了散曲艺术美来源于"冲突、动荡和非和谐性"[1]，它们是散曲"风力"的基本态势。这一论断将以往对散曲作品的静态材料分析延伸到了对于散曲作品言语结构的分析中。对于散曲而言，除了少数极俗的题材及富有时代气息的民间语言之外，绝大多数的题材、语言和典故都是中国古代文学宝库中的常见资料。即使是俗词俚语，也来自于盛行于宋元的民间语汇及民间故事。如周德清在《中原音韵》中所分，"乐府语"、"经史语"、"天下通语"[2]构成了元散曲绝大多数的语言元素。但元散曲之所以具有"文而不文，俗而不俗"的艺术特质，不仅在于元散曲的题材内容和俗词俚语，更在于散曲作家主动地以俗文学意识进行散曲创作，又在散曲创作中努力保持文人本色，使之不坠入恶俗之中。

在元散曲中随处可见"二元对立"的创作模式。昔日的英雄现今已化为尘土的

---

[1]　李昌集：《中国古代散曲史》，华东师范大学出版社 1991 年版，第 271 页。

[2]　中国戏曲研究院编：《中国古典戏曲论著集成》（一），中国戏剧出版社 1959 年版，第232 页。

时间对立，自身道德操守与糜烂败坏的社会风气的对立，一腔痴情的执着与真心被负的滥情的对立，家国忧思与报国无门的对立，年华老去与功业无成的对立，"岂是无心做大官"与"不如归去"的对立，等等，元散曲中总是充满了强烈的否定和肯定，这种通过彻底否定一个来肯定另一个的方式，从根本上证明了双方势力在作者心目中的均衡对峙。

这种"二元对立"源于雅与俗两种价值观同时深刻地影响了元代士人，使他们在追求道的过程中又留恋生的繁华，在享受市井的欢乐时又渴望社会价值的实现。元散曲产生的社会文化背景决定了它无法统一于一种社会"标准语"，多元化的社会环境和差异化的文人地位营造了一个"多声部"的文化环境，在文化环境中，任何文人要做的并不是简单的"归附"或"叛离"，而是"选择"。

而选择是如此艰难，矛盾双方的力量势均力敌，它们不断撕扯着元代士人的心灵，这种真实的心理体验使幻想着超脱的他们无法真正超脱。"尽道便休官，林下何曾见？至今寂寞彭泽县。"（薛昂夫《正宫·塞鸿秋》）这种紧张心理渗透到散曲创作中，使作品也往往呈现出一种无意识的对比效果，反映出作者潜意识中的权衡比较。这种对立通过元散曲内容、结构、语言等的不匹配形成了元散曲语言艺术上的张力，构建起散曲的艺术美感。

第一节 文本形式上的雅俗对立

元散曲文本形式上的雅俗对立具体表现为书面语与口语的穿插运用，它们造成了元散曲中写实与抒情风格的不统一。

这类语言配置，既有文言语言又有当时通行的白话，俗雅相间，"文而不文，俗而不俗"，由元代社会的日常语言和书面语言错杂而成。在现存的元散曲中此类作品最多，这类作品往往仅仅是语言本身就能以不对称感令人感到新奇。其中的书面语言更多用于诗词等文学体裁，它以语意的丰富和不确定性造就了文学作品的诗意美，而日常语言是生活语言在文学中的再现，它贴近现实生活、具体生活，因而更具亲近感。两种语言的并用成为元代曲家习用的一种散曲创作方式。

元散曲中语言融合方式又可以分为以下两类。

（1）以白话为主穿插以文言。如白朴《双调·得胜乐》：

红日晚，残霞在，秋水共长天一色。寒雁儿呀呀的天外，怎生不捎带个字儿来?

全曲写秋日怀人，秋深日晚，红霞已残，寒雁声声，但相思之人却杳无消息，曲意显豁，俗味十足，但其中穿插了一句"秋水共长天一色"。王勃《滕王阁序》中的名句被作者用到了这里，既自然贴切又顿时令全曲境界大开。它在描写秋景开阔的同时又写出相思者极目远眺的情感动作，使全曲更为生动。如此语言配置，使作品风格雅俗交织，其表达的情感，既有着源自现实生活的质朴真，又有着传统诗歌抒情写意的朦胧美，作品的景愈雅而情愈真，获得了比单纯的文言或白话更好的表达效果。

（2）以文言为主辅之以白话。如张养浩《双调·得胜令·四月一日喜雨》：

> 万象欲焦枯，一雨足沾濡。天地回生意，风云起壮图。农夫，舞破蓑衣绿；
> 和余，欢喜的无是处。

张养浩一贯关心民生疾苦，作为一名儒生，他以救百姓于水火为己任，本曲就写了他为民祷雨，喜获甘露时的欢悦心情。这支曲的题材是非常正统的文人诗歌题材，张养浩一生为官正直，也是一个非常正统的儒生形象，所以他的这支曲的前四句基本是以诗的方式创作的，不仅对仗工整，用词也庄方雅正，足可令人想见他为人为官的风格气度。而后一部分，虽然先民后己，"后天下之乐而乐"，仍然表现出了作者的士大夫情怀，但尾句的"和余，欢喜的无是处"，却将他还原成了一个寻常百姓，"连我，都高兴得没法说了"，所谓亲民，与民同乐，就莫过于这种境界吧。可见，散曲的文白夹杂，并不一定是曲家从艺术美的角度来有意创新，它也来源于曲家情感的自然流露。散曲形式的自由为这种情感的真提供了很好的展现机会。

诸如此类的文白夹杂的散曲语言配置形式，其中都暗含着一种组合原则，即语义的统一和语言风格的差异。它代表着一种文人思维与市井思维的杂糅。元代士人与市井生活的亲近，不仅体现在居住于繁华市井之中，更在于市民生活体验与生活哲学已经融入他们的思想之中，使他们在创作中很难保持士大夫创作的纯洁性。创作中一些平民体验或是市井视角往往会化为作品中的一句，对创造者来说，这是非常自然的事，对于散曲作品来说，就呈现出了文化意识的交织与融合。又如张可久的另一支曲《越调·天净沙·闺怨》："檀郎何处忘归，玉楼小样别离。十二栏干偏倚，犬儿空吠，看看月上荼蘼。"全曲写少妇伤春，前半部运用了传统的宋词写意手法，用字典雅华贵；而后面一层却转以市井口吻，抒写人物相思难耐的懊恼。

有学者指出，这种诗歌语言的变化标志着旧有士林认识模式的转化，在认识方式上由理性把握走向情感投入，在认识情感上由内敛含蓄变为外旋张扬，正是这种变化，决定了散曲在诗体文学中的另类风格。[1]大量的元代散曲作品确实证明了这一点。

散曲语言的俗化，使作品更贴近于听众的感受，更易为听众理解，引发他们的认同。它不是简单地追求作品意蕴的低俗粗鄙，相反，它在追求语言的俗化时，也在尽力维护其情感体验的真诚和质朴，这就使得散曲作品既通俗易懂，但作品的内涵却仍然显得丰富真诚。如商挺的《双调·潘妃曲》：

> 闷酒将来刚刚咽，欲饮先浇奠。频祝愿，普天下心厮爱早团圆。谢神天，教俺也频频的勤相见。

"咽"、"浇奠"，"心厮爱"、"神天"等都是元代市民口语，特别是"浇奠"，极少用于文学创作中，在书面语中一般写作"酹"，如苏轼《念奴娇·赤壁怀古》就有"一尊还酹江月"；"普天下心厮爱早团圆"，更是一句最地道的市井口语。"俺"，是典型的北方第一人称口语。据李泰洙研究，在古本《老乞大》中，"俺"的使用次数是180次，可见当时使用范围之广。[2]把文言书面语言转化为当时的白话口语，使作品的意境最大限度地通俗化，也使作品表达的情感最大限度地贴近了市民心声。然而，这样的市民心声，又是经过文人筛选的，具有真美和善美的正面情感，因而，在情感体验上又让人的心灵净化，品格提升，获得美的感受，因此作品又不失为雅正之音。

再如查德卿《双调·蟾宫曲·怀古》：

> 问从来谁是英雄？一个农夫，一个渔翁。晦迹南阳，栖身东海，一举成功。八阵图名成卧龙，《六韬》书功在非熊。霸业成空，遗恨无穷。蜀道寒云，渭水秋风。

从题目可以看出，这支曲是文人创作的传统题材，然而它的创作方式及作品主题却带有强烈的时代印记。对于勋业彪柄的前贤名臣诸葛亮和吕尚，作者看到的是他们平凡的出身——"一个农夫"，"一个渔翁"；对于他们的盖世功绩，作者却反而是以参破一切的决绝态度断言"霸业成空，遗恨无穷"，这种历史价值观，与作者所处的元代贤愚颠倒、儒生地位低下有着密切的关联，但同时，也使传统的正

---

[1] 王广超：《论元代散曲语言配置形态及其影响》，载《民族语言研究》2008年第3期。

[2] 李泰洙：《〈老乞大〉四种版本语言研究》，语文出版社2003年版，第22页。

大典雅的书面和诗词语言不再适合于表达这种时代新声，所以，当作者以直白的口语和流畅的日常语序发言表态时，这种历史价值观就呈现出了更鲜明的时代特点。作品的语言与内容也有了更好的结合。而最后一句以景写意，以刚劲清空之势收束全曲，再次回归文人意趣，使全曲在大量的白话语言运用之后，依旧保持着浓烈的雅的韵味。

更大量的作品则是将通俗浅白的语言嵌进典雅庄重的诗词句法中，看似文雅，实则通俗。如乔吉咏雪的名句"面瓮儿里袁安舍，盐堆儿里党尉宅，粉缸儿里舞榭歌台"，三句句式齐整，形成规范的鼎足对，但一句中前俗后雅，以雅景求俗趣，雅俗之间的转换出人意表；徐再思的"花底春莺燕，钗头金凤凰，被面绣鸳鸯"也是鼎足对，字面看来也十分雅致，但句中所写的景物因强烈的生活气息而极具俗味，更是以雅写俗的佳句。而乔吉、徐再思之曲，在元代曲作中都是偏雅的，常以典雅清丽为人所称道。但在他们的散曲中已经很难找出写意、用语纯粹雅化的作品了，多是雅俗杂糅，呈现出一个综合性的作品风格。这种散曲语言的雅俗交织，构成了曲作表面的不和谐。[1] 它不仅是散曲之趣的重要因素，也是创作者现实中雅俗共存的生活本相的真实再现。

以白话简化文言词义，使之明豁，这不是文人的个别创造，而是元代社会为适应少数民族和普遍市民文化水平偏低的情况而自发产生的一种普及性的语言使用现象。洪迈在《夷坚志》中提到"契丹小儿，初读书，先以俗语颠倒其文句而习之，至有一字用两三字者"[2]，就证明了元代俗语与文言的混用在日常生活中的实际功能。在元代官府公文、商业往来，社会交往诸多文字领域，白话口语的使用频率也已经超过了晦涩难懂的文言，成为常用语言。散曲语言的口语化也是元代社会语言演变在文学中具体呈现。

推及元代儒生，他们在从事文术研究和文学创作时，俗化也成为一种语言运用趋势。据语言学研究成果，元代把儒家经典通俗化途经主要有训诂术语口语化、双音节注释单音节、口语短语注释文言短语三条途经。[3] 这种语言使用现象反映在散曲创作上就表现为以俗写雅的频繁出现。

散曲语言配置的俗语化，也得益于散曲与当时音乐的结合。散曲用词的灵活，

[1] 张羽：《论元散曲的形成和精神实质》，载《广播电视大学学报》（哲社版）2010年第1期。
[2] 洪迈：《夷坚志》，何卓点校本，中华书局1981年版，第514页。
[3] 张玉霞：《许衡〈大学直解〉与〈中庸直解〉的口语注释初探》，载《重庆邮电大学学报》2007年第2期，第109—110页。

令演唱变得更为简单，对散曲作品的传播起到了很好的推动作用。以郑光祖《双调·蟾宫曲·梦中作》一曲为例：

> 飘飘泊泊船揽定沙汀，悄悄冥冥。江树碧荧荧，半明不灭一点渔灯。冷冷清清潇湘景晚风生，淅留淅零暮雨初晴，皎皎洁洁照橹篷剔留团栾月明。正潇潇飒飒和银筝失留疏刺秋声。见希飒胡都茶客微醒，细寻寻思思：双生双生，你可闪下苏卿？

作品中大量叠词和胡语的运用是其最大特色。曲中既有"飘飘泊泊"、"悄悄冥冥"、"冷冷清清"等AABB式两音叠词，又有"淅留淅零"、"剔留团栾"、"失留疏刺"、"希飒胡都"等胡语与汉语口语词汇，这些非书面语词汇的加盟，表达了作者具体真切的主观情感，写景状物都逼真形象；从演唱角度说，它可以适应音乐节拍，富于变化，急缓相间，有利于行腔换气；同时，唱词对于元代百姓来说通俗易懂又响亮易听，便于市民阶层的欣赏和演唱。这样的散曲作品中景物意境是文雅的晚秋秋泊图，所表达的情感则是民间最熟悉的双渐小卿故事。从情感表达的角度出来，散曲的用语也显出明确的俗化特点，这与散曲作品可唱性的强化与听众群体的底层化、文化水准的降低都有着直接的关系。

其次，散曲语言的文白变化，也造就了散曲审美风格的俗化。传统诗词的含蓄蕴藉的文学风格在很大程度上来自于讲求"意在言外"的诗化语言。这种语言以书面语为文字基础，通过简洁而意蕴深厚的文字，将读者的思绪引发到文字蕴藏的复合意义之中。它通过语意的叠加制造阅读的障碍，以读者的主动想象引发读者个体感受与创作者的思想的共鸣，这种文学创造方式追求的是读者的主动代入和感受的自由联想，以他人杯酒浇自身垒块。这种思想的共振，只有在文化层次保持一致时才能实现，正因为如此，诗文的雅化，也是创作者有意筛选读者、寻求知音的重要方式。而散曲，则是另辟蹊径，以俗写俗，散曲的语言刻意拉开了它与诗词语言的差距，正如李渔所说："即有时偶涉《诗》、《书》，亦系耳根听熟之语，舌端调惯之文，虽出《诗》、《书》，实与街谈巷议无别者。"[1] 可见，曲家在创作时有意以俗的语言来创造求新求趣的散曲风格。这种俗语言的特点在于与世俗的亲近感，它的意义不在于与现实拉开距离，营造一个诗意想象空间，而在于通过世俗语言，

---

[1] 李渔：《闲情偶寄》，载中国戏曲研究院编：《中国古典戏曲论著集成》（七），中国戏剧出版社1982年版，第28页。

找到现实生活中的类似之物、相似之情，以"人之常情"引逗着读者抛开外在的身份、等级等种种面纱，回到生活的本原。或者说，散曲的创作者是以自降身份、放开面皮的方式离开士人的阵营，将自己还原成一个"不识字的渔樵"，一个俗人，也以这样的方式找到俗世的特有的"真"。

元代松弛的社会规范也在无形中影响了元代士人的思想，在元代的文艺作品中，破体成为了一种常见的创作思维。对于元代士人来说，"神似"远比"形似"重要，为了表达自己的心意、感受，文体之间的界线就不必那么明确，画可以配诗文印章，曲既可听也可观。多种文体的艺术特长的结合，开拓了文学艺术的表现对象与创作手法，造就了"陌生化"的审美效果，给传统的文体带来新的趣味和风韵。散曲就是这样一种文体改造的产物。

第二节　题材内容上的雅俗对立

元散曲一个突出的特点就在于传统意象的内涵的多样化。从闺怨中的"痴情"，到叹世中的"英雄汉"，到写景中的"梅"，再到归隐中的"渔樵"，这些在传统儒家文化或民间文化中早已定型的概念和模式，在元散曲中都演变出明显的意义的游移。这种游移时常在同一个散曲作品中出现，展现出作者本人自己思想的不确定性。这种不确定性的根源在于社会多种意识形态对于创作者的心理冲击。

以自然寓士人的内心理想，以社会寓世俗的现实丑陋。元代士人常在紧张的文学冲突中以丑写美，以乐写悲。他们借用俗文学中强烈的对抗性表现心理矛盾的调和与对抗之间的反复游移，由此构成了元散曲激荡百变的艺术魅力。"他们不仅选择了许多世俗化的题材内容写入曲中……而且他们也有意无意地要表现出与俚歌俗曲不同的文人风致，于是便出现了于俗中求雅和化俗为雅的现象。"[1]

这主要表现为散曲创作中的"文人化"特点。有学者指出这首先是在作品中体现出明确的文人特质，表达出作者对现实、历史、人生的结合现实的独立思考，表现他们的社会责任感和思想境界。其次则是在艺术形式上追求一种相对稳定、规范、圆融的艺术格局，并在艺术风格上追求一种与文人自身学识、修养、品味相合的文雅特质。[2]

---

[1]　赵义山：《元散曲通论》，巴蜀书社 1993 年版，第 158 页。

[2]　谭帆：《禅戏相异论——古典小说戏曲"叙事性"与"通俗性"辨析》，载《文学遗产》2006 年第 4 期。

散曲创作中的"文人化"特点在其各种题材中都有所体现。

（一）写景题材

以文人眼光来看待寻常生活场景，曲家往往能从这些世俗景致中获得文人高雅的审美感受。如：

> 岳阳来，湘阳路。望炊烟田舍，掩映沟渠。山远近，云来去。溪上招
> 提烟中树，看时见三两樵渔。凭谁画出，行人得句，不用前驱。
>
> ——卢挚《中吕·普天乐·湘阴道中》

全曲的字面内容都是描写一个行路人的所见所感，所着意点也都是寻常人家的烟火生计，但文字形成的画面感是文人诗画中的意境，这不是一个真正的市井中的人的所见所闻，而是一个超然于世俗之外的士人对山野田园带有选择性的审美表达。

又如：

> 从负郭问桑麻，遇邻翁数花甲。铁笛儿在牛角上挂，酒瓢儿在渔竿上插，
> 诗囊儿在驴背上跨。眼底事抛却了万万千千，杯中物直饮到七七八八。欢
> 百岁谁似咱？哈哈，要罢便罢！分付与风月烟霞，准备着归家来耍耍。
>
> ——无名氏《小石调·归来乐》

全文以俗的内容表现俗世生活画卷，从表现看一派俗意，但其精神归旨却是士人的高雅情趣。

另一类作品不在于述说作者对俗世生活或文化的喜爱，而更倾向于表达个体在现实面前的左右为难。它比一般的归隐作品多了一分坦白，以更真实的方式展现出作者作为一个自觉承担着社会责任的士人在出世与入世之间的挣扎。这种挣扎本身就是元代士人在理想与现实冲突中的真实反映。它的现实感，带着世俗的烟火气，却往往隐藏在作家雅致的生活理想之下。马致远的《双调·蟾宫曲·叹世》中写道：

> 东篱半世蹉跎，竹里游亭，小宇婆娑。有个池塘，醒时渔笛，醉后渔歌。
> 严子陵他应笑我，孟光台我待学他。笑我如何？倒大江湖，也避风波。

小令开篇以"东篱"自号，借以表明自己寄身田园、寄情世外的志趣，继而精心设计了世外桃源般的生活：在那竹径通幽的地方，隐映着一座小巧的游亭；在那竹径的尽头，有一个小巧的庭院。这个小小的壶天世界，本已令人自足，但他对生活的设计尚不止于此，在庭院后面另有一池清水，诗人荡着小船，醒的时候轻声吹

起渔笛，醉酒之后又放声唱起渔歌。可以想见，此时的诗人可谓陶然忘情，宠辱偕忘。"严子陵他应笑我"，严子陵少时曾与东汉光武帝刘秀一起游学，待刘秀称帝，他就隐居起来。相较而言，马致远虽也高唱隐居，却没有严子陵来得彻底，当时还担任小官（江浙行省务官）。至此，马致远向严子陵反唇相讥了："笑我如何？"我又有什么可被嘲笑的呢？最后，诗人不禁发出呼吁："倒大江湖，也避风波"。全句的意思比较明显，不只湖畔港湾，即或白浪滔天的偌大湖面上，也自有躲避风波的办法。其实是用来借喻官场中也可求隐，表达了诗人怀才不遇，为了生计和前途只能暂时屈身小吏，他深知江湖险恶，时时鞭策自己"出淤泥而不染"却又没有勇气放弃自己的青云之志真正走上归隐之路，只能被动地在"避风波"中幻想心中的东篱境界。这种复杂感情正是曲家在现实中进退两难的真实写照。马致远幻想中的隐居妙境极其雅致，渔笛渔歌更显得从容自得。这与他现实生活中的身处"江湖"只能"也避风波"形成了鲜明反差。明知理想生活美妙自足还恋栈不去，从两种生活状态的对比中，马致远表达出了一个传统文人对于世俗的功名利禄鸡肋般的不舍和妥协。这种心态完全不同于一般归隐题材所推崇的弃世与洒落，透过表面的超脱旷达，窥见其内在的幽怨和苦闷，可谓语简短而意悠长。

（二）咏梅题材

元代士人对传统诗文中常见的咏梅题材也进行了内容和思想的改造。

同样是形影单薄，独绽寒冬，偏居一隅，对于宋人来说，这是梅的主动追求，正是梅格之所在，是宋儒提升自我精神气质的外化象征。而对于元人来说，这是梅的无奈现实，在恶劣的自然环境中，梅孤芳自赏，不是因为它自高于世人，拒世俗于门外，而恰恰在于世俗把士人挡在于繁华喧嚣的生活之外。如：

> 梨雪旋绕东风，谁屈冰梢，怪压苍松？绿萼含香，枯根层结，春信重封。
> 清味远嫌蝶妒蜂，老枝寒舞凤蟠龙。夜月朦胧，疏蕊纵横；瘦影交加，碎
> 玉玲珑。
>
> ——周文质《双调·折桂令·咏蟠梅》

这支曲突出了蟠梅身处环境的恶劣和梅的清高自傲，从中可以看出作者周文质对自己文人身价的自重和对自身境遇的自怜。《录鬼簿》称周文质"体貌清癯，学问该博，资性工巧，文笔新奇。家世儒业，俯就路吏。善丹青，能歌舞，明曲调，

谐音律。性尚豪侠，好事敬客"[1]。从当时人对周文质的评价中我们可以发现周氏人格气质中的雅俗两面。他"体貌清癯"，"学问该博"，"家世儒业"，不论是家学渊源、个人学识，还是外在气质都是一个儒者的形象，但同时，他又"资性工巧"，"俯就路吏"，"善丹青，能歌舞，明曲调，谐音律。性尚豪侠，好事敬客"。从审美喜好、职业地位和性格爱好上又显示出一个市井中人的生活形象。与中国古代许多寄身市井却心存魏阙的底层文人不同，对于周文质这样的元代文人来说，儒学根底和生活现实是不可偏废的两个面。他在精神的雅与现实的俗之间游走，却不能真正无视或放弃其中的任何一端。这种精神与生活状态的背离反映到曲家的文学创作中，就使得他们的散曲不可能完全单向地成为雅文学作品或是俗文学作品。散曲中雅俗文化元素的共存正是他们现实状态的文学呈现。

元散曲对梅在风雪寒冬中自守的着重强调，代表着士人的生活困境对其精神家园的强烈干扰；从另一方面来说，从元代士人习于高呼文人的穷酸弱势，也证明了他们在创作心态上已偏向于市井视角，能够跳出士人的自我欣赏而以旁观者的角度来品评士人的精神追求。士人务虚的精神追求在市井的务实重利的价值天平上，必然会导致元散曲中对于传统士人精神追求的嘲讽。而这样的作品又由士人自己创作而成，就转而成为了生活于市井之中的士人的自嘲之作。如果说周文质的咏梅散曲还是在雅俗境界之间挣扎，对于自己的士人精神难以放弃的话，下面几个曲家就以自嘲的方式把价值的天平倾向了世俗的生活体验。

> 魂来纸帐香先到，花放冰梢雪未消，浩然驴背霸陵桥。风势恶，休笑子猷乔。
>
> ——曾瑞《中吕·喜春来·咏雪梅》

> 杜甫，自苦，踏雪寻梅去。吟肩高耸冻来驴，迷却前村路。暖阁红炉，党家门户，玉纤捧绿醑。假如，便俗，也胜穷酸处。
>
> ——薛昂夫《中吕·朝天曲》

> 堪图石氏黄金帐，宜住芦花白玉堂，折莫便冰雪前村一千丈。沽一壶酒浆，向寒驴背上，教那快忍冻的书生尽自赏。
>
> ——亢文苑《南吕·一枝花·为玉梅作》

---

[1] 中国戏曲研究院编：《中国古典戏曲论著集成》（二），中国戏剧出版社1959年版，第128页。

这三个士人的出身各不相同，曾瑞是悠游市井的知名士人，薛昂夫是仕途得意的色目高官，亢文苑是穷愁困厄的落魄书生，但他们写梅却都抓住了梅之清源于梅之寒的特点，以冰雪中的寒梅喻文人。梅之高格逸韵是中华文化淡雅精神的缩影与象征，雪中赏梅本是文人雅致的典型意象，但在元人笔下，赏梅时的"风势恶"是不容人回避的。他们有的调侃"吟肩高耸冻来驴"是穷酸的表现，有的坦承只有"快忍冻的书生尽自赏"，有的厚道地解释"休笑子猷乔"。不同的角度，却在描写同一件事，文人的赏梅在世人眼中，是一件迂腐的傻事。士人的"穷"和"酸"早已为世人共识。生活的困境是文人雅趣最大的障碍。元代文人还没有超脱到可以忘记自己的生活困境的地步。所以，一面在坚守文人的品味和情趣，一面又必须正视恶劣的物质条件和社会环境。这为元代文人的"雅趣"增添了世俗的不和谐音符。但就是在这样的不和谐中，元散曲也将形而上的文人趣味与形而下的生活处境结合起来，在困境中的精神追求，反而有了更加深刻动人的艺术魅力。

（三）闺怨题材

　　在元散曲的闺怨题材中，女性形象发生了巨大的变化。同时，闺怨散曲的艺术风格也呈现出与以往不同的特点。

　　散曲的叙事言情作品往往主张要去俗、不纤弱。不纤弱指作品主体的主动性、动作感，与传统雅文学言情题材中主体的被动性和静态思绪引发有着气势上的强弱之别。在元散曲中，表现为传统诗词的静态环境描写中，融入了主体的积极态度，两者的对立冲突成为元散曲言情题材作品的趣味所在。

　　元代曲家在处理闺怨题材时更擅长于从市井心态中提炼新鲜元素对传统表现对象进行改造。其改造内容主要有以下几个方面。

　　1. 人物形象动态化

　　　　咫尺的天南地北，霎时间月缺花飞。手执着饯行杯，眼阁着别离泪。
　　刚道得声"保重将息"，痛煞煞教人舍不得。好去者，望前程万里！

　　　　　　　　　　　　　　　——关汉卿《双调·沉醉东风（五首）之一》

　　曲中的女子有着《西厢记》中的莺莺的情节模式，不同之处在于它突破了传统故事模式中莺莺的恋情不舍，她既有着女性的重情细腻，又兼具大丈夫的高远志向。末一句"好去者，望前程万里！"与前文中的"痛煞煞教人舍不得"，一为英雄气，一为儿女情，两两相对，句短情长，使得缠绵的女儿话语突然有了好男儿的志向和担当。这种豪爽气质是元散曲中特有的，它并不是淡化了女性的柔情，而是增添了男性的阳刚之气，这两种气质看似冲突对立，却又在一个爽朗的北方女儿身上完美地融合成一体，在带给读者新鲜感之时，又丰富了曲作的内涵。

又如：

> 干荷叶，水上浮，渐渐浮将去。跟将你去，随将去。你问当家中有媳妇？
> 问着不言语。
> 脚儿尖，手儿纤，云鬐梳儿露半边。脸儿甜，话儿粘。更宜烦恼更宜忺，
> 直恁风流倩。

——刘秉忠《南吕·干荷叶》

曲中的女子明白地发出了"跟将你去，随将去"的誓言，从表面看来，她把握了感情的主动权，她主动地问及男子可曾婚配，但换得的是一个"不言语"的回答。这样的主动态的情感付出和行动表达，与她无法改变的爱情悲剧结局形成了强烈的反差。看似强势的女子最终仍旧是社会和命运的弱者。元散曲强化了许多女性形象的个性，塑造了许多泼辣勇敢的市井女性形象，但从这种改造中我们依旧能看到传统诗词中深闺怨妇的哀愁。

究其原因，则在于尽管元代闺怨题材散曲中的女性的形象世俗化了，但女性的命运本质依旧没有改变，不论是歌儿舞女还是闺中少妇还是思春少女，她们都无法真正掌握自己的命运。她们命运的无常与失偶的痛苦依旧是被文人们反复咏唱的主题。她们爱憎分明的个性和积极主动的行为增加了她们与命运抗争的能力，但却无法改变她们受他人、受命运摆布的结局。相反，与前代佳人们的被动等待相比，元代散曲中的女性形象的主动性只能更加强化了她们的悲剧性。在元散曲中，女性形象更鲜活真实，更受人喜爱，也更令人同情。她们的行为动机与结局的强烈反差是元散曲这类题材的艺术魅力的重要来源。

2. 人物心态主动化

元代"梦里相逢情倍加，梦断香闺愁恨多。梦他憔悴他，争如休梦他"（贯云石《越调·凭阑人·题情》），这样的怨情之作在元代散曲中随处可见。梦里相逢，正是因为相思极浓。但是相思之浓烈，并不曾让思者快乐，梦醒之时"愁恨多"，相逢总在梦中，但现实中的思妇已在夜夜的相思中"憔悴"了。但是，值得注意的是，元散曲的思妇题材作品中有相当部分都在相思的苦痛中表达出了一种执着强韧、

永不变心的情感态度。如：

> 席上樽前，衾枕奈无缘。柳底花边，诗曲已多年。向人前未敢言，自
> 心中祷告天。情意坚，每日空相见。天，甚时节成姻眷！
>
> ——关汉卿《双调·碧玉箫（十首）之六》

全曲前八句各成对比，从人前的强言欢笑到心中的情坚失意，一名渴望真情的歌伎形象跃然纸上，纵然每日相见，并不存在相思之苦，但她心中追求的是一份长相厮守的真感情，她自白"情意坚"，希望换得"成姻眷"。虽然意愿是最卑微的，但女主人公以坚定的情感态度树立了一个坚强忠贞的女性形象。与迎来送往的歌女形象相对立的，是一个痴情女儿的真诚直白，这种生活表象与内心意愿的对立，比一个独守空闺的弱女子更受人敬重。可以说，这支散曲中的女性形象的确定依靠的是她的强势表白，但让人回味的却是她对自己生活的无法自主，作者以对比强化了这种反差，形成了元代闺怨散曲的艺术张力。

与之相类似的作品在元散曲中随处可见，如："到秋来还有许多忧，一寸心怀无限愁，离情镇日如病酒。似这等恹恹，终不肯断了风流。"（庾吉甫《商调·定风波·思情》）前面写相思之苦，已成"恹恹"，但最末一句却突然颠覆前文，在前抑后扬的对比中刻画了一个虽饱受相思之苦却痴心不改的泼辣女儿形象。

元散曲中出现了一个元代特有的坚强、执着、痴情、勇敢的女性群像，这既有元代北方女性的社会形象因素，也包含着对比手法在散曲中所造就的艺术效果。

（四）渔樵归隐题材

复次，在元散曲的渔樵归隐题材中，文人对于渔樵的身份认定一直处于游离不定的状态。渔樵在元散曲中既是世俗生活的写照，又是精神寄托的具象，更是士人们在现实生活中挣扎、犹豫的真实反映。

在现实与历史的对照中，选择了乡野田园。这是元代归隐题材散曲最常见的主题。但值得一提的是，元代士人虽然众口一词地歌颂了归隐的好处，但这种好处的源头并不是主体精神的独立和超越，而更多是来自于对现实的畏惧和失望。换言之，这种归隐是一种功利的判断，而非自由意志的追寻。在元代散曲家的笔下，归隐的生活实现了真正的优雅，是一个士人最佳的生活方式。这种田园生活并不是经由士人的亲身实践而感知得来，它来自于与现实的对照。可以说，元代士人在散曲中构建的田园并不是真正的元代农村生活，它源自于曲家的想象，而这种想法的起因就

是士人们真正经历的现实市井生活的"逆向思维"。因此，元代归隐散曲中描写的田园生活，处处呈现出与现实的丑恶的反向，表现出一种和谐、舒适、温情、自由的自然和心灵之美。曲家正是用这一种自然和心灵之美来表达他们现实中强烈的"避祸"愿望。这一观点，从元代归隐题材散曲中突出的二元对比中可以显见。

元代归隐题材散曲基本由两个类型的作品组成。一种是在与残酷的现实的对比中，发现田园生活的美好。另一种是在历史的回望中，表现对当下安乐的珍视。试看以下几支散曲：

> 落花飞絮舞晴沙，不似都门下。暮折朝攀梦中怕，最堪夸，牧童渔叟偏宜夏。清风睡煞，淡烟难画，掩映两三家。
>
> ——盍西村《越调·小桃红·临川八景·金堤风柳》

> 【六煞】耳若聋，口似缄，有人来问佯妆憨。胡芦提了全无闷，皮袋肥来最不憨。渔樵伴，山声野调，阔论高谈。
>
> ——王伯成《般涉调·哨遍》

> 江山如画，茅檐低厦，妇蚕缲、婢织红、奴耕稼。务桑麻，捕鱼虾，渔樵见了无别话，三国鼎分牛继马。兴，休羡他；亡，休羡他。
>
> ——陈草庵《中吕·山坡羊》

> 肉肥甘酒韵美，多一口便伤食。家传一瓮淡黄齑，吃过后须回味。恁地，老实，尚不可渔樵意。时乎命也我自知，无半点闲萦系。枕石眠云，蓬庐天地，正蝴蝶魂梦里。晓鸡，乱啼，又惊觉陈抟睡。
>
> ——曾瑞《中吕·快活三·自误》

第一首散曲在短短的八句中，连用三个对比来突出田园生活的美好，与"都门下"喧嚣束缚，乡野中落花飞絮却在寂静地飞舞；现实中一朝得势，看似风光，却掩盖不了内心的畏惧、孤独；官场中的起落高下、瞬息变幻，比不上田园中盛夏的风轻云淡、自由惬意。作者笔下的乡野生活美得近乎梦境，却时时不忘提点自己现实的可怖。以丑衬美，以闹衬静，以乱衬谐，在鲜明的对比中，官场与田园成为世界的两极，读者在惊叹田园之美时，也必然会看到现实的残酷。

第二首立意同样是在现实与乡野的对比中展示士人的理想境界。但这一首散曲的针对点是现实中险恶的人情。士人在元代社会地位低下，为求自保，他们不得不装聋作哑，"佯妆憨"，在世人眼中，他们全是一脸傻相，但在士人们自己看来，这样"最不惑",他们在世人面前的隐忍,是为了全身,为了能够与志同道合者("渔樵")"阔论高谈"。文人特有的语言与文字的权利,化为"山声野调",只有在同道者间寻求共鸣,社会对他们的压抑和藐视是激发他们山野想象的主要原因。这样的想象与其说是他们对现实的超越,不如说是元代士人们对世俗困境的逃避。

第三首散曲指向了传统文人心目中至高的"修齐治平"的理想。第一句"江山如画"既实写自然的宁静壮丽,又虚指苏轼笔下文人指点江山的豪情。与这样的壮美相比,"茅檐低厦,妇蚕缫、婢织红、奴耕稼。务桑麻,捕鱼虾"的生活卑微世俗,绝不会成为百年之后人们艳羡的对象。这似乎是一种悲剧的命运,但真如三国英雄一样叱咤风云,百年之后又能怎样,所谓的"兴亡"只不过是"渔樵话",最终也将与躬耕田园的生活一样湮没无闻罢了。这种想法撕破了历史人物的英雄面具,以时间掩盖了英雄与凡庸之间的差异。这是元代士人对自己的安慰,是他们对自己儒者使命的背离,在抑此扬彼的二元对比中,元代士人为自己庸常的生活找到了存在的价值。

第四首散曲似乎全曲都是歌颂闲居生活的适意,饮食终日,"枕石眠云",闲居的生活已有了神仙般的快乐。这种一边倒的快乐叙写,太过绝对,反而令人生疑,乡野生活真有如此美妙?破题处被作者放置在了标题上:自误。原来这些快乐只是作者自己的美好想象。正因此现实的困顿掣肘,才有了幻想中的逍遥快乐。"自误"二字,写尽了作者的悔与痛,在虚化的田园之乐中,深藏的是元代文人生不逢时的现实痛楚。

综上可见,这种以扬写抑,以乐写悲,以逍遥写沉痛的手法成为元散曲归隐题材的主流。元人以这种对比的方式,增强了作品的张力,让这样一种源于世俗的、娱乐的艺术形式附着上了现实的深意,表达出了士人特有的精神内涵。

有时士人也会察觉到这样的乡野生活意味着传统儒生理想的破灭,时光荏苒,华发早生,而他们"依旧中原一布衣,更休想麒麟画里"(任昱《双调·沉醉东风·信笔》)。这种生命在芸芸众生中湮没无迹的悲痛,更会加剧他们对社会的失望。可以说,不论是赞美归隐生活的美好,还是悲叹田园生活的空寂,元代归隐散曲的最终指向都是对真实生活最现实最世俗的批判。从这一角度来说,元代士人从未真正出世,他们始终生活在当下,生活在现实的苦闷中。超越只是他们的理想,只存在于他们的归隐幻梦中。

第三节　审美追求上的雅俗对立

作为诗歌形式的元散曲，本身就附着有雅文学的审美意识和表达方式；但作为俗文学的一员，它在功用上又必须兼顾娱乐性和浅俗性。它是中国古代两大阵营撞击最激烈的战场之一，不论是俗文化还是雅文化都在元散曲的发展过程中竭力地争夺着对散曲的控制权。在众多的曲家笔下，元散曲时而空灵雅致，时而近俗肆意，呈现出了两者此消彼长、你进我退的竞争态势。这种态势使元散曲在拥有雅文化与俗文学两种文化的优势因子的同时，也因为两种文化元素的同场竞技而显现出冲突美。可以说，正是雅俗审美元素的矛盾存在造就了元散曲的形式冲突、思想冲撞和艺术张力。

从接受者的角度来看，在整个散曲创作及欣赏活动过程中，当雅、俗这两种似乎不相容的文学审美元素构成新的统一体时，双方并不消除对立关系，而是在对立状态中互相抗衡、冲击、比较、衬映，使作者及读者的思维不断在两极中往返、游移，在多重观念的影响下产生全新的立体感受。[1]

总之，世俗潮流中尚奇巧、尚激荡的审美趣味与文人崇雅复古的正统意识在冲突中的碰撞激荡，为元散曲"文而不文，俗而不俗"的综合性艺术风格的形成做出了巨大的贡献。

一、元散曲中俗的审美追求的表现

元代社会审美心理呈现出喜雄强而不喜静弱，喜外扩而不喜内敛，喜广阔而不喜深微的特点。对于元代的儒生而言，静默少言的儒者形象往往被视为迂腐，沉静内敛的行为方式常常被看作是不合时宜，而儒者特有的思维深度又时常被世人视为"浮词无用"的表现。因此，在世俗风气的刺激下，曾经以文学和语言能力为傲的士人在激愤中走向了另一个极端。创作才思的敏捷转而成为酒宴欢娱时机变伶俐的口才，在博人一笑间赢得"善谈谑"的美名，这是元代平民社会对于一个读书人的最高评价了。《录鬼簿》记载的许多散曲作家就是这样在社会中成名的，如李用之以"戏谑乐章极多"著称，沈和以"善谈谑"博得"天性风流"的评价，王晔"体

---

[1]　孙书文：《文学张力论纲》，载《山东师范大学学报》（人文社科版）2007 年第 6 期。

丰肥而善滑稽"，杨景贤"好戏谑"，汤式"好滑稽"[1]等等。他们的灵动机变融入散曲创作之中，使元散曲附着上了大量的喜剧元素。对于直接演绎他们作品的歌伎来说，也只有具备了诙谐灵变的能力与亲和大方的个性，才能更好地演绎出作品的诙谐、平民风格。是否有这种能力和个性，在元代甚至成为评价演员的重要标准之一。如夏庭芝《青楼集》中记载的诸多歌伎都是以出众的表演能力为人所称道的："梁园秀歌舞谈谑，为当代称首"[2]，玉莲儿"歌舞谈谐，悉造其妙"，国玉第"尤善谈谑，得名京师"，樊香歌"妙歌舞，善谈谑"等等，善"歌舞"指明了她们有很高的表演技巧，能将散曲的内容通过音乐和肢体表演准确地表现出来，而善"谈谑"则说明她们心思灵动，能随场合临场发挥，这恰与作为创作者的士人拥有了同样的思维特点和理解水平。士人常称优秀的歌伎为"知音"，不仅表现在音律的精准上，也表现在语言内涵的快速理解和机警反应上。这样的士人和歌伎的组合，确能造就最出色的即席之作，但同时与传统士人"沉吟推敲"的诗文创作方式相比，其中俗的成分是不可否认的。

元曲的评论者多以"蛤蜊风味"指称这种凝聚在创作者和作品之中的平民风格。以"蛤蜊风味"评元曲的钟嗣成，在论及元曲家的创作动因时说："若夫高尚之士，性理之学，以为得罪于圣门者，吾党且瞰蛤蜊，别与知味者道。"[3]这里的"蛤蜊"味既是与"圣门"高雅情趣相对的平民情趣，也是与"圣门"清高格调相对抗的底层创作意识。元代的戏曲家门第卑微，职位不振，但"高才博识，俱有可录"，他们的文学才华与"高尚之士"并无高下之别。但他们在圣门之中被那些"高尚之士"轻视，仅仅是因为他们被迫所居的社会底层地位，这种轻视态度显然对那些曲家是不公平的。钟嗣成作为曲家的代表，对这些痛苦深有感触，他所谓的放开胸怀，以"瞰蛤蜊"自得，绝非标举魏晋名士风流，他既是为那些"沉抑下僚，志不获展"的散曲作家们鸣不平，也是对他们疏离、反叛性理之学的行为的肯定，更是对大众化、世俗化的元曲艺术审美品格的自觉体认。

元代士人不为当朝所重，士失其业，被迫坠于社会底层。可以说，正是主流阶层的主动疏离，使元代的士人有了真正融入世俗社会的可能，他们也因此真正成了

---

[1] 中国戏曲研究院编：《中国古典戏曲论著集成》（二），中国戏剧出版社1959年版，第121页。

[2] 孙崇涛：《青楼集笺注》，中国戏剧出版社1990年版，第61页。

[3] 中国戏曲研究院编：《中国古典戏曲论著集成》（二），中国戏剧出版社1959年版，第101页。

"民"中的一员，从思维到感受都开始真正贴近了市井细民的生活体验。在这一远一近中，他们对世俗审美趣味的接受本身就带有了强烈的反叛正统的意味。

对世俗生活的描写多以戏谑调笑等喜剧方式表现。对于他们笔下的市井小民的生活状态，他们多是以旁观者的姿态道出，其间有同情、有取笑，然后他们取笑的是市井细民们的行为体态，其间蕴含的却是对他们生存困境的体认和同情，以及对他们不畏世俗压力、表达情感的勇气的羡慕和赞美。从社会视野来说，其情感的内涵是儒者入世的社会关怀；从个体体验来说，则是曲家对于市井小民自由生活状态的向往。以马致远的《借马》为例，曲中的马主人爱马如命，迫于情面将爱马借与他人，其内心的感受是"气命儿般看承爱惜"。历来儒者都是以精神追求为重，对于现实财物往往表露出一种超越的姿态。马致远一面大肆渲染这个平民马主的爱马、惜马之情，表达出对世俗百姓执于物念的取笑；一面又以第一人称的方式为马主写心，假借世俗百姓的身份将自己内心体验全盘托出，体验全无顾忌的畅快感。这种对于寻常百姓来说最简单的表达方式，在士人的生活中却需脱下面子，放开手脚，是万难体验的精神快感。元代士人正是借助散曲这种雅俗兼备的艺术载体，体验底层社会的自由感受。可以说，是元代文人的这种对于平民自由精神的认同和向往，使他们能真正摆脱士人的优越感和矜持姿态，以主动的代入感，造就出惟妙惟肖的散曲俗味。

这一类散曲真实反映了元代细民日常生活的真实状态，可以称为"日常化写作"。有学者指出日常化写作的特点就在于：把日常生活作为文学叙事和审美的主要对象，描述普通平民的日常生活和经验，具有将日常生活转化为艺术的审美倾向。日常化写作的这种创作姿态消解了正统文学的神圣性、理想性和超越性，从而赋予文学艺术一种平民色彩，使日常生活从国家政治和传统伦理道德中分离出来成为私人领域，并为其提供存在的合理化依据。[1] 元散曲中为数众多的日常题材散曲如《秃指甲》、《胖妓》、《长毛小狗》等等作品，就反映出了这样的特点。从正统文学的角度看，这些作品毫无价值可言，但从世俗角度看，它们反映出的是市井细民的日常生活感受，是市井文化中的"市井意识"。

这里所说的市井意识，是指源自社会底层，从当下的世俗生活体验中凝结而成的，承认并高扬当下的世俗生活价值观念和审美趣味的平民意识。这种平民意识形

---

[1] 王又平：《世纪性的跨越——近二十年小说创作潮流研究》，华中师范大学出版社1998年，第98页。

态与传统意识形态之间的区别在于：前者关注现实利益和群体合作成果，具有务实、随众和杂糅的意识形态特点；而后者强调终极理想和个体精神生活，对社会的认识是理想主义的和超越性的，具有稳定、神圣、独立的意识形态特点。因此，元散曲中的日常题材以它们特有的世俗取向、写实手法和平民趣味获得了平民读者的欣赏和喜爱。它们是中国传统文学作品的异类，也正因此，具有了非凡的艺术魅力。

二、元散曲中雅的审美趣味的表现

然而元代散曲并没有因为自己源于民间的天然优势而完全沉溺于市井意识的张扬。从中国俗文学的发展史中，可以看出，过度追求文学作品的俗趣会使作品流于浅薄。作品处处皆在追求夸张调笑的笑点，却无处拥有值得回味的引发读者精神升华的艺术美。这样的俗趣最终给人们带来的是"持续兴奋之后归于麻木不仁"[1]。散曲最终没有被士人简单归于俗文学，正是由于士人对这一体裁的改造，这种改造从本质上来说，就是在不抛弃散曲市井风味的同时，以雅的审美趣味提升散曲的艺术品味。

中原上千年的儒学承继，早已占领了汉族文化史的主流地位。儒家崇雅的审美观念已经深入到了每一个士人的灵魂之中，虽然他们在外在的行为或创作方式上会呈现出世俗的文化特点，但其内心仍然是雅为精神旨归的。以钟嗣成为例，他自谓甘食蛤蜊，主动与"高尚之士"划清界限，自身生活也多有放诞不羁之举，其散曲创作中也多见调笑世俗之作，可见他确有混入市井、及时行乐的想法；但一旦他参与到传统文人的工作中，如文学点评时，就迅速地恢复了他的文人本色，以一种平和雅致的语言和崇雅贬俗的审美观念品评作品，如他评白朴为"洗襟怀剪雪裁冰。闲中趣，物外景，兰谷先生"，称王守中是"其制作清雅不俗，难以形容其妙趣，知音者服其才焉"。他看重白朴的品格高洁，也称颂王守中的清雅脱俗，其评价标准显然是与传统典雅的文学审美取向一脉相承的。其后，明代王骥德虽然尽力完成《曲律》，为曲家张名，也不时强调曲家与传统士人之间的相同之处："词曲虽小道哉，然非多读书，以博其见闻，发其旨趣，终非大雅。"[2] 为了使曲作具有为文人高士所赏识的高雅品味，他主张制曲者要多读书、多用典，否则作品会流于俗，"失之枯寂"。只有多读书，作者才能 "多识故实，引得的确，用得恰好"。当文学知识自然地转

---

[1] 赖大仁：《当前文艺与理论批评中的审美价值观》，载《中州学刊》2007年第4期。

[2] 中国戏曲研究院编：《中国古典戏曲论著集成》（四），中国戏剧出版社1959年版，第121页。

化成了一个曲家的文学修养时，他才不会在曲作中简单地掉书袋，卖弄文才，"如禅家所谓撮盐水中，饮水乃知咸味，方是妙手"[1]。所谓"咸味"正是指作品的雅趣，将作者的文化品味带入作品之中，使作品风格端雅而不失流畅。显然，这也是一脉相承的偏雅的美学观。

清人黄周星更进一步把"趣"作为戏曲中重要的审美要素提出来加以强调。他说："制曲之诀，虽尽于'雅俗共赏'四字，仍可以一字括之，曰'趣'。古云：'诗有别趣。'曲为诗之流派，且被之弦歌，自当专以趣胜。今人遇情境之可喜者，辄曰：'有趣！有趣！'则一切语言文字，未有无趣而可以感人者。趣非独于诗酒花月中见之，凡属有情，如圣贤、豪杰之人，无非趣人；忠、孝、廉、节之事，无非趣事。知此者，可与论曲。"[2] "诗有别趣"，语出自严羽的《沧浪诗话》，特指诗歌审美与说理文不同，重感性表达，需以情驱之。黄周星认为戏曲源于诗歌，又用于歌唱，更需要将情感之"趣"作为重要的审美要素，将之视为戏曲作品感动人心的关键。值得注意的是，黄周星将情之趣的范围大大扩展，不再仅限于诗酒花月的个体情感之趣，还将正大典雅的精神之美也纳入"趣"的范畴，强调文学对人心的皈化作用。这是正统士人阶层对俗文学的收编，为曲界尚雅之风点明了士人的心理动因。

具体来说，这种雅的审美趣味表现为以下几点。

（一）情境之美

元代士人在散曲创作中雅化的审美倾向表现为：无论事语景语物语，往往都浸润着抒情意味，这种雅化的情境的设置令元散曲在世俗的表层之下具有了一种不容忽视的雅的情境之美。

文学作品的情境之美，可以用"情"、"景"两字概之。情之真挚、深婉成为传统文学作品成功的一个重要标志。纵然是有着叙事成分的作品，也主要依赖作者对于某一时间点的情境的重点描摹而展现出主人公情景交融的诗意心境。为了加强作品的深度，传统诗词的作者往往会刻意选择带有凄迷清雅的景物与委婉蕴藉的幽情相配合。其艺术兴趣的重心还在点染情景，而非叙述故事。张鸣善《中吕·普天乐》：

　　　雨儿飘，风儿扬。风吹回好梦，雨滴损柔肠。风萧萧梧叶中，雨点点

---

[1]　王骥德：《曲律·论用事第二十一》，载中国戏曲研究院编：《中国古典戏曲论著集成》（四），中国戏剧出版社 1959 年版，第 121 页。

[2]　黄周星：《制曲枝语》，载中国戏曲研究院编：《中国古典戏曲论著集成》（七），中国戏剧出版社 1959 年版，第 120 页。

芭蕉上。风雨相留添悲怆，雨和风卷起凄凉。风雨儿怎当？雨风儿定当。风雨儿难当！

在字面上弄巧，是元散曲中俗文化特征之一。本曲每句均以风、雨起头，"风"、"雨"二字始终贯穿全篇。这在诗词中是大忌，在散曲中，却是别具一格的文字体式。它在音乐表达上有着急促响亮、回环起伏的声乐美，在情感表达上易于突出视觉及心境的主体，在反复吟咏中形成一唱三叹的声、情联动。从字面来说，字意的浅白和重复是俗文化的特色，浅显明快，语意紧凑，但就内容来说，却还是用以景寓情的传统诗词技巧实现了雅文化最推崇的含蓄蕴藉的表意功能。

换言之，曲中的语言外壳是俗的，它以浅白紧凑、可听可赏的方式引发作品的音乐美和文字美；而情感内涵却是雅的，它全文写情却不着情字，以景喻情，以凄清萧索之景写细腻深婉之情，故而令人回味。俗与雅两种对立矛盾的审美特征在这支曲中完美地融合在一起，显露出元散曲在雅俗对立中增添作品情致的艺术特质。

同时，元散曲中所用之景也多跳出现实生活中具体生活场景的简单和偶然，通过文人的艺术创作而形成了典型化的情景，通过作者的抚今追昔、临近念远、怜己悯人这种现实生活与心理时空的重叠方式来丰富了曲境的层次，从而创作出了"情境的层次感"[1]。元散曲中的众多佳作多遵循了这一准则，通过情境的设置使创作超越了市井题材的简单个例，融入了古今同一的情感共鸣，使作品有了文雅的审美品味。

（二）立意之美

有学者在谈到明清传奇的艺术价值时，充分肯定了剧曲的雅的一面，认为剧曲"突出地表现了上层社会的时代精神、源远流长的文化内涵、发愤著书的艺术传统，和以文字为剧、以才学为剧、以议论为剧的审美追求"[2]。如以这一角度来观照元代散曲，则元散曲中也可以显见传统文化内涵对于作品艺术价值的提升。具体来说，雅的立意成为元散曲脱俗入趣的一个重要途径。

以元散曲中常见的登临望远题材为例，这一题材一直就是文人创造的传统题材之一。登高临水，目极往返，遇景睹物是感发主体审美兴趣与情感，引起审美创作冲动的先决条件，促成审美创作的"兴"。刘勰曾说："原夫登高之旨，盖睹物兴情。"[3]士人们以盛行于民间的散曲的体裁进行这一题材的创作时，并没有以民间的世俗视

---

[1] 韩经太：《唐宋词学的自觉与乐府传统的新变》，载《文学遗产》2001 年第 6 期。

[2] 郭英德：《明清传奇史》，江苏古籍出版社 1999 年版，第 422 页。

[3] 刘勰：《文心雕龙·诠赋》，中华书局 1936 年版，第 76 页。

野来赋予这一题材新的审美趣味，而是以传统的文人题材来提升散曲的艺术品味，使散曲成为这一题材的载体，其中展露的依旧是传统士子对于高雅文化审美品味的追求。可以说，中国诗骚精神如此深刻地渗透到了士人的文学观中，使他们对几乎所有的文学体裁的解读都建立在端庄典雅的汉族文人的审美判断上。当他们以文人的主流话语来解读或雅或俗的文学作品时，他们的审美导向永远是指向"雅"的。

以元代无名氏的《双调·水仙子》为例：

> 青山隐隐水茫茫，时节登高却异乡。孤城孤客孤舟上，铁石人也断肠。
> 泪涟涟断送了秋光。黄花梦，一夜香。过了重阳。

极写人情，淋漓尽致，语透意尽，但情却极雅。重阳佳节，登高怀人，本是人之常情，但作者化用前人诗句，将诗人的雅意隐含其中，使这样的人之常情增添了文化的内涵和历史的联系，也使全曲成为文人之曲，有了雅的情趣。

不仅是士人的散曲创作中展现出了雅的情趣，在市民阶层中也有许多优秀的创作者凭借着自己对于雅文化趣味的把握而令自己的作品在文学史上有了一席之地。例如歌伎王氏的套数《中吕·粉蝶儿·寄情人》反映出了市民阶层对于士夫品味的迎合。曲中写到女子思念情郎时，一反传统闺怨题材作品中，女子困守庭院、百无聊赖的生活场景，写出了一个不同寻常的开阔视野：

> 江景萧疏，那堪楚天秋暮，战西风柳败荷枯。立夕阳，空凝伫，江乡古渡，
> 水接天隔，眼弥漫晚山烟树。

萧天暮柳，江乡古渡，这种秋士形象和漂泊意味都是诗词创作中极其常见的题材内容。作者王氏以一个女性艺人的身份进行创造，其题也是歌伎们在酒宴之上最常歌咏的民间题材"寄情人"，但她却能跳出市井小调的琐碎和浅俗，用富有雅文化意味的景物使这种描写私情的作品的风格趋于雅化。这样一支由社会底层女性创作的散曲也能够跻身于文学殿堂，其中的重要原因显然是来源于创作者对于散曲审美取向的精准把握，这也从侧面说明了元代散曲既重俗又趋雅的审美取向。

历来学者对于散曲的艺术风格的评价都重在一个"俗"字，就是因为在元散曲中有着为数众多的俗曲。现今存世的元散曲，只是元代创作的散曲大军中的极小部分，也可以说，是元散曲中的精华之作。这都得益于元代散曲爱好者所做的编辑整理工作。

但从另一方面说，这种筛选整理编辑工作也反映出了当时社会上普遍的散曲评

价标准。元散曲这种流行于市井之间的文学体裁，它以轻松、浅白的语言和内容受到了社会的广泛接受，但一旦经过选择，形成文字，编辑成书，它们又必然受到传统雅文化的审查和修饰。最终能够以文字形式流存至今的作品往往也就拥有了雅的文化基因。这种作品源于市井，却在情趣、内涵上附着了雅的文化内涵，才真正能得到士人的青睐，显出"俗而不俗"的艺术魅力。

如高克礼的《越调·黄蔷薇过庆元贞》：

> 燕燕别无甚孝顺，哥哥行在意殷勤。三纳子藤箱儿问肯，便待要锦帐罗帏就亲。唬得我惊急列蓦出卧房门，他措支剌扯住我皂腰裙，我软兀剌好话儿倒温存："一来怕夫人情性哏，二来怕误妾百年身。"

高克礼的这支带过曲是从关汉卿杂剧《诈妮子调风月》中撷取的一个片段。由于篇幅的限制，短小的带过曲不可能像杂剧的剧曲那样充分展示人物的内心世界，所以作家凝聚笔墨，把重点放在燕燕正欲抽身又被拖住那一瞬间的心态刻画上，便以少胜多，取得了画龙点睛的极佳效果。作为俗文学的艺术特征，本曲以一连串动作反映出散曲演绎过程中音乐性与表演性融二为一的特点；二是语言的通俗流畅，"惊急列"、"措支剌"、"软兀剌"等当时俗语的运用，酷肖燕燕这个年轻婢女的口声，简洁传神，丰富了曲词的表现力。

但本曲也同时具备了雅文学的艺术内涵。其一，从人物形象上看，曲中女主人公燕燕虽出身低微，却堪称明慧。面对小千户的引诱，她不为利诱，理性坚贞，拒绝之时的方法又含蓄委婉，有理有情。燕燕不仅表现出了一个婢女的勇敢机智，更暗含了一个士子面对诱惑时的坚守和理性。这种道德的审美为这个以故事性为专长的散曲增强了雅的文化内涵。

其二，从创作手法上看，虽然是一个简单的故事片段，其中的承转技巧却运用娴熟。从开始小千户的在意殷勤到步步紧逼、撕扯罗裙，把故事直接推向了高潮，但从第七句燕燕的温存好话，内容从一个世俗的私情故事转向了一个让人有着更开阔想象的节操寓言，到最后的"怕误妾百年身"不仅令人想到井底坠银瓶之类的传统女性题材故事，更使人联想到中国传统文人以男女关系喻君臣相得的期望和感伤。

这种传统儒学理念和知识对元散曲的融入，本身就体现了创作者的文化素养和精神底蕴。明代王骥德在《曲律·论须读书第十三》说得十分清楚：

> 词曲虽小道哉，然非多读书，以博其见闻，发其旨趣，终非大雅。须

自《国风》、《离骚》、古乐府及汉、魏、六朝、三唐诸诗，下迨《花间》、《草堂》诸词，金、元杂剧诸曲，又至古今诸部类书，俱博搜精彩，蓄之胸中，于抽毫时，掇取其神情标韵，写之律吕，令声乐自肥肠满脑中流出，自然纵横该洽，与剿袭口耳者不同。胜国诸贤，及实甫、则诚辈，皆读书人，其下笔有许多典故，许多好语衬副，所以其制作千古不磨；至卖弄学问，堆垛陈腐，以吓三家村人，又是种种恶道！古云："作诗原是读书人，不用书中一个字。"吾于词曲亦云。[1]

可见，散曲创作这种"小道"，看似轻巧俚俗，仍然是"读书人"的专属舞台，典故显出作者的"学问"，"不用书中一个字"更凸显出作者不恃才自傲的风流才情。这种对于散曲创作的评价标准显然是从"读书人"的角度设置的，也展现出了散曲创作中对雅的潜在的审美追求。

（三）文辞之美

元代曲家对于文辞之美有着明确的审美追求。从他们的创作实践中，我们可以看出他们对于散曲的文辞有着传统士人常见的创作执着。在《录鬼簿》卷下"吊方今已亡名公才人"的《凌波曲》写出元代士人为散曲殚精竭虑的创作状态："平生词翰在宫商，两字推敲付锦囊。耸吟肩有似风魔状，苦劳心呕断肠。"《吊鲍天佑》）"吟髭拈断为诗魔，醉眼慵开为酒酡。半生口便作三闾，此番叹成薤露歌。"（《吊睢景臣》）"闲中袖手刻新词，醉后挥毫写旧诗。两般总是龙蛇字，感夜雨梨花梦，叹秋风两鬓丝。"（《吊赵良弼》）[2] 如此种种，都向我们展示出这种曲家并不是简单将散曲创作作为他们展示文才或宣泄情绪的方式，散曲创作是他们心血的凝结，是他们精神的寄托，正因此，他们才会如此投入如此"风魔"。

这种呕心沥血的苦吟方式正是传统士人追求文字的雅致和思想的高雅所做出的努力。他们常常竭力寻找最合适的字眼来表达他们的感受，这种对于作品的精准美感的执着态度不同于真正的民间创作，后者的随意性和偶然性导致它在拥有最直接最天然的情感表达的同时，也易于流于肤浅和游戏化。而士人对于创作的这种认真态度使元散曲摆脱了民间创作的随意和肤浅时，也必然会使作品具有了文辞的精致之美。这种精致之美，使元散曲呈现出文人的文学意识和审美趣味，也因此，使元

[1]　中国戏曲研究院编：《中国古典戏曲论著集成》（四），中国戏剧出版社 1959 年版，第121 页。

[2]　隋树森编：《全元散曲》，中华书局 1964 年版，第 1365 页。

散曲拥有了非常鲜明的雅的风格特质。

对于这一点，元代以及后世的散曲评论家们有着清楚的认识。元代顾瑛就曾明确地提出："曲欲雅而正。"[1] 同时，在他们关于散曲创作者的评论中，常常可以见到这样的句子："典雅清丽"，"如朝阳鸣凤"（马致远）；"铺叙委婉，深得骚人之趣"（王实甫）。获得这一类评价的散曲作者往往被"列群英之上"，受到曲家的推崇，而一旦不符合雅的审美标准，如关汉卿的散曲创作，则划归"可上可下之才"[2]，看似公正，实则贬低。

明初朱权《太和正音谱》中的评价标准已经明显出现雅化趋势。对散曲风格的表述、分类方式及评价标准，都沿用了传统诗词的评价用语。不仅风流蕴藉、清新绵邈、典雅沉雄、凄怆怨慕之类的字句随处可见；"丹邱体"、"承安体"、"东吴体"、"楚江体"、"骚人体"[3] 等等，也与诗词无异。对于散曲的定名，朱权也直接以"词"名之，如："马东篱其词典雅清丽，王实甫之词如花间美人，深得骚人之趣。邓玉宾词如幽谷芳兰，滕玉霄词如碧汉闲云，商政叔词如朝霞散采，范子安词如竹里鸣泉，徐甜斋词如桂林秋月……"[4] 这些作品风格的评判思维都体现出传统文学品评中以景语表述情语，以形象表达抽象的特点，与司空图《诗品》中的评价方式如出一辙。

明代王骥德评说套曲的评价规范时也说："意新语俊，字响调圆，增减一调不得，颠倒一调不得。有规有矩，有声有色，众美具矣！而其妙处，政不在声调之中，而在字句之外。"[5] 他既通过作曲的规范性强调了散曲创作的难度，提升散曲创作的文人属性，同时也强调了"意在言外"，以文辞的复义性引发读者回味，以此来建立散曲（套数）的高雅文学美感。

可见，散曲评价家在评判散曲作品的艺术价值时，其审美趋向多以诗歌的抒情韵趣为旨归。作为文人，元散曲的评论者也往往习惯于浪里淘沙，在作品中寻找雅

[1] 顾瑛：《制曲十六观》，中华书局1954年版，第74页。

[2] 中国戏曲研究院编：《中国古典戏曲论著集成》（三），中国戏剧出版社1959年版，第17页。

[3] 中国戏曲研究院编：《中国古典戏曲论著集成》（三），中国戏剧出版社1959年版，第13页。

[4] 中国戏曲研究院编：《中国古典戏曲论著集成》（三），中国戏剧出版社1959年版，第17页。

[5] 中国戏曲研究院编：《中国古典戏曲论著集成》（四），中国戏剧出版社1959年版，第132页。

的文化元素并加以肯定与强调，这种评判标准无形中在文学创作圈内形成一种审美导向，从而引导散曲的创作。

在这种评价方式的推动下，许多元散曲文辞精美雅致，展示出了浓郁的雅味。以吴西逸的《越调·天净沙·闲题》为例：

> 长江万里归帆，西风几度阳关，依旧红尘满眼。夕阳新雁，此情时拍阑干。

本曲体现了作者蕴藉、骚雅的风格特点。它从诗词中汲取养料，以凝练、清丽的语言表达骚人之思。长江、归帆、西风、阳关、红尘、夕阳、新雁，开阔的意象与苍茫的情思形成高度和谐，"物色虽繁，而析辞尚简"（刘勰《文心雕龙·物色》），以少概多，构成丰富的内涵。"拍阑干"的"此情"诱人联想却不宜指实，而深长绵邈之中，又与长江水波、阳关西风达到了情景的高度统一。常见的元散曲的俗的艺术手法如善于铺陈、工于描画、笔笔形容、淋漓尽致的特色，在这支曲中都消失不见，反而是诗情与诗境的归返令人回味。小令因为体制短小，需要高度的凝练，"盖小令一阕中，要具事之首尾，又要言外有余味，所以为难"[1]。

描写生活实景的散曲，在散曲中占有很大比例，这一类散曲，往往会汲取杂剧等叙事作品的特点，在情景刻画上更真实更活泼，人物的性格也更平民化，面对感情的态度也多表现得更大胆。这一类散曲常常被视为是元散曲俗的风格特征的典范。但读者在细读这一类作品时，仍然可以感受到作品中展现的传统的文人审美趣味。一个最鲜明的特征就在于叙事类散曲的抒情性的强化。与杂剧的叙事性不同的是，散曲的叙事性多截取事件中的一个典型场景，展现主人公情绪变化和叠加的瞬间感受，表现出主人公的复杂感受。情节虽然精彩生动却不是主角，情味的真挚深厚才是散曲创作的核心元素，散曲吸纳了诗歌的抒情性特点而又辅之以叙事性作品的具体精微，使得作品中的情感细腻真挚又真实可感，在雅俗交融中迸发出非凡的艺术魅力。

这种对婉曲幽深的内心体验的开掘是传统文人创作的表现方式之一，当他运用到散曲这种以俗见长的文学体裁中时，就使散曲拥有了雅俗杂陈的复杂风味。

以查德卿《仙吕·一半儿·春绣》为例：

> 绿窗时有唾茸粘，银甲频将彩线挦，绣到凤凰心自嫌。按春纤，一半儿端相一半儿掩。

---

[1] 刘熙载：《艺概·词曲概》，转引自中国戏曲研究院编：《中国古典戏曲论著集成》（九），中国戏剧出版社 1959 年版，第 119 页。

这支曲开头两句也只是平铺直叙:"绿窗时有唾茸粘,银甲频将彩线持。""绿窗",点明了闺房的环境;"银甲"即青年女子的指甲,点明了少妇的身份。两句展现了春天闺中刺绣的日常生活场景:绿窗纱上粘着口中唾出的丝缕,纤纤玉指牵引着绣花的彩线。没有直接描绘人物,但可以相见女主人公的神态是安详的,心境是平静的。下面却波澜陡起:"绣到凤凰心自嫌。"她的心情变恶,原来是绣到了凤凰的图案。雄凤雌凰,比翼和鸣,在中国古代象征着夫妻关系的和谐美好。正是图案的象征意义触动了女主人公的心思,掀起了情感的波澜。作者把一个特定镜头推到了我们面前:"按春纤,一半儿端相一半儿掩。"这一句不仅表达了她又羡又恨的复杂微妙的心情,也暗示了她孤单寂寞的处境,蕴含着许多的潜台词。作者动笔到此,突然"定格",人物在一刹那间的思想活动与情感波澜被隐蔽起来,作者选择了能暗示人物心态的一个特征性动作作诗意的凝固,而读者的注意也被集中到了这个最佳点上,由此而产生出丰富的联想。言有尽而意无穷,正是传统诗词最有兴味之处。可以说,这支散曲的题材和内容都是俗文学的常见范例,但论及叙事和抒情方式,却显现出经典的文人技法和审美偏好。

三、元散曲雅俗杂陈的艺术风格的成因分析

元散曲雅俗杂糅的艺术风格的形成与元代的社会背景、文学的自身发展规律和元代士人自己的价值定位之间都有着密切的联系。

从元代散曲兴盛的社会背景来看,元代士人的才力无用于世,是散曲创作走向繁盛的一个重要原因。王国维曾经说过:"余则谓元初之废科目,却为杂技发达之因。盖自唐宋以来,士之竞于科目者,已非一朝一夕之事,一旦废之,彼其才力无所用,而一于词曲发之。"[1]这里所说的"杂技"是指除诗词文等正统文学之外的如戏剧、小说等的新兴体裁,"士之才力"不是专指为"杂技"所特别训练培养的才能,而是把士人原本用于"竞科目"的文学才华和政治抱负转而"于词曲发之"。这就直接导致了原本起于民间、兴于市井的小令和套数,因此也附着上了正统文学体裁的创作技巧、抒写内容和审美倾向。

从文学自身的发展规律来看,文学往往被用来满足两种不同的精神诉求:对于创作者的私人属性来说,他本来就属于社会某一个或多个群体中的一员,他需要关注群体及自身的生存状态,需要为群体及自身发言,疏解这一群体或自我心灵的积

---

[1] 王国维:《宋元戏曲史·再版》,商务印书馆1934年版,第98页。

郁、压力和痛苦，因为他的创作目的不在于改变现状，而是一种有针对性的精神放松，它以调适、愉悦身心为其旨趣，诸多的通俗文本就属于这一类；另一种精神诉求源于精英知识分子的社会责任和精神探索，它是士人群体"先天下之忧而忧"的社会关怀的文学展现，也是知识分子群体对自己的生命价值的形而上的追问，它以现实感受为基底，以人生境界的提升为旨归，表现士人精神及文化层次的高度。元散曲起于民间，自然带有鲜明的民间趣味；同时，它的创作者多数仍然属于士人阶层，这也注定了元散曲无法真正摆脱传统士人的精神追求。两种不同的理念的冲撞存在于每一支散曲中，元代士人的两种精神价值诉求铸就了元散曲两种审美趣味的杂糅并存，从而使元散曲呈现出与众不同的艺术质地。

从散曲创作者的主体体验来看，元代社会对儒生群体的贱视和文人群体内部的自重之间有着价值判断的鸿沟。而散曲这种介于文人抒情之作与市井娱乐之间的文体，也加强了这种鸿沟的显现。因此，散曲作者在创作中往往很难明确地界定自己的地位，表现在作品中，就使元散曲中的人物形象在一个作品中也常常呈现出两极甚至多极的复合层面上。是屈从于社会意识的判断还是遵循内心人性化的感受，我们从作品中可以明显看到散曲作者的两难处境。

可以说，元代散曲的"雅化"倾向，是对文学传统审美取向和表达方式的继承。从它的社会价值来说，它既是先秦以来反抗强权、"虽千万人吾往矣"的传统士风的顺向延伸，也是洒落自在的"曾点之乐"为元代士人建立起的精神净土。刚柔并济，使元散曲显得既豪放又洒脱，这种勇而达的精神力量是传统儒学对元代士人的精神馈赠，在它的保护下，元散曲虽源于俗，却能不坠于俗，元代士人也得以保持住他们的文人属性和文化传统。对热爱散曲创作的元代曲家来说，俗只是他们的姿态，雅才是他们精神的内核。

总之，元散曲若以俗的审美趣味观之，即曲曲俗趣盎然，极富俗味；但若以雅的情调视之，又常常展现出文人笔调、审美追求和传统价值观，令人回味无穷。雅俗两种看似对立的审美倾向往往在同一支散曲中都能各自鲜明，俗则言情体物，穷极工巧，雅则骚人雅致，不失风骨。然而元散曲中的雅俗特质又如盐入水，融合无间，使元散曲具有了既雅又俗的综合性的风格特质。

第六章　元散曲雅俗交融的艺术特质

学者王星琦分析元散曲的文体意义时指出："从文体意义上看，元散曲是完全独特的，但又是广泛汲取其他文学样式营养以滋补自己的；从语言构成及格律的角度视之，散曲文学也是一种集大成的形式，它不排斥任何丰富自己的语言材料和声律手段，此前的诗、词、歌、赋，韵文、散文，白话、文言，所有的文学语言形态，都可以在散曲文学中窥见其原型与变种，说散曲文学语言形态的涵量'已达到饱和点'，'是古代韵文体中最为灵活而开放的形式'，是没有问题的。"[1] 这段话明确地指出了元散曲集古今、雅俗艺术之大成的特点。本书就承接这一观点，具体论证元散曲雅俗艺术特质的融合之道及其原因。

第一节　元散曲雅俗艺术特质的融合方式

清代徐大椿在《乐府传声》中论曲时说："若其（曲）体则全与诗词各别，取直而不取曲，取俚而不取文，取显而不取隐，盖此乃述古人之言语，使愚夫愚妇共见共闻，非文人学士自吟自咏之作也。若必铺叙故事，点染词华，何不竟作诗文，而立此体耶？譬之朝服游山，艳妆玩月，不但不雅，反伤俗矣。"[2] 他注意到了曲之所以能得到世人的普遍认可，不仅是因为它的浅显直白、耸观耸听，更是得益于文人对"俗"的修饰和改造。徐大椿浸染曲坛四十年，以他的度曲经验提出："但直必有至味，俚有实情，显必有深意，随听者之智愚高下，而各与其所能知，斯为至境。"[3] 他提到的"至味"、"实情"、"深意"就是士人以自己的才华、识见、修养对俗

---

[1]　王星琦：《散曲文学的文体意义》，载《中国典籍与文化》1998 年第 2 期。

[2]　中国戏曲研究院编：《中国古典戏曲论著集成》（七），中国戏剧出版社 1959 年版，第 158 页。

[3]　中国戏曲研究院编：《中国古典戏曲论著集成》（七），中国戏剧出版社 1959 年版，第 158 页。

曲的改造，这样的曲，"文而不文，俗而不俗"，才能达到曲的"至境"。

元散曲雅俗艺术特质的融合之道可以概分为以下三点。

一、民间语言与传统诗词语言的杂糅统一

（一）继承传统诗词语言

元散曲的许多语言形式都继承了传统诗词的表现技巧，从而使元散曲依旧保有了传统文学的美感和韵味。

1.语序置换

与传统诗词一样，元散曲在创作过程中也要受到散曲格律的限制，因此，语法成分位置的颠倒在元散曲中十分常见。

（1）中心语和修饰语的语序转换：

> 绣衾温暖和谁共，隔云山千万重，因此上惨绿愁红。
>
> ——杨朝英《双调·水仙子》

正确语序应为"隔万千重云山"。

（2）宾语前置：

> 鬼病添，神思虚。
>
> ——宋方壶《越调·斗鹌鹑·送别》

这一句就是典型的宾语置。

2.对偶形式的多样化

元曲作为抒情文学体裁中的一种，同样注重情感或景物的铺排，因此，擅长于描摹事物、渲染情感的对偶也就成为元散曲中重要的创作技巧之一。元曲的对偶形式很多，如：两句对、三句对、四句对、隔句对、叠对、双韵对、隔调对等。[1] 这些丰富的对偶方式被视为是元散曲的特色之一。尤其是三句对，又称鼎足对，更是被认定为是散曲中"一种特殊的对仗格式"[2]。事实上，这只是元代曲律对唐宋词律的继承和发展。早在唐宋词中就已经出现了多种对偶形式，如鼎足对，领字对等特殊的对偶方式都可以在唐宋词中找到。

---

[1]　王骥德：《曲律》二卷《论对偶第二十》，湖南人民出版社 1983 年版，第 129 页。

[2]　吴郑：《元曲中一种特殊的对仗格式》，载《语文学习》1979 年第 6 期。

绿荫浓，芳草歇，柳花狂。

——温庭筠《酒泉子》

任酒花白，眼花乱，烛花红。

——苏轼《行香子·秋兴》

指红尘北道，碧波南浦，黄叶西风。

——贺铸《国门东》

相对而言，鼎足对在元散曲中运用更多、更频繁，对偶的字数也大大增加。它们往往以提炼加工过的方言口语为辞，"唱尖新情意"，既保持了质朴自然的俗谣俚曲的本色之美，又汲取和发展了唐宋诗词的修辞手段，故而产生了雅俗共赏的艺术效果。鼎足对等对偶形式加强了作品的表现力，因而在元散曲中得到了充分的发展。

桥府危波，车通远塞，栏倚长空。

——鲜于必仁《折桂月·芦沟晓月》

愁的是抹回廊暮雨萧萧，恨的是筛曲槛西风剪剪，爱的是透长门夜月娟娟。

——关汉卿《南吕·一枝花·赠珠帘秀》

美傅说守定岩前版，叹辄灵吃了桑间饭，劝豫让吐出喉中炭。

——查德卿《寄生草·感叹》

这种鼎足对，兼有排比等修辞效果，有一泻千里之势，它对于散曲形成泼辣奔放的风格具有鲜明的作用，它是散曲在表情达意上一种独特的技巧。由于鼎足对在增强语气上的突出功效，周德清又将之称为"救尾对"。他在《中原音韵·作词十法》中指出【红绣鞋】、【寨儿令】"二调若是末句稍弱，即以此法救之"[1]。

"鼎足对"是民间自由语言体式在雅化过程中的收编与回流，也是民间自由体式与经典诗学对称美学思想融合的产物。

（二）吸收民间语言

同时，元散曲也有大量从民间口语中汲取的养分，它们的出现增加了元散曲的俗文学色彩，也极大地加强了元散曲的语言表现力。明初朱权《太和正音谱》以"快

---

[1] 中国戏曲研究院编：《中国古典戏曲论著集成》（一），中国戏剧出版社 1959 年版，第236 页。

然有雍熙之治，字句皆无忌惮"[1] 两句形容"盛元"之曲。王骥德在《曲论》中也称："曲则惟吾意之欲至，口之欲宣，纵横出入无之而无不可也。"[2] 都是从元曲的民间口语入曲这一特点来指明元散曲特殊的艺术风味和创作中曲家极大的自由度。

元散曲重"字句天然"，对创作者表达能力的要求更偏重于平时雅俗两方面文化内涵的积淀，偏重于即时创作，脱口成篇。唐宋诗词创作中注重的反复琢磨、雕章琢句在元代被视为迂腐象征，并不受重视。这种创作习惯为元代散曲带来了一种自由率性的文学风格色彩；"方言俚语皆可驱使"的语言特点与"字句天然"[3]的创造习惯相结合，使元散曲少雕饰多直露，这也是元散曲在文学语言的表达技巧上的一大突破。

具体来说，元散曲对民间口语的吸纳有以下几种形式。

1. 句式口语化

元散曲中大量的世俗题材、内容，需要以日常口语的方式来表达。元散曲中大量的曲文是以市井细民的口吻表达，而不是以文人的文雅语句展现。因此，与诗词的文学句式相比，元散曲中出现了许多元代社会日常习用的口语、俗语、谚语、语气词，语法上也保留了民间口语交流时的成分残缺、成分羡余、句式杂糅等语言表达习惯。

只道是巨无霸的女，原来是显道神的娘。

——无名氏《十二月·嘲女人身长》

"巨无霸"、"显道神"都是民间口语，被直接运用到了元散曲中。

逢一个见一个因话说，不信你耳轮儿不热。

——马致远《双调·寿阳曲》

元代民间有被人提到会耳廓发热的俗语，这里的句子是纯粹的日常口语，写一个女子怕被情郎遗忘，用见人就提他的法子，提醒男子记着自己，表现了她对情郎的痴心。

---

[1] 中国戏曲研究院编：《中国古典戏曲论著集成》（三），中国戏剧出版社1959年版，第13页。

[2] 王骥德：《曲论·杂论》，选自刘永济：《元人散曲选》，上海古籍出版社1981年版，第14页。

[3] 黄周星：《制曲枝语》，引自陈良运主编：《中国历代赋学曲学论著选》，百花洲文艺出版社2002年版，第949—951页。

心儿疼胜似刀剜，朝也般般，暮也般般。悉在眉端，左也攒攒，右也攒攒。梦儿成良宵短短，影儿孤长夜漫漫。

——刘庭信《双调·折桂令·题情》

口语的叠词反复地运用，使散曲既具有音乐的节奏感，又带有浓厚的世俗风味。

到如今怨他谁？这烦恼则除是天知地知。

——高栻《商调·集贤宾·怨别》

"怨他谁"是元代口语中的成分羡余，用现代汉语表达可翻译为：到如今怨谁？

后一句"这烦恼则除是天知地知"，保留了口语中的习惯省略方式，是俗语"天知地知，你知我知"的省略说法。

2.大量使用虚词

元散曲中大量使用了介词、语气词、助词等虚词，如"把、将、得"等，显示出鲜明的日常口语特色。在虚词的使用中常常表现为多个虚词的连续、配合使用，使元散曲的句式更富于变化，更加朗朗上口，增加了曲作的可读可唱性。

（1）虚词的使用往往体现出近代汉语自由灵活的特点，句式变化大，自由度高。

1）介词"把"、"将"、"教"等常和"的"结合，突出对宾语的强调。

把六宫心事分明的慢，将半纸音书党闭的悭，教千里途程阻隔的难。

——孔文卿《南吕·一枝花·禄山谋反》

2）"被"、"将"（"把"）构成的被动式、处置式结合。

独倚屏山把玉纤屈，并鸳枕将归期算彻。

——白贲《黄钟·醉花阴》

3）"被"、"将"、"把"构成的被动式、处置式可分别与动补式结合。

元散曲中的补语可成分很多，常见的有一般短语，介词短语以及主谓短语。出现了处置式与动补式相结合的句式，谓语与补语之间普遍以助词"的（得）"连接，体现了元代汉语口语的特点。

藤缠葛数千遭，把丽春园缠倒，吓的那贩茶客五魂消。

——乔吉《仙吕·赏花时·风情》

4）"被"、"将"、"把"引领的句式复杂化，被动式常与处置式、动补式结合使用，构成的新句式富于变化和表现力。

> 被我将他众英雄引上阴陵道，他每教场中胆气更那里有分毫。
>
> ——孙叔顺《仙吕·点绛唇·咏教习鼓诉冤》

"被我"（施事）、"把他众英雄"（受事、受处置）、"引上阴陵道"（处置的结果）三者结合在一起，强调了施事者，表现了那群乌合之众没头没脑被逼上战场，却毫无勇气、张皇失措的蠢相。

5）助词的使用造成补语的复杂化。助词"的"（"得"）、"的来"（"得来"）出现在谓语的后面是元代汉语中新兴的语法形式，它可以连接复杂的补语，用于表达更富于音乐感的丰富意义，具有极强的表现力。

> 闪的人冷冷清清捱朝暮，想薄情负我何辜？扑簌簌两行泪珠，闷恹恹
> 九分病苦，气丝丝一口长吁。
>
> ——陈克明《中吕·粉蝶儿·怨别》

"的"字后是一长串补语，都说明描述被"闪"（抛闪，抛弃）的女子的行为、想法，表达她的痛苦。

3.格律句的形式与语法句的内容不符合

（1）单句的扩展：谓语单独成句。即语法上只是一句，格律上却分为两句或更多。如：

> 老夫，病余，尚草《长门赋》。
>
> ——张可久《中吕·朝天子·梅友元帅席上》

主语、状语、谓语受格律制约而断成了三段。

> 紫盖黄旗，多应借得，赤壁东风。
>
> ——阿鲁威《双调·蟾宫曲·咏史》

宾语单独成句。

> 又言是车驾，都说是銮舆，今日还乡故。
>
> ——睢景臣《般涉调·哨遍·高祖还乡》

兼语单独成句。

(2) 复句的扩展: 在元曲的曲文中常常出现复句。它突破了曲格的限制，变两个或三个并列结构的单句为一个句式复杂的复句，有助于表达更复杂的意义，是元代口语入曲的一个典型特征。

> 咱彼各，休生间阔，便死也同其棺椁。
>
> ——周文质《双调·蝶恋花·悟迷》

元曲中出现了诗词中非常少见的多重复句，代表了散文句式在散曲中的直接运用，它使元散曲的曲意更加明白如话，也能表达复杂的情节或情绪。这种多重复句常以"若"等关联词连接，以强调前后句的逻辑联系。

> 觑着你十分艳姿，千成心事。若不就着青春，择个良姻，更待何时？
>
> ——贯云石《中吕·小上楼·赠伶妇》

许多复句的关联词往往省去，形成了貌似单句的复句。

> 掩书，叹吁，归守先人墓。
>
> ——张可久《中吕·朝天子·读永嘉孝女丁氏卢氏传为赋》

总体来看，传统诗词以凝练、高雅取胜，元曲以繁复、通俗取胜。元散曲民间文学技巧运用之多之繁，都超过了以前的诗词。这主要是因为元曲主要是用来表达寻常百姓的心声的。以诗词的文雅语言很难创作出通俗真切的世俗生活面貌。当元散曲作家的创作目的不是抒写情志，而在于表达世情时，他的创作角度是世俗的，他的创作心理也是世俗的，他的审美观念也是与世俗社会接轨的。它的欣赏对象也就往往被转化为市井常人，就算是文人读者，也会以一种市井百姓的角度来评判、欣赏作品，以实现作者与读者心理身份的统一。因此，在元散曲的创作中，它的"俗"是曲家有意为之的，是曲家适应非文人的欣赏者的表达方式、审美取向和文化层次，以世俗化的创作内容和口语化的表达方式来创作元代社会广泛接受的文学作品。换言之，为营造出元散曲的世俗风格，就要以明白晓畅的语言反映俗世风情，即"以俗语道俗情"，这是一种元散曲文学创作中的必要选择。

二、传统诗词章法与民间叙事技巧的杂糅统一

元散曲虽然在内容上近俗，但仍然属于传统抒情文学系列中的一员。这主要体现在元散曲对传统诗词章法技巧的继承和学习上。元散曲的创造者中，士人占了绝

大多数，虽然他们在元代地位不高、仕途不顺，但并不能完全抹杀他们所受到的传统文学教育，诗词的创作技巧早已融入他们的文学创作思维中，这也使得他们的散曲创作自然而然地带有了俗文学的烙印。

具体来说，元散曲创作技法对于传统诗词的继承可以概括为三个部分，即起句、过片和结尾。据陶宗仪《南村辍耕录》记载，乔吉曾云：

> 作乐府亦有法，曰"凤头、猪肚、豹尾"六字是也。大概起要美丽，中要浩荡，结要响亮，尤贵在首尾贯串，意思清新。苟能若是，斯可以言乐府矣。[1]

近代的任讷先生在《散曲概论·做法》中对乔吉的"凤头、猪肚、豹尾"说有了更进一步的解释：

> 凤头美丽，所以擒控题旨，引人入胜；猪肚浩荡，所以发挥题蕴，极尽铺排；豹尾响亮，所以题外传神，机趣遥远。豹尾最紧要，必不可少；猪肚次之，每为一篇中便于逞才，发舒笔力之处，故作者亦必不肯忽；唯凤头一层，注意者较鲜耳。

对于乔吉的"凤头、猪肚、豹尾"说，学界常常视为是俗文学的特色，多将此与通俗文学样式如小说等的艺术表现手法类比，其实，这种"凤头、猪肚、豹尾"说的表达重点特在抒情，是"乐府"的创作技巧，是为了更好地表情达意而设的，虽然它也可以用于叙事文学之中，但它与传统的诗词技法有着更直接的联系。如果将元散曲的起句、过片和结句技法与唐宋诗词，特别是宋词的技巧进行一下类比，就可以很明显地发现两者的延承关系。[2] 并且，在一支散曲中，这些充分运用传统诗词技法的句子常常与口语化的俗词、俗语交错使用。雅俗交错间，诗人格调与世俗情趣杂糅统一，这成为元散曲雅俗交融风格特质的又一重要体现。

（一）起　　句

唐宋词的起句大致分为陡起和平起两种手法，陡起者多写"情"，平起者包括以景起、以情起及以事起等。过片有承上启下、一气贯注、似离实合、异军突起等

---

[1]　陶宗仪：《南村辍耕录》卷八，齐鲁书社 2007 年版，第 110 页。

[2]　本部分的分类方式参考了赵雪沛、陶文鹏的《论唐宋词起结与过片的表现技法》，将唐宋词的起、结、过片方式与元散曲做了一个比对。

做法。结句可分为首尾呼应、宕开一笔、画龙点睛和翻进一层等手法。[1] 元散曲与之有相似之处。

1. 陡起

所谓"陡起",即指在作品的发端就不设铺排,直接以一个立意新奇的句子博人眼球,其后再一泻千里,尽情描摹,使全曲的气势形成一个前高后低的下划线。在元散曲中多以议论"陡起"。元白朴的《仙吕·醉中天·佳人脸上黑痣》就是以这样的章法技巧创作出一支极富特色的散曲的。作品题为"佳人脸上黑痣",这是历代文学作品都少见的题目。这种题目,很容易堕入恶道,写得庸俗轻薄,然而白朴知难而上,以一个陡起的提问,将一件生活俗事迅速拔高到了历史典故之中:

> 疑是杨妃在,怎脱马嵬灾?曾与明皇捧砚来。美脸风流杀。叵奈挥毫
> 李白,觑着娇态,洒松烟点破桃腮。

明皇玉环的典故人人皆知,李白奉旨作诗的美事也历来被人传扬,但没有人也把此事与佳人脸上的黑痣联系起来。作者特以这两句惊异语起头,既称赞了佳人的美貌,又引起下文:只因"曾与明皇捧砚来",杨妃娇颜,竟引得李白斗胆"觑着",还以笔墨挥洒到贵妃脸上。中国历史上最著名的美人脸上点染着中国最著名的诗人的墨汁,才子佳人以这样的方式联系到一起,这种石破天惊的想象,也只有最富才情的作者才能够实现。一颗黑痣能写得如此诗意,化俗为雅的关键就在于作者这一精彩的起句。

又如贯云石《双调·蟾宫曲·送春》的开头:

> 问东君何处天涯?落日啼鹃,流水桃花。淡淡遥山,萋萋芳草,隐隐残霞。
> 随柳絮吹归那答?趁游丝惹在谁家?倦理琵琶,人倚秋千,月照窗纱。

"东君"在此处指春神,起头这一个问题,直接点明了"送春"的题意。然而,以问句开头,就显得既突兀又醒目,同时又能以"何处"二字统摄全曲,合全篇而做出回答。这种以问句起句的方式令全曲的意脉一开篇即振起,名为送春,起句却问春在何处,题目与起句的对应反而可以让读者更主动地带着疑问赏曲,自然更具兴味了。

贯云石还有一些曲作也是以"陡起"的方式开端的,如《双调·清江引》起句

---

[1] 赵雪沛、陶文鹏:《论唐宋词起结与过片的表现技法》,载《西南民族大学学报》(人文社科版)2010年第2期。

即是一句呐喊："弃微名去来心快哉！"这一句开篇即来，没有任何铺垫和暗示，作者一开始就把内心的感受宣泄出来。因"弃微名"而心生"快"意，其后的"一笑白云外。知音三五人，痛饮何妨碍？醉袍袖舞嫌天地窄"，皆是因"快"而起：因"快"而"笑"，因"笑"而"痛饮"，因"痛饮"而"醉""舞"！全曲的意脉流畅，一个"快"字写出作者的豪放之情，而这种"快"意来源于"弃微名"，这种英雄风流自然也就更加令人羡佩了。朱权评贯云石曲为"如天马脱羁"，诚不谬也。

2. 平　　起

"平起"，是指与"陡起"相对的，运用充分的铺排描摹景物，回忆过往等，使作品要表达的主要情感顺势而出，实现既真切感人又情理交融的表达效果。元散曲的平起发端大致可分为以下几类。

（1）以景起：这是最常见的元散曲的平起方式，它也从另一个角度证明了曲与诗词的渊源关系。诗词贵含蓄蕴藉，讲求主体情感的因物发之，感而生情，这种情因此有了景物的引发而显得有情有理，自然贴切。从诗词的欣赏角度来说，情景结合为抽象的感情体验提供了具体鲜活的景物实体，令作品情感更真实诚恳。这是古代士人总结出的最适合于表达文人情感的艺术结构模式。在元代，上景下情的结构模式同样得到了士人们的认可，同样也是元散曲最常见的结构模式。

如张可久《越调·凭阑人·江夜》中写道：

> 江水澄澄江月明，江上何人搊玉筝？隔江和泪听，满江长叹声。

起句写江景月色，营造出一种幽静的气氛。在这种静谧之中，筝声就越发显得悠扬了。后两句写听筝人的感受。一个"和泪听"，一个"长叹声"，既写出了月夜筝声的高超动人，又写出了听筝人各怀心思的悲凉和苦痛。这支散曲的起句虽是"平起"，但随后几句在情境上越写越深，从静谧的月夜到撩动心神的悠扬筝声，从一个人的"和泪听"，再到"满江"的"长叹声"，无一字明指，却创造出一个自然而充满感情的意境。开篇七字就写出了江景之开阔与情味之苍凉，文字简净劲健，意境自然浑成，语音明朗，醒人耳目，是元散曲中以景起笔的佳作。

（2）以情起：元散曲属于抒情文体中的一种，其主要的表达功能还在于言情。而元散曲的通俗化语言特征又促使元散曲的情感表达多明白显豁，因此，开篇即直陈题旨，以情起笔，成为元散曲中一种常见的创作方式。

如元代歌伎刘燕歌所作名曲《仙吕·太常引·饯齐参议回山东》：

> 故人别我出阳关，无计锁雕鞍。今古别离难，兀谁画蛾眉远山。一尊别酒，一声杜宇，寂寞又春残。明月小楼间，第一夜相思泪弹。

此曲紧接题目"饯齐参议回山东"，起句"故人别我出阳关"，可谓"平起"，全曲以抒情为主，稍带景语，却能融景入情，从别时景写到别后"兀谁画蛾眉远山"的孤寂，再返回到饯宴之上，眼前种种景致都在暗示着今后"寂寞又春残"之感。结句再一次细想未来一人独坐小楼中的情景，"第一夜"已是难捱，此后的漫长岁月更是令人神伤。全曲意脉贯通，缠绵婉约，确是写情的佳作，不愧为元代"脍炙人口"[1]之作。

（3）以事起：元散曲中还有一些作品是以叙事起笔的。如王伯成《仙吕·春从天上来·闺怨》：

> 巡官算我，道我命运乖，教奴镇日无精彩。为想佳期不敢傍妆台，又恐怕爹娘做猜，把容颜只恁改。漏永更长，不由人泪满腮。他情是歹，咱心且捱，终须也要还满了相思债。

题名"闺怨"，则点明这是诗词传统题材之一，但曲家的起句却从小女儿家为求姻缘，私下算卦求签起。女主人公一心想求问"佳期"，却得了个"命运乖"的下签，不由得心灰意冷，"镇日无精彩"，只这一句就新颖入理，将一个闺中女儿对感情的向往表露无疑。后两句续写她"怕爹娘做猜"，只好强打精神，偏长夜漫漫，无心睡眠，对情郎相思之痛，对自身命运之疑在心里反复思量，难怪令她"不由人泪满腮"。但即使是这样，女主人公依然坚守着自己感情的承诺："终须也要还满了相思债。"这种执着，正是青春儿女特有的真情意。全曲虽纯是叙事，不涉议论，却能在小女儿的情感独白中予人以摇曳生姿的美感，绝无平淡寡味之弊。

（二）过　片

过片，又称过变、换头，词曲论家历来对过片都非常重视，认为是上、下文辞意分合的关键，重在承上启下、平衡首尾。张炎《词源》卷下说："作慢词……最是过片，不要断了曲意，须要承上接下。"[2]陆辅之《词旨》云："制词须布置停匀，

---

[1]　夏庭芝：《青楼集》"刘燕歌"条，上海古籍出版社续修四库全书本1995年版，第123页。

[2]　唐圭璋：《词话丛编》，中华书局1986年版，第258页。

血脉贯穿。过片不可断曲意，如常山之蛇，救首救尾。"[1] 沈祥龙在《论词随笔》则强调过片要随势而动，连缀虚实："词换头处谓之过变，须辞意断而仍续，合而仍分。前虚则后实，前实则后虚，过变乃虚实转捩处。"[2] 宛敏灏先生联系词的音乐创作背景谈过片的做法时指出："片与片的关系，在音乐上是暂时休止而非全曲终了；在词的章法上也就必须做到若断若续的有机联系，彼此才能密合。"[3] 诸家都在强调一点，即过片关乎整首作品意境的浑成与结构的缜密，是联系上下片情绪承转的关键处，这个过渡，"不要断了曲意"是最基本的要求。在元散曲作品中，历代曲家也一直把"随上接下"作为选曲定格的重要依据。[4] 元散曲中常见的过片有以下几种。

1. 承上接下

过片最主要的功用在于承接上意，顺引出下文，这种承接方式在元散曲中最为常见。例如宋方壶《双调·水仙子·居庸关中秋对月》：

> 一天蟾影映婆娑，万古谁将此镜磨？年年到今宵不缺些儿个。广寒宫
> 好快活，碧天遥难问姮娥。我独对清光坐，闲将白雪歌，月儿你团圆我却
> 如何？

本曲上片紧扣"中秋对月"，以新磨之镜比拟明月，询问谁磨，想象尖新出彩；下片写曲家独自赏月，作为羁旅行役之人，看着月儿团圆，不禁心生怨气，表达出作者孤独自怜又愤怒感伤之叹。上、下片的情感一咏月，一伤怀，全靠中间的过片连缀成曲："广寒宫好快活，碧天遥难问姮娥。"这一句过片，既照应了上、下两片的情绪表达，又自然地实现了情绪的转换；全曲由景及人，由乐转哀，既婉转流变，又令人有一气呵成之感，这不能不说有过片的过渡之功。短短一支小令，文白兼顾，雅俗共赏，又能以流畅的意脉刻画形象、抒写心声，这正是传统士人思致缜密、文才出众的表现。

2. 一以贯之

一般散曲的前后两部分的曲意多有变化，以显出曲意的丰富性，但有些曲作却一以贯之，首尾呼应，它的过片也不做转折，专承前意，使上下片浑融一体，词意

---

[1] 唐圭璋：《词话丛编》，中华书局1986年版，第303页。

[2] 唐圭璋：《词话丛编》，中华书局1986年版，第4051页。

[3] 宛敏灏：《词学概论》，中华书局2009年版，第101—102页。

[4] 在《中原音韵》的定格中，多次出现"承上接下"的说法，这一技法运用得好，往往成为作品被视为定格的条件之一。

一气呵成，故称"跨片格"。如吴西逸的《越调·天净沙·闲题》就是这样的例子。全曲如下：

> 楚云飞满长空，湘江不断流东。何事离多恨冗？夕阳低送，小楼数点残鸿。

这支曲一开头就描绘了一幅楚天云飞、湘江奔流的图景，意境极为辽阔高远。这既可能是作者眼中的实景，也因为楚云湘水本身所蕴含的文化意味，引发读者的悲愁情怀。这种开头直接引出了一种怅惘凄迷、深沉悠远的情绪。中间的"何事离多恨冗"是点题的关键句子。一方面承上写景，点明景中包含的感情，好像水云之间都满载着无限的离愁别恨；另一方面又开启下面的写景，使景物的感情色彩更加明朗。曲中人带着满腔的愁恨，在夕阳低垂时，登楼远眺，目送归鸿，直至星星点点，最终消失于天地的尽头。这一描写与前面的景物相呼应，从高远的楚云湘水景观到微小的小楼残鸿，曲中人的视线越送越远，心中的愁思也越来越深沉绵长了。清人马鲁论绝句时强调第三句的承转作用："绝句四句内自有起承转合，大抵以第三句开宕气势，第四句发挥情思。"元代杨载在《诗法家数》中也说："至如宛转变化，工夫全在第三句，若于此转变得好，则第四句如顺流之舟矣。"可见，这支《闲题》的妙处就在于第三句的透辟明白，它既赋予景物以深沉的情思，又结合了上下两个画面，使之浑然一体，确实体现了传统诗词写作章法中的"承转"之功。

3. 藕断丝连

周济《宋四家词选目录序论》在谈到过片时说："古人名换头为过变，或藕断丝连，或异军突起，皆须令读者耳目振动，方成佳制。"[1] 这里的"藕断丝连"，就是指过片表面看似乎斩断前意而另起他意，但在内在曲意的表达上，首尾仍然存在着情意的关联，情思幽隐而意脉不断，翻转出新，需要欣赏者仔细体会。刘体仁《七颂堂词绎》谓："不欲全脱，不欲明黏。"[2] 这种做法强调过片对下片曲意的拔起、引领，要求作者在下片出新出彩，又源出于上片，是曲家巧思慧心的集中展现。试看景元启《双调·殿前欢·梅花》：

> 月如牙，早庭前疏影印窗纱。逃禅老笔应难画，别样清佳。据胡床再看咱，山妻骂：为甚情牵挂？大都来梅花是我，我是梅花。

---

[1] 唐圭璋：《词话丛编》，中华书局1986年版，第1646页。

[2] 唐圭璋：《词话丛编》，中华书局1986年版，第619页。

开篇两句由景入题，描写一弯新月的映照下，庭梅印窗的空灵脱俗之美。与月色下的梅树相比，窗纱上梅花的投影少了些许质感和明晰，却如一幅墨梅图，平添了几分清雅和飘逸，这分"别样清佳"让作者不仅感慨就是最好的画梅高手也难以描画吧。小令写到这样，已然进入了人梅相对、梅雅人清的情景交融之境了。然而就在作者"据胡床"赏花寻雅之时，山妻的一句骂，让全曲突然由雅转俗，从诗境入现实了。这一跳跃初看似抛离前文的意境，由雅转俗，另起一意，但若细细读来，咏梅仍然是下片主题，只是这种咏梅已不仅是赏梅爱梅，而是"梅花是我，我是梅花"——进入了物我合一的更高境界，题旨未变，意脉潜通，这是典型的"藕断丝连"写法。山妻的插话看似世俗，但如同一个叙事的转折，写作中的欲扬先抑，从起句的雅，到中间过片的俗，再到结句的雅，虚实、雅俗之间形成一个"√"字形。从梅我相望，到梅我相忘，在这意外的曲折中，曲作减少了曲高和寡的清高意味，多了高雅之士的人情之美。身在世俗之中，心在物我之外，这种"物我浑一"的境界令这支咏梅曲的意境更上层楼。

4. 异军突起

所谓"异军突起"，指过片收结前文，转而另发深意。沈义父《乐府指迷》提出这是才高者方可为："过片多是自叙，若才高者方能发起别意。然不可太野，走了原意。"[1] 相较于前述三种过片的稳妥平和，这种"异军突起"的做法既要连接前文，又要拔出新意，开阔曲意。令读者既眼界为之一开，又感叹前文的抑扬之功，在这一抑一扬间，过片的价值就显得非常重要了，如果过片作得不当，使下片离题太远，"走了原意"，便会影响到整支曲中情境的自然融合。

王恽《越调·平湖乐》云：

> 采菱人语隔秋烟，波静如横练。入手风光莫流转，共留连，画船一笑
> 春风面。江山信美，终非吾土。问何日是归年？

此曲开篇即盛赞水乡旖旎风光，采菱人笑语喧哗，湖面水波不兴，令人流连忘返。但过片却陡然一变，情意转为思乡，"终非"、"归年"，思乡之情溢于言表，迥异于上片，语调也明显变得低沉，带起了整个下片曲意的深婉低回，正是所谓"发起别意"者。前三句仍围绕湖乡景致本身而发，越写湖乡美景越反衬出思乡之切，并未"走了原意"。此曲上片清朗明艳，下片情思幽远，过片发起别意却不离题旨，

---

[1] 唐圭璋：《词话丛编》，中华书局 1986 年版，第 279 页。

可以称得上"才高者"所为。

（三）结　句

曲法中的结句手法继承了诗词创作中的经典做法。先看词论。在词论中，词论家历来重视"结"法。沈义父《乐府指迷》在评判结句时称："结句须要放开，含有余不尽之意。"[1] 李佳《左庵词话》也说结句最忌直白："作词结处，须有悠然不尽之意，最忌说煞，便直白无趣。"[2] 可见，词的结句重在含而不露，情韵悠长，设置遐想的空间供人回味，追求含蓄蕴藉的审美风格。

元散曲同样重视结句，但与词论相反，曲的结句以意尽为佳构。在《中原音韵》中，周德清就明显指出："诗头曲尾是也。如得好句，其句意尽，可为末句。"[3] 散曲的结句可以归为以下几类。

1. 画龙点睛

所谓"画龙点睛"，指一支曲前文中铺排蓄势，到结句处才点明题旨，使全曲如蛟龙张目，曲意全出。[4] 这一收束法在曲中十分常见。它重在首尾呼应，要在结句处注意情思意脉俱与前文照应，使曲作的意境浑成圆融，结句警醒提振。白朴的《双调·沉醉东风·渔夫》曲文如下：

> 黄芦岸白苹渡口，绿杨堤红蓼滩头。虽无刎颈交，却有忘机友。点秋
> 江白鹭沙鸥，傲杀人间万户侯，不识字烟波钓叟。

周德清的作词定格中指出此曲"末句收之"[5]，可为典范。这支曲以景起句，勾勒出一幅恬静安逸的郊野江景图，生活在这里的山野之人，逃开了尘世风波，与白鹭沙鸥为友，过着"傲杀人间万户侯"的宁静生活。全曲写到这里，看似是在歌颂一个乡野渔夫的田园生活，但最末一句"不识字烟波钓叟"却以强化"不识字"的方式让读者了然作者对于士人身份的痛苦。古语有云："人生忧患识字始。"元代社会对儒生的轻视，令士人有着群体的绝望感。如果说"烟波钓叟"是对前文的总结，"不识字"则是点题之笔，让读者看清作者歌咏"烟波钓叟"正是源于他对"识字"

[1] 唐圭璋：《词话丛编》，中华书局1986年版，第279页。

[2] 唐圭璋：《词话丛编》，中华书局1986年版，第3105页。

[3] 中国戏曲研究院编：《中国古典戏曲论著集成》（一），中国戏剧出版社1959年版，第236页。

[4] 唐圭璋：《词话丛编》，中华书局1986年版，第3698页。

[5] 中国戏曲研究院编：《中国古典戏曲论著集成》（一），中国戏剧出版社1959年版，第249页。

文人生涯的绝望。在这样的散曲作品中，最后一句既统摄全曲，使全曲意脉贯通，又直接点题，挑明作者本意，可谓语尽意尽，这也正是周德清选作元曲定格的原因之一。

这种结句方式也有以景结者。乔吉《双调·水仙子·若川秋夕闻砧》中写道：

> 谁家练杆动秋庭，那岸窗纱闪夜灯，异乡丝鬓明朝镜。又多添几处星，露华零梧叶无声。金谷园中梦，玉门关外情，凉月三更。

结句"凉月三更"以一个"凉"字点明题旨，把愁情与秋景都凝聚在这冰冷的月光之中。古往今来人们的种种悲凉之情，秋庭梧叶的处处伤秋之意，在曲中重重叠叠地累加了起来，在结句的一轮"凉月"的映照之下，悲秋的情思意象化了，也哲理化了。这轮"凉月"既点明了题目中的"秋夕"，又照应了曲中的"夜灯"、"露华"，它使全曲的意脉贯通，看似松散的意象都收拢于一个最鲜明最复杂的意象，全曲也因此有了扣人心弦的"余味"[1]。

2. 宕开一笔

相对前文的点题，"宕开"是指散曲在收尾时并不完全承接前意，而是以引申或拓开的笔法使曲意悠远不尽。贯云石的《中吕·红绣鞋》一时负有盛名，其出彩处即在收尾一句，全曲写道：

> 挨着靠着云窗同坐，偎着抱着月枕双歌，听着数着愁着怕着早四更过。
> 四更过情未足，情未足夜如梭，天哪，更闰一更儿妨什么！

从起句开始，作者就描写了两个惶惶恐恐贪恋欢爱的小情人担心时间飞逝，却越发觉得时间短暂的有趣情景。在前几句中，他们俩又挨又靠又偎又抱，同坐双歌，一方面享受着爱情的甜蜜，一方面又"怕着数着愁着怕着"东方既白，分手在即。曲中连用八个"着"以密集的节奏不断撞击着读者的心灵，不断提示着小情人当下的娱悦正分秒逝去。而接下来的两个顶真格，更是借用民歌手法，极写主人公的急迫心情。正是在这样的密集铺排之下，主人公脱口喊出了那一句："天哪，更闰一更儿妨什么！"这句呼喊一反前方无可奈何的心理，直抒胸臆，反而是一种更真实更坦率的情感体验。清人黄周星《制曲枝语》中说"曲之体无他，不过八字尽之，

---

[1] 刘熙载《艺概·词曲概》中云："盖小令一阕中，要具事之首尾，又要言外有余味，所以为难。"载中国戏曲研究院编：《中国古典戏曲论著集成》（九），中国戏剧出版社1959年版，第119页。

曰'少引圣籍，多发天然'而已。"[1] 本曲的结句变传统诗词中主人公的含蓄隐忍为主动紧迫，看似与前文的情态不合，但却以更真实的方式显示出了曲中人的自然天性。曲中人的呐喊没有得到回应，全曲却以此作结，戛然而止，在情态的最高处留给读者以无尽的遐想。言有尽而意无穷，正是这类结句的优势之处。

　　3. 翻进一层

词的结句有一种深化主题的手法，即"翻进一层"。曲作往往在前文中层层叙写，全面铺排，于结尾处拔高视野，升华主题，引人深思。如乔吉的《双调·水仙子·游越福王府》：

> 笙歌梦断蒺藜沙，罗绮香余野菜花，乱云老树夕阳下。燕休寻王谢家，
> 恨兴亡怒煞些鸣蛙。铺锦池埋荒甃，流杯亭堆破瓦，何处也繁华。

以写景起句，通过描写蒺藜砂砾、野菜丛生、乱云老树的荒园景象对应着昔日王府中追欢逐乐的歌吹声，不禁令人涌起兴亡之感。与废园楼台一同逝去的不仅仅是岁月，更有当时无二的奢华享乐和名士风流，这种人生最快意的情与事就这样化为虚有，"何处也繁华"引发的不仅是朝代兴亡的感伤，更多是对于历史和价值的思考。在眼见了繁华梦碎后，作者通过这样一个问题作结，留给读者或自己的是对历史的审视和生命的思考。可以说，经此一问，全曲皆活。回头再读全文，则景中寓情，情中寓思，传神写意，境界大开。

又如张可久的《中吕·红绣鞋·天台瀑布寺》：

> 绝顶峰攒雪剑，悬崖水挂冰帘，倚树哀猿弄云尖。血华啼杜宇，阴洞
> 吼飞廉。比人心山未险。

全曲前五句都在写天台的"险"景，浓墨重彩，设喻生新。最后一句突转，"比人心山未险"，将前文中的山景转化为一连串的意象，比山更险的人心之险已寓于不写之中。一个寻常的写景之作因此被推升为哲理之作，曲作也因此具有了冷峻刚健的艺术风格。

　　综上所述，元散曲在散曲章法上全面学习了唐宋诗词的章法技巧，因而能在大量运用民间口语时不坠入"街谈巷语"的恶俗之中，使元散曲始终保持了雅文学的雅致，从而造就了元散曲"雅俗交融"的艺术风格。

---

[1] 程炳达、王卫民编著：《中国历代曲论释评》，民族出版社 2000 年，第 363 页。

三、市井文化与儒家传统文化的杂糅统一

（一）市井文化需求与传统文化继承之间的融合

元后期散曲家孟昉因喜欢李贺的作品《十二月乐词》而有意模仿，通过"增损其语"的方式，将原诗隐栝为小令《天净沙》，对于自己这一番再创作的目的，孟昉这样解释："不惟于樽席之间，便于宛转之喉；且以发长吉之蕴藉，使不掩其声者。慎勿曰：侮贤者之言云。"[1] 他是出于对李贺诗作的喜爱，有意以社会广泛接受的艺术形式传播他的优秀作品，"使不掩其声"，同时也是为了"便于宛转之喉"，方便歌者的演绎。

从这一解释中，我们可以看出元代的散曲作品强调声律，是出于现场演绎的实际需要，作品要"既耸观"，又要"耸听"。两者并重，不可偏废。

"樽席之间"，散曲的创作者与欣赏者并不是直接以文本阅读的方式进行交流，而是通过歌伎的演唱展示作品。因此，歌伎们在散曲传播过程中的地位就自然地提高了，她们成为了散曲创作的再创作者。歌伎担当着散曲传播过程中的"翻译"工作。

这也对歌伎们的文化水平和演绎能力提出了很高的要求。她们没有时间去细细回味即席创作的散曲的内涵，但她们又必须声情并茂地唱出曲中的意味。这也是为什么在《青楼集》中从编者到士人都一边倒地强调歌伎最重要的优点在于"聪慧"，在于能"知音"。

这里的"知音"本身也蕴含着多层的含义。从现实层面来说，知音律是指：演唱者有基本的音乐知识和文化水平，能快速地理解作品；从散曲作者的心理感受来说，不管散曲是什么样的音乐属性，只要是用笔墨用文字创作出来的精神成果，也代表着士人特有的文化特权，是士人精神骄傲的资本，也是他们把自己与世俗区分开来的根本武器。因此，只要有一线机会，士人们都不会放弃施展自己文才，确认自己文字特权的机会。在文化素养普遍低下的元代社会中，士人无权无势，早已放开面皮，真正心理依傍的只有士人最后的特权——文字了。所以，他们为了酒宴中的交流，他们必须创作出通俗的作品，但为了捍卫文字的特权，他们又不能让这些作品真正地流于世俗。这就奠定了元代散曲徘徊于雅俗之间的基本风格特征。

就在这半隐半露之中，士人们既希望听者能懂他们的曲子，又希望人们听不懂。或者说，士人的理想传播方式是让大众能欣赏散曲表层的世俗小意，也让真正的知音者能领会作者蕴含其中的幽思深意。

诗词作为传统的文学样式，它们的流传只会在文化程度较高的群体中进行。就

---

[1]　隋树森编：《全元散曲》，中华书局 1964 年版，第 1398 页。

算是现场有低素养的人在，他们也只能成为无聊的看客或是陪衬，不可能真正融入以诗歌以文字为界限的文化圈内。以《红楼梦》中的诗会为例，真正优秀的诗人是不在意别人能不能理解自己的作品的，所以林黛玉即使和众多姐妹们一同创作，她的作品也只是为了满足自己的欣赏水平。林妹妹的作品永远不会考虑李纨或是凤姐的文化水平，或者说，如果林黛玉写出的诗词真的让迎春探春惜春等姐妹完全"知音"了，那也就意味着林黛玉的诗歌已浅薄得落入了俗套，足以让林妹妹蒙羞了。

而元代散曲不同，它的表达必须通过歌伎以再创作的方式传播，这就意味着士人的创作其实只完成了作品的一半，另一半要依靠聪慧的歌伎去完成。而歌伎毕竟不是家妓，她们冲州撞府的生活注定了她们与士人的合作只能以偶遇的方式进行。如果能遇上一位既知音律又知心的歌伎，对于士人的散曲创作来说，当然能提供极大的便利，不仅能准确地传播作品，有时甚至能够弥缝文人才思的不足，帮士人续作曲辞，低调而柔和地挽回创作者的颜面。《青楼集》所载的歌伎刘婆惜的事迹就足以证明这一点。集中这样记载：

> 时宾朋满座，全子仁帽上簪青梅一枝行酒，口占【清江引】曲云："青青子儿枝上结。"令宾朋续之，众未有对者。刘乃应声续全，全大称赏，遂纳为侧室。[1]

如果细读刘婆惜这支曲，会发现它即使被混杂于元代士人的创作中，也是十分突出的作品：

> 青青子儿枝上结，引惹人攀折。其中全子仁，就里滋味别，只为你酸留意儿难弃舍。

这支小令的优点在于：

（1）急就章，脱口成篇。这是一个歌伎的素养的最好体现。全子仁开头的这支【清江引】选了一个很难压的车遮韵，不仅可用的字不多，且又是有明确指代的咏物曲，在创作中确实很有难度。不仅全子仁自己难以完成，"令宾朋续之，众未有对者"也正说明了当时尴尬的冷场。酒宴之中散曲创作最大的特点就在于作者的创作过程完全暴露在接受者的面前，它令创作者根本没有时间反复推敲修改。不论是口述还是笔就，只能以一气呵成的方式快速地完成全曲的创作。因此，接受者的在场使创

---

[1] 孙崇涛：《青楼集笺注》，中国戏剧出版社 1990 年版，第 213 页。

作中的停顿变成很令人难堪的事情，只有最优秀的歌伎可以成为这个时刻的拯救者，她介入到了创作的前期，但由于她本身就承担了散曲创作的后半段的演绎工作，这使她的参与显得顺理成章。刘氏这样的拯救工作只是将她的一直隐藏着的创作介入显现化了。

（2）音律和谐。参照《中原音韵》中所载的【清江引】曲谱，这支小令在音律上无疑是典范之作。按照曲谱，【清江引】之首末两句必须押上声韵，第三句前四字是平平仄仄。刘婆惜的临场小令中的"结"、"舍"都是上声，第三句中的"其"、"全"为阳平，"中"为阴平，"子"为上声，不仅完全与曲谱合辙，更谐婉动听而自然天成。

（3）句式参差中见齐整。【清江引】的句式为七五五五七，就它的整体而言，是参差不齐的，然而第四、第五句的对仗又在起伏中添加平缓，在句意流动中造就回环。刘氏之作恰好把握住了这个曲牌的特点。"其中全子仁，就里滋味别"既谐音双关，又对仗工整，初听是咏物之作，细思为写情之曲，其中又暗藏主人的姓名，调笑取乐之意又包蕴其中。从表面看，全曲都用的熟语，但叙情之语不仅大胆出新而且显得一往情深，这里面的机巧心思确实少有人匹敌。难怪全子仁听后会"大称赏"。

从这里，我们也可以看出，刘氏这样的歌伎一直承担着士人的作品的演唱工作，但事实上，她们的文化水准及专业水平对于士人的散曲创作有着极其重要的影响力。这种影响力就表现在她们的再创造上。

《青楼集》是元代文集中一本定位极其特别的集子。历来学者都将《青楼集》视为对女性尊重的产物。但联系到《青楼集》中强烈地对于歌伎的技艺的推重，我们可以想到，这本集子在创作者夏庭芝看来，他要记录的是当时最优秀的一些士人的合作者的事迹。只不过，这些合作者中的大部分是歌伎组成。夏庭芝在《青楼集序》中也曾明言，他计划在《青楼集》之后再写一部关于优秀的男性艺人的集子。可见，在夏氏的创作构思中，他着重想在历史中留下的是一些职业的演绎者的痕迹。我们可以猜想，在夏氏这一批长年流连于酒宴欢会的文人的生活中，他们与职业演员们之间是相互倚重的关系。只有通过演员们的优质表演，士人们的文学创作才能真正得以完成；而士人们对于歌伎们的提携和赞美，也为歌伎的名声起了推波助澜的作用。这本《青楼集》不排除就有着向这一群至为重要却又在历史中湮没无闻的隐形创作者致谢的意味。

然而，如《青楼集》中所载的优秀的歌伎们毕竟是庞大的冲州撞府的歌伎们中的极少部分，绝大多数的歌伎文化素质低下，只能机械肤浅地唱出散曲的表面文字内容。这一方面迫使着士人在创作中逐步地放下架子，多用俗语、市井语，少用经史语、乐府语，方便歌伎的理解和演唱；另一方面也推动了士人"偶倡优而不辞"，对于一些表达心声的作品，为了能最准确地表现出自己的思想，不惜放倒面子，亲身参与到对散曲的演绎之中。毕竟，对于女性的演唱者来说，闺怨相思的题材是她们熟练掌握，也能够更贴近作者本意进行演绎的，而那些调笑、咏史、归隐题材的作品则更需要歌者跳出女性身份限定，而以男性的意识和状态来演绎，这对于大多数普通歌伎来说，的确是个难题。可以想象，自己堪为得意的作品，如果被半懂不懂的歌伎随意地唱过，虽然能得到一些表面的掌声，但对于一个真正的文人来说，不啻自己的心血被糟蹋。在这种情况下，他粉墨登场，把散曲的前半部和后半部工作全部掌握在自己手中，也不失为一个保全自己作品的好办法。而这样的作美，在不了解创造者的世人看来，是这个士人放倒面皮，沉沦于贱业，放浪疏狂的狂士做派，但从另一个角度说，也证明了士人对于自己作品的珍视。在失去了官场动力的元代士人的价值天平上，浮名薄利或是可以抛开，但文字作为一个士人的立身之本，是他存在的根本意义。维护文字，用正确的方式解读自己的作品，本质上是对自己的士人身份的执着。"斯文一脉微如线"（薛昂夫《正宫·塞鸿秋》），士人在一面感叹着文学道统的式微，一面也在尽力维护着自己的"斯文"。

可见，酒席上对于歌伎的要求是相当高的，她们不仅要能能领会曲子风格，体会曲中深意，还要能用适当的表现水平正确地把曲中的深意表达出来。艺无所不能。元代文学家胡祗遹曾归纳过当时对于歌伎的要求：

一、姿质浓粹，光彩动人；二、举止闲雅，无尘俗态；三、心思聪慧，洞达事物之情况；四、言语辨利，字真句明；五、歌喉清和圆转，累累如贯珠；六、分付顾盼，使人解悟；七、一唱一语，轻重疾徐，中节合度，虽记诵娴熟，非如老僧之读经；八、发明古人喜怒哀乐，忧悲愉快，言行功业，使观听者如在目前，谛听妄倦，惟恐不得闻；九、温故知新，关键词藻，时出新奇，使人不能测度为之限量。[1]

九条中，涉及容颜的只有一条，涉及个人修养的两条，要求歌伎气质娴雅，既有士人风度，又要心思聪慧，这也是强调歌伎对士人作品的理解能力。余下四至九条则是从言语、歌喉、表情动态、唱曲节奏、情感表达、创新等表演方面提出的高

[1] 程炳达、王卫民编著：《中国历代曲论释评》，民族出版社 2000 年，第 7 页。

要求。这也从另一个角度证明了元代士人对于歌伎，并不仅仅将她们作为性的玩物，更多是视为文学创作的合作者，故对她们提出了专业要求。

只有这样水平高超的歌伎才能真正将一支小令或是套曲变成一个真正的有价值的作品。但同时，这也对士人们的散曲创作提出了较高的要求：只有写出歌伎们能够理解和表现的作品，才能真正实现自己的创作意图。"耸听"也分两部分，一者是歌者能顺利地演唱，不至于因音律的问题"拗折天下人嗓子"；二者是为了尽可能迎合听众各个层次的文化水准和欣赏品位的差异化需求。让肤浅者听得热闹"快心"，而知音者听得回味"动心"。这就要求士人在散曲中注意把握"文而不文，俗而不俗"的度，从现在作品中，可以看出，散曲言浅而意深，可能是满足这种差异化需要的最佳表达方式。

字面浅显易听，这是作品传授与交流的客观要求，这也是元散曲普遍没有艰涩古奥之作的原因所在。意蕴深厚，则出于士人对于自身文化品质的展现。从各类元人文集和传世的元代散曲作品中，渴求"知音"的呼喊不绝于耳，这正是证明了元代士人面对较前朝更为多样化的接受群体时的适应性转变。

回过头来如果再看元代散曲中的诸多名篇，我们就不难发现元散曲这种"言浅而意深"的层次性特点：

> 枯藤老树昏鸦，小桥流水人家，古道西风瘦马。夕阳西下，断肠人在天涯。
>
> ——马致远《越调·天净沙·秋思》

这支著名的散曲从字面上看，对偶是非常工整的，前三句，连写三个场景，每个场景又分化为三处景物，不用一个动词，通过景物所代表寓意的叠加而凸显出作者眼前所见和心中所念的落差，在落差中呈现出作者心理的失落和伤感。这前三句从表面上看，是一个标准的鼎足对，是元代散曲中以对偶的方式显现作者文才，提升作品文雅美的艺术手法，但如果从画面的转换来说，这并不是真正的鼎足对。鼎足对是传统对偶的一个变体，其中的三个对仗句不仅在文字上是齐整的，在内容上也是并列的关系，它的作用在于在急切嘈杂的元代音乐的背景中延缓作品的叙述节奏，让读者和听者的感受时间在此处稍作停留，而加强对作品意蕴的体会。而《秋思》的前三句从语意上讲并不是并列关系，其中有着非常明显的递进，作者一句一转，凭着三句所描写场景的快速转换，将作者的感伤迅速地推向了高潮。

《秋思》的最后两句可以看作是作者的情语，也可以看作是作者主体情感的外化影像。"一切景语皆情语",夕阳中,一个天涯过客孤单憔悴的身影构成了一幅极富韵味的画面,这幅画饱含了作者半生落泊、四海飘零的人生感悟。画面中只有一轮落日,一个身影,是一幅大量留白的画。"断肠人在天涯",一个"在"字表明的只是主体所存在的时间和空间,而不是具体行动。曲中人在这样的夕阳西下之时,天涯零落之地做什么,想什么,就是这句诗中特意留白之处。只有凭借人物的行为,我们才能精准地判断他对于自己所在时空的想法,他的情感和他的价值取向,只有"在"而没有动作,就是这种语句的未完成才留出了大量情感的空间。进一步说,曲中人行动的缺失使人物的存在少了现实感,又多了诗画意。读者凭借着自己的生命体验丰富着这幅写意画,也用自己的情感体验解读着这一幅画。这正是《秋思》中蕴含的语言张力。

由此可见,语言的未完成并不是真正的不完成,它是作者有意留下了思想和情感的空间让读者去完成。优秀的诗词让人流连忘返,就在于词句中大量的留白和暗示让读者可以嵌入自己的情感体验,与作者一同完成作品。散曲的易读性使它在全曲的创作过程中必须以线性的思想流动模式来构建作品,它增强了作品流畅感的同时,也剥夺了读者流连反复、品味作品情思的机会。所以,通过开放性的结尾,给读者一个感受、思考的空间,这就在一定程度上弥补了散曲线性思维模式的"俗"的不足,而强化了传统的"文"的厚度。

又如姚燧的《越调·凭阑人·寄征衣》:

> 欲寄君衣君不还,不寄君衣君又寒。寄与不寄间,妾身千万难!

以思妇诗这种中国文学的传统题材来论,姚燧的《寄征衣》算得上是少有的直白之作了。整支小令只有24个字,几乎全是白话口语,既没有"经史语"的隐晦生硬,也没有"市井语"的粗陋俚俗,它更近于"乐府语",以散文的叙述笔调,以第一人称视角直接展示了思妇的心理挣扎。

思妇的"寄"衣原本是一个极富象征意味的动作。以此为象,传统士人可以放大为对生离死别的残酷战争的否定,也可以隐喻为臣子对君王的依恋和企盼。但一旦逼近生活现实,"寄与不寄间"的徘徊挣扎就细密得容不下一点士人的微言大义。历史文本中的思妇都是单一思想的定本,她们或者因相思情重而长夜辗转,或者因夫婿不归而心生怨意。对于寄衣这个行动本身却从无争辩。而姚燧的《寄征衣》显然突破了这种单一的思维定式,曲中思妇对于寄征衣这件事本身并无定论,她徘徊于"寄与不寄间",直到曲终,读者仍然无法知道她的决定。缺乏行动,让读者无法了解曲中人最终的选择，也为读者留出来了相当大的想象空间。这类作品的妙处就在于此，俗众能读出一个寻常女子的怨情，为她的真实的相思体验感动；士人也能从曲中读出一个文人的内心挣扎，从而引发他与作者的知己之感。元散曲的雅俗融合的功用就在于此，它广泛地满足了各个层次听众的欣赏需求，又真实而隐晦地表露出了创作者自己的真实感受。所谓"雅俗共赏"不就是这样的境界吗？

以上两曲都是元代传诵极广的作品，莫不是深刻细腻，言浅而不俗，情深而不晦的作品。从传播学的角度来说，这些作品显然是最利于歌唱演绎，也最便于听众欣赏，并最能体现作者的心声的。元散曲的雅俗融合的艺术风格正是这种市井文化需求与传统文化表达需要之间融合的产物。

（二）时代文化精神与传统文化思维之间的融合

有元一代，蒙古人以"弓马之利取天下"（《元史志》第四十八）。他们以游牧民族特有的剽悍骁勇，闯进了农业文明已高度发展的中原地区，进而南北一统、天下混一。严酷的自然环境、长期征战的社会历史背景以及居无定所的游牧生活方式造就了以武力崇拜与物质享受为基础的"草原文化"，蒙古族粗犷、豪爽、坦诚、勇毅的民族性格和英武、乐观、豁达的文化精神随着堂堂大元的统一，开始渗透进温柔敦厚的中原文化中，为历经数千年文治的汉族文化增添了雄武刚直的率真之气，铸造出元代人特有的时代精神。这种时代精神可以概称为对"豪放"之美的追求。它蕴含的是积极进步的社会现实色彩和"天行健，君子以自强不息"（《易·乾卦·象传》）的豪迈、雄壮的阳刚之美，以及无拘无束、豪放不羁的精神意态和人生自由境界之追求，[1] 是元蒙民族为中华民族奉献的重要文化成果之一。

1. 这种豪放之美表现为以刚健积极为主调和深具主体性精神特色

具体到元代文人心态上，就呈现出对于建功立业的强烈渴望和对英雄荣耀的羡慕向往。元代散曲中，当许多儒生幻想着自己功成名就的那一时刻，所描绘的画面都不再仅限为名入麒麟阁等纯士人的想象，元代开国者纵横疆场的快意功名同样让元代的士人们心潮澎湃。以元初张弘范为例，他以军功累至万户，正是以武职博取功名的典范。在他的散曲中就洋溢着强烈的带有时代色彩的英雄气：

> 金妆宝剑藏龙口，玉带红绒挂虎头，旌旗影里骤骅骝。得志秋，喧满
> 凤凰楼。
>
> ——张弘范《中吕·喜春来》

[1]　于永森：《诗可以怨——试论豪放范畴的诗学基础》，载《船山学刊》2009 年第 3 期。

这支散曲在元代显然流传很广，许多士人虽然没有这种铁骑征战的荣耀，却也羡慕元代将军们金戈铁马的豪情，因此，在元散曲中就留下了许多对这支曲的仿写之作，其中也不乏如姚燧这样的朝廷大儒。

> 金鱼玉带罗袍就，皂盖朱幡赛五侯。山河判断笔尖头，得志秋，分破帝王忧。
>
> ——姚燧《中吕·阳春曲》
>
> 金妆宝剑藏龙口，玉带红绒皇宣授。男儿得志秋，旌旗影里骤骅骝。满斟，玉瓯，笙歌齐奏，喧满凤凰楼，喧满凤凰楼。
>
> ——周文质《不知宫调·时新乐》

姚燧之曲以文才比军功，代表了一介文人对自己才华的自矜，而周文质俯就路吏，社会地位更贴近底层，他对于这种荣耀的想象很显然带有民间色彩，他加上的"满斟，玉瓯，笙歌齐奏"，就是典型的民间对于战将得胜还朝的风光的想象。元代社会在元蒙统治者的影响下，普遍流露出对于事业功绩的强烈兴趣，这些看得到的功绩在元人的心目中远远高于道德君子的内在精神成就。元代文人对这类作品的模仿，基于他们对这种豪放风格的认同，也意味着他们受时代精神的影响，向往并努力追求这些足以光宗耀祖的功名。虽然元散曲中有大量高歌归隐之作，但如果注意一下全元散曲中"功名"两字的出现的频率有多么高，我们就可以从侧面想象到元代士人功名欲望有多强烈，而由此可以看出，仕途的失意对他们的精神造成的几乎是致命的打击。

2.这种豪放之美表现为对无拘无束、豪放不羁的精神意态的追求

蒙古族嗜利、享乐、残忍的民族个性都源于他们的简单思维。对于他们想得到的事物，他们往往不惜代价勇于追逐，对于他们无用的则迅速抛之脑后，这种简单思维赋予他们勇往直前的战斗力。而元代发达的商业环境又以趋利务实的时代风气浸染了大江南北的文人心灵。有学者指出："豪放"成为元曲的正宗，而究其根本原因，在于以"优美"的审美理想为主导的文学（在诗学之中则是"温柔敦厚"）不能适应当时社会日益丰富复杂的现实生活的缘故。[1]这一观点指出了元代急剧变化的社会风气和时代文化精神强势地冲击了元人的心理。汉族儒生曾经恬静清远的文化追求和审美理想随着农耕文化在城市生活中的步步退却，也已经逐步退出了城市

---

[1] 于永森：《诗可以怨——试论豪放范畴的诗学基础》，载《船山学刊》2009年第3期。

生活的舞台。市井文化慢慢成为了城市文化的核心元素之一。它所推崇的直白率真的文学风格、自由乐观的文化精神，对于生活在城市之中的士人以及他们的作品的影响是巨大而深远的。

如元代平民曲家徐再思的《双调·蟾宫曲·春情》：

> 平生不会相思，才会相思，便害相思。身似浮云，心如飞絮，气若游丝。空一缕余香在此，盼千金游子何之。证候来时，正是何时？灯半昏时，月半明时。

此曲被称为"得相思三昧"（《坚瓠壬集》卷三），是元散曲中描写相思的佳构之一。首三句同押了一个"思"字，末四句又同押了一个"时"字，不忌重复，信手写来，却有一种出自天籁的真味。这正是散曲不同于诗词的地方，曲不忌俗，也不忌犯，它贵在明白率真，平易简朴又不失风韵，这种天然之趣，也就是曲家所谓的"本色"。这样的"本色"作品，总是以情真动人，曲家化身为情窦初开的少女，体察她在初恋中细微的情绪、感受，它以摹真为美，以具体化的人物形象、性格、动作、心理为美，它如同美术中的简笔画，寥寥几笔就能写形绘神。

相较而言，传统诗词多以幽怨美人暗喻士人在功名毂中的进退两难，美人与才子的形象叠加，语意重在叠加，形象也在力求朦胧虚化。当文人在创作中念念不忘自己在现实中的感慨和欲求时，他很难真正客观地审视世俗世界，换言之，儒生的世界总是以他的价值观来建构的，在他的笔下一切都是为他所用，如文人画一般，一草一木都是他心灵的具象。中国古典绘画中的山水事实上只是画家的心里丘壑，而不是他临场写生之作。而元代的仕途艰辛，几乎毁掉了所有汉族儒生的进身之路。入仕无望，那么为入仕而坚守儒家德行也似乎没有必要。放肆纵情，及时行乐，儒生们通过自我放逐反而意外地获得了一个将自己从"社会的人"简化为"自然的人"的机会。只是当自己回归为一个"自然的人"时，他们的眼里才真正看到了一个活跃充实着无数的"自然的人"的世俗世界。这个世界其实一直都存在，但却是第一次被儒生们"看到"。当儒生们用新奇的目光打量这个隐藏在文化世界之外的世界时，他们立即被这个热闹活泼的世界所吸引了。

儒家古训说："或劳心，或劳力。劳心者治人，劳力者治于人。治于人者食人，治人者食于人。"[1] 作为劳心者阶层，儒生自古以来就以"食于人"者自居，虽饮食

---

[1] 《孟子·滕文公上》，转引自朱熹：《四书章句集注》，中华书局1983年版，第258页。

供养皆有赖于"劳力者",但儒生们的眼光是极少落在他们身上的。即使有，也是为帝王分忧，为王权谋长治久安罢了。元代文人因为统治者的自负和无知，而不幸被抛离了"治于人者"的行列，当他们被降级到与"劳力者"同样的地位时，却因此得到了一个罕见的机会可以"看到"这个"劳力者"的世界。"平等"的身份造就了"平等"的眼光。儒生以昔日的"自我欣赏"的目光开始学着观赏他者，在"劳力者"粗俗直率的表象中，士人们意外地发现了一群真实坦率的"人"和一个坚实的"真"的世界。当前朝的士人纠结于难以揣测帝王的心思，苦恼于无法平衡自己"出世"与"入世"之间的欲求时，他们突然发现这个劳力者的世界充满了直来直去的真性情。这种"真"看似粗俗，无关后世，却天然地带有着体力劳动者健硕的筋骨劲儿，他们是《水浒传》中冲州撞府的莽汉子，是《救风尘》里机智泼辣的风尘女子，是《西厢》中的红娘，是《快嘴李翠莲记》中的翠莲。元代的他们得益于文人的目光，从未有过话语权的他们意外地有了史上留名的机会；他们也造就了元代的文人：这样一群百无一用的书生因他们的影响而注入了心血，他们开始学着用自己识得的那几个字换碗饭吃，因为他们为劳力者所作的戏和曲而流芳百世。 这是他们双方都不曾想到的。元代的文人们第一次真正放下了"自我"，却因此在这个崇俗尚真的散曲艺术世界里焕发了新生的力量。

（三）市井文化成果与传统文人创作之间的融合

从文学观念上说，雅与俗虽然是相对变动的概念，但还是有一定的区分尺度。大致来说，雅文学注重文学的教化功能，强调"诗言志"，注重创作者品格与作品格调之间的联系，因此行文谨慎，用词典雅，具有相对的稳定性；俗文学与时俱变，求新好奇，更强调作品的娱乐功能，受接受者的品味与喜好的影响更多，因为具有广泛的现实生活基础而呈现出强烈的世俗风味。

元代散曲中洋溢着浓厚的市井气息，流露出鲜明的时代精神，并不意味着士人完全放弃了自己的传统审美理念和精神追求，他们通过对市井作品的主动改造，将市井文化成果与传统文人的创作理念结合起来，从而令元散曲具体了雅俗融合的艺术风格。这表现在以下三方面。

1. 对"真情意"的关注

以关汉卿《黄钟·侍香金童》为例：

> 春闺院宇，柳絮飘香雪。帘幕轻寒雨乍歇，东风落花迷粉蝶。芍药初开，海棠才谢。

【幺】柔肠脉脉，新愁千万叠。偶记年前人乍别，秦台玉箫声断绝。雁底关河，马头明月。

【降黄龙衮】鳞鸿无个，锦笺慵写。腕松金，肌削玉，罗衣宽彻。泪痕淹破，胭脂双颊。宝鉴愁临，翠钿羞贴。

【幺】等闲辜负，好天良夜。玉炉中，银台上，香消烛灭。凤帏冷落，鸳衾虚设，玉笋频搓，绣鞋重撷。

【出队子】听子规啼血，又西楼角韵咽。半帘花影自横斜，画檐间丁当风弄铁，纱窗外琅玕敲瘦节。

【幺】铜壶玉漏催凄切，正更阑人静也。金闺潇洒转伤嗟，莲步轻移呼侍妾："把香桌儿安排打快些。"

【神仗儿煞】深沉院舍，蟾光皎洁。整顿了霓裳，把名香谨爇。伽伽拜罢，频频祷祝："不求富贵豪奢，只愿得夫妻每早早圆备者！"

相思题材是传统诗词和市民文学的共同爱好，原因就在于"真情意"是士人和市民共同的追求。曲中女子与心上人离别之后，"鳞鸿无个"，杳无音信，她的离别之痛和相思之情真挚动人。女主人公应是位大家闺秀，她深居于"凤帏"、"画檐"、"金闺"之中，行动是"莲步轻移呼侍妾"，她的教养使她虽深受相思之苦却没有如市井女儿一样指天骂地，使出娇憨泼辣的手段来"把俺那薄幸的娇才面皮上掴"（刘庭信《双调·新水令·春恨》），她的形象仍然是温柔端谨的，是合乎规范的。她内心虽然也有着许多哀痛，她的祝词却没有显露出对男子的丝毫责备，在痛苦达到难以承受时，女主人公没有斥骂和自怜，只是将情感升华到对美好未来的向往，"频频祷祝：不求富贵豪奢，只愿得夫妻每早早圆备者"。作者通过功利理想——"富贵豪奢"和个体情爱理想——"夫妻圆备"的鲜明对比，突出了其真挚诚的纯净之美。拜月祈福本是民间儿女为求姻缘常用的方法，但在士人的笔下，它却成了展示女子高雅品质的窗口，从她的温柔端庄的行为和坦诚真挚的言语中可以看出，士人对于市井文化的主动雅化，和他们对高雅美的执着追求。

从另一个角度说，士人对这种题材的偏好，也是因为这种祈福的行为虽然显得世俗，但其中所包蕴的情感是真挚的、执着的、坦诚的。它不是文人和妓女的放荡的艳遇之事、露水之情。这种感情中所暗含的坚贞和执着同时也是士人品质的重要组成部分，因而受到了他们的青睐。

2. 文人运用诗化语言改造世俗生活题材

元散曲叹世之作的精神是诗的，在它下面蕴含着丰富的精神能量。然而它所赖以表现的文字工具却是世俗的，如此奇妙的结合的魅力在于，即使是粗通文墨的普遍读者也可以从自己的生活体验出发，理解作者的创作用意，并且随着文学水平的增强，获得附着在作品文字上的多层次的文学之美。这样的作品可以说是雅俗共赏的，也可以说是经得起反复体味的。它代表着文人阶层对于俗文化的有限接受，也是他们的文学创作能力的曲折展示。

除此以外，汉字本身的魅力也在元散曲中得到了充分的展现。一字一音的汉字随着它的组合成句、成篇，自然而然地具有了一种音乐的节奏美感。而传统汉文字的声调、平仄、阴阳、文白之美，就是以汉字本身的声音特点暗指出作者的情绪感受，使文字在表意功能之外，又多了一层表情的功用。这样的处理是汉族文学创作的专长。随着读者的阅读，作品的审美资质就会以综合体的方式凸显出来，使有限的作品文字产生一加一大于二的审美效果。试以马致远《双调·夜行船·秋思·离亭宴煞》为例：

> 蛩吟罢一觉才宁贴，鸡鸣时万事无休歇，争名利何年是彻！看密匝匝蚁
> 排兵，乱纷纷蜂酿蜜，急攘攘蝇争血。裴公绿野堂，陶令白莲社。爱秋来那些：
> 和露摘黄花，带霜烹紫蟹，煮酒烧红叶。想人生有限杯，浑几个重阳节。
> 嘱咐你个顽童记者："便北海探吾来，道东篱醉了也！"

曲子以秋日景观与仕途险恶相对照，使丑者愈俗愈丑而美者愈雅愈美，在这里，雅俗世界泾渭分明，作者尚雅的精神取向也明白如话。文字的灵活运用为资质得到了充分的展露。除了作品篇章本身所携带的人文精神通过作品塑造的人物形象跃然纸上以外，大量口语衬字也使语言的雅俗之别发挥到极致，以口语写俗，以文言写志，文白交织，更彰显出作者内在品格的高尚与丑恶现实之间的冲突。读者可以直观地欣赏作品语言既明白又生动的浅白流畅之美，也可以深入篇章之内，体会作品中蕴含的作者人格之美，以想象感受作者营造出的高雅审美情境。雅俗深浅俱有可观，散曲的综合之美才能得以呈现。

3. 文人对市井俗曲的语言、形式的雅化整理

元人商挺有一支著名的《双调·潘妃曲》：

> 带月披星担惊怕，久立纱窗下。等候他，蓦听得门外地皮儿踏。则道

是冤家，原来风动荼蘼架。

在《梨园乐府》中还录有一首类似却没有注明撰人的作品：

带月披星担惊怕，独立在花阴下。等候他。撒撒地鞋尖将地皮踏。我只道是劣冤家，却元来是风摆动荼蘼架。

两者一比较，文人对散曲的改造就可以明显地看出来。两首中没有经过改造的只有两句"带月披星担惊怕"和"等候他"，而这两句正是这篇《潘妃曲》中的经典之作。"带月披星担惊怕"中用的是"带月"，一般文学作品中常写作"戴月"，然而前者动而后者静：带着月光，披着星华，担惊受怕，曲中女子的形体动作和心理活动贴合一致，形象如画，内容却远比一幅静态仕女图更为丰富。而"等候他"，全是直白口语，显豁之中倍见深情，将一个笃情娇憨的少女形象跃于纸上，这种坦白单纯正是元散曲最动人之处。

清人金圣叹说："诗非异物，只是人人心头舌尖所万不获已必欲说出之一句说话耳。"（《与家伯长文昌》）他强调"真"的文学价值，认为在文学的创作中，越去粉饰，越有真意；越少做作，越近自然，越能叩开人们的心扉。这种诗的真和朴，是诗歌艺术生命之所在。而真不是一味求俗，作曲的一条必须遵循的原则就是"化俗为雅，变熟为新"，它要求在极俗极熟的声口后，继之以极雅极新的曲辞，使之"俗而不俗，文而不文"。这就要求散曲作者抽离于最简单最本真的市井生活景象，将现实生活艺术化，使之不仅"真"，而且"美"。

全曲中改动过的几处则清晰地展现出文人对民间散曲的改造。元代文人沉沦下僚，被迫与市井为伍，在创作时有意无意地吸收借鉴了民间鲜活的灵感，从而成就了元散曲灵动俏丽的语言风格。但是，儒家学养的积淀使他们不可能全盘照搬民间的小调，使之雅致化、规范化是儒生们本能的追求。因此，我们看到商挺笔下的《潘妃曲》更合乎曲牌的字数规范了，语言更简洁凝练。从"独立花阴"到"久立纱窗下"，删改了前句中早已暗示出的"孤身赴会"，而"立"之"久"，更验出幽会女子之情深。从"撒撒地鞋尖将地皮踏"到"蓦听得门外地皮儿踏"，民间叙事的第三人称视角被改成了正统抒情文学中更为常见的第一人称视角。角度一变，读者的视野也随之变化，强烈的代入感正是文人创作中擅长的技巧。到最后两句，纯民间的市井风味有所压制，字数少了，语意未变，但女儿家心态从直露到含羞，代表的正是儒生群体对温柔蕴藉的女性之美的欣赏。可以说，小小的几处改动，在文学意境上确实使之更上层楼，用词更雅化，而主人公形象更加接近于文人群体的审美标准，从而成为民间风味与文人审美融合的一篇佳作。

第二节 "中和"思想对元代曲家身份定位及散曲风格的影响

从上文可知，元散曲中的雅俗融合倾向已十分明显。现在，我们需要追问的是：为什么元散曲中会如此普遍而鲜明的雅俗融合倾向？

要回答这个问题，我们需要把视野放得更开阔一些，分析一下是什么样的文人会创造出这样的雅俗杂陈的作品。翻阅元代文人的生平资料，我们会更自然地发现：元代，本来就是一个杂家的时代。在这个民族混居，南北交流频繁，四民流动迅速的时代，各种各样的文化、思想和艺术轮番登场，各显其能，已经没有一个文化、思想和艺术能够独霸一方，百花齐放成为了一个时代的典型文化特征。

在这样的文化背景下，元代士人中少有"一心只读圣贤书"的纯粹士人（即使有，也早已淹没在时代历史的大潮中了），元代社会看重的汇通文艺的全才型人才。以元代著名的文人为例，元好问诗词文曲无不精通；赵孟頫被视为"诗书画"三绝，其实他的散文也写得极好；杨果既爱好诗文创作，也是散曲名家；杜善夫的《善夫集》中既收有诗文，也收有他的散曲作品；史天泽贵为世侯，以军功名天下，其人的诗文散曲同样出色；商挺的作品既见于《全元曲》，也见于《全元文》；白朴在诗词曲剧四方面都是元代大家；王恽为翰林学士，也长于散曲创作；徐琰也是翰林，同样以散曲名噪一时；还有如贯云石，既在诗、文、词、书法上都能自称一家，又是精通音律、长于散曲，更是典型的全才……再加上元代书、画、篆刻等艺术的全面兴盛，全才型的文人比比皆是。

在元代全面兴盛的种种艺术形式之中，散曲是相对较俗，文化品格较低的一种文体。但从传世的元散曲中可以看出，元代文人并没有因为散曲的俗而轻视它、忽视它。元代文人以对待诗词、书画等传统艺术的同样的热情投入到了散曲的创作中，以散曲闻名和以诗词闻名同样受到人们的尊重和喜欢。张可久是元代一个少有的穷一生心力专攻散曲，而且是专制小令的曲家，[1]但在他的一生中，除了功名不遂之外，他受到了社会各界的共同欢迎。在他的交往人士列表中，既有卢挚、梅友元帅这样

---

[1] 张可久亦能诗，其诗作载《全诗选》癸集，但以散曲盛称于世。此资料载《全元散曲》"张可久"条。

的达官贵人，又有贯云石、马致远等风流名士，更有禅师道士、各色人等，交游不可谓不广。在与这些人的交往中，张可久也没有流露出以散曲这种较俗的文学体裁为耻的想法。他全力地创作散曲，只是因为他更擅长于散曲创作，并无尊卑高下之论。再联系到《录鬼簿》、《青楼集》这一类的集子，更可以证明元人对文艺形式的平等态度。这种平等、开放的文艺观已经渗透到了元代文人的思想之中，它为元代文艺的全面发展，尤其是元散曲这一类新兴文学体裁的发展奠定了最好的成长基础。

可见，在元代，文人自由地、平等地学习、创作各种不同的文体、类型的文学作品，已是常事。这样的全才型文人在进行文学创作活动中，自然会把各种文体、艺术的特点和长处融合到一起，以求最佳的表达效果。元散曲的题材广泛，各种内容兼容并蓄已是共识；而这种在各种文体之间自由创作、自由转换的能力，也使得他们在创造散曲时可以随心地创造雅或俗的作品。人们在阅读元散曲中，常会惊叹于散曲作家的"一人多格"，这与元代文人远不止曲家一种身份有着直接的关系。

此外，元代士人思想中普遍的"中和"观念也为元散曲雅俗交融的艺术风格的形成做出了重要的贡献。从元初开始，元代士人就一改宋代泾渭分明的朱、陆学派互相对立的学术风气，力主破除门户之见，会通朱陆之学，形成了元代多数文人都认同的"朱陆合流"的学术思想观念。这一重大的学术思想的流变证明了元代士人在"中和"观的引导下表现出的学理、思想上的开放性。

我国最早的有关"中和"的美学思想，始于音乐中对声音的变动和谐的要求。《乐记》以自然变化比喻音乐，认同音乐的不同、变动才能成就真正的和谐："地气上齐，天气下降。阴阳相摩，天地相荡。鼓之以雷霆，奋之以风雨，动之以四时，暖之以日月，而百化兴焉。如此，则乐者天地之和也。"音乐中的和谐是一种不同音乐元素的差异之和。以四季变化来说，夏暑冬寒，春暖秋凉，四时风物，更替各异。"四时"各具特色又互相联结，流转不息，遂构成了一年之内整体的"和"。反之，若四时同一，那么即使四季如春，惠风和穆，也会失去一年之中的变化之美，破坏整体和谐。可见和谐的基础在于存在差异的多种因素的调和共同生，而非绝对的同一。晏婴在《左传·昭公二十年》中表达了类似的美学思想：

> 齐景公曰："和与同异乎？"晏子对曰："异！和如羹焉，水火醯醢盐梅，以烹鱼肉，燀之以薪，宰夫和之，齐之以味，济其不及，以泄其过……以水济水，谁能食之？若琴瑟之专一，谁能听之？同之不可也如是！"

他指明了"和"与"同"之间的本质差异:"同"是"以水济水",消除差异,以绝对的一实现没有变化的整体;"和"是杂多的异质的调和共处,是各种元素的特质的高扬,也是相互之间的调和。它既要包容异物,又要"济其不及,以泄其过",它和单一的"同"是有着本质的区别的。真正美的音乐是众多不同音调相反相成构成的。在这里,"和"指的就是多种因素、元素的冲突融合。

以"中和"思想为核心的和谐之美,是中国古代知识分子追求的审美和道德的最高境界——"天人合一"的和谐宇宙观,也是人与自然完全融合,主体与客体和谐统一的至美。[1]这种"中和"观的重点,不在于消除差异,去俗崇雅,而在于"以获取艺术整体和谐为目的,允许艺术品的各个局部在不违背整体和谐、特别是能够促进整体和谐的前提下各具特色。"[2]以文学的角度来说,就是求同存异,在承认差异和发展特色的前提下,促进整体的包容和吸纳,以共存共生,互补互济,成就最终的统一和谐。

在中和思想影响下,元代士人在元散曲的创作中自觉地运用了中和思想,使元散曲中的雅文化元素和俗文化元素以一种和而不同的方式和谐地融合在一起。

以元散曲中常见的鼎足对为例,它既是两两相对,又是三句一组;既可加领字,形成骈散结合之势,又保留了音乐上的节奏美感——因而显得既雅又俗。这样的对偶,并不意味着绝对的相同,而是同中有异,不同元素相配合才能均衡矛盾,达到和谐统一。[3]元散曲的雅俗交融的艺术风格正是在这样的融合中形成的。

李开先评乔吉的小令说:"句句用俗,而不失其文,自谓可与之传神。"[4]这种联结两端、互济不足、互泄其过的"A而B"式,和周德清的"文而不文,俗而不俗"一样,是两种风格之间的和谐统一,其核心就在于各种不同元素、不同风格之间的调和、改换、促进和吸纳,这是中和之美的灵魂所在,也是元散曲之所以呈现出与传统雅文化与民间俗文化完全不同的新的美学及风格特质的原因所在。

总之,"中和"观具有巨大的包容性,凭借"中和",旧的思想可以融入新知;凭借"中和",汉族的思想可以融入异族的新见,它不是庸俗意义上的调和与折中,而是一种不断吸收新鲜血液的文学发展机制。

---

[1] 刘金波、刘肖溢:《中国古代文论的中和之美》,载《武汉大学学报》2005年第5期。

[2] 张国庆:《中和之美的几种常见表现形式》,载《文艺研究》1992年第8期。

[3] 张岱年、方克立:《中国文化概论》,北京师范大学出版社1994年版,第309页。

[4] 李开先:《乔梦符小令序》,载陈良运主编:《中国历代赋学曲学论著选》,百花洲文艺出版社2002年版,第571页。

依靠着"中和"观的指引，元人在嬉笑怒骂间实现了与自我的和解，在人与自然的和谐中坦然接受了命运的考验。元代士人开放包容的文学观、世界观造就了全新的宽容的乐观的文人心态。在不断吸收新鲜文化血液的同时，使元代士人和他们的散曲作品都焕发出了蓬勃的生命力。

下编

元散曲的雅俗风格特质的成因

第七章　元散曲雅俗特质形成的社会原因

较之前代的传统诗词作者，元散曲作者的社会身份已趋于复杂化。这句话有两重含义：一是指元散曲作者社会身份的复杂化；二是指在具体创作环境中，作者自我确认的复杂化，具体来说，就是指创作者在创作过程中对自己身份的主动定位。这种定位取决于听众的身份、作者的身份及作曲的目的。

就第一种含义来说，王国维曾指出："元初名臣中有作小令套数者；唯杂剧之作者，大抵布衣；否则为省掾令史之属。蒙古色目人中，亦有作小令套数者；而作杂剧者，则唯汉人。"[1] 对比杂剧与散曲作者的身份，可知元杂剧作家大抵为布衣或省掾令史，而散曲作家中多有名臣显宦和少数民族贵族人士。蒙古、色目人或元名臣，多名重声远且宦游四方，他们的参与无疑扩大了散曲在当时的影响，加速了元散曲的传播。加上大量歌伎和乐人对元散曲创作的参与，元散曲的作者遍及社会各阶层，已是定论。

其次，对于元散曲作者的自我身份定位，此前的论著多是以静态思维考察，很少涉及具体的元散曲创作环境。事实上，任何作者在不同的创作环境中，面对不同的读者（听众）和不同的创作目的，其自身的定位都是不断转变的。尤其是在元代这样一个各民族混居、各阶层杂处的复杂环境中，创作者很难始终如一地保持一个稳定的创作态度。为适应不同的创作环境，作家会主动创作出不同风格和内容的作品。历代学者一直认为元散曲作家的创作风格多变，往往"一人多格"，与这一点有着非常密切的联系。

第一节　元散曲作家的创作风格受接受者的制约和引导

虽然，每个作者都会在长期的创作实践中形成自己的风格，但文学作为一种交

---

[1]　王国维：《宋元戏曲史·再版》，商务印书馆 1934 版，第 97 页。

流方式，作者与接受者之间始终是一种对话关系，不管作者是否意识到，在创作过程中都会为接受者预设某种接受模式。随着作者预设的接受者的不同，作者不同文学作品的内容和风格也会存在差异。

从这一角度说，元散曲的创作过程就是一个开放的有着明确接受对象的交流过程。大多数的元散曲都在酒宴或友朋聚会时即兴完成。因此，在元散曲创作过程中，作者必然会受到现场的接受者的影响。不论是创作前期，现场观众的暗示或命题；还是创作中期，散曲的接受者的直接引导；抑或是创作完成后，欣赏者的评价，它们都在不间断地约束着着元散曲作家们的创作内容、方式和风格，制约着他们的创作自由。

当创作者自觉或不自觉地地在创作活动中以"冒牌的读者"来规范自己的创作时，接受者实际上也参与到了创作者建构文本的过程之中，成为潜在的创作者之一。因此，分析元散曲的接受者对创作者的规约和影响，将有助于还原真实的元散曲创作现场，了解它们的创作过程。

具体来说，这种接受者的影响与创作者的调节之间的关系，可以大致分为以下三种。

（1）当元代散曲的创作者与接受者身份悬殊时，创作者往往会有一种"娱上"心理，以接受者的审美品位引导自己的散曲创作。元代社会，宴乐之风盛行。如全普庵拨里"每日公余，既与士夫酬歌赋诗"[1]。徐琰"建台扬州，日与苟宗道、程矩夫、胡长儒等互相唱和，极一时之盛……尝与侯克中、姚燧、王恽等游。东南人士，翕然归之"[2]。周景远为南台御史时，分治过浙省，"每日与朋友往复"，因不理事务而受到差吏的讽谏。[3] 周伯琦"假江东参政……羁旅无聊，时与诸士人饮酒赋诗，流连日夜"[4]。官职低微者也热衷于此。班惟志为梁州学教授，判晋州，"暇则延名士游，赓咏无虚日"[5]。如此等等，不胜枚举。在这些场合中，演唱散曲助兴是经常上演的助兴节目。

作为娱上之作，面对不同的"上级"，作曲者往往会随机应变为不同风格和内

---

[1] 夏庭芝：《青楼集》，载孙崇涛、徐宏图：《青楼集笺注》，中国戏剧出版社1990年版，第213页。

[2] 隋树森编：《全元散曲》，中华书局1964年版，第79页。

[3] 陶宗仪：《南村辍耕录》卷十，齐鲁书社2007年版，第129页。

[4] 陈衍：《元诗纪事》卷二十，上海古籍出版社1987年版，第200页。

[5] 隋树森编：《全元散曲》，中华书局1964年版，第1349页。

容的作品。其中最多见的"上级"为朝廷权贵、文坛名公两类。这样，对那些在权要周围讨生活求官职，渴望得到赏识和赞誉而改变命运的游士们来说，创作散曲的目的就不再仅仅停留在吟风弄月、展示风雅这么简单了，他们还担当着活跃宴会气氛、迎合主宾口味的使命。以张可久的散曲为例，在他的作品中标明"席上作"的作品相当多，如《越调·寨儿令·梅友元帅席上》、《双调·折桂令·梅友元帅席间》、《越调·天净沙·梅友元帅席上》、《中吕·满庭芳·春晚梅友元帅席上》、《南吕·金字经·梅友元帅席上》、《南吕·四块玉·梅友席上》、《双调·折桂令·疏斋学士自长沙归》、《双调·折桂令·红梅次疏斋学士韵》、《双调·折桂令·湖上怀古次疏斋学士韵》、《双调·折桂令·酸斋学士席上》、《中吕·朝天子·酸斋席上听胡琴》、《双调·折桂令·崔闲斋元帅席上》、《南吕·四块玉·客席胡使君席上》、《中吕·普天乐·胡容斋使君席间》等。张可久刻意在题目中标明为某人而作，正是尊上的表现。这其中，为"元帅"、"使君"作的有9篇，为卢挚、贯云石这一类文才出众又身份高贵者所作者有5篇，均为酒宴娱上之作。然而，不同类型的娱上之作，又呈现出了不同的风格，散曲作品最终的雅俗风格确立，不是以作者的个人喜好而定，而是与酒宴主人的文化素养和艺术品位有着密切的关系。仍以张可久的两类散曲为例：

> 岸风吹裂江云，送一缕斜阳，照我离樽。倚徙西楼，留连北海，断送东君。传酒令金杯玉笋，傲诗坛羽扇纶巾。惊起波神，唤醒梅魂，翠袖佳人，白雪阳春。

——张可久《双调·折桂令·酸斋学士席上》

> 拂冰弦慢拈轻拢，一种天姿，占断芳丛。额点宫黄，眉横晚翠，脸晕春红。歌夜月琉璃酒钟，隔香风翡翠帘栊。杀吟翁，柳暗花浓，玉暖香融。

——张可久《南吕·金字经·梅友元帅席上》

两支曲都为张可久所作，作为酒宴之作，散曲的内容都不离歌舞升平的欢宴场景，美酒佳人也是席间最主要的点缀。然而，面对贯云石这样一个文才出众的文学大家，《酸斋学士席上》就立意高雅，以开阔的江景写情，主要展现主人的高雅风姿；《梅友元帅席上》则一片富贵景象，以佳人起笔，主写酒宴中的活色生香，与前曲相较，就显得"俗"多了。

如果说张可久作为元代散曲的顶尖人物，历来受人敬重，就算是酒宴之作，也多能保有自己的尊严和风骨的话，更多的普通文人，在酒宴之中，就更需要体察主人的接受动机和接受能力，创作动机中"娱上"的成分就更加显豁了。

首先，酒宴主人的文化素质不高，接受能力有限时，曲家的创作也往往随之浅俗，以为主人歌功颂德为主要内容，是纯粹的酒宴娱上之作。《全元散曲》中就常见这种为权贵作曲的实例。吴兴平民曲家沈禧曾详细记录过一次他的创作过程：

> 廷仪公子实当代都督李公之家嗣也。器宇宏达，才华瞻敏，百氏之书，靡不该涉；至于龙韬虎略，不待言而可知也。及乎礼贤下士，彬彬然诚有儒者之风，不以富贵而骄慢于人，以是人皆景仰而乐与之游。今年冬适过吴门，解鞍旅馆，予得获见，遂即倾盖，欢若平生。于是宿留，命酌于小楼之上，鸣琴赋诗，放歌剧饮，以罄一时之欢。既而出诸名公所赠词章乐府以示予且咏然，其辞气雄伟，风调清越，不觉使人技痒。愧予无似，曷克窥其间奥而闻其藩篱哉！兹不自揣，勉述【南吕】一阕以呈。校诸杰作，固不能模楷其万一，然于期望之私，庶几有在焉。

由上述内容，我们可知：一是虽然李廷仪公子"礼贤下士"，"不以富贵而骄慢于人"，但沈禧并未真的以平等知己的身份与李公子相交，他偶得"获见"，又得"宿留"，再得公子激励赋曲一阕，两人身份地位的差异时时体现在了双方的交往过程中。二是沈禧创作散套的目的不是为了抒发自己心声，而是因为酒宴之上，李公子向其展示了"诸名公所赠词章乐府"，为了证实自己的实力，换得贵公子的喜欢和赏识，沈禧谦虚低调地"勉述【南吕】一阕以呈"，这是一种标准的以下娱上的创作目的。三是曲辞主要内容为歌颂贵公子的风雅高贵、富贵生涯及云锦前程，文辞华美，内容浅显，正适宜于酒宴中对于主人的歌颂。其曲云：

> 瑶台上品仙，麟阁中人物。胸襟开宇宙，器量溢江湖。声振寰区，会见悬鱼袋，行看佩虎符。锦毶毶人跨凤侣，金蹀躞马骤龙驹。
>
> 【梁州】诗裁囊锦奚奴捕，醉压雕鞍侍女扶。看花南陌归来暮。香尖满路，月色盈衢。歌钟簇拥，珠翠萦纡。辕门画戟森成列，戌阁铜龙漏滴初，转甋毦红铺锦褥。灿金莲光摇银炬，击琅瑄声碎珊瑚。醉乎，玉奴。流苏帐暖春风度，雪儿歌红指舞。一刻千金未肯孤，洞府仙都。
>
> 【余音】玉鞭骄马游荆楚，锦缆牙樯下汴吴，解垢琴书客窗遇。学能周鲁，

才兼文武，仁看袭爵封侯快陞补。

这种以下娱上的散曲，虽然创作者往往文辞恳切，辞采斐然，但其中不宜有哀伤沉吟之词，不涉及个人内心体验，以娱上为根本目的，不论是歌伎还是士人，只要他们体察到接受者与创作者身份悬殊，以接受者的接受能力和接受动机为创作指引，这种酒宴之作就必然走上"娱上"的道路。

娱上之作的另一变体为"颂圣"。为求功名，儒生们以各种途径结交当朝权贵。元朝官场混乱，儒户起用、升迁全凭地方大员一人做主。与前朝的科举制相比，公正性已有天壤之别。在酒宴上，儒生们为了博得引荐者一笑，不得不放弃自己的斯文和尊严，以阿谀奉承和插科打诨的方式努力赢得实权者的注意和好感。《青楼集》中提到的许多儒生都有"谈谑"的长处。儒生们心态的"奴化"使他们在曾经最为喜爱的酒宴上都不能尽情挥洒自己的心意才情，只能将酒宴视为另类的科场，违心地说些"好听"的话。元儒吴仁卿的《越调·斗鹌鹑》就是这样赤裸的作品。"庆贺新春，满斝玉液"之时，作者这样高歌当朝天子的功业：

【紫花儿序】托赖着一人有庆，五谷丰登，四海无敌。寒来暑往，兔走乌飞。节令相催，答贺新正圣节日。愿我皇又添一岁，丰稔年华，太平时世。

【小桃红】官清法正古今稀，百姓安无差役。户口增添盗贼息，路不拾遗，托赖着万万岁当今帝。狼烟不起，干戈永退，齐贺凯歌回。

【庆元贞】先收了大理，后取了高丽。都收了偏邦小国，一统了江山社稷。

【幺】太平无事罢征旗，祝延圣寿做筵席，百官文武两班齐。欢喜无尽期，都吃得醉如泥。

【秃厮儿】光禄寺琼浆玉液，尚食局御膳堂食，朝臣一发呼万岁。祝圣寿，庆官里，进金杯。

【圣药王】大殿里，设宴会，教坊司承应在丹墀。有舞的，有唱的，有凤箫象板共龙笛，奏一派乐声齐。

【尾】愿吾皇永坐在皇宫内，愿吾皇永掌着江山社稷。愿吾皇永穿着飞凤赭黄袍，愿吾皇永坐着万万载盘龙亢金椅。

吴仁卿"自负经济才"，却"耻为彭泽一县宰"，一生只做到了"穷知县"，过着"虚名仕途，微官苟禄"的生活。他和元代众多的儒生一样，年轻时也曾对朝廷有过幻想，期望能凭着自己十年寒窗苦读，换来"男儿得志秋"；但在"风俗扫地伤王化，谁正人伦大雅"的社会大环境里，他也只能"罢官归去"。可以说，这是一个典型的元代文人的人生，他们对这个社会这个王朝以及高居于庙堂之上的蒙古贵族都有着强烈的不满，但为了迎合上层统治者的喜好，为了现实生活中的"微官苟禄"的生活，又不得不屈就自己写出这样的粉饰太平的作品。

与之相类似的还有元代士人杜仁杰的《商调·集贤宾北·七夕》中写到：

> 画堂深，寂寂重门闭，照金荷红蜡辉。斗柄又横，月色又西，醉乡中不知更漏迟。士庶每安，烽燧又息，愿吾皇万岁。

以七夕为题，结句时却不忘祝"吾皇万岁"，正是酒宴唱酬之作的常见模式，也正说明酒宴并不总是士人直陈心意的场所。在这个世俗场所中，儒生不自觉地符合了社会对他们的社会定位，他们以自己的文才为酒宴上的宾主助兴。在酒宴上，文人更多扮演的是代言人的角色，他是缺乏文采却又兴致盎然的主人的代言人，替主人表达心声。为了营造其乐融融的气氛，他们用唱和的方式实现群体的参与，但唱和之作的定调权永远掌握在酒宴主人手里。儒生，特别是作为宾客的文人，总是努力揣度着主人的兴趣和想法，以便作品能够得到主人的欢心。在这样的背景下，士人自己的感受就显得无关紧要了。这也正是元代文人在酒宴中一反常态地高歌"士庶每安"的原因了。

其次，酒宴主人的文化素养越高，其宾客在酒宴之作中表现出的文人气息越强，风格也倾向于清雅。《南村辍耕录》卷九"万柳堂"条载：

> 京师城外万柳堂，亦一宴游处也。野云廉公，一日于中置酒，招疏斋卢公、松雪赵公同饮。时歌儿刘氏名解语花者，左手折荷花，右手执杯，歌【小圣乐】云："绿叶阴浓，偏池亭水阁，偏趁凉多。海榴初绽，朵朵簇红罗。乳燕雏莺弄语，对高柳鸣蝉相和。骤雨过，似谪珠乱撒，打遍新荷。人生百年有几，念良辰美景，休放虚过。富贵前定，何用苦张罗。命友邀宾宴赏，饮芳醑，浅斟低歌。且酩酊，从教二轮，来往如梭。"既而行酒。赵公甚喜，即席赋诗曰："万柳堂前数亩池，平铺云锦盖涟漪。主人自有沧州趣，游女仍歌白雪词。手把荷花来劝酒，步随芳草去寻诗。谁知咫尺京城外，

便有无穷万里思。"[1]

　　文中所的野云廉公、疏斋卢公、松雪赵公，分别为元代名士廉希元、卢挚和赵孟頫。三人都是元代知名的理学家、文学家，在乐曲风格上他们也偏好高雅之曲。歌伎解语花为侍饮所选的乐曲是金人元好问的名曲《双调·小圣乐·骤雨打新荷》，散曲内容不外是对景徘徊，惜时玩世。但用词典雅，洋溢着浓厚的文人情趣。客人在这种佳人雅乐的陪伴中行酒赋诗，既是赏心乐事，又隐晦地衬托出了宾主的高雅品味和文雅气质。此曲虽不是歌伎解语花所作，但她能准确地体察主宾的身份和喜好，选择最适当的曲作，也从一个侧面展现出酒宴之作所受的规范。

　　以上论及的是酒宴之上的成功之作，由此，我们可以明显看出创作环境对散曲创作的影响。下面，笔者将从反面立论，分析什么样的曲作是酒宴中的禁忌之作。这种遭到禁止的作品看似与内容相关，实际上，它与创作者的身份（人际定位）有着更密切的关联。

　　元代传世的散曲中虽然有大量的断章存在，但极少明确标示出作品的创作是由于不合乎酒宴的创作要求而被中止的。然而，在元代散曲中仍然保留下了几个这样的例证。这些例证全部都来自元代歌伎的即席创作。歌伎是元代酒宴上相当活跃的一个群体，她们不仅承担了散曲的演绎工作，其中的优秀者还亲身参与到了散曲的创作之中，她们与权贵、士人之间的索曲、酬答直接推动了散曲的发展和流行。但是，作为酒宴中最受欢迎的一个群体，她们同时也是身份最低贱的一群人。她们"娱上"的目的性最强，她们即席创作所受的约束也最多。因此，在她们创作的过程中受到干涉的机会也最多。通过分析元散曲中仅有的几支歌伎的断章，我们可以还原当时的创作过程，分析出在创作过程中，作者、读者及作品三者间的动态关系。

　　总体来说，语言文字并不是为女性准备的通向文学史、通向社会主导交流体系的桥梁，它从建立之初就是父系文化统驭异性的、与肉身禁锢并行的精神狱墙。在运用语言时，女性时刻面临着触犯性别规范边界的危险。虽然存世的元散曲中也留下了元代歌伎们的身影，她们的作品也有极少数的受到人们的称许。但她们的女性身份与职业身份决定了她们的语言权限。她们只在男性准许的情况下才能发出声音，她们吟诵的内容绝不能偏离性别及身份允许的轨道。即使她们有创作和交流的欲望，她们的每一次发声也必然经过男性话语系统的审查与过滤，只有少数完全符合了男

---

[1]　陶宗仪：《南村辍耕录》卷九，齐鲁书社 2007 年版，第 119 页。

性恩客需要和期望的作品才能完成或流传。可以肯定的是，我们现在看到的元代女性创作的散曲作品只是她们创作成果的极小部分，她们所受到的限制使她们在元代文学史上的形象模糊而扭曲。仅从那存世的极少数作品中我们很难窥见她们的真实生活感受和情感体验。通过那些涉及她们生活、经历的只言片语，我们才能隐约地看到一个活跃的充满才华和言语欲望的女性群体的身影，也只有通过这种方式，我们才能透过元代男性作家设置的层层迷雾，看到她们受到的限制和她们在语言的夹缝中寻找到的表达空间。

《青楼集》中的"张怡云"条记载了这样一个创作故事："姚（燧）偶言'暮秋时'三字，阎（静轩）曰：'怡云续而歌之。'张应声作《小妇孩儿》，且歌且续：'暮秋时，菊残犹有傲霜枝，西风了却黄花事'。贵人曰'且止'。遂不成章。"[1] 这正是男性话语原则监察滤化的残留。考察这样的作品，我们才能够察觉歌伎们极为有限的话语空间。

从上面的故事可以看出，这并不是一支张怡云出于自己的意愿创作的散曲。在"佐贵人樽俎"的酒宴上，陪客姚燧偶然说到"暮秋时"这三个字时，阎复突然给张怡云出了这样一个考题："怡云续而歌之。"对于这样的命题作文，张怡云没有任何的准备时间和回旋余地。她的才情也正是这样的"急就章"中显现出来。聪慧的张怡云"应声作《小妇孩儿》，且歌且续"，她唱到："暮秋时，菊残犹有傲霜枝，西风了却黄花事。"散曲并没有完成，贵人就发话了："且止。"我们可以想象张怡云的创作和她的歌唱一起被停了下来。这于是成了一个断章，它的开头由男性指定，它的结束也由男性掌控。

为什么要停下来？"暮秋时"，引发的本就应该是伤春悲秋之感。西风残菊是感秋最适当的意象。暮秋时节，西风吹彻，百花凋残，唯菊傲霜。自古以来，诗人们就以傲雪凌霜的秋菊象征威武不能屈的壮士精神，从作诗的角度说，张怡云的诗没有做错。但是，做诗的人错了。

元代的酒宴上，一直盛行这样的"游戏"，为助酒兴，席间少不了吟诗赋词。士人们竞赛诗才，成章自然受人赞赏，倘若不成章，难免脸面上尴尬，歌伎们恰好可以发挥及时救场的专长。作为女性，原本没有人对她们有什么诗艺上的苛求，作为酒宴中博人一笑的"物"，她们的价值在于"好看"，但如果能施展一下和男性或是说与"人"相类似的技艺，往往更能让人高兴。但这种技艺与真正的诗有着本

---

[1] 孙崇涛：《青楼集笺注》，中国戏剧出版社1990年版，第64页。

质的区别。一个歌伎，她的创作可以有诗才，却不能有诗心，也就是说，她可以把诗作得像是诗，但绝不能是真的诗。这就如同家养的宠物能在客人面前表现一下磕头作揖的小把戏，当然人人都会觉得有趣，主人也会觉得十分有面子。但宠物终归是宠物，绝不会有人的尊严和灵魂。它的一切类似于人的行为都只是模仿它的主人，它的动机也只能是为了得到主人的赏赐。它没有资格发出自己思想的声音。它只能在人们要它表演助兴的时候表演，也只能以主人能允许的方式表演，如果宠物不仅能作揖，还跳上人的书桌，似乎对笔墨纸砚感兴趣，多半是会被主人从桌上赶下去的；倘若这只宠物竟然还似乎认得了人类的文字，并试图学习人类的语言，那这就不是一只宠物，而是一个妖孽了。

酒宴上的歌伎也是如同宠物一般被男人"宠"着：他们不断作诗夸赞她的衣服容貌美丽，就如同夸赞小狗皮毛光滑；他们赞美歌伎的表演精湛，也如同夸奖画眉声音悦耳；他们惊喜于歌伎们的"喜亲文墨"，赞扬她们"间吟小诗，亦佳"，也和听到鹦鹉说话一样，是对宠物们乐于模仿自己并能像模像样地模仿自己，感到有趣。但没有人会允许歌伎和宠物有自己的思想。思想是人类的特权，是人区别于"物"的最主要标志。宠物们不是人，歌伎在男人们的眼中同样也不属于"人"。

所以，当张怡云能背诵宋人蔡松年的词"云间贵公子，玉骨秀横秋"，借以恭维史中丞时，"史甚喜"。因为这不是创作，张怡云的歌唱是一种模仿，是能够被允许的没有思想的宠物的表演。但《小妇孩儿》就不一样了，这是张怡云的创作，从中透出了歌伎张怡云的真实思想。菊，群芳中的隐者。在百卉凋零之季，菊悄然于田野村舍、木栅竹篱间竞相绽放，在萧瑟的秋风中，独示其恬淡清雅、高风亮节。这正是张怡云自己的真实写照。虽然"艺绝流辈，名重京师"，以精绝的才艺赢得了青楼酒宴的虚名，但身为歌伎，她的人生早已告别了春华秋实的灿烂，剩下的不过就是瑟瑟西风中的残枝了。花事已了，但人生还有不得不走的路。酒宴的纵情欢笑都是贵人们的事，与张怡云这样一个歌伎并没有什么关系，她只是席间的一个宠物罢了。临时命题使她没有过多的时间来修饰语言，掩饰思想，"暮秋时"这几个萧瑟的字眼似乎勾起了张怡云内心的悲情，否则，得"诸名公题诗殆遍"的张怡云不会不懂得这样的规矩。张怡云的唱词太悲凉、太骄傲了，这与席上浮荡放纵的气氛完全不合，这是一个失意的文人（男人）的悲叹，却意外地出现在一个卑贱的本不该有思想的歌伎之口。这一次意外的犯规触犯了男性的底线，因而被敏感的官人们迅速地叫停了。

那么什么样的歌伎创作可以被允许完成？在《全元散曲》中，我们找到了这样几个例子：

> 红叶落火龙褪甲，青松枯怪蟒张牙。可咏题，堪描画，喜觥筹席上交杂。答剌苏频斟入礼厮麻，不醉呵休扶上马。
>
> ——一分儿《双调·沉醉东风》

> 青青子儿枝上结，引惹人攀折。其中全子仁，就里滋味别，只为你酸留意儿难弃舍。
>
> ——刘婆惜《双调·清江引》

一分儿和刘婆惜的散曲都是在酒宴上应题创作，创作的背景几乎相同，都是宴会主人作出了散曲的第一句，指定歌伎继作。这两首散曲都有一种适合于酒宴的轻松、讨好的意味。一分儿的《沉醉东风》因时应景，是一首明确的劝酒曲；刘婆惜的《清江引》更是为了活跃酒宴中的气氛，博得主人的欢心而作。两首散曲中都洋溢着浓厚的酒宴气氛，也只有这样应景的作品才被允许在酒宴中歌唱。

与其他作品相比，成章的歌伎创作往往具有以下特点：一是题材集中，一般以劝酒、咏物及歌颂主人为主；二是篇幅短小，多为即兴创作；三是语言浅白爽丽，少用典，多俗语口语日常语，具有明显的世俗化特点；四是基调和谐欢快，不写悲愁，不近世俗，更少比兴抒怀之意，多是及时行乐的作品。这些特点也成为元代歌伎酒宴创作的基本要求。

一分儿和刘婆惜作为歌伎，作曲不越藩篱，语气卑恭，文辞畅达，又展现出了她们较为出众的文学功底。这一切都迎合了作为接受者的士人的欣赏品味和他们心目中对于歌伎的定位。这两支曲也因此得到了文人们的赏识，作为歌伎作品的典范而得以留传于世。

（2）元代散曲的作者与接受者的另一种关系是平等关系。当创作者与接受者身份、遭遇相近，人生感受类似时，他们的创作就容易引发知己之叹，成为士人们真正抒写内心感受的最佳场景。

"酒杯深，故人心，相逢且莫推辞饮。君若歌时我慢斟，屈原清死由他恁。醉和醒争甚？"（马致远《双调·拨不断》）"载酒送君行，折柳系离情。"（刘时中《双调·雁儿落带得胜令·送别》）"渔樵闲访，先生豪放。诗狂酒狂，志不在凌烟上。"（马谦斋《中吕·快活三带朝天子四边静·夏》）像这样的将酒和曲共同作为发散愁思的利器的感叹在元散曲中随处可见。虽然元代并没有给予儒生承担其社会职责的机会，但多年的儒学熏陶仍使儒生"以天下为己任"，这样的社会责任感已烙刻在儒生的心灵深处，成为他们自我价值建构的根基。社会的冷遇，使元儒的生活日趋落魄孤独。当元代儒生失去了社会的普遍认同后，朋友间的相互慰藉就显得弥足珍贵了。

从这个意义上说，散曲为元代文人创造了一个抒发自己真实心声的安全岛，在散曲的娱乐功能的掩饰下，每个创作者都可以把自己可能触犯众怒的真心话解释成一个玩笑。然而，作为一种常常需要当众创作的文学样式，他们也很难在众目睽睽之下完全放开面皮，因此酒精和乐曲是他们最好的掩饰，只有躲在酒精和乐曲之后，他们才能抛开社会的束缚，展示出他们隐藏于内心深处的感受和想法。对于社会中的其他群体而言，这群儒生在醉后"风魔"了。"酒逢知契，把黄花乱插满头归。"（吕止庵《商调·集贤宾·叹世》）只有真正的知己，那些和他们一样经历过被闲置被抛弃被嘲弄的生活后的儒生，才会懂得，这样的"风魔"对于一个久经压抑的心灵来说，多么重要。"君若歌时我慢斟"，失意人的歌啸和酣饮代表着对朋友的理解和体谅，"屈原清死由他恁。醉和醒争甚？"（马致远《双调·拨不断》）这是劝人，也是劝己。这样的理解，是一个文人能够在被社会轻视时仍旧能建立起自己的价值观，能求得心灵的平衡的必要条件。只是这样的心灵沟通的机会只有在看似随俗的散曲中才能显现。他们的感叹在散曲中得到附和，他们的憋屈的生活在散曲中得到安抚，他们的价值在散曲中获得认同，他们的理想在散曲才会受到尊重。元散曲中叹世、抒怀、自叹之作大量地出现，显然是元代文人这一创作心理的真正表露。

（3）士人们的散曲创作还有一个重要而特殊的接受者群体，就是歌伎。元代，士人在酒宴之间与歌伎酬唱、互赠散曲，逞才华、赌词章屡见不鲜。如杨恕见歌伎赵真真歌唱张五牛、商正叔所编《双渐小卿》，便作《哨遍·耍孩儿》让她歌咏；胡祗遹赠珠帘秀以【沉醉春风】，冯子振则赠之以【鹧鸪天】；元文苑赠歌伎周人爱以【一枝花】，贾伯坚则赠金莺儿以《醉高歌·红绣鞋》，卢挚赠杜妙隆以【踏莎行】等，一时传为佳话。而歌伎中有珠帘秀以《双调·寿阳曲·答卢疏斋》赠卢挚，张玉莲以【折桂令】赠班彦功等。[1]

历来学界一直将这种士人与歌伎的酬唱、赠曲视为元代文人对歌伎的尊重，其中的许多散曲因为充满了对女性的尊重和关爱，用词雅丽，意境高雅，成为元散曲中的名篇。然而不可否认的是，同样是面对歌伎，士人们的赠妓之作，也可以呈现

---

[1]　孙崇涛：《青楼集笺注》，中国戏剧出版社1990年版。

出完全不同的风格。它们中，同样存在着大量嘲笑、丑化、羞辱妓女的作品。士人对于不同文化层次和社会地位的歌伎，存在着创作态度的不一致，最终呈现为赠妓之作的艺术风格的差异性。

面对于文化素养较高，甚至能与士人们相酬唱的歌伎，他们也能迅速转换态度，对她们的命运寄予同情，对她们的才华高度赞赏；对于一般的文化素养不高的俗妓，士人们往往等而下之，视为嘲笑玩弄之物，多简单描绘她们的外貌和姓名形象，借以成曲，语意浅白，曲中少有真挚的感情流露。这种态度的差异也渗透到了散曲的文学层面，使散曲往往流露出趋雅或趋俗的不同风格特征。试看以下作品：

> 系行舟谁道卿卿，爱林下风姿，云外歌声。宝髻堆云，冰弦散雨，总是才情。恰绿树南薰晚晴，险些儿羞杀啼莺。容散邮亭，楚调将成，醉梦初醒。
>
> ——卢挚《双调·蟾宫曲·醉赠乐府珠帘秀》

> 【尾】恰便似一池秋水通宵展，一片朝云尽日悬。你个守户的先生肯相恋，煞是可怜，则要你手掌儿里奇擎着耐心儿卷。
>
> ——关汉卿《南吕·一枝花·赠珠帘秀》

> 口儿甜，庞儿俏。性格儿稳重，身子苗条。多情杨柳腰，春暖桃花笑。见人便厌的拜忽的羞吸的笑，引的人魄散魂消。人前面看好，樽席上出色，手掌里擎着。
>
> ——张鸣善《中吕·普天乐·赠妓》

> 不参懵懂禅，先受荒淫戒。才离水月窟，又上雨云台。东去西来，还不了众生债。竟说甚空是空色是色，苦偻呵四十八愿叮咛咒誓，巴镘呵五十三参容颜变改。
>
> ——汤舜民《南吕·一枝花·嘲妓名佛奴》

前两支曲的接受者都是元代被尊称为"朱娘娘"的著名歌伎珠帘秀，面对这样一个才貌双全、名动京都的奇女子，不论是权高位重的卢挚还是沉溺市井的关汉卿都流露出了对她的敬重和关爱。这种尊重是建立在对珠帘秀的才华和高雅气质之上的，这种赠曲行为本身就是平等的关系，它并不能简单地归结为曲家对于歌伎的同情。只有当身份低贱者奋力超越自身困境而以才华和修养赢得社会的普遍尊重时，她们才能以平等的心理身份接受士人的同情和关爱。

而对于一般的俗妓，士人们又恢复到了一个世俗的浪子的身份中，这些俗妓只是他们饮酒取乐的一个道具，因而，对她们也就没有什么尊重可言，曲家们可以当面取笑她们的形象或名字，也可以随意敷衍夸奖她们的美貌。这种创作只是酒宴之中的一个游戏，接受者（俗妓）的感受并没有成为创作者关注的内容，而这些俗妓出于自己的低贱身份，也绝不可能奢望士人们对她们有真正的尊重。士人杨维桢在《中吕·普天乐·小序》中自叙创作的原因："十月六日，云窝主者设燕于清香亭，侑卮者东平玉无瑕张氏也。酒半，张氏乞手乐章。为赋双飞燕调，俾度腔行酒以佐主宾。"[1] 可见，这支曲就是写给歌伎张氏的。其曲曰：

> 玉无瑕，春无价。清歌一曲，俐齿伶牙。斜簪鬓髻花，紧嵌凌波袜。
> 玉手琵琶弹初罢，怎教他流落天涯。抱来帐下，梨园弟子，学士人家。

这支曲依照的是最传统的赠妓之作的写法，作者从歌伎的名字起笔，大肆夸奖了歌伎的美貌和才情，看似是对歌伎一见倾心，但这种夸奖太浮于表面，更像是例行公事，其中附着的感情也不过一个风光得意的士人对于一个乞曲以抬身价的歌伎的大方敷衍。这正是由于歌伎张氏的地位（"梨园弟子"）远低于士人杨维桢（"学士人家"），最终她虽获得了杨维桢的赠曲，但其中的放浪调笑，不仅明确地表露出创作者对于低贱歌伎的肆意态度，也降低了作品的文化品格。

综上可见，接受者自身的素养和地位对于创作者的影响巨大。面对不同的接受者，创作者会主动适应双方关系，以适宜的态度创作作品。创作者是否刻意迎合接受者的期望，与接受者的身份相关。当接受者的社会地位高于创作者时，创作者会努力迎合接受者的雅或俗的文化品味，创作出相应风格的作品；当接受者的社会地位或文化素养与创作者相似或匹敌时，创作者往往以真诚的创作态度坦露内心感受，以趋雅的创作风格来提升作品品味；而当接受者的身份低于创作者时，创作者往往会以随意的态度作曲，这种轻松敷衍的创作心理最终多造就了大量趋俗浅白的散曲作品。

第二节　接受者的期待视野对元散曲的雅俗交融风格的影响

文学创作虽然有赖于创作者的精心构制，但也离不开接受者的评价与传播。接受者的生活经验、文学观念、审美趣味和接受心境构建了接受者的期待视野。只有

---

[1]　隋树森编：《全元散曲》，中华书局 1964 年版，第 1417 页。

大体符合接受者的期待视野的作品，才能被接受者认可，它们的价值和效果才能得到承认和强化。从这个角度来说，散曲在元代的兴盛正是创作者迎合了接受者的期待视野的结果。接受者以潜在的创作者的身份与曲家一起参与到了元散曲的创作与传播活动中，是元散曲风格形成过程中的重要一环。

从接受者角度考察中国的雅、俗文学作品，虽然创作者相对固定为掌握文学知识和表达技巧的士人阶层，它们的接受者却大不相同。雅文学如诗文一类，常被用来表现士人的生活经验，展示他们的文学观念。这是由于诗文的接受者与创作者相对封闭，基本集中于士人群体中。这使作品的内涵与读者的期待视野基本相符，诗人们只要写出自己的真实感受，就能轻易得到接受者的情感共鸣。而大量缺乏文化知识的市井细民和商贾僧道则被完全排除在接受者之外，他们没有能力也没有兴趣欣赏这些雅文化产品。但俗文学则不同，它们在起步之初得益于民间口头传播的众多鲜活材料，以市井细民的生活经验为底本，符合社会底层民众的审美趣味，但随着民众对作品水准的欣赏要求逐渐提高，它们开始进入士人的创作视野。士人的参与在提升俗文学作品的文化品位的同时，也存在着抽离原作中的俗文化元素，抛弃文化程度偏低的接受者的可能。只有那些尚未强大到完全被士人垄断的民间文学体裁，如元散曲等，才可能同时迎合士人和市民阶层的期待视野，实现接受群体的最大化。这种接受群体最大化的实现是文学发展过程中的阶段性状态，它得益于大量各文化层次的接受群体的介入，特别是大量文化程度不高的接受群体的热情参与，才能急剧地扩大了作品的接受范围，使它们真正成为社会的一时风尚，从而走向它们的辉煌时期。

就元散曲而言，它的接受群体的转变，最主要的两大因素在于：蒙古等少数民族接受者的强烈介入和文化素养较差的社会底层民众的参与。这两个群体的共同之处在于文化素养的低下。他们以自己的期待视野推动了元散曲偏离雅的文学阵营，强力引导了元散曲世俗风格特质的生成。

（1）蒙古等少数民族审美趣味的强力介入是元散曲趋俗的一个重要社会原因。

元代统治者是文化程度较低的蒙古贵族，但他们的歌舞和说唱艺术一直很兴盛，这些基于视觉和听觉欣赏的艺术受到了蒙古民族民众的普遍欢迎，但他们的欣赏水平同时也决定了这些艺术形式只能以浅俗明快的风格敷衍。因此，在他们进入中原之后，他们对艺术形式的喜好也随之在中原传统开来。同时，蒙古族加盟中原本土文学的接受群体，这就改变了中原文学接受群体的原有结构，使以往非主体地位的俗文学接受群体扩大，上升到主体地位，最终造成中国古代文学由雅文学为主体向俗文学为主体的结构变迁。[1]

　　蒙古族对于散曲的欣赏主要不在唱词，而在于对其歌舞表演的欣赏，这是元散曲流行和通俗的主要因素。历史上蒙古族就是非常喜爱歌舞艺术的民族，《蒙古秘史》中就记载了古代蒙古族人歌舞聚会的场景："蒙古人欢乐，跳跃，聚宴，快活。奉忽图刺后，在枝叶茂密蓬松如盖的树周围，一直跳跃到出现没肋的深沟，形成没膝的尘土。"由此可以想见当时的蒙古人跳舞跳到何等忘我的程度。《蒙鞑备录》"宴聚舞乐"条下，记载了木华黎出师时的情景："国王出师亦以女乐随行。率十七八美女，极慧黠，多以十四弦等弹大官乐等曲，拍手为节，甚低。其舞甚异。"[2]木华黎是元军中以鞠躬尽瘁著称的人物，他出师还要女乐随行，说明蒙古族对乐曲和舞蹈之喜爱确实不同一般。

　　散曲演出属于综合艺术。观众对散曲演唱活动的欣赏，也包含着观看演唱者的表情和动作，聆听演员的歌唱和乐器的伴奏等内容。这些造型和旋律艺术，在欣赏过程中，不存在因民族、文化不同而产生的语言障碍；而对散曲唱词的欣赏，则离不开欣赏者对文字的熟识，甚至只有欣赏者具有了一定的（汉族）文化素质后，他才能真正了解作者想要表达的情绪。散曲表演活动能够在元代得到广泛的传播，正得益于它适应了元代文化水准差异巨大的社会环境。散曲同时满足了两种不同文化水准的欣赏者的审美需求：对于不通文墨的少数民族和汉族欣赏者来说，散曲的音乐性和浅白的曲词可以给他们愉悦身心的生活享受；对于有一定文化程度的汉族及少数其他民族的士人来说，散曲是一个承继了汉民族悠久的文化传统，富有文化意味的文化传播活动，它是士人们借以表露心声的舞台，也是他们比拼才华的赛场。散曲的传播活动，由于既可听，更可观，跨越了语言艺术和非语言艺术两个审美体系，使它在元代较之传统诗词或单纯的民乐，具有了更为广泛的观众基础。散曲正是迎合了元代多民族语言、文化并存的环境，才在元代获得了最好的发展机会。[3]

　　以歌曲形式演绎的散曲艺术，超越文字的局限，使操各种语言，生活于不同文化背景下，知识水准千差万别的欣赏者都汇聚在一起，共同欣赏散曲多层次的艺术美。同时，这一优势也强化了元散曲的通俗性特征，使其内容更浅显易懂，故事性表演

　　[1]　扎拉嘎：《游牧文化影响下中国文学在元代的历史变迁》，载《文学遗产》2002年第5期。
　　[2]　曹元忠：《蒙鞑备录校注》（孟珙：《蒙鞑备录》），清光绪二十七年刻笺经室丛书本。
　　[3]　扎拉嘎：《游牧文化影响下中国文学在元代的历史变迁》，载《文学遗产》2002年第5期。

性更强，更适宜于现场观众的观赏。

（2）元散曲虽然不可能像元杂剧一样做到社会合阶层的集体接受，但却背离了传统诗词的"载道"、"言志"功能，成为社会底层人群的娱乐形式，成了一个流行的玩乐方式。这一特点极大地拉低了元散曲的趣味底线和道德底线，导致"俗"成为元散曲表层的主要特征。元代杨立斋的《般涉调·哨遍》中就记叙了这样一个最底层的听曲场景：

> 【么】莫将愁字儿眉尖上挂，得一笑处笑一时半霎。百钱长向杖头挑，没拘束到处行踏。饥时节选着那六局全食店里添些个气，渴时节拣那百尺高楼上咽数盏儿巴。更那碗清茶罢，听俺几回儿把戏也不村呵。

> 【七煞】据小的每日煞，大厮八，着几条坐木做陈蕃榻。谢尊官肯把荒场降，劳贵脚还将贱地来踏。棚上下，对文星乐宿，唱唱吵吵。

这个听曲的临时勾栏，只有"几条坐木做陈蕃榻"，作者就着碗清茶，听一回曲子耍乐，正如作者所说的，他们听曲的目的，不在于"教化"或"抒情"，而是听个曲儿解闷散心，"唱一本多愁多绪多情话，教您听一遍风流浪子煞"，"莫将愁字儿眉尖上挂，得一笑处笑一时半霎"。这样的欣赏目的，正是社会底层民众的娱乐趣味。他们对于曲子，从不追求思想性，反而出于轻松易懂的原则，他们更偏爱于他们熟悉的故事内容。他们对于曲的要求，不是创新，而在表演得好，"须不教一句儿讹，半字儿差"，要口齿清楚，"四头儿热闹，枝节儿熟滑"。

从这一点看，元代社会最底层民众的欣赏趣味和上流社会不谋而合了。他们都重表演，重音乐歌舞，重故事，而轻文辞，轻思想，轻品位。他们是元散曲的接受者中新增的两个重要群体，他们的世俗口味直接影响了元散曲的创作，使元散曲中出现了大量俗到令后世文人侧目的作品。尤其是元代众多的"书会才人"，其创作也必然受到观众口味的影响，及商业利润的引导，作品内容已不能再局限于文人的伤时自怜、登临兴叹了。

元散曲在传播方式上对于社会中下层民众的倚重，直接导致了它在创作内容和审美趣味上对俗文化的倾斜。它在大量增加俗的文化元素的同时，也客观上改变了元散曲的文学路径，使元散曲的世俗风格得到了凸显。

从另一方面来说，在中国古代，雅文学成为文学结构的主体部分，并不完全是本着审美需求的原则，它更多是出于维护封建统治，培养封建文人和官吏，保持社会稳定和制度亘常的考虑，事实上，俗文学在冲淡意识形态管制的严肃性和强制性的同时，也以其通俗易懂、愉人快心、贴近生活现实的审美特质受到历代统治者阶层和士人阶层的喜爱，成为他们文学创作中的新鲜血液，获得他们的青睐。

同时，值得注意的是，尽管有这两大新接受群体的加入，但散曲作为传统文学形式在元代的延续，它的接受主体中的核心成员仍是具有一定文化素养的传统士人。他们成为了散曲雅的文化品格的坚守者。他们以自己的高雅审美追求力保元散曲不堕于庸俗，使元散曲始终保持着文雅的文学特质。从前文中对于听众对创作者的心理影响的分析中，可以探知，文人之间自发的文人集会，以文会友，在划定了一个内部的小众的文化圈时，也树立了一个雅文化的标杆，使参与其中的士人在运用散曲进行创作时，也能以雅的文辞和雅的意境提升自己作品的品味。这种文人集会中，创作者和欣赏者的身份失去了严格的界线，常常在不经意间转化。这种创作环境似乎又回到了前朝，散曲在此时成为文人之间互相切磋文艺、传达心声的工具。在这样的纯文人的环境中，传统诗词的言志、抒怀、载道等功能又重新回到了元散曲的功能清单中。正如曾瑞《正宫·醉太平》中所云："相邀士夫，笑引羿奴。涌金门外过西湖，写新诗吊古。"在这样的创作环境中，作者写出的是这样的诗化散曲："苏堤堤上寻芳树，断桥桥畔沽酕醄，孤山山下醉林逋。洒梨花暮雨。"此时创作的散曲也因此具有了鲜明的雅文学的风格特征。

综合上述的分析，我们可以这样解释元人在散曲创作中的"一人多格"问题，即元代文化素养差异极大的接受群体造就了元代差异化极大的散曲创作环境，元代士人为符合不同的接受主体的期待视野而创作出了不同内容和风格的作品，这导致了元代士人的散曲风格的多样化。

从元散曲创作者自身角度来说，随着元散曲的传播流行，其听众面逐渐大众化、社会化，曲家只靠纯士人这一小众接受群体已难以生存。曲家一方面努力适应社会生活，摆脱"迂腐"的文人形象；另一方面又不愿意随波逐流，丧失自我，由此在他们的元散曲创作中，雅俗风格的交融就是必然的事了。

第八章　元散曲雅俗特质形成的文化原因

对于元代士人而言，能够对他们造成重大的精神和文化影响的元代特色文化，可以基本归为三类：元代北方民族文化、元代朱陆合流的新理学思想、元代盛极一时的道家道教文化。这三种文化因子的共存是元代开放宽松的文化政策的产物，也是元代众多新兴文学样式能够生根发芽的重要文化土壤。元散曲这一文学体裁在元代的兴起和盛行，就与之有着密切的关系。

第一节　元代文化重心北移造成的民族文化影响

元蒙帝国的建立，对中国文化最直接的影响就是造成了南宋以来，已偏安于中国南方，并稳定发展了上百年的中国文化重心再次因外力被迫北移。中国文学由此出现了诸多变化，其中，元散曲的兴起和繁荣，与这一次文化的北移有着极其密切的联系。具体来说，蒙古等北方少数民族文化对中原汉族文化的强烈介入，是元代文化及文学出现新的特征的重要原因。

一、北方民族音乐的传入

元代是我国历史上一个重要的多民族融合的时期，蒙古等少数民族执掌帝位，为他们的民族文化提供了一个很好的传播和发展机会。上行下效，蒙元统治者对音乐和歌舞的爱好成了元代一时之尚，这为北方民族歌舞艺术在元代的兴盛奠定了基础。而南北统一，汉民族文化随着大量汉族文人的北上得到了较好的传播，它在提高了元代少数民族的文化修养的同时，也使北方民族音乐的歌词创作水平得到了提高。这一系列因素的合力，就使得元代的音乐和曲艺艺术得到了全面迅猛的发展。

据杨荫浏的《中国音乐史纲》统计，元代的北曲曲牌有 335 个，其中出自唐大曲和唐宋词曲的为 86 个，占总数的 25%；出自于宋金诸宫调的 28 个，10 个确定非元代创作，其余的 75% 都源自于元代北方歌曲。《南村辍耕录》卷二十八记载，元代盛行于北方的少数民族曲子有："大曲:《哈八儿图》、《口温》、《起土苦里》、《蒙古摇落四》、《阿耶儿虎》……;小曲:《哈尔火失哈赤》(《黑雀儿叫》)、《曲律买》、《洞洞伯》、《牝畴兀儿》、《把担葛失》……;回回曲:《伉里》、《马黑某当当》、《清泉当当》。"[1] 同时,大量少数民族乐器伴随着新歌曲输入中原,王骥德《曲律》卷四中就记载:"元时北虏达达所用乐器,如筝、琵琶、胡琴、浑不似类,其所弹之曲,亦与汉人不同。"[2] 乐器不同,其音调节拍各异,难以演奏那些适合于南方语音特点的南宋旧词,而社会对音乐的需要高涨,又需要大量新的音乐出现,因而新曲新词的制作就成为社会的广泛需求了。于是,生活在民族混居环境中的人们一面接受外族音乐的影响,一面翻新改造旧有词的艺术手法,在与中原汉族的乐曲的冲撞融合中,形成了一种适应新音乐环境的新合乐之文,这就是曲。

这种新的乐曲曲式新奇,悦人耳目,迅速被南北广大民众所接受,在元杂剧和元散曲中得到广泛的运用。明人徐渭在《南词叙录》中论述了北曲流入民间、被百姓文人喜爱传唱的情况,他说北曲"壮伟狠戾,武夫马上之歌,流入中原,遂为民间之日用。宋词既不可被弦管,南人亦遂尚此。上下风靡,浅俗可嗤"[3]。虽然徐渭指斥这种新的乐曲为"浅俗可嗤",但他指出了它们具有草原民族"壮伟狠戾"的特色,和继南宋后南北崇尚、上下风靡的流行情况。明人王世贞在《曲藻序》里也说:"自金元入主中国,所用胡乐,嘈杂凄紧,缓急之间,词不能按,乃更为新声以媚之。"[4] 这进一步说明,蒙古等少数民族进入中原后,带来了自己的音乐。这些音乐节奏旋律快又风格雄浑,音乐高亢明亮,音域宽广,变化繁大,这正是西北草原民族音乐的特质。其独具风情的音乐与中原传统音乐碰撞交融,对散曲曲牌的丰富产生了重要影响。

二、北方民族文化心理的渗透

元曲作为一代之文学,具有鲜明的文化融合的印迹。儒家文化的道德观念、政治理想、价值取向对汉族知识分子有着决定性的影响,然而以蒙古族为代表的少数

---

[1]　陶宗仪:《南村辍耕录》卷二十八,齐鲁书社 2007 年版,第 370 页。

[2]　中国戏曲研究院编:《中国古典戏曲论著集成》(四),中国戏剧出版社 1959 年版,第158 页。

[3]　中国戏曲研究院编:《中国古典戏曲论著集成》(三),中国戏剧出版社 1959 年版,第240 页。

[4]　中国戏曲研究院编:《中国古典戏曲论著集成》(四),中国戏剧出版社 1959 年版,第25 页。

民族文化在元代居于统治地位，对汉文化的冲击力也是难以忽视的。特别是少数民族中的优秀分子及其极具异域风情的文学、音乐作品所表现出的豪放自由的文化特质强势地冲击着汉族士人的审美观念，悄然扭转着他们的创作风格，使元散曲这一类新兴的文学体裁焕发出蓬勃的生命力和强烈的艺术感染力。

（一）少数民族的文化影响力

1.蒙元自由开放的民族个性对元散曲形成和发展提供了宽松的政治思想保障

宋代是理学形成的时代，理学强调对人思想的控制；而元代在利用正统儒家学说巩固统治的同时，也和严格规范、自成体系的汉族政治、伦理、习俗发生着冲突。虽然蒙元的国教为喇嘛教，但蒙古等少数民族天性中自然开放的思想态度，使元代统治者从一开始就没有对其他宗教、思想、学说采取过于严格的限制，意识形态上的百花齐放成为元代社会的一大特点。在统治体制建构上，元代礼乐制度上依从汉制，在法治上，蒙古朝廷也制定了一些简单的法律，但终元一朝极少出现文字狱，文化政策上宽严相济而以宽为主，这无疑为作家自由地书写对社会的愤怒，宣泄对传统观念中认为神圣庄严的东西表示怀疑、蔑视、厌恶的情绪提供了自由创作的环境氛围。元散曲题材包罗万象，散曲作者敢于讥时嘲世，也勇于署上真名，甚至有人以大胆骂世骂官之作扬名，[1] 这种种现象都证明了蒙元统治阶层对于意识形态的宽容态度对于艺术的发展的无形的推动力。

2.大量北方少数民族散曲作家的出现为元散曲的发展注入了勃勃生机

以隋树森《全元散曲》中所载为例，在有姓名可考的 200 余名作家中，北方少数民族作家有 20 多位，占总数的 10% 以上，他们创作的散曲中现存的有超过 300 首。其中，阿鲁威、伯颜、勃罗御史、童童学士为蒙古族；奥敦周卿、蒲察善长等为女真族；鲜卑族的有元好问；朝鲜族的有李齐贤；孟昉为回族；郝天挺为朵鲁别族；贯云石、全普庵撒里为维吾尔族；生长于西域的少数民族作家还有有丁野夫、阿鲁丁、阿里耀卿、薛昂夫、不忽木、薛超吾、萨都剌、兰楚芳、阿里西瑛、赛景初等；西夏的有李伯瞻；古丁零族有鲜于枢、鲜于必仁。他们中的优秀者，如贯云石、薛昂夫等堪称元散曲大家，与马致远、张可久等汉族文学家比肩。

3.蒙元少数民族文化对汉文化的冲击为元散曲形成和发展开创了新的文化空间

两宋期间，中原特别是南方地区，虽然边患频仍，国家经济积贫积弱，但汉民族统治者典型的崇文抑武倾向，仍然伴随着长期处于相对稳定的政治和生活状态而

---

[1]　如《青楼集》中所载元文鼎与当朝权贵争一歌伎，并作曲嘲讽，却以此成名。

形成了"静弱而不雄强,向内收敛而不向外扩发,喜深微而不喜广阔"[1]的民族审美观。在蒙古铁骑唱着"壮伟狠戾"的军歌入主中原后,内敛的汉族农耕文化被强行注入了异族文化粗犷、豪放、精悍的血气,从以内省、敦厚、深微、柔婉为审美特征的中原文明在巨大的文化冲突中形成了多民族混居的元代社会环境及元代文学极富阳刚之气的外露、粗犷、自由的美学风范。

（二）少数民族的文化影响的主要体现

1.务实反叛的民族精神

蒙古族马上得天下,靠的是强大的武力。兴起于广阔草原之上的蒙古族人,在恶劣的自然环境中早已练就了务实独立的民族精神。他们天性尚武重利,不注重礼法和道德规范,不论是宗教还是思想观念,都崇尚实际合用,对于汉民族的仁义、修身、忠孝、贞节等观念存在着天然的隔膜,特别是深受汉文化影响的少量少数民族士人,他们与汉族文人交往密切,能熟练运用汉字进行文学创作,也能熟练列举大量汉族诗词典故丰富自己的作品,但在他们的作品中仍然释放出强烈的民族个性。他们大胆反叛的思想和作品,一方面源于他们对自己民族精神的自信和推崇,另一方面,也反映出少数民族务实求真的民族精神对于纠正汉民族礼极至伪的民族风气的重要警醒作用。

如西域人薛昂夫的《中吕·朝天曲》22首,一连列举了20位古代汉族的圣贤名人,对这些前人流传已久的故事提出了颠覆性的看法。在这20位古人中,他既写了如刘邦、项羽、武则天等商王将相,也写了以名臣义士著称的姜子牙、孙叔敖等,还写了许多活跃在汉族民间神话或故事上的正面人物如董永、吕洞宾等,更提到了在汉族文化史上赫赫有名的杜甫、卞和、邵平等人。从他散曲中涉及的人物可以看出他对汉文化的了解相当深入,但他的了解更多地停留在认知的层面,出于他的西域少数民族背景,他对这些汉人中的英雄、偶像、圣人有着自己的看法。少数民族秉性率真,厌弃虚伪,所以他对以孝出名的老莱子年逾七十还装作稚儿娱悦双亲,就斥为荒诞、虚伪,给予了尖刻的讽刺。他从实用角度出发,认为杜甫过于务虚,寒冬冒雪赏梅就是迂腐,"假如,便俗,也胜穷酸处";伯牙既难觅知音就应把琴"齾下,煮了仙鹤罢";董永和织女本无夫妻缘分,不应太执着等等。以上看法,都具有明显的反汉族传统思想的意识。有学者指出:出身于"西戎贵种"的薛昂夫没有自幼便受到儒教的熏陶,因而他在本民族相对自由的天地里长大,对于后天习得的儒家思想,

[1]　缪钺:《诗词散论》,上海古籍出版社1982年版,第50页。

他反而能够客观冷静地做出独立的评价和分析，这就使他比一般汉族知识分子能够看出儒学的弊病以及种种儒道宣传的虚伪与可笑。[1] 这一论断也同样适用于整体少数民族文化对汉民族文化的冲击。

2. 天性自由，不拘礼法

幺书仪在分析蒙古族的民族性格对元代文化的影响时曾说："蒙古族不拘'礼法'，带有原始特征的民族性格，冲击了中原已经十分发达完善的儒家礼制和观念上的规范，这一切构成了包含新的意识、新的风格的北杂剧产生和繁衍的社会文化背景。"[2] 虽然幺书仪文章所论及的是元杂剧，但其观点用于元散曲也是适当的。

以元散曲中常见的言情题材作品来论，其中的人物形象就展现出了强烈的异族文化气息，其大胆、真率的言行往往令人耳目一新。如元代无名氏《仙吕·寄生草·冬》其五：

> 有几句知心话，本待要诉与他。对神前剪下青丝发，背爷娘暗约在湖
> 山下。冷清清湿透凌波袜，恰相逢和我意儿差。不刺，你不来时还我香罗帕。

此曲描写了一位泼辣大胆的少女主动追求爱情的勇敢行为。她背着爹娘约会情郎，私相授受爱情信物，显然封建礼法对她没有什么作用。她先是"对神前剪下青丝发"表达对情郎的一片真情，后又在湖山久久等待以至"湿透凌波袜"，她对感情的态度不可谓不执着。然而，她与所有热恋中的女子一样担忧着情郎的变心，面对可能的悲剧结局，她却有着汉族女孩儿少有的泼辣和勇敢。这种对感情的担当与汉族女子常见的隐忍幽怨相比，更显出了女孩儿的率真和可爱。

3. 直率果断的民族性格

元代儒生功名不显，很多士人一生都沉于下僚，郁郁不得志。他们的精神痛苦来源于他们本能地、热切地盼望着能走上汉民族儒生立功立德的传统人生路。一旦理想不能实现，他们就终身彷徨忧郁，难以释怀。而元代的少数民族散曲家，普遍出身高贵，往往能轻易地得到汉族士人热望而不可得的功名利禄，但他们中的大多数，却对这些弃之若履。这并不是因为他们没有积极用世之心，而是他们受少数民族文化的影响，可以更真实地面对自己的内心，在虚无缥缈又深藏祸端的功名利禄与逍遥快乐的闲散生活之间，做出果断的抉择；而一旦他们选择了自己的人生道路，

[1] 门岿：《论元代维吾尔族作曲家薛昂夫的散曲》，载《中央民族学院学报》1991年第5期。

[2] 幺书仪：《戏曲》，人民文学出版社1994年版，第83页。

他们又极少瞻前顾后，悔恨自责。

由此，元代少数民族曲家们在曲中也很少流露出汉族文人作品中惯常的感伤气息。他们人生态度明朗果断，抨击时弊从不闪烁其词，一旦遭遇政治上的不平等不如意，他们会立即抛开一切好处，辞官归隐，享受生活。元代曲家贯云石身世显赫，弱冠之年就任两淮万户府达鲁花赤。作为维族贵族中的优秀分子他在步入官场之初也得到了朝廷的信任和重用，但当他的一番用世之心在险恶的宦海中受到压制，反添祸端时，贯云石很快辞官南下，过起了远离官场的浪游生活。他在曲中慨叹道："竞功名有如车下坡，惊险谁参破？昨日玉堂臣，今日遭残祸。争如我避风波走在安乐窝。"（《双调·清江引》）显然他的归宿不是传统汉族士人的归田隐居，他的浪游不是无奈的无所依托。他以浪游的形式成就自我，舒展身心，因此，他的作品中没有汉族文人笔下常见的人生如梦、怀才不遇的牢骚。另一位少数民族曲家不忽木也高唱："宁可身卧糟丘，赛强如命悬君手。"（《仙吕·点绛唇·辞朝》）不忽木为康里部人，累官至翰林学士承旨、平章政事，可称得上是仕途顺利。然而，在曲中他也敢于公开宣布与君王决裂，表达他对官场的清醒认识。阿鲁威也写道："烂羊头谁羡封侯！斗酒篇诗，也自风流。"（《双调·蟾宫曲》）表现了他粪土王侯、高扬自我的旷达心态。这类散曲蔑视世俗功名，高歌人性自由，它们不仅丰富了元散曲的思想内涵，也以率真豪迈的人生态度为汉民族作家们提供了一个人生道路的新选择。

4. 刚健豪迈的民族气质

汉族作家创作重视"文以载道"，以蕴藉含蓄为美，因此汉族文学作品多呈现出婉约内敛的审美特质；北方民族文学多源自真切的生活感受，是对生活、情感的直接表达，故以质朴真率见长，风格倾向于粗犷豪放，元代这两种异质的民族文化的结合造成了元散曲在风格上的雅俗交融。

元散曲的繁荣，与北方民族文化有着密切的关联。北方民族文学所展现出的开阔高昂的生命意志，质朴真率的文学传统与刚健豪迈的艺术风格都为元散曲所继承，成为元散曲特有的北方风味。试看以下三支曲：

> 金鱼玉带罗襕扣，皂盖朱幡列五侯，山河判断在俺笔尖头。得意秋，
> 分破帝王忧。
>
> ——伯颜《中吕·喜春来》

酌西凉万斛葡萄，喜有知音，助我诗豪。壮士夺旗，忠臣锁树，逐客吹箫。
检旧曲梨园架阁，举新声乐府勾销。胆落儿曹，水倒词源，雷吼江潮。

——无名氏《双调·蟾宫曲·赞西域吉诚甫》

天风海涛，昔人曾此，酒圣诗豪。我到此闲登眺，日远天高。山接水
茫茫渺渺，水连天隐隐迢迢。供吟笑，功名事了，不待老僧招。

——姚燧《中吕·满庭芳》

伯颜是元朝开国名臣，同时，他也是南宋王朝的终结者。这个剽悍的武将在其
传世的散曲作品中也散发了刚劲勇猛的蒙古战气。这种挥斥方遒的英雄气息是蒙古
等北方民族最崇尚的气质。这样的散曲，与宋代的豪放词相比，义辞自然显得粗率，
但其气韵却更显豪迈。

这种英雄气质是相对文弱的中原汉民族一贯少见的，因此，汉族文人很容易发
现北方少数民族的独特个性。在北方民族占据统治地位的元代，汉族文人不难注意
到北方民族所具体的这种豪迈气质。第二支曲赞美的是一个西域文学家吉诚甫，这
个曲家的作品明显有着北方民族的个性特点，因此，作者连用两个气象宏大的鼎足
对来表现他的风格。"壮士夺旗，忠臣锁树，逐客吹箫"，"胆落儿曹，水倒词源，
雷吼江潮"，前者写他的曲作的风格英武豪迈，后者写他的作品成就藐视群雄。两
者联用，在形象再现了吉诚甫的艺术风格的同时，也因为内容的英雄豪迈而成就了
这支散曲的豪放风格。

元代受此影响的汉族作家绝不止上述的无名氏一人，众多长期生活在北方的汉
族文人浸染在元蒙文化中，无形之中转变了原有的南方柔丽的文学创作思维，在汉
族文人的作品也附着上了北方的英武之气。在汉族理学大家、文学名宿姚燧的笔下，
文学作品也显现出了明确的北方特色。同样是写景抒情的传统汉族文学题材，姚燧
眼中的风景宏大开阔，"天风海涛"、"日远天高"，山接水势，水连天迢，俨然
有气吞万里之势。作者在这样的壮美山河面前，油然而生"酒圣诗豪"的豪放之情，
虽然结语有归隐之意，但一句"功名事了"，仍然显示出作者强烈的进取之心，这
正是北方民族英雄气质的外化表现。

由此可见，元代士人文学风格的转变有着社会环境的重大影响。元代汉族文人
一方面伤感于南宋朝廷的灭亡，一面又不由自主被蒙古等北方民族的英雄气质所吸
引。这是人类趋强的本能，也是元代文学风格转变的重要原因。

三、北曲艺术风格：痛快泼辣、淋漓尽致

金元时期，北方民族与中原民族广泛的日常及文化交流，给汉民族文化增添了勃勃生机。有学者指出：中原地区的汉族文化"……吸取游牧人从远方带来的异域文化，并以粗犷强劲的游牧文化充作农耕文化的复壮剂和补强剂"[1]。元散曲作为元代极具特色的时代文化产物，超越了原有汉民族文化的审美风格限定，出现了很多尖新泼辣的作品。

任讷先生在《散曲概论·作法》中论及曲与词特色的不同是，曾概括曰："曲以说得急切透辟极情尽致为尚，不但不宽弛，不含蓄，且多冲口而出，若不能待者，用意则全然暴露于词面……此其态度为迫切，为坦率，可谓与诗余相反也……总之，词静而曲动；词敛而曲放；词纵而曲横；词深而曲广；词内旋而曲外旋；词阴柔而曲阳刚；词以婉约为主，别体为豪放；曲以豪放为主，别体为婉约；词尚意内言外，曲竟为言外而意亦外。"这也可以称得上是元散曲对北方民族通俗文学泼辣洒脱、质朴而不造作的风格的传承。

元明清曲家评说北曲应有蒜酪之味。何良俊《四友斋丛说》在评论《琵琶记》时说："谓之曲，须要有'蒜酪'……如王公大人之席，驼峰、熊掌、肥腯盈前，而无蔬笋、蚬蛤，所欠者，风味耳。"[2] 蔬笋、蚬蛤是普通百姓家的寻常菜肴，驼峰、熊掌等则价高质腴，是达官显贵享用的昂贵食物。而所谓"蒜酪"，蒜，言其辛辣；酪是奶制品"酪酥"，南方人大多不习惯此味。可见，"蒜酪"者，大约指的就是北曲强烈的地方特色。

"蒜酪"风格在语言上往往呈现出口语化与散文化特点，不仅日常用语频繁出现在元代文学作品中，语言风格也明快显豁、自然酣畅，少有比兴铺垫，多冲口而出，直抒胸臆，因而形成了以俚俗泼辣、直接坦露为主的所谓"蒜酪味"[3]。这种"蒜酪味"加入到汉民族的传统诗词中，就使从传统诗词中脱胎而来的元散曲具有了"粗犷豪放、感情直露、语言率真、富于通俗化、口语化等特点"[4]，艺术风格显得辛辣激烈，更贴合北方民族追求语言表达痛快泼辣、淋漓尽致的审美倾向。如：

---

[1]　张岱年等编：《中国文化概论》，中华书局1984年版，第118页。

[2]　程炳达、王卫民编著：《中国历代曲论释评》，民族出版社2000年，第94页。

[3]　沈德符：《顾曲杂言·弦索入曲》："嘉、隆间度曲知音者，有松江何元朗，蓄家僮习唱，一时优人俱避舍，以所唱俱北词，尚得金、元蒜酪遗风。"

[4]　云峰：《元代蒙汉文学关系研究》，民族出版社2005年版，第12、277页。

堂堂大元，奸佞专权。开河变钞祸根源，惹红巾万千。官法滥，刑法重，

黎民怨。人吃人，钞买钞，何曾见。贼做官，官做贼，混愚贤。哀哉可怜！

——无名氏《正宫·醉太平》

　　汉族诗教传统中所推崇的温柔敦厚、含蓄委婉在这支曲中已经荡然无存，对恶的愤恨在议论的方式直陈出来，这种语言表达方式是社会底层受尽压迫的百姓最真实的呐喊，它不求修饰，也不惧直白，以坦荡的真美激发出读者的无限同情。

　　又如：

　　挨着靠着云窗同坐，偎着抱着月枕双歌，听着数着愁着怕着早四更过。

四更过情未足，情未足夜如梭。天哪，更闰一更儿妨什么。

——贯云石《中吕·红绣鞋》

　　我事事村，他般般丑，丑则丑村则村意相投。则为他丑心儿真博得我

村情儿厚。似这般丑眷属、村配偶，只除天上有。

——兰楚芳《南吕·四块玉·风情》

　　这两支曲描写男女之情率真坦荡，在他们的爱情世界中既没有门当户对或郎才女貌的功利婚姻观的阴影，也没有被动低调的汉族婚恋故事中常见的瞻前顾后，有的是对热烈而纯真的爱情的讴歌。这种曲作带有明显的异域色彩，其间流露出的鲜活的生命力和坦诚直率的表达方式，体现出了曲家独特的审美意识和语言特点。

　　阅读这样的作品，很容易让人联想到他们的作者贯云石、兰楚芳的民族背景。贯云石是维吾尔族人，兰楚芳系西域人，他们的作品中少有汉民族推崇的"微言大义"，迂回婉转，更多如他们的民歌一样，是在以高昂的热情歌唱他们的生活。赵义山在其《元散曲通论》中就指出这一点："西北少数民族作家，秉河朔之气，因而，当他们进入曲坛以后，也就很自然地带进了本民族的粗犷豪放之风，这应是少数民族作家曲风豪辣、多属豪放一派的根本原因。"[1] 西北少数民族曲家将他们民族性格中最真实最率性的一面奉献给了元散曲，这也使元散曲因此被看作是最自然的文学："彼但摹写胸中之感想，与时代之情状，而真挚之理，与秀杰之气，时流露于其间。"[2] 他们的散曲摹写的就是他们真实的想法，是他们真实的生活，这种真美熔铸在元散曲中，使元散曲呈现出慷慨激宕、率性尽情的美学风格。

　　[1]　赵义山：《元散曲通论》，上海古籍出版社2004年版，第183页。

　　[2]　王国维：《宋元戏曲史》（再版）第十二章，商务印书馆1934年，第124页。

第二节 朱陆合流的儒学观念对元散曲风格的影响

一、朱陆合流

元代儒生大多兼取朱陆之长，在学术上折中朱陆两家之学，形成元代"朱陆合流"的特殊文化景观。

朱学在元朝初立时就被"定为国是，学者尊信，无敢疑贰"[1]。因为朱学定为官学，所以当时"设科取士，非朱子之说者不用"（《上饶县志》卷十九《儒林》），这样一来，朱陆两家的平衡就被打破。学朱以求功名成为多数儒生的选择，而陆学自然被弃。因此，在元代的正统史籍中，朱学一直占有着稳固的学术地位。世人一论及理学，心中所指自然就是朱学。然而，在实际的理学大家的学说中，能始终株守朱学的人极少，多数理学家已清醒地认识到了朱学的不足，并努力从被压制的陆学中汲取养分，使元代理学走上了"明朱暗陆"的学术道路。

元代的理学大家对朱陆两家各自学术上的不足有着清醒地认识，这一理性判断自元初起就已明晰。郑玉指出："二家之学，亦各不能无弊焉。陆氏之学，其流弊也，如释子之谈空说妙，至于卤莽灭裂，而不能尽夫致知之功。朱氏之学，其流弊也，如俗儒之寻行数墨，至于颓惰委（萎）靡，而无以收其力行之效。"[2]这种论述已经将两家的弊端点明。在此基础上，元代理学家要做的自然就是将两家和会兼综，以补两家之未备，这个"和会"就被学界称为"朱陆合流"。

这种朱陆合流的融合方法，一是主张和会朱陆，各取其长，不株守门户之见；二是反对简单的折中，它更倾向于以陆学的本心论为基底，辅之以朱学格物致知的治学方法和笃实的治学态度。

具体来说，朱陆合流的主要观点体现如下。

（一）以陆氏的"本心论"为本

元儒许衡论及天理与人心的关系时说，"人与天地同，是甚底同？……指心也，

---

[1] 虞集：《道园学古录》卷三十九《跋济宁李璋所刻九经四书》，载《全元文》（第 26 册），凤凰出版社 2005 年版，第 332 页。

[2] 郑玉：《送葛子熙之武昌学录序》，载《全元文》（第 46 册），凤凰出版社 2005 年版，第 313 页。

谓心与天地一般"[1]。许衡说"心与天地一般",即心就是宇宙本体,就是天理,因而"人心本自广大","心之所存者理也"。这实际上就是陆象山所谓天理即在吾心。因此许衡提出内游之说,认为求天理,不在于向外格物致知,而是向内尽心内游,认为"尽心,是知至也"。而"尽心"即"存心","存心而极乎道体之大"(《许文正公遗书》卷五《中庸直解》)。诚能如此,即可以尽知"天道",与天合一,得到"万物皆备于我"(《许文正公遗书》卷二《语录下》)的大乐。可见,许衡的理学本质上正是陆学的本心论在元代的延续。

(二)取朱氏的"格致论"为用

在元代的朱陆合流中,朱学"致知"、"笃实"的"下学"功夫得到了元代理学家们的普遍认可。格物,在朱熹的原意中,包括读书、论古人、应事接物三项。到了元代,理学家们只取读书一项为致知笃实的工夫。读书,特指读"古圣贤书"。元代大儒史蒙卿的弟子程端礼解释说:"盈天地间,万事万物,莫非文也,其文出于圣人之手,而存之书,载道为尤显,故观孔子责子路何必读书,然后为学之语,可谓深戒。"[2] 所以他又说,"为学之道,莫先于穷理,穷理之要,必在于读书"(《静清学案》)。但不同的是,朱熹的读书,是作为从事事物物上体验天理的路径,而到元代时,理学家们的读书,是为了深察心中之理而锻炼内心修为的"静心"、"笃实"、"慎密"的功夫。正如吴澄所说,元人读书,是为了"以明此理即在此心而已"(《草庐学案》)。

二、文道合一

元代儒生交往频繁,曲家与儒生之间并没有绝对界线,许多儒生还亲身参与到了散曲的创作之中。他们在儒林中的显赫地位,他们的广泛交游,必然将他们的思想传播到喜爱作曲的儒生之中。散曲,作为士人抒写心声的文学形式,也无形中成为元代儒生形象展示自己思想的平台。

理学产生之初,道学与文章之学就被视为了两个对立的阵营。宋代理学家对文章之学的轻视造成了道统与文统的分离。程颐说:"今之学者有三弊:一溺于文章,

---

[1] 《许文正公遗书》卷二《语录下》,转引自唐宇元:《元代的朱陆合流与元代的理学》,载《文史哲》1982年4月期。

[2] 程端礼:《集庆路江东书院讲义》,载《全元文》(第25册),凤凰出版社2005年版,第522页。

二牵于训诂，三惑于异端。"^[1]将文章之学与异端之学等视，而与道学对立。

到了元代，这种文道分离的情况得到了很大的改观。最有力的证据就是《元史》的修撰者将儒林、文苑二传合二为一，命名为《儒学传》。在《元史》卷一八八《儒学传序》中修撰者这样总结元代的文道观云：

> 前代史传，皆以儒学之士，分而为二，以经艺专门者为儒林，以文章名家者为文苑。然儒之学一也，六经者斯道之所在，而文则所以载夫道者也。故经非文则无以发明其旨趣；而文不本于六经，又乌足谓之文哉！由是而言，经艺文章，不可分为二也明矣。

上述文字直接将道学家与文章家两个队伍合一，不再区分文人与学者，也就意味着他们已将宋代原本各自独立的道统和文统统一起来了。这种对于学术和文学的关系的总结，是元后学者对于元代儒者思想和身份的确定定义。在元代，这种身份定义上的结合，对学术和文学双方的影响都是巨大而深刻的。

元代文道合一最直观的体现，就是出现了理学家投身于文学创作，兼为文学家的风气，另一方面，元代的诗文作家也普遍接受理学，强调以读书为立身行文之本。从元代史料中可知，理学家大多文采斐然，文章家也多精于理学。至于他们的交往圈更是相互叠合，难分彼此。大儒许衡的弟子姚燧既是元代著名的文章家，又是元初散曲大家；另一弟子不忽木也有散曲传世；吴澄的弟子虞集是元代文宗，其所作散曲《双调·折桂令·席上偶谈蜀汉事，因赋短柱体》，被赞为"过人远矣"^[2]；学者与文人身份的合一，为理学精神向文学的全面渗透创造了有利条件。

同时，理学家与文学家之间的交往十分频繁。仅以《全元散曲》中所载，与理学家姚燧相交相知的曲家就有徐琰、卢挚、姚守中、刘时中、贯云石、李齐贤、李洞，与理学家吴澄交往的曲家有徐琰、卢挚、邓学可、张雨等。虞集还专门为周德清的《中原音韵》作序，盛赞其自制乐府"属律必严，比字必切，审律必当，择字必精，是以和于宫商，合于节奏，而无宿昔声律之弊矣。"^[3]

理学家在元代文人群体中一直都有着较高的社会影响，他们之间的交往必然会

---

[1]　程颐：《二程遗书》卷十八，转引自查洪德：《文道离合与元代文学思潮》，载《晋阳学刊》2000年第5期。

[2]　陶宗仪：《南村辍耕录》卷四，齐鲁书社2007年版，第55页。

[3]　中国戏曲研究院编：《中国古典戏曲论著集成》（一），中国戏剧出版社1959年版，第174页。

对元代散曲家们的创作和思想带来深刻影响。元散曲兴起于民间，但自从有文人或称儒生涉足到这个新兴的艺术形式中起，儒学的思想就不断地渗透到了元散曲的创作中。虽然散曲中的世俗文化因素一直在努力保持其民间本色，但从元代中后期时散曲创作中越来越浓烈的雅化之风，就证明了儒家传统思想在散曲艺术的展现走向上起到了越来越重要的作用。这个雅化的过程与元代科举再开，士人重新有了入仕希望的时间基本是同步的。

元散曲由一种完全处于业余消遣的市井小调逐步升格为文人墨客施展文才的擂台，大量出身儒生的官吏投入到散曲创作中，也无形中提高了散曲的文学地位。因此，在散曲创作中适当地收敛市井语、口头语，多举用些典故，在展示作曲者的文学修养时，也无形中成为元代儒生形象展示自己思想的平台。在这样的有意无意之间，元散曲走上了雅化的道路。

三、以心应物，以曲写心

元散曲作品中反复抒写的对主体精神的体察，与陆学"求本心"的思想相似。它既有元代儒林在群体困境中寻求个体精神超越的现实考虑，也是他们在四方游历、博学格致之后的主观精神体验。众多曲家不约而同走上了这条"以心写实"的艺术创作道路，本身也从文学角度证明了朱陆合流在元代已从单纯的学术思辨融入到了士人的文学思维之中。

（一）"以心写实"

"以心写实"，即以心物合一的方式从自然天地中获得给养，寻求心灵的平衡与宁静，元末大儒宋濂说："天下之物孰为大，曰心为大。仰观乎天，清明穹窿，日月之运行，阴阳之变化，其广矣大矣；俯察乎地，广博持载，山川之融结，草木之繁芜，亦广矣大矣；而此心直与之参，混合无间，万象森列而莫不备焉。非直与参也。天地之所以位，由此心也；万物之所以育，由此心也。"[1]这描绘了士人通过"仰观"和"俯察"承天地之德，而以平和光大的生命力实现个体精神自足的方式。

这种以融入自然获得精神自足的士人精神成长形式在元散曲中得到了充分的体现：

（1）以超然的心态俯瞰自然万物。这种超越感使元散曲中的景物不再是自然天

---

[1]　《宋文宪公全集》卷五十一《龙门子凝道记》，转引自唐宇元：《元代的朱陆合流与元代的理学》，载《文史哲》1982年第4期。

地中的客观存在，而转成为曲家主体心灵观照下的带有灵性和主体精神的景物。从这些万物有灵的描写中，可以看出曲家主体精神的强大。如鲜于必仁《双调·折桂令·玉泉垂虹》作为一支写景状物之曲，就充盈了与天地同一的主体精神意志，不论创作主体还是笔下景物，都已经超越形之拘役，步入逍遥之境了：

> 跨寒流低吸长川，截断生绢，界破苍烟，瞬壁琼珠，悬空素练，淀月金笺。
> 惊翠峰分开玉田，似银河飞下瑶天。振鹭腾猿，来往行人，气宇凌仙。

山河壮丽，气势宏大，但在这种天地之美面前，作者感受到了不是人的渺小，而是以更大的视野赏玩大自然的鬼斧神工。这就不仅是对崇高美的赞赏，而且是至人之思与天地融为一体而忘我了。这种境界，则是对世俗人生最彻底的超脱。

张养浩一生奔波为官，就其人生轨迹来说，官场生活一直是他人生的主线，但在他的《双调·折桂令·过金山寺》中，面对壮丽雄伟的天地大美，他也超越性地流露出了与万物合一的超越之美：

> 长江浩浩西来，水面云山，山上楼台。山水相连，楼台相对，天与安排。
> 诗句成风烟动色，酒杯倾天地忘怀。醉眼睁开，遥望蓬莱，一半儿云遮，
> 一半儿烟霾。

江天一色，水云相接，殿宇楼台更显辉煌。自然与历史在此交会，作者既没有伤时自怜之间，也不作思古叹世之想，而是吟诗痛饮，在醉眼蒙眬间与天地合一。当是时，已非诗人观景，而是人与天地、历史共同饮一杯酒，同赏一首诗。这种精神的自由借着酒意，使曲家有了一瞬间的飘飘欲仙之感。当真实与虚幻的界线不再分明，现实与理想之间的沟壑已然消失，一切都不必认真分辨，心之所在即是思之所在。这种超越感是元代文人暂时摆脱现实的心理良方，在元代散曲许多描写隐居、叹世的作品中都表现出这些远离社会纷扰，投身自然怀抱的超越之思。

（2）"以心观史"，使元散曲中的咏史之作成为作者心灵的外化。他们从曲家对历史的主观理解中，展现出作者突出的自我意识和主观情绪。

元代对士人和文化实行的歧视政策，堵塞了元代士人的进仕之路，客观上也促成了元代士人对功名价值的反思。当他们回望历史时，必然会重新审视那些前辈终其一生奔波奋斗以求建功立业的行为。站在历史的旁观者的角度，他们看到那些丰功伟绩付诸流水："岁华如流水，消磨尽，自古豪杰，盖世功名总是空。"（白朴《双

调·乔木查·对景》）联系到元代士人的碌碌无为，他们的结局似乎没有什么区别。这成为元代士人历史观中最大的困惑所在。在他们的历史虚无感中，实际上潜藏着士人们对自己人生价值的反思和追寻。可见，元散曲中呈现的历史是经由曲家们的心理过滤后用于注解他们的历史观的史料，早已不是原来的历史面目。与前代咏史、怀古诗不同，元散曲作家对历史的咏怀，不是集中于穷达兴亡的感叹，而把目光瞄准那些超越了事功观、穷达论的逍遥人物。进一步说，元代士人们看重的是历史上那些敢于追求主体精神自由的人物，对于那些被世俗名利束缚的"英雄"，他们在经历世代沧桑和人情冷暖后，早就看成微芥了。

（3）以主体精神的强大抵抗世俗的轻视。与元儒在社会生活中的"人微言轻"相对应，元代士人极力在文学中创造一个指点江山，眼界阔大，无所拘束的"大人"形象。文思纵横于古今、天地之间的"大人"成为各阶层曲家的共同选择。试看以下三支散曲：

　　玉华寒，冰壶冻。云间玉兔，水面苍龙。酒一樽，琴三弄。唤起凌波仙人梦，倚阑干满面天风。楼台远近，乾坤表里，江汉西东。

　　　　　　　　——徐再思《中吕·普天乐·吴江八景·垂虹夜月》

　　茫茫大块洪炉里，何物不寒灰？古今多少，荒烟废垒，老树遗台。太行如砺，黄河如带，等是尘埃。不须更叹，花开花落，春去春来。

　　　　　　　　　　　　——刘因《黄钟·人月圆》

　　胜神鳌，夯风涛，脊梁上轻负着蓬莱岛。万里夕阳锦背高，翻身犹恨东洋小，太公怎钓？

　　　　　　　　　　　　——王和卿《双调·拨不断·大鱼》

　　第一支曲出自一贯"如桂林秋月"般雅丽的元代中后期曲家徐再思之手。"酒一樽，琴三弄"，临风赏月，是最本色的文人行止，以此为题，多数传统文人都离不开相思、故国、咏史之类的俗调，然而，在徐氏笔下，却没有执着于人世间的烦恼，而是在"凌波仙人梦"中飘飘然有了出尘之思。这种出尘，不在于飞升得道，它只在满面天风中静观大千世界，这是一个文人抛开拘束，与天地同流的"大人"境界，也是一个文人精神充盈，跳出功利圈外，以自然的审美观照世界所获得的精神超越。这样的作品在徐再思的散曲中并不多见，但只要有一首存在，就告诉我们，作者已能够以强大的心灵超越世俗的羁绊，赢得人生的超越。

第二支曲更直接地写出了一种沧海桑田的时空感。"太行如砺，黄河如带，等是尘埃"既可能是实景，也可以是作者心中的景象，而作者居高俯视的不仅是山河天地，更有万古时光。这当然也是一种超越，只有当作者的主观精神足够强大，可以把世俗名利抛之脑后，才能看穿历史的"荒烟废垒，老树遗台"，超越时光的逼促，以虚静之心获得精神的自足。

第三支曲源于古代神话。一条大鱼，只是市井生活中的寻常对象；但在王和卿的笔下，大鱼，成为了一种生活的暗喻。在古代，神物神兽总为神人所驱使，以神人为主，但王和卿的大鱼却一反常态，以其无以复加的大，获得了无所拘束的自由。在现实中，再大的鱼也是弱小无助的，只有在想象的世界中，当鱼儿摆脱形之束缚，能够"胜神鳌，夯风涛"时，"太公怎钓？"一切世间的束缚、管制都反而成为它突破形役的自由象征。对于元代文人而言，世俗社会的压制如影随形，一切外在的反抗在残酷的现实面前都脆弱得不堪一击，只有在精神世界中，儒者才得获得蔑视一切痛苦、压迫的力量。王和卿创作《大鱼》，就是在歌咏儒生心目中的自由理想。也正因为如此，读者才能在曲中获得一种超越现实的精神力量。

可见，只有心物合一才能建立强大的自我，才能在正视现实中超越现实，这种超越不是宗教的脱离回避，而是儒家直面现实的精神超越。它不排斥人情，不回避内心的痛苦，却能以审美的方式抵御世俗功利价值判断。这种精神境界仍然是入世的，它以自然之美洗涤心灵，以精神之美超越人生，其本质是一种洒落恬然的人生境界。

这种人生境界使元散曲的雅文化特质远远超越于杂剧、小说等纯粹的俗文学体裁。它构建了元散曲的精神核心，不论元散曲从表面看如何近俗、入俗，只要有少数作品能展示出这种精神超越的境界，即可证明创作者心中一直没有完全入俗：元代儒者即便失去了"治平"的可能，也可以心的高蹈实现"修身"之路，是一种"求诸本心"的精神理想，而这，正是陆学"本心论"对元代儒生的精神馈赠。

（二）轻外物，重自适

朱学道问学，陆学尊德性。朱熹强调研究外物以明天理，陆象山则在乎培养自心的德行，认为致知之法在内而不在外。吴澄解释如何获得天理时，兼取朱陆两家之学，提出："所谓性理之学，既知得吾之性，皆是天地之理，即当用功以知其性，以养其性。能认得四端之发见，谓知之。既认得，日用之间随其所发见，保护持守，不可戕贼之，谓养。仁之发见莫切于爱其父母，爱其兄弟。于此扩充，则为能孝能弟之人，是谓不戕贼其仁。义礼智皆然……于今不就身上实学，却就文字上钻刺，言某人言性如何，某人言性如何，非善学者也。孔孟教人之法不如此。"[1]吴澄的观点融会朱陆，却更倾向于陆学，他强调儒者要力行所学，培养自己的"善端"，同时也要尽力"扩充"之，如此则天理自在。他所指的心之"善端"是仁义礼智，虽与生俱来，却仍需要长期不懈地保护持守，扩充弘扬，而后美德方能常驻不去。这一说法，在元代得到了众多大儒的普遍认可。刘因也说获得天理的方法是"无待于外"，基本倾向了陆学尊德性的养心之路。

元代曲家多为儒生，儒家的"修身"之法是他们成为一个真正的士人的必由之径。从散曲中可以看出他们同理学家们一样，以"轻外物"的方式实现主体精神的"自得"，并以这种"自得"换取现实生活中的平衡。

这种"自得"的源头在于前文论述的陆学"反求本心"的原则。陆学的"本心论"虽然不能帮助元代士人换取功名，但它平衡正心的功用，却得到各阶层士人的认可。对于被闲置的儒生来说，不论是出于摆脱世人顽固腐儒印象的需要，还是源于平衡内心的需求，陆学求诸本心的路数都比朱学格物致知的功夫更带有洒落高妙的精神意味。与埋头格物的朱学相比，涵养本源的方式更易使儒生体味到内心的高贵。在举世皆浊的逆境中，这种精神自洁比繁琐的训诂功夫更具有实效性。从史蒙卿强调"天理之全体，固浑然于吾心"，将理学立足于陆学的"心即理"上，到胡长孺"直以此道（陆学）为己任"，都是以陆学反求本心为宗，辅以朱学笃实功夫。元后期的吴澄，是当时名重一时的理学领军人物，也明确指出"天之所以与我，自己所固有也，不待求诸外"，以此拉开与朱学的距离，以反观自悟的方式"穷理"[2]。

从精神角度说，元代朱陆合流的理学思想塑造的儒者形象常常表现为行为处事不拘于俗，以"曾点之乐"为乐。《论语》"侍坐"中曾点称："莫春者，春服既成，冠者五六人，童子六七人，浴乎沂，风乎舞雩，咏而归。"于是，"夫子喟然叹曰：'吾与点也！'"[3]。就陆学看来，曾点这种洒落的人生态度是儒者心性修养的最高境界，并以此对抗朱熹"兢兢业业"的敬畏人生。此乐的真谛是主体精神的自由舒展和行为举止的潇洒自如。它把朱学的"正心诚意"、"格物穷理"的端谨之风改造为追求身心合一的自我认同和自我愉悦了。

---

[1] 吴澄：《吴文正集》卷二，清文渊阁四库全书本。黄宗羲：《宋元学案·草庐学案》，清道光刻本。

[2] 上述关于史蒙卿和吴澄的论述，参考了唐宇元：《元代的朱陆合流与元代的理学》，载《文史哲》1982年4月期。

[3] 朱熹：《四书章句集注》，中华书局1983年版，第130页。

从现实角度说，元代朱学被定为官学，"设科取士，非朱子之说者不用"。在政治势力和人数层面上朱学始终占据主要地位。但在社会生活层面上，从上层的蒙元统治者到下层的市井小民都根深蒂固地认为儒生"迂阔"。这种印象更多来自于朱学门人一味"笃学"，渐渐流于训诂之学，将朱学格物致知的读书一途变得支离烦琐，落入了所谓"博而不能返约"的境地。这种死读书而不务实用的学问，对于知识文化素养相对浅薄的蒙古贵族和寻常小民来说，的确有"无用"的嫌疑，自然容易遭到轻视和嘲笑。虽然从元初开始，许多大儒都奋力提升儒学的社会地位，但收效甚微，就与元人简单将儒学等同于朱学的社会心理相关。元人张鸣善就有一支曲描绘元人眼中的朱门儒生的形象：

> 讲诗书，习功课。爷娘行孝顺，兄弟行谦和。为臣要尽忠，与朋友休言过。养性终朝端然坐，免教人笑俺风魔。先生道学生琢磨，学生道先生絮聒，馆东道不识字由他。
>
> ——张鸣善《中吕·普天乐·嘲西席》

因此，元代儒生普遍希望摆脱腐儒的形象。他们对于风神潇洒的士人表现了众口一词的赞美和羡慕。明人李开先在《词谑》记载了以潇洒著称的贯云石的一则轶事：

> 一日，郡中数衣冠士游虎跑泉，饮间赋诗，以"泉"字为韵。中一人，但哦"泉、泉、泉……"，久不能就。忽一叟曳杖而至，问其故，应声曰："泉、泉、泉，乱迸珍珠个个圆。玉斧斫开顽石髓，金钩搭出老龙涎。"众惊问曰："公非贯酸斋乎？"曰："然、然、然。"遂邀同饮，尽醉而去。[1]

这则轶事中的贯云石不仅文才出众，更有一种不拘于俗的潇洒气质。他曾以诗换芦花被，本身就带有山中隐士的洒落意味，而素昧平生，以诗会友，开怀畅饮，尽醉而去，更显出他不以身份自矜的潇洒风度。常言说，文人相轻，传统士人中总不乏自视高才，藐视众生的孤傲之士。如果说，前朝文人尽力以不同于俗强调自己的"士"的身份，那么，元代如贯云石这样的士人则在努力忘记自己的"士"的外在身份，而转而以"士"的精神内蕴提升自己的人格品味。邓文原在《贯公文集序》中也指出了贯氏的这一特点：贯"生长富贵，不为燕酣绮靡是尚，而与布衣韦带角其技，以自为乐，

---

[1] 中国戏曲研究院编：《中国古典戏曲论著集成》（三），中国戏剧出版社1959年版，第299页。

此诚世所不能者"[1]。虽"生长富贵",却不以富贵自矜,不贪恋名利,这自然是贯云石已能够超越世俗的价值判断,而以主体精神的自在充盈实现自己的人格建构。

钱穆先生在《中国文化与中国文学》中说:"中国文学之成家,不仅在其文学之技巧与风格,而更要者,在此作家个人之生活陶冶与心情感映。作家不因其作品而伟大,乃是作品因于此作家而崇高也。"又说:"欲成一理想之文学家,则必具备有一种对人生真理之探求与实践之最高心情与最高修养。抑不仅于此而已,欲成一理想的大文学家,则必于其生活陶冶与人格修养上,有始终一致,前后一贯,珠联璧合,无懈可击,无疵可指之一境,然后乃始得成为一大家。"[2] 这段话指明了中国文学与中国古代士人人格境界之间的密切关系。

不拘于"士"的外在形象,没有了治国平天下的社会职责,元代士人意外地获得了回归自我的机会。因此,不论是身居高位还是隐居山林者,元代士人都往往表现出率性狂放的"风魔"状。"长醉后方何碍,不醒时有甚思。糟腌两个功名字,酴淹千古兴亡事,曲埋万丈虹霓志。"(白朴《仙吕·寄生草·饮》)他们在"风魔"中放浪形骸,"醉乡忘尽人间世",放开了世俗的束缚,于是,"当日先生沉醉,脱巾露顶,裸袖揎衣"(马致远《般涉调·哨遍·张玉岩草书》)。士人用外在的裸露代表内心的超脱。摆脱了衣物的阻隔,人可以更加亲近自然。在世人称为"风魔"的醉境中,文人寻找到了精神的解脱。元代大儒郝经在《横翠楼记》中这样品评达士:"人寓形于天地,而适情于万物,初不为物役也。翛然而往,翛然而来,不为拘拘,不为孑孑,遂古一乐也。或浮沉于杯酒,或放旷于山林,或优游于廊庙,用舍乘化,不锢不滞,夫是之谓达士。"[3] 俗人总是受役于万物,唯有达士能适情于万物。在作者的心目中,隐居山林可谓之达,优游廊庙也可以谓之达,身处何处并不重要,内在自由才是达的本质。"对青山酒一钟,琴三弄,此乐和谁共?清风伴我,我伴清风。"(李伯瞻《双调·殿前欢·省悟》)士人反观内心,放开外物,体悟自然,这样的"达士"又怎是拘谨的朱门弟子可以想象的呢?

除开"风魔"中彻底地放开身心,更多的时候,儒生都尽力培养一种儒学陶冶出的平和气质。以下两支曲出自元代前后两期两个曲家之手,但其中轻外物、重自适的精神内涵却是一致的:

[1] 《全元文》(第 21 册),凤凰出版社 2005 年版,第 20 页。

[2] 钱穆:《中国文学论丛》,生活·读书·新知三联书店 2002 年版,第 39—40 页。

[3] 《全元文》(第 4 册),凤凰出版社 2005 年版,第 334 页。

　　尘心撇下，虚名不挂，种园桑枣团茅厦。笑喧哗，醉麻查，闷来闲访渔樵话，高卧绿阴清味雅。栽，三径花；看，一段瓜。

——陈草庵《中吕·山坡羊》

　　远是非，寻潇洒，地暖江南燕宜家，人闲水北春无价。一品茶，五色瓜，四季花。

——张可久《南吕·四块玉·乐闲》

　　不论是"尘心"、"虚名"，还是"是非"都是扰乱儒者心神的"外物"，只有远离这些身外之物，儒生才能找到自己身心之安放处。这个心灵的安放处不在远离世俗的仙境蓬莱，而在于内心的安乐从容。总体来说，元代社会是一个功利的世俗社会，功名利禄是评判一个人价值的最直观筹码。元代儒生之所以选择了朱陆合流，原因就在于只有陆学的本心论能为元代儒生提供一个抵御世俗价值标准的利器。"反诸本心"、"心物合一"的思想在平衡元代儒生心灵天平的同时，也使作为他们思想流露的文学作品有了最直接的雅的要求。

　　这种精神面貌表现于为文，则是一种雅化的文学风格。元散曲在儒生的推动之下逐渐雅化的变化过程，与元代儒生对自身价值的确立有着密切的关系。体现在元散曲中，它为元散曲这一近俗的文学体裁注入了儒化的精神内蕴。

　　虞集在《跋程文献公遗墨诗集》中说："初内附时，公之在朝，以平易正大振文风，作士气，变险怪为青天白日之舒徐，易腐烂为名山大川之浩荡。"[1] 所谓"青天白日之舒徐"、"名山大川之浩荡"就是理学"平易正大"的儒者之性施之于文学的结果。历史学者多以此论述元代的诗文，认为元代诗文是元代理学的文学展现。如前所论，元代诗人、文章家、理学家和散曲家的身份往往是混同的，虽然有文体之别，但作家的思想和文学个性必然会在他的全部作品中一一展现。对于一个儒生而言，他的散曲始终一派俗意，全然没有半点儒雅气息，这是不可想象的事情。

　　因此，这种雅化的文学要求，反映到元散曲中，使作品呈现出两种不同的风格趋向：一是浩然正大的豪辣灏烂之气；二是冲淡悠远的平易舒徐之文。

　　恰帘前社燕忙，正枝头楚梅黄。当空畏日炽炎光，杨柳阴迷深巷。北堂，草堂，人在羲皇上。亭台潇洒近池塘，睡足思新酿。竹影横斜，荷香飘荡，一襟满意凉。醉乡，艳妆，〔水调〕谁家唱？红尘千丈，岂美功名纸半张？

---

[1]　《全元文》（第26册），凤凰出版社2005年版，第335页。

渔樵闲访，先生豪放，诗狂酒狂，志不在凌烟上。

——马谦斋《中吕·快活三过朝天子四边静·夏》

一任教秦灰冷，从教那晋鼎移。倚窗或乐琴书味，从情或棹孤舟济，登山或念车轮意。美哉之志乐田园，浩然之气冲天地。

——张可久《仙吕·点绛唇·翻〈归去来辞〉》

马谦斋之作虽然描写田园乐，却压了音响高昂的江阳韵，一句一韵的密集韵脚，使全曲少了悠然平和的清雅，又多了气势夺人的豪辣灏烂之气。张可久之曲也是如此，田园之乐常常被赋予恬然适兴的淡雅风味，但作者却将一个隐士写得率性从容，豪气冲天。可见，文学的体裁和内容并不能决定作品风格，作家的精神气质才能引导作品的主体风格。

元散曲中同样有写得清雅悠远的作品：

夕阳下，酒斾闲，两三航未曾着岸。落花水香茅舍晚，断桥头卖鱼人散。

——马致远《双调·寿阳曲·远浦帆归》

江声撼枕，一川残月，满目遥岑。白云流水无人禁，胜似山林。钓晚霞寒波濯锦，看秋潮夜海熔金。村醪窨，何人共饮？鸥鹭是知心。

——乔吉《中吕·满庭芳·渔父词》

马致远曲中的归帆市井，乔吉笔下的撼枕江声，都不会影响作者内心的平静。然而这种平静与世俗寻常人生中的碌碌无为、周而复始不同，它直接关联着创作者的修养功夫。唯有了悟人生、通达世事者才能以这种平静之心看待不断变化中的万物。这种喧嚣过后的平静中蕴藏着"道通天地有形外，思入风云变态中"[1]的思想境界，表现在文学上就是一种雍容开阔的大家气象，与宋代理学一直推崇的"平易正大"的文风一脉相承。

（三）尚性情，重真淳

提倡朱陆合流的元代理学家尽力在理性与性情之间找到一个平衡点，一个兼顾而不两失的契合点，"性发乎情则言言出乎天真，情止乎礼义则事事有关于世教"[2]，这是他们追求的理想境界。重视诗风的儒雅蕴藉，而抒发的仍然是真情实感，只不过不是毫无节制的；强调个人性情，而又不过分张扬个人与社会的矛盾、自我与群

---

[1] 程颢：《秋日偶成二首》之二，载程颢、程颐：《二程集》，中华书局1981年版。

[2] 吴澄：《萧养蒙诗序》，载《全元文》（第14册），凤凰出版社2005年版，第329页。

体的冲突；具有诗的美感，给人感情的触动，但不给人以低俗浅薄之感。这样一种诗歌风范出现在元代中期，并成为元代代表性的诗风。十分明显，这是上文所论元人诗学追求的结果，也是理学与文学两相浸润的结果。

元代理学家刘将孙进一步指出，"性情"并不简单地等同于感情，性情是心灵的本色自然，是诗人道德修养的自然流露。自缚于常律习格，困守于浅愁俗乐，都源于诗人对自己天性的刻意掩饰，当然也就"不复可道性情"。"性情"之趣又可称为"天"、"天成"、"天趣"，因为只有近"天"而远"人"，近"天成"而远"世味"，存真去伪，才有"性情"之作。所以刘将孙将诗之性情定格于诗人对自己性情的自我认同和欣赏，他说："夫诗者，所以自乐吾之性情也。"[1]"诗本性情"，就是本于自然，就是要无拘无束地"乐"自己所乐，抒写诗人的真感情。对于诗人"一时自然之趣"，文学创作更应顺其自然，以一片天真之心"各尽其兴"：

> 诗本出情性，哀乐俯仰，各尽其兴。后之为诗者，锻炼夺其天成，删改失其初意，欣悲远而变化非矣。[2]

要之，文学要得性情之真，就要消除一切世俗伪饰，回归本心。元散曲一直以真率著称，这其中也与元代儒生"尚性情，重真淳"的文学观念有着一定的关联。我们在元散曲中看到的诸多优秀作品都有着这种真雅之美：

> 熏风起自青苹外，应时候自南来，此身如在清凉界。尘虑绝，天地宽，胸襟快。
>
> ——钟嗣成《南吕·骂玉郎过感皇恩采茶歌·四景·风》

钟嗣成之曲看似全由一阵风起，清风拂面，身心爽快之感由他笔下流出，自然天地给人带来的愉悦是如此动人。在这怡人的风中，作者放开心神，与天地和合，俯仰之间感受到了天地的至大，这种天地之美，不是曲家刻意寻来，却在无意间令人神驰。全曲看似没有寄托，没有传统文人的忧国之叹，怀古之情，却以至真至纯的性情之美令人感到一个士人与天地合流的精神力量。

反观钟嗣成的《录鬼簿》，为元代"门第卑微，职位不振"却"高才博艺"的

---

[1]　刘将孙：《养吾斋集》卷十《九皋诗集序》，载《全元文》（第20册），凤凰出版社2005年版，第162页。

[2]　刘将孙：《养吾斋集》卷九《本此诗序》，载《全元文》（第20册），凤凰出版社2005年版，第151页。

152位曲家立传，正是他性情真率的表现。他不畏"高尚之士、性理之学"的指责说教，为知己立言，为曲家留名，这种勇于任事、忠于本心的行为本身就是陆学"本心论"所强调的儒者气象。这个"胸中耿耿者"[1]以知行合一的方式完成了一个注重本心的儒者的心灵建构。儒者的精神理念与他的文学作品紧密契合在一起，其文、其行、其性情都共同指向元代理学的精神指引。

总之，从文学角度说，元代的朱陆合流，推动了元代文学与儒学的直接联系，扭转了宋代理学家轻视文学的观念，为兴起于民间的元散曲注入了雅的文化基因。

第三节　道家道教文化对于元代士人的影响

元代是道教的全盛期。"南际淮，北向朔漠，西向秦，东向海，山林城市，庐舍相望，什百为偶；甲乙授受，牢不可破"[2]，全真教教义的广泛接受和全真教徒人数的急剧扩大对当时的文学创作产生重要影响。体现在元散曲中，不仅涌现了一大批道士曲家，还出现了一类专述"道情"，以 "黄冠体"冠名的散曲。这类作品反映出鲜明的道教思想，还以独特的文化表达方式丰富了散曲的题材和内容。

然而，元代散曲中的道家道教文化元素并不仅限于"黄冠体"这一个散曲题材类别，道家道教文化渗透到了元代士人的思想中，对他们的人生观、自然观及文学艺术表现手法都产生了巨大的影响。本节就从这几个角度论述道家道教文化对元代散曲的影响。

1.道教对社会的批判引发了元代儒生的精神共鸣

对于世俗社会的批判是道家道教文化和元散曲的第一个共通点。

元代士人受困于元代歧视汉人、轻视儒生的政治制度，虽有治国之心，治世之能，却多数一生在窘迫奔波之中终于下僚。马致远悲愤的呐喊是元散曲中非常常见的题材："夜来西风里，九天雕鹗飞，困煞中原一布衣。悲，故人知未知？登楼意，恨无上天梯。"（马致远　《南吕·金字经》）这些郁郁不得志的士人，他们的人生缺少的不仅是功名利禄，更是施展抱负、"九天雕鹗飞"的自由。"他们不能容忍任何形式的自由的沦丧（无论是外在的还是内在的），为此他们甚至不惜偏激地诋

---

[1]　中国戏曲研究院编：《中国古典戏曲论著集成》（二），中国戏剧出版社1959年版，第101页。

[2]　陈垣：《道家金石略》，文物出版社1988年版，第475页。

毁和控诉使人胶固于社会角色的制度与文化。"[1]　于是在他们笔下出现了大量激愤的骂世作品：

> 人生底事辛苦，枉被儒冠误。读书，图，驷马高车，但沾著者也之乎。区区，牢落江湖，奔走在仕途。半纸虚名，十载功夫。人传《梁甫吟》，自献《长门赋》，谁三顾茅庐？
>
> ——张可久《中吕·齐天乐过红衫儿·道情》

然而，这样放肆的骂世行为，在一个正统的儒生看来，是不合宜的表现。儒家讲求的"哀而不怨，怒而不伤"在维护社会体系的整体和谐之时，放弃了儒者自身的心灵建构。士人们需要一个理论，一个精神的共谋者，认同他们的情绪，同情他们的遭遇，能够允许他们倾吐痛苦的心声。道家道教文化中批判社会的思想因子在此时适时地涌动，迎合了士人们的情感需求，因而受到了士人们的普遍欢迎。元散曲中大量的道情作品中，这种对于社会的不满是众多士人高唱道情曲的逻辑起点。试看以下几只道情曲：

> 醉颜酡，水边林下且婆娑。醉时拍手随腔和，一曲狂歌。除渔樵那两个，无灾祸，此一着谁参破？南柯梦绕，梦绕南柯。
>
> ——刘时中《双调·殿前欢·道情》
>
> 北邙烟，西州泪。先朝故家，破家残碑。樽前有限杯，门外无常鬼。未冷鸳帏合欢被，画楼前玉碎花飞。悔之晚矣，蒲团纸被，归去来兮。
>
> ——张可久《中吕·普天乐·道情》
>
> 太宗凌烟阁，老子邀月楼，便是男儿得志秋。休，几人能到头？杯中酒，胜如关内侯。
>
> ——吴仁卿《南吕·金字经·道情》

这一系列的道情曲都有相似的思维逻辑：现实的困境，促使着元人到历史中去找安慰。然而，在历史的长河中，不论官民，又有几人没有烦忧？失去了理想的支撑，人生只能在杯酒中囫囵度过。只有在这时，士人们才会想到道士，想到道院，想到远离世情的地方，以寻求同类和安慰。

可以说，正是社会的不公和理想的失落，把元代士人推到了道家道教的那一边。

---

[1]　郑开：《道家形而上学研究》，宗教文化出版社 2003 年版，第 181 页。

这种近道的心理和行为，整体表现为功利的、临时性的，其目的在于释放自己心灵的痛苦。一旦士人有了入仕的机会，儒学会重新回到他们思想的重心。这也解释了为什么元代士人创作的道情曲极多，其中许多人热衷与道士交往，但真正寻山入道者却极少。如：

> 青山相待，白云相爱，梦不到紫罗袍共黄金带。一茅斋，野花开，管甚谁家兴废谁成败？陋巷箪瓢亦乐哉！贫，气不改；达，志不改。
>
> ——宋方壶《中吕·山坡羊·道情》
>
> 雪毛马响猰猊靫，神光龙吼昆吾剑。冰坚夜半逾天堑，月寒晓起离村店。一身行路难，两鬓秋霜染，老来莫起功名念。
>
> ——张可久《正宫·塞鸿秋·道情》

两只曲都题名道情，可见作者是借曲来表达自己的体道感受的，但萦绕在作者尽头却始终是"紫罗袍"、"黄金带"，是"月寒晓起"的"行路难"、"功名念"，这种现世的痛苦如此强烈，纵然有"青山相待，白云相爱"，也无法真正解脱。因此当这种入世的痛苦大到无法承受时，士人们就努力破坏功名的价值，让自己相信"一切都将归于虚无"的观念，借此弥补自己无法获得功名的失落。

道家思想恰好合乎了这样的精神需求。庄子在《逍遥游》中借由宋荣子破除名，及列子破除功，来说明社会中的俗人总是有待于他人所给予的外在功名来装饰自己，而至人则无心功名，故能突破世俗价值，摒弃小我的羁因。他们经由回归自然来体认天地广大，使自己心思开阔，以求主体精神与天地合一，而成为天地的同在。

落实到元代道教，特别是元代盛行的全真教，就更加具体地把这种对于世俗价值的否定落实为：远是非、反纵欲、收心猿、脱名利，即消解一切外在于人的心灵的欲望的价值，放弃一切社会需求，回归人的自然本性。这种简单现实的心灵疗法对平抑当时士人躁动的内心痛苦具有一定的积极意义。因此，元代士人纷纷用道教思想抵御儒家入世观。中国的民族心理决定了个体存在的意义紧密关联着他的社会责任，所以要想心灵放松，就要放开这些家族责任。在这一点上，对社会和人生已经饱尝苦痛的儒生在全真教教义中找到了共鸣："积书与子孙未必尽收，积金与子孙未必尽守。我劝你莫与儿孙作马牛。恰云生山势巧，早霜降水痕收，怎熬他乌飞兔走。"[1]家族责任放开了，所谓名利也就可以易于抛弃了："身无所干，心无所患，

---

[1] 隋树森编：《全元散曲》，中华书局1981年版，第696页。

一生不到风波岸。禄休干，贵休攀，功名纵得皆虚幻。浮世落花空过眼。官，也梦间；利，也梦间。"（陈草庵《中吕·山坡羊》）个体的物欲追求和社会责任都可以抛弃，生命也就只剩下无忧无虑地及时行乐了："《料峭东风·南》缘何，乐事赏心多？诗朋酒侣吟哦，花浓酒艳，破除万事无过。嬉游玩赏，对清风明月安然坐。任春夏秋月冬天，适兴四时皆可。"（贯云石《中吕·粉蝶儿·西湖十景》）

可见，元代士人从道家道教文化中汲取的第一道养分就是对于一切外物的价值否定。通过这种否定，元代士人获得了平衡内心的力量。

2．儒家的"养气"与道家的"守拙"成了元代士人的内外互补，并行不悖的两条修身法则

元蒙统治者重用吏人，儒生普遍失志。吏人承担着钱谷、刑狱、驿马等日常行政工作，但有一技之长即被称为"巧"吏，升迁有望；而士人只能屈任书簿杂务，职轻责微，被世俗小人讥为"腐儒"，沦为笑柄。所以吴澄自嘲说："世以儒为无用久矣，惟撰述编纂之职，讲经传授之事，不得不归之儒，是所谓无用之用者。"[1]在正常情况下，没有儒人愿意承认自己"拙"，邓文原曾直言："凡世之资以征荣名、希宠利者，率多慧给狡厉，便嬛姿媚，视椎纯少文者，众必讪笑之以为拙，而人亦耻其名而不肯居。"[2]承认"拙"无异于承认儒者价值的缺失。儒人既以拙为耻又无力改变现实，自然会陷入到进退维谷的苦闷中。

对此，元代儒生王恽在《贱生于无用说》中提出了士当修身志学以改变命运（求其致用之方）的观点："万物盈于两间，未有一物而不为世用者，况人乎？人之为物，得气之全而灵之最者也。苟自暴自弃，不为世之所用，非惟反不及物，而贱之所由生也。彼牛溲马勃、败鼓之皮，物类之极贱者也，然一旦与用适宜，顾惟毫末可以愈奇疾；应时需，即与王札丹砂赤箭青芝并芳而同贵。贵生于有所用故也。彼衣敝缊袍并夫华簪盛服之士，贵贱故有间矣，其所以秉有灵彝物备于我者，则不殊也。故为士者乌可恶其居贫处贱、戚戚然世之不我用？要当明德志学、思求其致用之方可也。"[3]这是主张儒生当有用于世，和唐宋先辈的同类文章相比，它显然大不相同。唐代文人，怀才不遇，曾不胜其忿。宋代文人，忧国忧民，自视甚高。对于"才高位下"，都曾深致不满。而王恽此文却说士之"居贫处贱"，不可怨叹"世之不我用"，而

---

[1]　吴澄：《送邓善之提举江浙儒学诗序》，载《全元文》（第14册），凤凰出版社2005年版，第94页。

[2]　邓文原：《拙逸斋记》，载《全元文》（第21册），凤凰出版社2005年版，第72页。

[3]　《全元文》（第6册），凤凰出版社2005年版，第260页。

应修身养性，反求诸己，"当明德志学、思求其致用之方"。

儒学的修身养性，属于儒生对内的修行，而对于外界的不断冲击，已不是"明德志学"可以解决的了。在与社会接触中，接踵而至的挫折感令士人们不断发出了不平的呐喊："不读书最高，不识字最好，不晓事倒有人夸俏。老天不肯辨清浊，好和歹没条道。善的人欺，贫的人笑，读书人都累倒。立身则小学，修身则大学，智和能都不及鸭青钞。"（无名氏《中吕·朝天子·志感》）然而，不论士人有多少不平之音，社会的偏见也无法改变。如何与这样一个轻儒的社会共处，是元代整个士人群体都需要面对的问题。

从儒生的个体经历来说，隐忍成为他们无奈的选择。不甘为吏，却一生屈为小吏，这是大多数元代士人不得不为之的人生道路。元散曲一再展现出他们这种痛苦。连以"铜豌豆"闻名的关汉卿也发出这样的感叹：

【庆宣和】算到天明走到黑，赤紧的是衣食。兔短鹤长不能齐，且休题，谁是非。

【锦上花】展放愁眉，休争闲气。今日容颜，老如昨日。古往今来，恁须尽知，贤的愚的，贫的和富的。

【清江引】落花满院春又归，晚景成何济！车尘马足中，蚁穴蜂衙内，寻取个稳便处闲坐地。

——关汉卿《双调·乔牌儿》

个体无奈的现实选择并不意味着主体精神的认同。现实与精神的矛盾时时萦绕在元代士人的心头。而道教的传播正好为元代士人们开出了一个相对易行的处世单方，这就是"守拙"。道教的"守拙"为士人的隐忍提供了一个相对可以接受的合理化解释，帮助他们平衡心态，以主体精神的自高和外在形象的自贱来消解社会的轻慢。

（1）"守拙"表现为对现实苦难取隐忍态度。元代蒙古族的统治简单粗暴，文化素养低，对于汉人、士人等他们视为低下的群体，常常肆意欺辱，文人动辄获罪，甚至倾家荡产，害及性命的事件层出不穷。这为求仕不能的士人再添一层生存的忧患。元代士人们在作品中高歌的"甘守山林"、"独卧青山"，不过是隐忍不平与欲望，以冀生存而已。

而道教中许多仙家人物的修炼道路就是利用人生种种不幸，借忍受痛苦来修养心性，最终得道飞升，步入仙班。如任风子生性暴躁，依恋妻子，忍得亲情、欺侮，方得成仙；吕岩妻叛儿亡，亦不敢动气。这些，无非是以忍耐压制反抗的冲动，以求以弱胜强、求得生存。如果说神仙世界是现实民众企盼的理想生活的具象，是困苦中人们的希望与慰藉；那么元代士人的"忍"便是他们作为弱势群体在压迫面前的务实选择。道教文化为士人提供的精神力量就在于以苦为乐，以当下换仙途，达到"志在环墙养拙，是是非非不说。终日似憨痴，逗引个中欢悦"[1]的境界。元散曲中，"隐忍"是士人处世的基本方式：

> 伏低伏弱，装呆装落，是非犹自来着莫。任从他，待如何？天公尚有妨农过，蚕怕雨寒苗怕火。阴，也是错；晴，也是错。
>
> ——陈草庵《中吕·山坡羊》
>
> 唾面来时休教拭，看英雄自古如痴。前程万里，饶人一步，却是便宜。
>
> ——滕斌《中吕·普天乐》

对于儒生陈草庵来说，怎么做都是错，是非、痛苦总是该来就来，但是，明知是非无法躲避，不隐忍又能如何？隐忍是元代儒生无力逃避的忍辱负重。而对于由士入道的滕斌来说，隐忍是升仙的考验，是最终幸福的必由之路。古来英雄，万里前程，都是靠隐忍换来的福报。这种心理下的隐忍才会在忍受痛苦时有占"便宜"的自慰想法。这两者的心理差异，也是众多士人愿意接受道教文化，舒解内心痛苦的重要因素。

（2）对治世欲望的压抑是元代士人隐忍心态的重要表现。他们直觉地认识到名利心是灾祸是非最直接的源头，因此，许多士人都以绝名利的方式回避是非风波。如周文质"跳出狼虎丛中，不入麒麟画里"（《越调·斗鹌鹑·自悟》），曾瑞"养拙潜身躲灾祸，由恁是非满乾坤也近不得我"（《正吕·端正好·自序》）等，元散曲这样的感叹比比皆是。

放下用世之心，以"装呆装落"的方式守拙于市井，最终表现为拥有一颗波澜不兴、无喜无悲的虚静道心。亲近道教的士人莫不流露出对宁静道心的向往。在经历了世俗的浮躁后，道家道教文化为元代士人创造了一个相对安宁的心灵净土。

道家在审美取向上主"静"，强调"静心"。它主要是指审美主体必须保持一颗澄澈宁静之心。超然的观物态度弥合人我、物我之间的差异，帮助士人在无差别

---

[1]　马钰：《如梦令》，载唐圭璋：《全金元词》，中华书局1979年版。

的同一之境中获得和谐宁静的精神状态。心灵的淡然宁静，是保持主体心境的虚静空明以实现对"道"的观照的前提。[1]

这种波澜不兴的虚静心理反映到文学中，就使元代散曲中出现了被归之为雅化风格的散曲作品。这类散曲作品中景物独立亘古的存在着，作者以悠远的道韵，驾驭清丽的语言，凝神静气地展现着自然的美。例如：

> 鉴湖一段水云宽，鸳锦秋成段。醉花间影凌乱。夜漫漫，小舟只向西林晚。
>
> 仙山梦短，长月满天，玉女驾青鸾。
>
> ——张可久《越调·小桃红·鉴湖夜泊》

全曲描写了一个静谧的自然，虽然这片天地中也有灵动的"花"、"影"、"舟"、"月"，但它们是这个自然的主宰，自由地做着它们自己，不受任何外物的束缚。张可久偶然闯入到这个天地中，如同误闯入一座仙山。他是一个外来者，一个异客，在享受这种静谧安宁的同时，他也追求着与天地中的"花"、"月"一样不为外界所干扰的内心之静。这种静，是道家所推崇的与天地合一的静，士人的欣赏和接受解释了道教的虚静对士人心态及文学创作的影响。

3. 道教推崇的"山林之乐"引导向往"归隐"的儒生亲近自然，推动他们实现真正的超越

道家对于原始自然有着强烈的亲近感。《庄子·知北游》曰："天地有大美而不言，四时有明法而不议，万物有成理而不说。圣人者，原天地之美而达万物之理，是故至人无为，大圣不作，观于天地之谓也。"[2] 在庄子眼中，天地之美才是至美，天地中蕴含的法则是"不议"之法，"达万物之理"。亲近自然，"观于天地"是成圣的关键。葛洪在《抱朴子内篇》中进一步把这种天地给人的精神启迪引申为仙人逍遥于山林天地间的极乐：

> 夫得仙者，或升太清，或翔紫霄，或造玄洲，或栖板桐，听钧天之乐，享九芝之馔，出携松羡于倒景之表，入宴常阳于瑶房之中，曷为当侣狐貉而偶猿抗乎？所谓不知而作也。夫道也者，逍遥虹霓，翱翔丹霄，鸿崖六虚，唯意所造。魁然流摈，未为戚也。牺腊聚处，虽被藻绣，论其为乐，孰与

***

[1] 阳淼、田晓膺：《从庄子之游到道家游仙的审美意蕴》，载《海南大学学报》（人文社科版）2007 年第 2 期。

[2] 郭庆藩：《庄子集释》，中华书局 2004 年版，第 735 页。

逸麟之离群以独往，吉光坼偶而多福哉？[1]

这是极富道教色彩的游赏。无论向道或是不向道的人都会对这样的"游"充满向往。这样的自然的魅力在于，它以自己的方式存在，却从不以自己的意志束缚人，因而，当人游于这样的自然时，他可以感受到天地的自然之道，却不会因此而受到外力的规范。此时的人才能真正回归本性，回归自然，也才能真正释放自己，体会到逍遥之乐与自然之美。因此，道教推崇的这种投身自然，顺应自然，进而消融于自然的行为，于"游"中参悟性命、生死之大事，是审美体验与宗教体验的双重结合。世人审美之"游"与道教游仙之"游"在内在精神上是可以融会贯通的。

山林对道教教众的意义如此重大，但这并不意味着，世俗之人一进入山林就能立刻拥有一个静明洁净的心境。只有自动地放空心灵，抛开欲念，摆脱人世间的种种牵挂，才能将自己的眼和心真正地投注到自己中，才能真正地欣赏、体悟到自然之美。这种放空，才是是体味真正的山林之乐的基础。换言之，"游"于山林依托的是个体精神的自由舒放。唯有以开放的心灵去照见事物的本真情状，才能得其真。

道家道教提倡山林之美，注重山林之游，他们勾勒出的仙人逍遥之乐为世人树立起一个超越俗世的高标。修道之人往往更容易被等同于世外高人，这种心理上的定位吸引着士人们纷起效仿，而山林之美更激起了文人们摆脱世俗纠缠，隐逸山林的强烈愿望。元代士人喜好山林之游，一面是出于自然天性，一面也是道教游仙思想对士人的影响。因此，在元散曲，许多山林游览之行都附加上了寻道游仙的意味。如：

> 千古藏真洞，一柱立晴空，石笋参差似太华峰，醉入天台梦。绿树溪
> 边晚风，碧云不动，粉香只下芙蓉。
>
> ——乔吉《越调·酒旗儿·陪雅斋万户游仙都洞天》
>
> 落花流水出桃源，暖翠晴云满药田。流金古像开香殿，步虚声未远，
> 鹤飞来认得神仙。傍草漫山径，幽花隐洞天，玉女溪边。
>
> ——张可久《双调·湘妃怨·武夷山中》

这两支曲看似写景，却都意在写心。这种开放的心灵，与道家辽阔的思想空间和出尘的精神追求有着密切的联系。有学者指出：山水诗的价值主要不在于对山水的自然之美的欣赏，而在于对其中所潜藏的人文意蕴的玩味及其所带来的审美享

---

[1] 葛洪：《抱朴子内篇校释》，中华书局1985年版，第189页。

受。[1]曲家通过山水之游为自己营造了一个隐藏于山林之中的仙境，这个仙境只在虚无缥缈间，不是寻常渔樵可以轻易发现，它依赖于士人的想象力。只有在想象中，石笋才会"参差似太华峰"，鹤飞来才会仿佛"认得神仙"。这种想象力源于士人对道家道教思想的认同和接受。只有士人的想象与道家契合，才能从自然中找到隐藏的"洞天"。

　　细草眠白兔，小花啼翠禽，且听松风坐绿阴。寻，洞天深又深。游仙枕，

顿消名利心。

——张可久《南吕·金字经·访吾丘道士》

　　立峰峦，脱簪冠。夕阳倒影松阴乱，太液澄虚月影宽，海风汗漫云霞断，

醉眠时小童休唤。

——马致远《双调·拨不断》

　　这两支曲都写出了道家遗世而独立的精神境界。细草白兔，小花翠禽，松风绿阴。一动一静中蕴含着天地的和谐。自然之美不是一片死寂，它有灵动的声响，有万千的色彩，有无争的共存，它们不为人心欲望改变，以自己的生命节奏独立地存在，在看似杂乱的共生中获得真正的和谐。自然美就来自于这样一种和谐，来自于多样性的统一。自然山林促生了元代士人的包容之心，使他们可以以平和之心境享岁月天地的恩赐。这种新认识的核心就在于对万物的包容，或者说，在于对事物之间差异的理解。世间种种观念，虽参差不齐（"吹万不同"），却如同天地间的自然声响一般，杂而不乱，各有因果，它们自然地交织会通在一起，汇成一支和谐的乐曲。这种理解不是儒学的各安其位，各守其份，以严格的礼来规范事物的等级位置和表达方式，而是接受事物的不同，遵循自然的法则，顺应心之所向，以无为的方式迎接和谐，在纷繁变化中保持内心安宁。

　　道家思想为士人指出了天地之美在于"真"。庄子主张，天地之美，在于返璞归真。"真者，精诚之至也。不精不诚，不能动人。故强哭者虽悲不哀，强怒者虽严不威，强亲者虽笑不和。真悲无声而哀，真怒未发而威，真亲未笑而和。真在内者，神动于外，是所以贵真也……真者，所以受于天地，自然不可易也。故圣人法天贵真，不拘于俗。愚者反此，不能法天而恤于人，不知贵真，禄禄而受变于俗，故不足。惜哉，子之

---

　　[1] 张世英：《道家与审美》，载《北京大学学报》（哲社版）2005 年 9 月刊。

蚤湛于人伪而晚闻大道也。"[1] 情感不真不诚,即有伪饰之处;有做伪之心,自然不能动人。庄子这段话抓住了美的关键在于真,或者说,是创作者的真诚态度。内心真诚,自然不会"受变于俗",才会不强求虚美,矫揉造作。内在的真,会使人的每一次表达都源于自然感发,它才得实现天下的至美:"朴素而天下莫能与之争美。"[2] 反映到文学上,文学作品虽必经人之"雕琢",但亦需遵循"大道",去伪贵真。

元曲的一个重要评价指标为"俊语"。俊语,不是指代华丽的文采,而是以一种自然得来的有生气的天籁之语,它虽然有赖于作者的艺术修养,但却不是作家刻意"推敲"而来的,它是一种喷薄而出的心意,一种不受抑制的表达欲望,是一个人的真性情,这样的文字,因"真"而"美",才能称得上是真正的"俊语"。元散曲的动人者莫不是以"真"写心,以直造文,这种"真率"之美,有一种源于天地大化的生机活力,其中涌动的生命力成为元散曲最主要的艺术魅力之一。

> 南亩耕,东山卧,世态人情经历多,闲将往事思量过。贤的是他,愚的是我,争甚么!
>
> ——关汉卿《南吕·四块玉·闲适》

> 挨着靠着云窗同坐,偎着抱着月枕双歌,听着数着愁着怕着早四更过。四更过情未足,情未足夜如梭。天哪,更闰一更儿妨甚么。
>
> ——贯云石《中吕·红绣鞋》

> 峰峦如聚,波涛如怒,山河表里潼关路。望西都,意踟蹰,伤心秦汉经行处,宫阙万间都做了土。兴,百姓苦;亡,百姓苦!
>
> ——张养浩《中吕·山坡羊·潼关怀古》

言情则坦荡直白,出之肺腑,叙事则至情至性,荡人心魄,这种"真"文字如同天地间的自然万物,因"真"而美,因"真"而感人,与道家的"真"有着艺术审美上的相通之处。

需要注意的是,尽量道教对于元代士人平衡身心起着非常重要的作用,成为元代士人思想中一个重要的组成部分,但就他们的主导思想来说,儒学仍是元代士人立身的根本。这一点,从元代士人敏感地发现了儒学与道教思想的不同之处,并坚决地站到了儒学这一边中,可以看出来。

---

[1]　庄周:《庄子·渔父》,上海古籍出版社 1989 年版,第 173 页。
[2]　庄周:《庄子·天道》,上海古籍出版社 1989 年版,第 79 页。

（1）儒家重现世，道教爱仙山。

【二煞】也不索看三教书，也不索学七步才，只要昏昏默默将功程捱。
炼成玉体乘风去，一道寒光入圣阶。做一个蓬莱客，全凭三千功行满，便
要离俗骨得仙胎。

【三煞】任时节跨青鸾飞上天，驾白鹤复地来，飞升变化登仙界。黄
芽渐长人难识，玉兔窝中好避乖。权且将时光待，咫尺的功圆行满，独步
上天台。

——无名氏《正宫·端正好·道词》

两种思想的最终理想的不同，致使了他们对于当下种种行为的目的的认知不同。
道教一再以仙境的逍遥为诱导，鼓励民众放弃现世享受，忍受一切苦难，以换取向
着极乐世界的飞升；而儒家始终是入世的，他们无时无刻不在寻求着"致世之方"，
因此，一切的隐忍都是"穷则独善其身"时"修身养气"的手段，"白日飞升"对
于儒生来说，还是显得太虚幻了。士人高文秀在《双调·行香子·离亭宴煞》中写道：

醉时节独把青松靠，醒时节自取瑶琴操，操的是鹤鸣九皋。听水声观
山色掀髯笑，也不指望归阆苑超蓬岛，直恁的清闲到老。皆说得利名轻，
消磨得是非少。

阆苑、蓬岛都是道家仙境，对于元代士人来说，现世的远是非，得清闲，在山
水之乐中修身养气，才是最重要的目的。士不遇时的元代文人忍受着"能文章会谈
化才高反被时人厌，守清贫乐清闲运拙频遭俗子嫌"的痛苦，就是为了"有一日际
会风云得凭验，那时节威仪可瞻，经纶得兼，正笏垂绅远佞谄"（汤式《南吕·一
枝花·旅中自遣》）。

（2）道教为求精神的解脱，强调"割断尘缘，离情绝俗"，以此断绝人与社会
的联系。对完全脱离现实生活的做法，元代士人显然有着清醒的认识。这种元代儒
生们以灵活的态度运用于道教的"绝俗"观上，使之更适应自己的生活和需求。他
们把这"尘缘"、"情"和"俗"限定在"功名利禄"、"滥情色欲"等负面私欲、
贪欲上，而对于人伦的"亲情"、"乡情"、"友情"仍然抱有执着的追求。这可
以说是元代热闹活跃的市井生活带给元代士人们的正面影响之一。

道教徒追求的就是离俗世、入仙班的一种生活理想。这种追求和世俗生活完全

不同，因此，在道教修行过程中，首先要做到的，就是抛弃"人情"生活。

全真教创始人王重阳明确提出修道"顺着人情道不成"的观念，要求修道者斩断和红尘的一切联系，"修行切忌顺人情，顺着人情道不成。奉报同流如省悟，心间悟得是前程"[1]。 "立身之本在丛林，全凭心志，不可顺人情。"[2] 故此，王重阳以身作则，采用"逆行"人情的方式来斩断他与世俗的一切关系。这种"逆行"表现在他对待家庭成员的态度上："自此弃妻子，携幼女送姻家，曰：'他家人口，我与养大，弗议婚礼。'留之而去。又为诗，故以猥贱语詈辱其子孙。"[3] 在王重阳看来，亲情是修道的阻碍，以绝情的方式求得心灵的无牵无挂。然而，对于一贯重视亲情、讲求伦常的国人来说，这种种背弃人伦的行为显然是怪诞而难以接受的，因此也被时人称为"害风"，在道教的修炼中却是十分盛行的做法。这也反映出道教文化将世情与道情绝对对立，将抛弃人伦人情视为超越世俗羁绊的绝决态度。

儒者以道德理念为行事的根本，对道教的这一思想显然存有不同的看法。元代理学家吴澄在《静虚精舍记》中写道："学静虚者，亦曰敬以存其心而已。所存之心何哉？仁义礼智之心也，非如异教之枯木死灰者。"[4] 理学家主"敬"，而这种敬既是对天地大道的敬，也是对于人伦道德的敬，它的重点在于对于天地及社会秩序的尊重和维护，在于追求人与道的和谐共处。因此，吴澄的静虚是一种深植于内心的对道与自然、人伦的认同，而不是反叛与抛弃。所以，吴澄认为儒家的虚静是一种和谐安宁的美："静后见天地外物，自然皆有春意。妄念不起，恶事不留，此心廓然豁然，与天地同其静虚。" 儒家的"静虚"是一种爱人及人、爱物及物的暖暖人情，是"自然春意"。所谓"君君臣臣父父子子"，儒家的人伦规范也是建立在人人之爱的基础上的。

因此，在大多数儒生的归隐散曲中，他们向往的灵境并不是纯粹道教的"飞身成仙"，而在隐居于世俗乡野间，与稚子贤妻相伴，与村夫渔樵为邻，过着平静安稳而烟火气十足的儒生归隐生活。从道教徒与理学家在散曲中流露出的对亲情的不同态度，我们可以清楚地看到这一点：

> 怜妻爱妾，忧儿愁女，一心千头万绪。竞利争名来往，岂曾停住？如

---

[1] 《道藏》第 25 册，文物出版社上海书店，天津古籍出版社 1987 年版，第 704 页

[2] 《道藏》第 32 册，文物出版社上海书店，天津古籍出版社 1987 年版，第 153 页

[3] 《道藏》第 19 册，文物出版社上海书店，天津古籍出版社 1987 年版，第 723 页。

[4] 《全元文》（第 15 册），凤凰出版社 2005 年版，第 260 页。

蜂采花成蜜，谓谁甜，独担辛苦？似飞蛾投火，好大暮故。

——马钰《满庭芳·怜妻爱妾》

冷云冻雪褒斜路，泥滑似登天。年来又到，吴头楚尾，风雨江船。但教康健，心头过得，莫论无钱。从今只望，儿婚女嫁，鸡犬山田。

——魏初《黄钟·人月圆·为细君寿》

这种对于家人的依恋，既有着民间文化中对于家族的精神守望，也是传统儒学中对于人伦的价值底限。因此，元代众多的儒生，与道士为友，热衷于融合儒道两家，但在根本的价值取向上，他们的内心仍然是入世的和儒学的。

再如：

花村外，草店西，晚霞明雨收天界。四围山一竿残照里，锦屏风又添铺翠。

——马致远《双调·寿阳曲·山市晴岚》

花村草店，雨后晚霞，青山翠岚。作品描绘了一幅清幽秀美的乡居图，表现出一种从纷扰俗世中得到解脱的恬静淡远的心境，而作者对这种境界的沉醉之情也透纸而出。宋代宋迪绘有潇湘八景，此曲所写即为八景之一，潇湘八景中洒落隽永的意境颇为元人喜爱。在散曲中，就有鲜于必仁的《中吕·普天乐·潇湘八景》、沈和的《仙吕·赏花时·潇湘八景》。类似的写景游历之作更多，张贲的《正宫·鹦鹉曲·燕南八景》、徐再思《中吕·普天乐·吴江八景》等也都描写了与潇湘八景相似的山水之境。他们多是写作者厌弃功名是非，因而"待离尘世访江湖"，在山水游历中"悟乾坤清幽趣"，这正说明了这种清雅虚静与元代文人摆脱俗世羁绊的内心追求的契合。

元代士人在散曲中高歌隐居入道，追求自然之乐。然而，在现实中，元代士人的追求更多停留在精神层面，少有人如苦修僧一样真正放弃世俗享受。元代士人虽然惯于在文学作品中高歌退隐之乐与田园之美，但在实现生活中，"吏隐"、"市隐"仍是主流，即使入道，如张雨等，他们也少有安然隐居于洞天府邸中修行论道者，结交名流，四海云游是他们更主要的生活方式。这也使得元代许多曲家尽管倾心于道教，也主动参与过道教的修炼活动，但进入到散曲创作中时，世俗人情的和谐之美仍是他们歌咏的主流。来看马致远《双调·湘妃怨·和卢疏斋西湖》：

采莲湖上画船儿，垂钓滩头白鹭烤，雨中楼阁烟中寺。笑王维作画师，蓬莱倒影参差。燕风来至，荷香净时，清洁煞避暑的西施。

　　在马氏的这支游湖散曲中，湖光山色固然令人赏心悦目，但真正让曲家心意畅快的还是"与卢疏斋"游。好的同伴令这一趟山水之流充满了知己之乐，朋友之情，所以在曲家的眼中，原本就很美的景致就更显得有人情味儿了。人的活动也在这山水之间凸显出来，"画船儿"、"垂钓"者，雨中寺使西湖洋溢着人与自然的和谐。人之美与景之美融合在一起，作者满足于这世俗的美，少有人去的"蓬莱"对曲家来说，也许都不值得追求了。

　　自古以来，士人的隐居题材往往具有较浓的避世意味，以强化山林的静谧来反衬俗世的繁杂。而元代散曲中的此类题材虽然也表达出作者对功名是非的反感，但却多显得幽而不寂，清而不冷，流露出对寻常平静生活的眷念。以张可久《双调·折桂令·村庵即事》为例：

　　　　掩柴门啸傲烟霞，隐隐林峦，小小仙家。楼外白云，窗前翠竹，井底朱砂。
　　五亩宅无人种瓜，一村庵有客分茶。春色无多，开到蔷薇，落尽梨花。

　　小庵隐于林峦之中，白云翠竹，柴门幽井，俨然是一处世外桃源，足以让主人静心清修。但居于此的主人又似乎不甘于寂寞的清修，他呼朋唤友，栽花种瓜。闲暇中有客相伴，春日里梨蔷争艳。全曲洋溢着一种悠闲自在、满意知足的乐趣。作者的隐居之所，只是远离了闹市和官场，却从未远离人世。可见，元代士人总体而已还是入世的，他们远离的是伤害他们、贬低他们的官场仕途，却从世俗百姓的生活中获得了生活的温暖。他们的隐居只是相对闹哄哄的官场而言的。温暖的细民生涯从未使他们感到厌倦。

　　道教还有一个极有特色的活动即是炼丹，也称修炼内丹。元代士人受当时盛极一时的全真教的影响，许多人都有炼丹的经历。卢挚曾在他的散曲《商调·梧叶儿·对酒》中写道："炼成腹内丹，泼煞心头火。"马致远也用散曲来表现修炼时的感受：

　　【梁州】无中有娇儿姹女，有中无火枣金丹。温温铅鼎清光烂，一泓
　　水静，一片云闲，一轮月满，一点神安。断七情宝剑光寒，避三尸午夜更残。
　　秘天真离坎交驰，纵玄旨乙庚配缩。炼希夷金木间关，药阑，岁晚，黄精
　　满地和烟拣，安排净蚌珠灿。耿耿灵台照夜阑，去蕙留兰。
　　　　　　　　　　　　　　　——马致远《南吕·一枝花·送人入道》

　　然而，完全归入道门，放弃现世生活，仍然不是儒生心里的最佳选择。其原因

就在于元代士人的精神皈依仍然是入世的儒学，道家道教是他们"穷"时自守的心灵慰藉。这种心灵慰藉固然重要，却不足以真正改变他们的信仰和追求。以张可久为例，他一生与道教中人交往甚密，时人也视他为"道士"[1]（即有道之人），但真正遇到入道的邀请时，他却写道：

> 闲闲道隐，玄玄妙门，怪怪山人。予生自有神仙分，何必寻真！红的
> 花开小春，碧檀栾树倚苍云。吹箫韵，观棋夜分，沈水暖梅魂。
>
> ——张可久《中吕·满庭芳·碧山丹房》

这里的碧山丹房在张可久的小令中一再出现，仅据各曲题目汇释大概知道，碧山丹房主人姓陈，丹房位于处州丽水县好溪流域，是陈氏隐居修炼之所。这位"怪怪山人"有意邀请张可久一同修炼，却被张可久以"予生自有神仙分，何必寻真！"为由委婉拒绝。可见，在张可久的心目中，道教固然是他发泄心里积郁的途径，但要真正放弃世俗生活，灭绝人情，舍身入道，这也不是一个正统儒生的所追求的生活。

正如伽达默尔所说："旧的东西和新的东西在这里总是不断地结合成某种更富于生气的有效的东西。"[2] 儒道文化的介入，使在文学家对社会的观察和感受中附着上了传统汉族文化的厚重底蕴；由于得到所处时代、社会的新兴文化的熔铸，所以在文学家的历史回望中就会透出勃郁的新意。当数千年的汉族文化底蕴和新时代的社会风尚汇聚到一种新兴的文学体裁中时，所谓古典的"雅"和富于生机的"俗"就有了平等共生的机会。元散曲的"雅俗交融"即当作如是观。

---

[1]　元末张仲深《子渊诗集》卷二《题张小山君子亭》一诗中赞美张可久"道人寓物不着物，岂为物美唯德称"，转引自吴国富：《张可久散曲的道化和雅化》，载《道教论坛》2006 年第 4 期。
[2]　伽达默尔：《真理与方法》上卷，上海译文出版社 2004 年版，第 393 页。

第九章　元散曲雅俗特质形成的作者原因

第一节　散曲创作是作者摆脱现实困境的精神乐土

元代废除科举达七八十年之久，传统的仕进之路被堵塞了。"不读书有权，不识字有钱，不晓事倒有人夸荐。老人只怄忒心偏，贤和愚无分辨。折挫英雄，消磨良善，越聪明越运塞！志高如鲁连，德过如闵骞，依本分只落的人轻贱。"（无名氏《正宫·叨叨令·志感》）元代士人们面临的是一个颠倒黑白、贤愚不分的时代。此时的他们不仅要忍受社会对他们的轻视，更需要找到一个新的突破口，再建自己的人生价值。他们中的大多数人并没有显赫的背景和丰厚的家产，以什么样的方式生存成为元代大多数士人必须面对的问题。所幸，元代当政者相对宽松的文化政策给了他们多元化的选择机会，使他们能依托游离于正规官学以外的种种知识和技能找到自己在社会上的一席之地。散曲的风行就是元代士人中的许多人借以成名，甚至赖以生存的一个契机。对许多元代文人来说，以曲成名，并不是他们最主动的选择，但却是他们得以实现"立言"、成就人生的现实途径。

一、以曲博名

（1）元朝的统一促进了南北经济的加速交流，也推动了人口的流动。元代士人也不再固守田园，而纷纷以向四方流动的方式寻求机遇。戴表元《剡源文集》卷二《遗安堂记》说："盖自井田之法废而士始不安于耕，居畎亩者，不谈游宦则迫于赋税征战，周衰已然，矧于今日。吾见草野书生，朝乘高轩而暮耻其故居不可旋焉，行遇父兄，时常所往来，有厌然之色。"[1] 同时，元代的城市化进程迅猛发展，城乡差距的日益扩大，也使得大量士人不安于耕，他们厌弃旧居的简陋，乡人的寒俭，纷纷涌入城市。戴表元在《学古斋记》中又感慨万千地说："三吴之州，莫大于杭……其俗通商美宦，

---

[1]　《全元文》（第12册），凤凰出版社2005年版，第301页。

安娱乐而多驱驰，通衢广陌，行如附车輸而与之上下，坐如闻江潮澎湃之声，窃意虽有董仲舒、扬子云，难于攻苦寂寞而守其渊深之思焉。"[1] 元朝的商人仕宦，生活奢侈，热衷享受，而且这样的人在城市中的集中大量出现，对普通人造成了极大的诱惑。既然出现了更好的物质生活，人们努力追求也就不足为奇，反倒是清贫自守成了世人眼中的怪僻行为。戴表元《水心云意楼记》说："故方其盛时，视人间之可歆艳爱悦者，莫如名第官爵，车马挥诃于门途，僮妓歌笑于馆榭，清人之突未黔，邸吏之驾已秣，使西塘之间人，咨嗟仰望，以为不及，虽比邻鸡犬草木，亦有功名富贵之色。"[2] 他是用讽刺的口吻叙述这一切的；因为传统儒学思想的强大影响，宋代理学"重义轻利"的理论使当时的文人从表面上、口头上仍然是排斥名利追求的，而实际情况已非如此。

（2）元人对宴游之乐态度宽容，对于士人的宴游也多抱有欣赏艳羡之意，视为风流文雅之举。贡师泰作《跋王宪使朱县尹倡和诗卷》云："我国家统一天下，首立台宪以纲纪百辟，大抵先教化而后刑政，敦儒雅而鄙吏术，尚宽厚而去文深，故当时御史部使者多老成文学之士。予家江东，方七八岁时，见牧庵姚公、疏斋卢公按治之暇，辄率郡士大夫携酒殽、歌伎出游敬亭、华阳诸山。或乘小舟直抵湖上，逾旬不返。二公固不以为嫌，而人亦不以此议二公也。其流风余韵，至今江东人能言之。"[3] 贡师泰生于大德二年，那么姚燧、卢挚在安徽宣城携妓浪游时为大德末年。姚燧是著名理学家姚枢之侄，生于金亡后不久，自幼失怙，由姚枢教诲成人，十八岁又得许衡亲授，终不负期望，以道德文章名世。像姚燧这样的大儒、名臣，在古稀之年尚有旬日携妓出游的纵诞之举，人们不但对姚燧没有非议，还津津乐道，口口相传，可见元人对宴游的热衷和习以为常。

（3）元代游士出于生计和入仕的考虑，往往积极交接当时权要名流，而文学才华的展示成为他们博得权贵青睐的重要途径。从现实角度来说，虽然士人们除科举为官以外的传统职业是塾师或小吏等以笔墨为生的社会底层职业，但元代社会视文案工作为小技，文人真正能以此业积累起一份家业的，为数极少。多数人还必须另寻出路，而元代权贵富豪中盛行的养士之风使他们有了一个体面的获得额外生活所需的机会。如曾瑞就因为自己的文名远播，受人青睐，因而得到了"江南之达者，

[1] 《全元文》（第12册），凤凰出版社2005年版，第320页。

[2] 《全元文》（第12册），凤凰出版社2005年版，第315页。

[3] 贡师泰：《玩斋集》，载《全元文》（第45册），凤凰出版社2005年版，第199页。

岁时馈送不绝",这些"馈送"使一直没有一官半职又清高风流的曾瑞也能体面地"得以徜徉卒岁"[1],这不能不说是他散曲创作的一个重要的副产品了。

而另一部分士人,生长乡野,虽文才出众,却不为人所知,如若想为自己的人生多创造一点机会,游学就成了必经之路了。元代步入这种游学之路的人很多,成功者却不多,但他们中的幸运者确实让人们感觉到了一朝为人识,文名天下知的幸福体验。如《元诗纪事》中所载,阎复"初挟其乡人书如京,谒贾仲明,以梅枝拄杖为献。适姚公茂诸人至,贾因见阎道其故,诸公令赋梅杖诗,阎因赋云云。诸公延誉,遂知名"。从这段记录中可知,阎复为了这次谒见做了精心的准备,先备"乡人书",为自己引荐;又备"梅枝拄杖"为见面礼,以求好感,但真正使他"知名"的,是他的"梅杖诗"。一次文才的展示,就得到了文坛领军们的"延誉",阎复的游士之路可谓顺畅。对此,元人李祁在《赠刘天吉序》中说:"夫士之遇于时也,非徒安坐此室以俟夫人之知也,必其学问之充,闻见之广,而又加之以交游之多,援引之重,然后足以得名誉而成事功。"[2]这里李祁阐明了游学的基本目的,即从"学问之充,闻见之广"到"交游之多,援引之重"再到"得名誉,成事功",这是一种士人成功的重要途径,但这其中,除了主观的努力之外,唯交游多,才能得"援引",就不能不说是元代士人不得不走出书斋,走上游士之路的一个重要原因了。这可能就是元代游学之士普遍的信念。元人刘洗在《桂隐集》中也证实了"游学"与"科举"之间的关系:"自宋科举废而……游士多。自延佑科复而游士少。数年后科复废而游士复起矣。盖士负其才气,必欲见用于世。不用于科则用于游。此人情之所同。"[3]

从史料来看,确实有一些游学之人还因此得到了做官的机会,如林邦福"弱冠出游,苏府公廉其贤,辟为史"(《宋文宪公集》卷一五《元故累赠奉训大夫温州路瑞安州知州进飞骑尉追封乐清县男林府君墓志铭》)。韩冲"年十九,挟其艺游京师,翰林学士徒单公履辟为书写"。儒生朱文选,早年丧父,"承夫人之训,游学江南,至顺三年,因得以儒服事今上皇帝(元顺帝)于桂林潜邸,明年,皇帝御极,人见于明仁殿,授忠显校尉,泰州万户府千户"。秦州儒生王弼(字良辅)"游学延安北,遂为龙沙(察罕脑儿)宣慰司奏差"。沈国祥,归安人,"少游学浦江,师事吴渊颖,为高弟"。揭傒斯知其名,会诏修三史,荐为纂修官。即使有一些人

[1]　中国戏曲研究院编:《中国古典戏曲论著集成》(二),中国戏剧出版社1959年版,第121页。

[2]　《全元文》(第45册),凤凰出版社2005年版,第399页。

[3]　《全元文》(第30册),凤凰出版社2005年版,第19页。

没有在游学的过程中获得做官的机会，游学的经历也为他们以后的发展、仕宦创造了条件，学者黄潜、陈旅、宋濂、杨维祯都有游学的经历。

（4）元代文人社团林立，一旦入会，既能相互引介，拓展交际圈，甚至解决生活困境，也能相互学习交流，提升文学水平。因此，吸纳了大量士人投身其中，而士人的文学才华成为入会以及确定其社团地位的重要标准。据学者统计，诗会仅杭州一地就有杭清吟社、白云社、孤山社、武林九友会等数家，此外如浙东的越中诗社、山阴诗社、汐社，浙西浦江的月泉诗社，江西的明远诗社、香林诗社及熊刚申、陈尧峰等在龙泽创办的诗社。诗社人数甚多，仅月泉吟诗社就有两千人以上（月泉社共征稿2 735卷其中有部分一人两卷，但此种情况不太多）。诗社以外，书会也不少，如"玉京书会"、"元贞书会"、"武林书会"、"九山书会"等。终元一代，文人社团可谓遍布全国。[1]文人社团经常性的活动是组织文学比赛，吸引全国各地文人前来参加，如吕瑛溪开"应奎文会"，"走金帛聘四方能诗之士，请杨铁崖为主考。试毕，铁崖第甲乙。一时士人毕至，倾动三吴"（《元诗纪事》卷一六）。自然，此类活动少不了士人，而在众多的文学交流活动中，散曲的创作与交流也是重要内容之一，如钟嗣成常与好友赵君卿、陈彦实、颜君常到施君美家，"诗酒之暇，惟以填词和曲为事"[2]；睢景臣的著名散曲《高祖还乡》，即是在"维扬诸公，俱作散曲套数《高祖还乡》"的比赛中独占鳌头，以"制作新奇"而冠为第一。[3]这对提高元文人创作散曲的热情也大有益处。

以上四点的共同作用是在整体轻儒的元代社会中造就了一个士人的内部交往圈子。与社会的重名重利重根脚相比，这个圈子内的评判优劣高下的标准是传统的、文人的。这也就意味着不论外在社会对于士人是怎么的看法，在元代文人圈内部，文人回归了自己的社会本质，文学才华超越了一个士人的身份，而成为他们的真正价值标签。

也正因为如此，元代大量的文人社团和士人集会才吸引了众多的士人不远万里地前往，乐此不疲地参与。如果没有这样的文人聚会，绝大多数士人由于没有获得一官半职，终将被社会和历史淹没。因此，紧紧抓住每一个聚会的机会，极尽所能

---

[1] 柏红秀：《元代游士与散曲》，扬州大学硕士学位论文2005年。

[2] 中国戏曲研究院编：《中国古典戏曲论著集成》（二），中国戏剧出版社1959年版，第123页。

[3] 中国戏曲研究院编：《中国古典戏曲论著集成》（二），中国戏剧出版社1959年版，第127页。

地展示才艺，成为他们获得社会（哪怕是一小部分社会）认可的重要方式。翻看元代曲家的生平资料，对于没有做过官或是只做过极小的官吏的元代曲家来说，如果没有曲的传世，他们将毫无疑问地被淹没在历史中。对于像张可久这样的文人，曲基本成为了他生命存在的方式，他以曲成名，人们提到曲就会想到他，肯定他的散曲成就和文学才华。张可久一生屈于小吏，没有因曲而获得一官半职，甚至到他70余岁时，为了生计，仍不得不隐匿年龄继续为吏。但他的散曲却让他能为权贵名流座上宾，"声传南国，名播中州"（大食惟寅《双调·燕引雏·奉寄小山先辈》）。可以说，不论是个人成就还是社会地位，甚至身后清名，张可久都因为散曲而获益良多。这一点也成为众多曲家积极投身到散曲创作中的一个重要原因。

二、以曲存名

《左传》中云："太上有立德，其次有立功，其次有立言，虽久不废，此之谓不朽。"所谓"立德"和"立功"，主要是指个人在道德上的完善和个人事业上的成功，以此实现个体存在的价值。对于传统儒生来说，往往都将"立德"、"立言"作为人生的首要目标。钟嗣成在《录鬼簿》中将"前辈已死名公"列于卷首，并详尽地罗列了他们的官职，他明言"前辈名公居要路者，皆高才重名，亦于乐府留心，盖文章政事，一代典刑，乃平昔之所学；而歌曲词章，由乎和顺积中，英华自然发外者也"[1]。这些"前辈已死名公"固然"于乐府留心"，对散曲的创造作出了重要的贡献，但他们最令人倾羡的还是他们"居要路"、"高才重名"，"文章政事"为"一代典刑"，他们可以算得上是"立德"、"立功"、"立言"三者并重，得以"不朽"了。因此，钟嗣成在《录鬼簿序》中将这样的"三不朽"者视为"不死之鬼"："圣贤之君臣，忠孝之士子，小善大功，著在方册者，日月炳焕，山川流峙，及乎千万劫无穷已，是则虽鬼而不鬼者也。"[2]

然而，这样成功的儒生在任何时代都属于少数派，更多的文人只能"老僧同醉，残碑休打，宝剑羞看"（张可久《黄钟·人月圆·雪中游虎丘》），根本无法实现自己的"立德"、"立功"理想，只能在坎坷中度过一生，默默无闻地离开人世。"龙蛇梦，狐兔踪，半生来弹铗声中。"（钟嗣成《双调·凌波仙·吊范子英》）尤其

---

[1]　中国戏曲研究院编：《中国古典戏曲论著集成》（二），中国戏剧出版社1959年版，第104页。

[2]　中国戏曲研究院编：《中国古典戏曲论著集成》（二），中国戏剧出版社1959年版，第101页。

在元代这个轻儒的时代，文人的命运更多是："天生才艺藏怀抱，叹玉石相混淆，更多逢世事石高石乏。蜂为市，燕有巢，吊夕阳几度荒郊。"（钟嗣成《双调·凌波仙·吊沈拱之》）连钟嗣成本人也是"以明经累试于有司，数与心违"[1]，在功名无望、事业难成的情况下，元代士人们只能退而求其次，"立言"便成了他们无奈而普遍的人生选择。

所谓立言，是说"言得其要，理足可传，其身既没，其言存立于世，乃是立言也"[2]。但是，这里所谓的"立言"，特指"经国之大业"，"不朽之盛事"[3]的诗文，在传统的观念中，词与曲的地位要低于诗文，他们往往成为士人闲暇之余用来遣兴解闷、娱情养性的"诗余"之事，虽难展现文才，但总难登大雅。士人一旦溺于此道，往往为人诟病。但在元代，"诗词"与"散曲"的地位，又有了隐约的差别。

然而，元代的统治者将"诗词"视为末技，元代法典《通制条格》卷五《学令》中规定："词赋的是吟诗课赋作文字的勾当。自隋唐以来，取人专尚词赋，人都习学的浮草了。罢去词赋的言语。"因而，士人们不得不放弃以"言志"为主要功用的诗词，而转向表面俗化、浅显耸听的散曲以显示他们的随俗，不"迂阔"，同时也借散曲这一文学形式来一展文才。在他们的散曲创作过中，散曲作为士人创作的一个重要手段，他又不可避免地成为了士人抒发心志的舞台，"愤时嫉俗之抱，莫由宣泄，往往触发于新声"[4]。他们看似是沉溺于声乐之中，玩世无行，但在他们的思想深处，这更是他们发泄积郁、吐露心声的自由天地。元代邾经不仅欣然为夏庭芝的《青楼集》作序，还在序言中反复点明夏氏创作的动机。他特地指出：士大夫不得志于世，才借记载"青楼歌舞之妓"这类文字来传达"士之不遇"的悲声："君子之于斯世也，孰不欲才加诸人，行足诸己，其肯甘于自弃乎？"[5]清代黄周星作为一位浸染于曲坛数十载的士人，对人们的误解同样了然于心，因此他也发出类似的感慨："嗟乎！士君子岂乐以词曲见哉？盖宇宙之中，不朽有三，儒者孰不以此自期？顾穷达有命，彼硕德丰功，岂在下所敢望？于是不得已而竞出于立言之一途。"[6]可

[1] 中国戏曲研究院编：《中国古典戏曲论著集成》（二），中国戏剧出版社1959年版，第281页。

[2] 阮元：《左传·襄公二十四年》，载《十三经注疏》，中华书局1980年版，第1979页。

[3] 曹丕：《典论·论文》，载郭绍虞：《中国历代文论选》，上海古籍出版社1979年版，第61页。

[4] 蔡毅：《中国古典戏曲序跋汇编》，齐鲁书社1989年版，第1742页。

[5] 孙崇涛：《青楼集笺注》，中国戏剧出版社1990年版，第20页。

[6] 蔡毅：《中国古典戏曲序跋汇编》，齐鲁书社1989年版，第1486页。

以说，虽然士人们的人生经历各不相同，他们与散曲的结缘深浅也因人而异，但他们都没有将散曲作为一个单纯的文字游戏，在散曲的嬉笑怒骂间，他们借助散曲这一文学样式，同样希望实现个体存在的价值，达到立言不朽的人生目的。

将这一理想展示得最为清晰的是钟嗣成。其"《鬼簿》之作，非无用之事也。大梁钟君继先……累试于有司，命不克遇，从吏则有司不辟，亦不屑就，故其胸中耿耿者，借此为喻，实为己而发之"[1]，在"立德立功"之路彻底断绝之后，他杜门养志，以《录鬼簿》为那些"门第卑微"、"职位不振"、专志散曲、"高才博艺"又为传统"高尚之士"不容的散曲作家立传，认为他们所作的散曲足以流芳百世，可与"文章之士、性理之学"一齐并传不朽，成为"不死之鬼"，"日月炳煌，山川流峙，及乎千万载无穷已"[2]。这既是在安慰鼓励这些生不逢时的士人，也是在为自己的人生寻找一块可以立身的基石。

在元代，这一观点得到了士人的普遍认可，不仅大量的"高才博艺"之士积极投身到了散曲的创作中，将之视为生命的寄托；更对钟氏的《录鬼簿》给予了极高的评价。元末明初的贾仲明在《录鬼簿》卷尾写道："已上诸公卿大夫、高贤逸士鸿儒总括一篇：钟君《鬼簿》集英才，声价云雷震九垓。衣襟金玉名仍在，著千年、遗万载。勾肆中艳演诙谐。弹压着莺花寨，凭凌着烟月牌，留芳名纸上难揩。"[3]可见，在贾氏的心目中，钟嗣成和他笔下集录的各位曲坛英才们一样，散曲是他们实现人生价值的阶梯。在他们看似风花雪月的玩世生涯中，他们追求的却是不朽于世的成就感和千古清名。事实上，钟嗣成和他所记录的大量"不死之鬼"虽然无名于正史，却凭借着散曲创作这一特殊的"立言"方式真正实现了"著千年，遗万载"，这不能不说是贾仲明和钟嗣成们的远见卓识。

如果说，以曲扬名，代表了"门第卑微"、"职位不振"的散曲作家渴望在世俗社会获得认可，获得立身之本的奋斗历程的话，以曲存名的理想则代表了元代士人在功名难遂时期望以"立言"方式实现个人价值的努力。两者一个面向现实，一个放眼未来，显示了元代士人对于个体价值的积极建构。

---

　　[1]　中国戏曲研究院编：《中国古典戏曲论著集成》（二），中国戏剧出版社 1959 年版，第 138 页。

　　[2]　中国戏曲研究院编：《中国古典戏曲论著集成》（二），中国戏剧出版社 1959 年版，第 101 页。

　　[3]　中国戏曲研究院编：《中国古典戏曲论著集成》（二），中国戏剧出版社 1959 年版，第 297 页。

第二节 元代士人以散曲创作实现个体形象的自我塑造

元代曲家的创作与他们的创作时的心理态度有着直接的关联。元散曲中表现出的元人风味，从很大程度上说就是元代曲家创作心理的外化，是他们创造出的自我影像。元代士人创造了散曲这种专属于元代的特有的文学体裁，并以它的独特性摆脱了先辈作家作品对他们的"影响的焦虑"，也借此完成了元代曲家的自我塑造。这种作品与作家之间的关系，与作家所处的整个历史文化环境有关，也与作家个体的经历际遇有关。他们的作品既积聚着作家个体的自我印迹，又沉淀着时代与社会的信息符码，是作家对这些信息符码主动呈现、改写及创造的产物。因此，要深入分析元散曲的雅俗风格的成因，必须从元代曲家的创作心理入手，剖析他们具有普遍意义、价值的创作心理构成和转化方式。

对于作家的创作心理的构成可以分为两个部分：一是外在世界对于他们的心理造成的影响；二是作家们对于所受影响采取的处理方式及实现效果。

一、元代曲家的焦虑心理

（1）传统儒生的政治理想与个人道德完善之间的矛盾在元代变得极其突出。

中国古代士人大都将政治理想和个人价值的实现融为一体，一旦身居高位，不仅可以实现个人的政治理想，为国为民做一番事业，同时，也可以光宗耀祖，义利双收。但在元代特殊的社会环境下，这两种目标对于士人的价值认同和行为倾向提出了针对相对的要求，它们的冲突变得极其突出。元代政治环境重吏轻儒，主张实用，因为对于官吏谋财办事的能力的重视远胜于对官吏道德品质的考查。各民族混居又等级森严的阶级制度，导致了元代许多"有根脚"者仅仅凭借出身就可以世居高位，而真正有才华有修养的汉族士人终身都被排斥于仕途之外。对于渴望通过步入官场为实现自我价值的汉族儒生来说，在尊严和利益之间，他们必须做出取舍。

元代史料记载："自至元初，奸回执政，乃大恶儒者，因说当国者罢科举，摒儒生，其后公卿相师以为常。然而小夫贱隶，亦以儒为嗤诋。当是时，士大夫有欲进取立功名者，皆强颜色，昏旦往候于门，媚说以妾婢，始得尺寸。此正迂者之所不能也，因翱翔自放，无所求于人。"[1] 然而，即便以这样的方式谋得了一官半职，也并不

---

[1] 余阙：《贡泰父文集序》，载《全元文》（第 49 册），凤凰出版社 2005 年版，第 133 页。

意味着获得了人格和尊严。在元代的官场，儒生特别是汉族的儒生不仅要忍受制度上的歧视、官场中互相倾轧的风波和是非，还要遭受蒙古统治者对他们人格的侮辱。例如，元帝忽必烈最喜欢"批颊"（扇嘴巴），往往大臣奏事稍有不合忽必烈的心意或顶嘴就会被扇得满嘴流血。上行下效，致使举国上下，君之于臣，上之于下，官之于民，贵之于贱，都可以动辄以笞杖、批颊为惩处。汉族儒生从"士可杀不可辱"的观念出发，极力反对这一虐政。赵孟頫于尚书省议事时，偶然迟到，按规定要为此受笞，赵孟頫不肯受辱，冲入都堂，向右丞痛陈这一有辱士大夫人格的政策的弊端。在日常公务中，汉族文人所受到的羞辱就更是比比皆是。《南村辍耕录》中载：

> 萧先生萧贞敏公，字维斗，京兆人。蚤岁，吏于府。一日，呈牍尹前。尹偶坠笔，目公拾之。公阳为不解，而止白所议公事。如此者三。公曰："某所言者王事也。拾笔责在皂隶，非吏所任。"尹怒，公即辞退。隐居十五年，惟以读书为志。[1]

可见元代的儒生如果肯俯就吏职，谋求一份安身立命的工作并不难，然而，对于十年寒窗的读书人来说，他所受的教育都是为了承担起社会管理者的职责。如萧贞敏这样屈居吏职，就意味着看人脸色，做一些低级的"呈牍"、"拾笔"的杂务，对于一个儒者来说，就等同于要放弃自己的尊严和理想。萧贞敏敏感地意识到了这一点，遂毅然地放弃了这份吏职，并从此不再谋求一官半职，过上了隐士的生活。但从他隐居时"惟以读书为志"这一点可以看出，萧贞敏的弃职隐居不是想成为一个懵懂无知的乡野村夫，他以读书标志着自己的不同，儒生身份是他最珍视的人生坐标。在已不能实现治平理想的时候，读书立言，成了他实现自己人生价值的一个精神支柱。但十五年的隐士生活，必然要承担起现实中的事业无成的失落感，这同样令人难以忍受。因此，这变成了元代士人无无法逃避的一个两难困境：如果想获得现实社会中的事业成功，就必须广泛交游，援引名流，投其所好，这就意味着在生活中相当多的时候要顾及达官贵人们的感受，不能真正依从于自己的想法；一旦执意看重自己的人格尊严，不愿俯身事人，就意味着要自弃于官场，那么，岁月的蹉跎和生活的困顿又将是隐士们难以回避的现实课题。在这一进一退间，必然会产生两种价值取向的冲突，像萧贞敏这样十五年如一日地坚守自己的理想的人在现实

---

[1]　陶宗仪：《南村辍耕录》卷二，齐鲁书社 2007 年版，第 33 页。

中毕竟是少数，更多的士人徘徊在这两者之间，这自然会造成他们心理和行动上的困惑和游移。

（2）长期市井生活激发了元代士人"人性"的觉醒，他们在历史宏大视野与个体微观体验之间的游离造成了他们精神和行为的分裂：纵情全身意识令他们的生活真实而卑微，而功名理想的使命感和挫折感又让他们无法摆脱生命虚度的痛苦。

从散曲中，我们看到，元代文人一面遵循着历史的惯性，努力追逐着"三不朽"的伟业，另一方面，他们又不断地嘲讽那些忠臣义士，在对他们的否定中，不断强化自己对于儒生终极价值观念的否定。以元代薛昂夫的《中吕·朝天子》为例，他在曲中写道：

> 卞和，抱璞，只合荆山坐。三朝不遇待如何，两跌遭祸。传国争符，
> 伤身行货，谁教献与他？切磋，琢磨，何似偷敲破？

卞和献璞的故事一向被士人们看作是才士不遇的象征。在这支散曲中，卞和却成了被揶揄、被指责的对象。他的献璞，被视作一种愚行，于自己是行货谋私、自讨苦吃，于社会是助长不义、流毒后世。从来士人都是把献才当作献璞，觉得自己的才华理应贡献给主上，所谓"学成文武艺，货与帝王家"。而曲家薛昂夫则从根本上否定了这个做法，璞不必献，还不如就地把它敲破；才，献给帝王，反而会给自己种下祸胎。作者以冷嘲热讽的话语，表达出对封建帝王是非不分、贤愚不识的极大愤慨。这样的思想在元代产生及盛行，绝非偶然。元代儒生迫于科举废止，入仕无门，想向帝王"卖艺"而不可得，他们中的绝大多数因为被逼到了山林市井之中。即使少数人伺机将"文武艺""货与帝王家"，但在党争倾轧、争夺皇权的元代官场中，也常常有杀身之虞。

史载张养浩居官清廉刚正，仁宗时为监察御史曾不避权贵，直言进谏，指责时弊，上疏万余言，议论时政是非。然而因言论切直，终为当权者不容，不仅降其职，而且更欲加害之。张养浩不得不更名换姓，远逃避祸。其后英宗时，张官参议，又犯颜直谏，更惹得英宗大怒，几罹祸。切身的经历，使他认识到了："在官时只说闲，得闲也又思官，直到教人做样看。从前的试观，那一个不遇灾难？"（张养浩《双调·沽美酒兼太平令》）因此，否定现实生活中的种种异端就成为元代士人丧失个体价值定位后的显著表现。它呈现为三个层面的价值否定。

（一）否认传统事功观的世俗价值

元儒否定的历史人物都是世俗的功利层面上的英雄人物。在时间的无情流逝中他们的伟业都化为了泡影，"赢，都变做了土；输，都变做了土"（张养浩《中吕·山坡羊·骊山怀古》）。元儒将他们对历史人物价值的怀疑推向极致，原因在于他们将历史人物价值的极端功利化，或者说，他们否定的是历史人物在元代社会眼中的"俗世价值"。

元代士人否定传统价值观的目的在于淡化个体在元代官场争战中的失败。作为一名儒生，十年寒窗，努力追求的就是一朝金榜题名，践行匡君济民的儒家事功观。然而这条个体奋斗的道路在元代沦为笑柄。《草木子》记载："南士志于名爵者率往求乎北。"因为在京师求仕的南人，往往携带馈赠北人的腊鸡，以至被北人称为"腊鸡"[1]。这些努力追求个体价值的南人的内心痛苦可想而知。　汉族士人在科考的轨道上走了六七百年，一旦失去了科举仕进之阶，绝大多数人都会一下变得六神无主、手足无措了。对于一般儒生而言，看不起吏，为了生存又不得不为吏，他们的"自我"被挤压到了最小范围，迷失了生活方面和奋斗目标的儒生们在"自悯"中勉力维持着自己的生存地位。即便是侥幸得沐圣泽，位居显宦的少数汉儒，也因为"四等人制"所限，在蒙古与色目人之间斡旋，如履薄冰，其内心的痛苦并不亚于那些"沉抑下僚"、"老于布素"的普通士人。他们济世的心肠日冷，逐渐将官场视作"尘网"。官场中的一切荣辱在他们看来都是一场幻梦，投身官场就是作茧自缚的蠢行。这种对于官场的厌弃除了自身的现实感受之外，还需要理论的支撑。因此，回望历史时，"自古豪杰，盖世功名总是空"就成了他们厌弃当下官场的理由，也成为他们放弃自我奋斗，沉溺于"锦堂风月"的重要心理因素。

（二）否认儒生的社会价值

儒生们在元代社会看到的是："有钱的贩米谷置田庄添生放，无钱的少过活分骨肉无承望；有钱的纳宠妾买人口偏兴旺，无钱的受饥馁填沟壑遭灾障。"（刘时中《正宫·端正好·上高监司》）伴随着功名而来的丰厚"利禄"，才是俗世人群最看重的东西。儒生们无法通过体力劳动或是商业活动来获得厚利，唯有功名才能实现他们在现世中的人生价值。对于这一点，元代儒生有着清醒的认识："蹭蹬几年无用处，枉被儒冠误。改业簿书丛，倒得官人做，元龙近来豪气无。"（秦竹村《双调·行香子·知足》）可见，儒者的身份和自我定位是元代儒生们最大的心理障碍，

---

[1]　叶子奇：《草木子》，中华书局1959年版，第27页。

种种人生的痛苦本质都在于他们仍然以儒者自任。如果真能放开面皮，乐于钻营，抛开所谓的节操和修养，在元代这样一个物欲横流的商业社会中，衣食名利并不是一件很难的事。然而，多年所受的儒学教育早已深深融入了儒生们的灵魂之中，虽然得了"官人"做，他们的内心却仍然无法摆脱空虚——"元龙近来豪气无"。失去了儒者的身份，也就失去了立身的根本，元代儒生丢掉了自身存在的意义。

失去理想支撑的儒生已无力去顾及他们身后的名声，在现实中他们已经被磨得世俗化了，他们要的只是现世的平安。前朝英雄们用自己的积极进取影响和改变了历史的走势，这些光耀后世的伟迹对于元代士人来说，已是遥不可及的幻梦。然而，这些历史人物仍旧以记忆、以传说、以书本的方式不断出现在元代士人的生活话语之中："叹西风卷尽豪华，往事大江东去。彻如今话说渔樵，算也是英雄了处。"（冯子振《正宫·鹦鹉曲·赤壁怀古》）对于元代儒生而言，能够成为渔樵评说的对象，也算是英雄们不朽的一种方式了。英雄们的"失去"和元代儒生们的"从未拥有"相比，他们的"悲"都显得充实而有力。承认他们的不朽，就是在不断提醒元代士人自己的失败渺小，这样的心理状态显然并不适宜于元代士人们的生存环境。

因此，以否定历史人物的价值来回避个人价值的渺小，从心理角度来说是一个平衡身心的现实办法。鲁迅先生曾说："灭亡于英雄的特别的悲剧者少，消磨于极平常的，或者简直近于没有事情的悲剧者却多。"[1]与壮志未酬身先死的悲剧人物们相比，元代士人被时代抛弃，只能在空虚卑微中虚度时光，这样的人生更为可悲。历史人物们的功绩会被时间抹去，但他们曾经奋斗过的故事会长久地流传在人们的记忆里。元代士人们一次次地想起原本是作为自己的目标和偶像的英雄们，却又绝望地意识到自己早已丧失了效仿英雄的机会。沉溺在卑微吏职中的儒生们，无法回避历史人物们叱咤风云的伟迹，只能以一边倒地批判来压低他们的价值以缩小碌碌无为的自己与英雄们的差距。

元代儒生在散曲中不断否认历史人物价值，与其说是一个结论，不如说更像是一种心理暗示，帮助士人将现实中他们的被动失意转化为自己的主动放弃。虽然同样是失去，但主动的放弃能为失意儒生换回尊严。他们在客观上失去的名利，成为了他们树立起个人自信和自尊的垫脚石。换句话说，这是他们尊严的自赎，是他们寻求内心平衡的一种方式。他们一面在积极寻找世俗的功名机会，一面又为自己的

---

[1] 鲁迅：《几乎无事的悲剧》，载《且介亭杂文二集》，人民文学出版社1958年版，第18页。

寻找安排心理的退路。他们不断重复一切个人努力都将成空的话题，其中隐含的态度，与其说是"我相信"，不如说是他们在不断地相互暗示"我要相信"。"我相信"和"我要相信"之间的差别，就在于"我相信"意味着主观体验和客观现实的融合；而"我要相信"更多是个体对现实的痛苦体验和妥协方式。

（三）否定传统价值标准直接导致了元代士人的价值虚空

不断地回望历史，不断地反省人生，不断地自责自怜，元代士人的散曲始终弥漫着一种浓厚的悲剧氛围。"明月闲旌旆，秋风助鼓鼙，帐前滴尽英雄泪。楚歌四起，乌骓漫嘶，虞美人兮，不如醉还醒，醒而醉。"（马致远《双调·庆东原·叹世》）散曲题名"叹世"，表明作者是以古喻今，借西楚霸王的悲剧来叙写元人的时代感受。英雄伟业，转眼成空，落下的只是千古虚名："古今荣辱转头空，都是相般弄。我道虚名不中用，劝英雄，眼前祸患休多种。秦宫汉冢，乌江云梦，依旧起秋风。"（盍西村《越调·小桃红·杂咏》）可是，如若没有抗争和奋斗，如泥土一般默默地存在又何尝不是更彻底的虚无？面对这样的两难，元代儒者唯有"醉还醒，醒而醉"。周而复始的沉沦只是对生命意义的回避，每一次回避带来的都是清醒时更加痛苦的空虚迷茫。

可以说，前朝文韬武略的英雄就如同历代士人精神的灯塔，他们指引一代代的儒者朝着更崇高的价值高度迈进，而元代儒生在世俗的暗夜中放弃了这样的精神灯塔，在无边的黑暗中，失去方向的他们就只能凭借自己手中闪烁的烛光来体味光明，即审美式地沉醉于物欲声色、虚荣浮华的当下体验中。世俗情怀包括金钱、权势、爱欲、享乐等取代"三不朽"成了元代儒生们支撑生命的力量。

这些元代文人的人生际遇或成功或失败，看似偶然，但他们的个人历史必然带有时代的、政治的烙印，他们的思想也无法摆脱大的时代的特征。从大的方面来说，他们又同时是悠久的汉族文明史中的一步。新兴的草原文化与悠久的汉族文明同时叠加在元代文人的价值体系中，两者之间的巨大差异也同样凸显在他们的思想中。汉族儒学的历史经验并不足以解决元代士人的思想困惑，它们之间的不对等终归要求元代士人重新寻找一个属于他们自己的新的价值理念，并以此支撑他的精神世界。然而，改写自己的价值观并不是一件容易的事。不破不立，在这种寻找过程中，否定历史和否定经典一样，都是他们自我确立的方式，他们的不断否定从背面反衬出了这些价值观在他们心目中的地位。

1. 否认个人奋斗的背面价值在于宣扬及时行乐

懒云窝，醒时诗酒醉时歌。瑶琴不理抛书卧，无梦南柯。得清闲尽快活，日月似搏梭过，富贵比花开落。青春去也，不乐如何？

——阿里西瑛《双调·殿前欢·懒云窝》

"不乐如何？"全曲以疑问作结，表明这是唯一的选择。对于元代文人来说，"三不朽"已成虚幻，生命在企盼功名和保身避祸间"似搏梭过"。元代极少见士人因风云际遇而飞黄腾达的例证，但飞来横祸、突逢离乱的事情却是时时可见。出于生存的考虑，很多儒生明知官场"无日不风波"，却也只能勉力支撑，无法真正离开。无法预知的未来让享受当下成为最务实的选择。

士人们失去精神信仰和昔日固有的仕进模式后，也相应失去了"四民之首"的地位和"白衣卿相"的尊重带来的自我约束，心理上的空窗期致使他们行动上的肆意纵情。士人"格物致知，正心诚意"正是为了能"修身齐家"，而其终极目标在于"治国平天下"，一旦终极目标缺失，"修身齐家"也就成了可有可无的事情了。嬉笑怒骂，图一时之痛快，成为元代儒生心理发泄的一时之选。马致远《大石调·青杏子·悟迷》就写出元代士人怀才不遇，故作旷达，转而向烟花丛中寻求寄托的这种心态："世事饱谙多，二十年漂泊生涯。天公放我平生假，剪裁冰雪，追陪风月，管领莺花。"

儒户沉于市井，必然受到市井文化浮艳风气的影响，大量的声色之娱更强调的是听觉、视觉上的快感，曾被正统文人所轻视的肤浅直露一变成为"酣畅爽利"的新的审美标准，"微言大义"的审慎之风被浸染着异族气息的"及时行乐"所侵蚀，这也进一步导致了元代儒生群体的"纵情任性"。

2. 否认社会价值的背面意义在于肯定全身保身

元代归隐之风盛行。不仅有真正的田园山林之隐，还有"市隐"、"吏隐"、"道隐"等多种形式。这多种归隐形式证明元代的士人并不是真的对这个喧嚣热闹的社会失望，而是他们在尽一切可能逃离官场。这种隐居是全身避祸的选择，不是代表个人对现行政治的抗衡，更不是他们对改革社会政治的曲意表达。这种隐居从表面上看来，是对元代政治的极度失望，但其深层隐匿的是对元代官场恶劣生存环境的畏惧。在"功名"和"生存"之间，他们务实地选择了"生存"："如今只望，儿婚女嫁，鸡犬山田。"（魏初《黄钟·人月圆·为细君寿》）出身书香世家，曾从元好问学的元代大儒魏初，一生几进官场，又多次主动退出，最终他的理想也沦落为最基本的生存要求。这种行为是元代士人弃守儒生的志士精神，转而以现实的民间保身观念维护个体最低程度的生存要求的表现。

3. 否认传统价值的背面意义在于承认生命的卑微和现实

中国传统文化中的"英雄"与元代士人构建的新的"英雄"已不是同一概念。元代士人心目中的"英雄"更弱，更善感，也更像一个普通人。王伯成的套数《般涉调·哨遍·项羽自刎》就是一个鲜明的例子：

> 虎视鲸吞相并，灭强秦已换炎刘姓。数年逐鹿走中原，创图基祚隆兴。各驰骋，布衣学剑，陇亩兴师，霸业特昌盛。今日悉皆扫荡，上合天统，下应民情。睢河岸外勇难施，广武山前血犹腥。恨错放高皇，懊失追韩信，悔不从范增。
>
> 【幺】行走行迎，故然怒激刚强性。迤逗向垓心，预埋伏掩映山形，猛围定。涧溪沟壑，列介胄寒光莹，昼夜攻催劫掠，爪牙脱落，羽翼雕零。一个向五云乡里贺升平，一个向八卦图中竞残生，更那堪时月严凝。
>
> 【麻婆子】汉祖胜乘威势，上苍助显号令。四野布层阴重，六花飞万片轻。不添和气报丰年，特呈凶兆害生灵。手拘束难施展，足滑擦岂暂停。
>
> 【幺】自清晓彻终日，从黄昏睡五更。趁水泽身难到，夺樵路力不能。旋消冰雪润枯肠，冻烧器械焰荒荆。马无草人无饭，立不安坐不宁。
>
> 【墙头花】军收雪霁，起凛冽严风劲，汗湿征衣背似冰。战欣欣火灭烟消，干剥剥天寒地冷。
>
> 【幺】征夫梦寐清，深夜疆场静，四面悲歌忍泪听。便不思败国亡家，皆子想离乡背井。
>
> 【急曲子】帐周回立故壁，阵东南破去程。众儿郎已杳然，总安眠睡未惊。忽闻嘶困乏征碗，猛唤回凄凉梦境。
>
> 【耍孩儿】唯除个植楚怀忠政，错认做奸人暗等。误截一臂不任疼，猛魂飘已赴幽冥。碧澄澄万里天如水，明朗朗十分月满营。马首立虞姬氏，翠蛾低敛，粉泪双擎。
>
> 【幺】绝疑的宝剑挥圆颈，不二色的刚肠痛。怎教暴露在郊墟，惜香肌难入山陵。望碧云芳草封高冢，对黄土寒沙赴浅坑。伤情兴，须臾天晓，

仿佛平明。

【三煞】衢路九条，山垓九层，区区纵堑奔荒径。开基创业时皆尽，争帝图王势已倾。军逐，因寻江路，误入阴陵。

【二】付能归船路开，却懒将踏板登，丧八千子弟无踪影。羞归西楚亲求救，耻向东吴再起兵。辞了枪骑，伏霜锋闪烁，从二足奔腾。

【一】杀五侯虽惧怯，奈只身柱战争，自知此地绝天命。壮怀已丧英雄气，巨口全无叱咤声。寻思到一场长叹，百战衰形。

【尾】解委领把顿项推，举太阿将咽颈称。子见红飘飘光的的绛缨先偏侧了金盔顶，磣可可湿浸浸鲜血早淋漓了战袍领。

据《史记·项羽本纪》：秦末群雄并起，项羽在初期，所战皆胜，"号称霸王"。但后来与刘邦楚汉相争，先胜后败，项羽在垓下被汉军围困，四面楚歌，大战失利。"项王自度不能脱，谓其骑曰：'吾起兵至今八岁矣，身七十余战，所当者破，所击者服，未尝败北，遂霸有天下。然今卒困于此，此天之亡我，非战之罪也。'"为了证明"非战之罪"，项羽带领残部冲杀汉阵，三杀而三胜，"汉军皆披靡"。"项羽乃欲渡乌江。乌江亭长倚船待，谓项王曰：'江东虽小，地方千里，众数十万，亦足王也。愿大王急渡。今独臣有船，汉军至，无以渡。'项王笑曰：'天之亡我，我何渡为！且籍与江东子弟八千人渡江而西，今无一人还，纵江东父兄怜而王我，我何面目见之？纵彼不言，籍独不愧于心乎？'乃自刎而死。"项羽百战衰形之时仍不失英雄气度，在残酷的命运面前，显出了不屈从于命运的豪情。由于项羽死得壮烈，后世都目之为英雄。"生当作人杰，死亦为鬼雄。至今思项羽，不肯过江东！"此诗代表了后世人们对项羽的景仰。

而元代儒生王伯成将这支散曲定格在项羽临死前的那一个夜晚。从第一个幺篇开始，王伯成用戏剧的笔调再现了项羽最后一晚的生存困境。作者并没有把这种困境简单设定为一个粗鲁自大的楚霸王被对手逼入绝境后的颓态，而是通过大量的环境描写，显出"天之亡我"的主题，暗示出命运的强大决定力量。在绝境中，项羽被作者塑造成了一个跌落神坛的凡人，他在人生的最后阶段，焕发出人性的善意和怜悯。昔日的霸王绝不掩饰地流露出自己的畏惧和疲态。"马无草人无饭，立不安坐不宁"，"起凛冽严风劲，汗湿征衣背似冰"，在战争的最后，胜负已定，再拼杀不过是无谓的挣扎，这里的项羽在深夜寂静的疆场上，忍泪细听着四面悲歌。在绝望的自悯中，他推己及人地想到了追随他多年的江东子弟："便不思败国亡家，皆子想离乡背井。""败国亡家"的宏大历史命题在这里被"离乡背井"的个人生命情怀悄然替代。"众儿郎已杳然，总安眠睡未惊。"死去的人已沉入永远的安眠，只落下项羽一人独立承担无数生命最后的遗憾与悔恨。马首粉泪双擎的虞姬，用决绝的死为项羽断了最后一个生的希冀，此时的项羽似乎成了唐明皇的化身，他哀叹自己最忠诚的爱人"怎教暴露在郊墟，惜香肌难入山陵"，"望碧云芳草封高冢，对黄土寒沙赴浅坑"。与以往的霸王别姬故事不同，这里的西楚霸王心痛的不是"天亡我也，非战之罪"，战争的胜负已不再令项羽挂怀，他如一个悲伤的情人一般掩埋了自己爱人的遗体。如果说，是战争成就了项羽英雄的传奇，那么，急迫而至的死亡将百炼钢化为绕指柔，项羽在生命的最后时刻回归成了一个被悲伤彻底打垮的弱者。

从"自清晓彻终日，从黄昏睡五更"到"深夜疆场静"，再到"须臾天晓，仿佛平明"，一个个的时间点接踵而来，在项羽生命的最后时刻，时间的流走似乎更加急迫。不论一个英雄如何留恋自己的生命，命运已用渐明的天光下了最后的通缉令。死亡不是项羽主动的选择，而成为一个失败者无法回避的结局。作品看似极速地抽掉了英雄脚下的崇高圣坛，但却以极弱的项羽塑造出了一个更人性更真实的人的形象。

英雄之死在这支套曲中成了一个双重的隐喻。"自知此地绝天命"的项羽选择了最英雄的死亡方式："举太阿将咽颈称"。这把杀敌无数的宝剑最终终结了主人的生命，一世强雄不是死于他人，而是败在了命运和自己的手上。"红飘飘光的的绛缨先偏侧了金盔顶，碜可可湿浸浸鲜血早淋漓了战袍领。"曾经迎风飘扬的绛缨倒了，鲜血染红了战袍，与生命相比，英雄的称号和战胜的荣耀都已不再重要。"生命"作为个体价值的极限一举超越了"英雄"这一最具社会价值内涵的标尺，使霸王别姬的故事在元代呈现出别样的艺术风采。

这一变化反映出元代儒生在个体生命价值和传统社会价值之间的取舍。当社会赋予了儒者以辅国安邦的机会时，生命对于儒者来说，是战胜时间、实现精神不朽的工具。珍惜时间，并不意味着享受生命，而在于抓住每一个机会成就自己现世或未来的声名。一旦被社会抛弃，儒者无不陷入生命虚掷的哀叹，当生命不再能创造出足以荣耀古今的社会价值时，生命的存在似乎也失去了意义。这是元代儒生最大的生存困境。生存意义的缺失逼迫着元代士人到别处去寻找生命的价值。于是，有的人以修炼成仙的方式将人生的价值定位于对于彼岸的追逐；有的人以耽于享乐的方式将人生的意义归结为感官体验的最大化；而更优秀的少数者开始把生命视为人生的最大恩赐，以与自然、社会及自我和解的方式体会人生的至情至乐。珍惜生命，被推及为珍惜他者的生命；享受当下，被升华为感受心灵的悠然之乐。当生命不再是扬名的工具，而成为存在的实体，人也就成了真正的有情有爱有惧有苦的"人"。从英雄到"人"，看似是神坛中跌落，实则是人性的升华。

因此，项羽之死在王伯成的散曲中张扬出一种悲剧之美。走下神坛的项羽，以他对生命的留恋和对他人的怜悯，展现出了强烈的人性光辉，从而占据了"人"的高位。虽然命运让他走向了死亡，但他临死前的那一份人性的觉醒，消弭了楚霸王一生中杀人无数的战绩，使他的死亡更加柔软，也更具有悲剧性。《项羽自刎》中的征战一生的英雄到临死前突然洞察了生命的可贵，这种无法挽回的遗憾构成了作品强烈的悲剧意味。这种死之必然与生之留恋之间的巨大冲突使作品由外在的英雄失意的实体性悲剧，转向了内在的生存价值的哲理性悲剧。"悲剧是为了唤起人们对被否定的有价值人生的惋惜、同情和珍视，是用否定的方法来肯定人生价值，以肉体的毁灭张扬精神的永恒。"从这一层意义上说，项羽之死正是超越了现实价值尺度，而以其悲剧内涵给人以审美感受。

放弃之美所代表的不是对生命毫无激情的漠视。元代儒生的退守田园更类似于自我价值观的重建，他放弃了现世功利短视的价值评判标准，而以心灵的安顿作为更加长久充实的内在价值判断，这也使得元代末期的文人在远离政治之后并没有走向心灵虚无，也不再停留于简单的儒学"格致至知"的外在形式，而以外在的洒脱追求自我的定位。

然而，由于这些潜在的价值观太俗化、太直白，令饱读诗书的元代士人们自己都无法正视，因而他们在创作中总以否定为主，即便涉及了这些世俗的价值观念，他们也往往会即时涌起一种悲哀的情绪。或者说，他们的生活经验理性地告诉他们，只有遵循世俗的价值理念，他们才可以平静安稳地生活在这个社会之中，但一旦真的明确了以这种世俗的价值观立世，也就意味着完全放弃了儒生的身份，成为一个"俗人"，这又成了一个儒生不能接受的结局。

因此，元代士人的"不断否定"就有了这样两层的意味：

（1）代表了他们出于现实生存体验对传统价值观的抵制。真实的历史总是充斥着各种各样的信息元素，人们总是通过提取对己方有利的信息元素来重建历史，并借助对历史的二次解读来验证自己的价值观。元散曲的英雄套数就是以较长的篇幅重新阐释了元人心目中的项羽形象，抛开了政治属性的项羽，成为情感上的悲剧英雄，元人将他戏剧化的一生浓缩到临死前的那一个晚上，其中透露出的是元代士人对于英雄霸业的消解和对人生价值的再定位。

这种再造历史的模式在元散曲中的广泛出现证明了元代士人的价值观已经与传统价值观之间形成了巨大的鸿沟。他们不再是传统价值观的传声筒，他们的现实生活体验凝结成属于他们时代的、个体的价值观。这种价值观在实际生活中成了他们行动的标杆，传统理念已经与之脱节。可以说，元代士人对历史人物形象的再度解读标志着时代政治权力话语的标准已经瓦解，书写历史的正统官方意识形态已经与民间士人的史观脱节。元代士人群体以文学的方式再次书写了历史，也表明了他们对于传统历史观和价值观的质疑已成为共识。

这种质疑来源于他们现实的生存体验。传统历史观和价值观的意义就在于它们通过一系列历史人物的事迹为后来者指明了一条通向成功的道路。而在元代，至上而下的轻儒，政策上的取消科举，重利纵欲的社会风气，种种社会因素集中起来几乎扼杀了元代士人所有的晋升之路。"立德"为世所嘲弄，"立功"更是无门，"立言"在一个文化素养极低的异族统治时期，已是孤掌难鸣。对于普通的元代士人来说，保家小、得温饱、全性命已是难得的成功，传统历史观和价值观对于他们来说，已经丧失了存在的意义。因此，元代的士人开始质疑那些历史人物奋斗的动机。如果他们也能预知他们的一切努力最终都将"竹帛烟消，风去日月，梦寐隋唐"（卢挚《双调·蟾宫曲·咸阳怀古京兆》），是否也会发出"快寻趁王家醉乡，见终南捷径休忙"这样的感叹。现实困境逼着元代士人只能把生活理想降到"茅宇松窗，尽可栖迟，大好徜徉"的最低点。这种不问古今、不求功名的底层心理是他们否定历史价值的本源。

（2）表明他们以不断提及传统名儒和典故的方式来证明他们并没有真正忘记或放弃他们的士人身份。

登临远眺已经成为中国文人的标准姿态。与一般市井细民的游山玩水不同，登临远眺有着与古今对话、连接时空的文化意义。元代文人虽然沉沦于社会底层，从生活方式到思维方式都已很大程度地市井化了，然而一旦面临登临远眺这一类富于文化内涵的活动，他们思想中潜藏的文人意识又不由自主地浮出水面，使他们临风赋诗，对月吟诵，在怀古论今中回归士人的本色。如曾瑞所直言的"涌金门外过西湖，写新诗吊古"（《正宫·醉太平》），如果说"涌金门外过西湖"是杭州市民最寻常的游玩活动，那么文人的本色就是"写新诗吊古"。"苏堤堤上寻芳树，断桥桥畔沽醅酝，孤山山下醉林逋。洒梨花暮雨。"底层细民眼中美丽的风景，在士人的眼中就成为了历史文化的意象，他们在苏堤上怀想苏子，在断桥边追慕才子佳人的爱情，在孤山脚下遥想梅妻鹤子的风雅，在梨花暮雨里感受唐诗的风致。身在市井，心存文雅，这是元代士人不曾改变的本质。他们以文学脱俗，以怀古寻求思想的高蹈，从根本上来说，也意味着他们从未真的"通俗"。

这种对于儒生的历史使命既痛恨又留恋的态度，使元代曲家们长于"高唱"而短于行动，屈于生计又心向归隐。矛盾心态成为元代士人最主要的人生状态之一。

这种矛盾心态归根到底还是源于元代士人传统的"达则兼济天下，穷则独善其身"的儒家价值观。但元代社会不仅堵死了元代读书人们"兼济天下"的道路，同时也嘲笑那些"独善其身"者，只有极少数人才有足够强大的内心来与社会主流思想抗衡，更多的人被迫寻找第三条道路安顿身心。长期居于城市之中的元代士人在耳濡目染间感受到了世俗价值体系对个体精神的安抚作用，他们逐渐退向世俗价值体系，并从民间价值体系中去找寻他们安身立命的第三条路。

二、元代曲家的佯狂心理

儒生与世人对"有用之士"的观念的差异造成元儒在遭遇仕途的失意后常常自诩为无用武之地的英雄。元代无名氏所作的《正宫·叨叨令·志感》中感叹："不读书有权，不识字有钱，不晓事倒有人夸荐。老天只恁忒心偏，贤和愚无分辨。折挫英雄，消磨良善，越聪明越运蹇！志高如鲁连，德过如闵骞，依本分只落的人轻贱。"有志有德依本分的真正的儒生在元代反而成了社会打击取笑的对象。元代社会重利轻义的风气一方面使得儒生失去了社会应有的尊重，另一方面，也影响着大部分的儒生，不惜放弃自己的大节，投身吏途。

但对于一般没有根脚的儒生来说，得到权贵的看重，受到他们的青睐，本身就带有很多偶然的因素，绝非以自己的才学就可以实现的。元儒中的幸运儿总是少数，绝大多数儒生都只能在乡野默默终老，或是屈居吏职残喘度日。《新元史·隐逸》中记载儒生王鉴"游京师，大臣荐其才行，授侍仪司舍人，鉴辞曰：'吾虽不敏，安能为人所役？'即宵遁。后乐吴中风土，遂隐居焉，足迹不出户者二十年"。王鉴游京师，就是为了受人赏识，有一番作为，但他的才行并不能为他换得一个官位。

侍仪司舍人只是一个最低等的吏职，这样的授职让王鉴看到如果他接受这个职位，就意味着他将"为人所役"。在受人驱使和贫困自由之间，王鉴毫不犹豫地选择了后者，他"即宵遁"了。心灵自由的代价是"家贫，无儋石之储"。元史将他列入《隐逸传》中，既是对他这样的行为的肯定，也从侧面证明王鉴的选择在当时并不是多数儒生可以仿效的。他在元代的儒生群体中占据了道德的高端，同时也付出了一生贫困且功名无望的代价。

可见，士人们不断地美化隐居生活的美妙，但在现实生活的困顿面前，元代士人多数并没有勇气真的为了追求自己的尊严，归隐田园。"尽道便休官，林下何曾见？至今寂寞彭泽县。"（薛昂夫《正宫·塞鸿秋》）一方面是因此元代士人传统的事功观一直在鼓舞着他们实践"匡君济世"的政治理想，另一方面也是由于绝大多数士人只能依靠着微薄的俸禄养家糊口，一旦辞官，衣食无着的痛苦将接踵而至。所谓"数枝黄菊勾诗兴，一川红叶迷仙径，四山白月共秋声，诗翁醉醒"（张可久《正宫·醉太平·金华山中》）的桃源胜景只存在于失意文人的幻想中，真正的贫困生活不仅抹杀了儒生们的尊严，也扼杀了他们的诗兴。"早是我衣服破碎，铺盖单薄，冻的我手脚酸麻。冷弯做一块，听鼓打三挝。天那，几时捱的鸡儿叫更儿尽点儿煞！"（苏彦文《越调·斗鹌鹑·冬景》）这样的语言直白透切，与传统诗词的文学性早已隔离，与其说是曲，不如说是寒士的哀鸣。

更多的时候，儒生不堪忍受恶劣的生存处境，不得不牺牲尊严，换取一身暖饱。"我头低气不低，身屈心难屈，一任教风云卷舒。饭饱一身安，心间万事足。"（马致远《双调·夜行船》）为了"饭饱一身安"，儒生只好曲学从势，低头屈身以事权贵。虽然，他们的内心中，这只是为了生计的权宜之计，对于自己的行为，他们自己也是难以接受的。

元代儒生石子章曾用"外头花木瓜，里面铁豌豆"（《仙吕·八声甘州》）来形容元代士人。花木瓜是元代俗语，比喻外表好看，其实无用。宋代周必大的《游山录》中记载："汪彦章与王甫太学同舍，貌美中空，彦章戏之为花木瓜。"元代康进之的杂剧《李逵负荆》第三折中也提到："元来是花木瓜儿外看好，不由咱不回头儿暗笑。"元代儒生自诩风流，却生计无着，在元人心目中就是这样一个形象。但对于元代士子来说，他们十年苦读，期待的是能一鸣惊人，有所作为、钢硬不屈的"铁豌豆"才是他们心灵的真实写照。

现实生活中的困境限制了元代士人的行为选择，儒生们很难无视生活的贫困而真的选择隐居乡野，而四处漫游寻求入职的机会成为元代普通儒生的常态选择。在四处寻访荐举人的过程中，他们一面要努力把握有限时机在权贵面前展示自己的才华，一面又要屈节迎合荐举人的喜好，其中的压抑自怜是难以回避的。稍有节操的儒生就只能在志气和功名之间做出选择。"几番待发志气修身于功名，争奈一缕顽涎硬。"（无名氏《中吕·粉蝶儿·阅世》）在元人的眼中，志气就是指不惜代价修身于功名，只要有了功名，富贵也就随之而来，为了功名所做出的有辱斯文的种种言行都在"功名富贵"这床锦被下被一一掩盖了。只是功利观盛行一时，只有少数"顽涎硬"的儒生才能全自己的节操。

两难的现实困境只有在酣饮沉醉时才能忘却，也只有酒醉后的狂态，才不会被人较真。可以说，弦歌宴饮，不仅可以乐而忘忧，还可以借酒发泄心中的郁结，为表现"自我"提供一个不必受拘束的环境。这种平衡内心的方式成了元代士人的共识，也造就了元代散曲中一个个装呆佯狂的书生形象。

（1）元人的装呆佯狂有着免"是非"，避人祸，全身自保的生存原因。"如今凌烟阁一层一个鬼门关，长安道一步一个连云栈。"（查德卿《仙吕·寄生草·感叹》）元代的儒生群体一直属于社会的弱势群体，社会上的官吏对于儒户肆意欺凌，"在中人之产，则役使之，困辱之，产不尽不止"[1]。因此，避祸意识一直在元代士人中非常盛行。"士"得不到"优言无邮"的待遇，所以用"俳谐怒骂"的方式说实话的人，只有以"狂"自居，方能自保。"爱风魔，怕风波，识人多处是非多。适兴吟哦无不可，得磨跎处且磨跎。"（顾德润《南吕·骂玉郎过感皇恩采茶歌·述怀》）

　　人皆嫌命窄，谁不见钱亲？水晶环入面糊盆，才沾粘便滚。文章糊了盛钱囤，门庭改做迷魂阵，清廉贬入睡馄饨，胡芦提倒稳。

　　　　　　　　　　　　　　　　——张可久《正宫·醉太平》

曲家之所以感叹"胡芦提倒稳"，表明他既不甘愿失足掉进这个社会大染缸里去同流合污，但个人又无回天之力扭转乾坤、移风易俗；为了解脱这种矛盾，只好无可奈何佯装糊涂，闭眼不看红尘，但求独善其身了。这与关汉卿"贤的是他，愚的是我，争什么"（《南吕·四块玉·闲适》），马致远的"葫芦提一向装呆"（《双调·夜行船·百岁光阴》），曾瑞的"朝市得安为大隐，咱，妆作蠢"（《中吕·山坡羊·

---

　　[1]　《廉访使孙公墓志铭》，转引自蒙思明：《元代社会阶级制度》，上海世纪出版集团2006年版，第144页。

讥时》）皆一脉相承。这反映出元代知识分子消极反抗的普遍情绪。

（2）元代士人的装呆佯狂也是为了在假装中自由安全地吐露真意，发泄心中长期郁结的苦闷。

> 【梁州】耻于求自抱憨愚，厌迫陪懒混尘俗。傲慢似去彭泽弃职陶潜，疏散如困夔俯豪吟杜甫，清高似老孤山不仕林逋。岂浊，不鲁。处酸寒紧闭乾坤目，躲风雷看乌兔。静掩柴扉春日哺，便休题黑漆似程途。
>
> ——汪元亨《南吕·一枝花·闲乐》
>
> 【滚绣球】学刘伶般酒里酡，做坡仙般诗里魔，乐闲身有何不可。说几句不伤时信口开合，折莫待愤悱启发平科。见破绽呵闲楂，教人道我豪放风魔。由他似斗筲之器般看得微末，似粪土之墙般觑得小可，一任由他。
>
> ——无名氏《正宫·端正好》

元散曲中的那种真情和激情往往只有在曲家醉后才能呈现。士人饮酒常常是缘于生活的逼迫，或是因为生活中的种种失意，但在醉后，当士人借酒佯狂、抛开顾忌时，他的作品因为写出了内心深处真切细腻的感受，既具有强烈的个性，又带有相当的普遍性。

这种佯狂风魔的创作不可能再追求"词采华茂"、"温柔蕴藉"这样审美形式，它是作者内心深处真切强烈的感受的外化，是作者借酒佯狂、喷薄而出的心声。这样的作品不加修饰，无法推敲，反而呈现出了作者的"本色美"。这样的作品因为作者的"真"而具有了更多的艺术价值。一旦创作者从宿醉中醒来，回归到世俗身份，他的创作必然又要受到世人喜好的修正。这样的经过反复修正过的作品，可能更合乎社会意识的主流形态，却因此背离了诗歌"情深而不诡"（《文心雕龙·宗经》）的创作原则。

三、元代曲家的反抗意识

（一）首先表现在曲家借文学创作转化焦虑，获得个体精神的替代性满足[1]

从元散曲中，我们可以看出，这种艰难的生存环境，引发了元代士人更强烈更痛苦的生存体验。它逼迫着读书人去反思自己的生活，修正自己的价值观，去找寻

---

[1]　陈德礼：《愤书论及其审美创作心理机制》，载《青海师范大学学报》（哲社版）2000年第4期。

一个情绪的突破口。"不平则鸣",饱读诗书的元代士人习惯性地将自己的痛苦转移到文字中,通过文学创作释放出自己的心理压力,于是,他们把自己对生活的理解和困惑转化为文学创作。他们通过创作确定自己的存在感,验证自己的才华和能力,实现自己的价值。这种以文学成就取代政治成就的方式造就了大批的出色文人,也帮助他们获得了个体精神上的"替代性满足"。

可见,"不平则鸣"的首要价值并不在于"鸣"之后的文名远播,它更现实地成为元代士人们在现实困境中自我疏导、自我娱乐的一种方式。痛苦的现实体验在创作中转变为对自我能力和价值的肯定,正是因为这种痛苦体验升华为借以忘忧的创作愉悦。

同时,元代士人们看似个性化的情感体验和人生际遇,往往受到时代、民族、社会等种种元素的合力促就。 他们生命中的种种偶发性痛苦,也因此带有普遍的社会元素。故此,作家个体的孤愤之情又往往体现出了群体的普遍情感体验,展现为普遍的社会情感的个性化表现。

元散曲作家在作品中传达出的个性化表现主要体现在以下两点。

(1)情感的宣泄需求表现为行文用词的"极至"感。要生存就必须放弃人格,要尊严就不得不面对生存的危机。正是这种生存与人格的二元背立,造就了元代儒生心态的扭曲。他们在作品中传达出无法摆脱的尴尬和痛苦。不论是指天骂地,还是纵情声色,他们都极力追求一种"极至"的感觉,一种无所不用其极的痛快感。以关汉卿的套数《南吕·一枝花·不伏老》为例:"我是个蒸不烂、煮不熟、捶不扁、炒不爆、响珰珰一粒铜豌豆,恁子弟每谁教你钻入他锄不断、研不下、解不开、顿不脱、慢腾腾千层锦套头。"按照【一枝花】曲牌的正格,这本是两个简单的七字句。但当散套创作到这里,创作者的情绪已经积累到了高峰。作品情感宣泄的功能已经超越了它描绘形象的功能,因此它更主要成为作者呐喊的载体。它需要一个足够长的句子来吐出作者积郁在心中的一口长气,所以这两句曲就变成了我们现在看到的长达53个字的两个长句。这正说明了元散曲不事雕琢、不求蕴藉的粗豪的特点,它顺应的是作者创作时紧张、强烈的情绪表现,而不是作者经理性整过的蕴含丰富的绵柔之思。

又如无名氏《正宫·叨叨令》:

黄尘万古长安路,折碑三尺邙山墓。西风一叶乌江渡,夕阳十里邯郸树。

老了人也么哥,老了人也么哥,英雄尽是伤心处。

末三句中两句重叠，纯是白话，仿佛寒士的喃喃自语，全无修辞的直白言语真实坦诚，将元代寒士四顾茫茫、白首兴叹的痛苦一吐而尽。与传统诗词的隐喻、比兴、拟代相比，这种直白更显出曲家创作的真诚——他已无心雕饰文辞，散曲成了他吐露心声、抒发心声的最直接方式。

不仅士人述怀时常以直白手法宣泄心声，在闺怨题材中往往也附着这样的情绪，使元散曲中的女性形象多成为了敢爱敢恨的热辣女子模样。如大儒姚燧的《双调·新水令·冬怨》，这样写道：

【尾声】这冤仇怀恨千钧重，见时节心头气拥。想盼的我肠断眼睛儿穿，直搣的他腮颊脸儿肿！

学界一般将这样的女性形象视为市井小民，认为这是民间女子才有的大胆追求爱情的举动。然而，从全元散曲的整体作品来看，多数闺怨中描写的女子的大胆行为都还如上曲一样停留在"怨"的层面。即是说，元散曲中女子敢骂敢恨，敢怨敢言，但其行为上仍然多是保守为主。像元代杂剧中最经典的女性形象窦娥一样，从生活和行为层面上说，她始终是一个本分女子，直至法场上的三桩誓愿，她也是被逼到绝路上的"痛骂"而已。这与传统英雄形象的奋起反抗终究存在着质的差别。因此，窦娥的"痛骂"也更多代表了普通市民面对压迫、欺辱时心中痛苦的宣泄。她把百姓心中敢怒而不敢言的心声吐露了出来，或者说，是关汉卿借窦娥之口把自己敢怒而不敢言的心声宣泄了出来。这正是文学纾解情绪、平衡心理的重要功用之一。

再回头看姚燧的《冬怨》，虽然女主人公对负心郎"怀恨千钧重"，一心想着在见面时"直搣的他腮颊脸儿肿"，但女子的真实行为却是"想盼的我肠断眼睛儿穿"，等待行动的被动和情绪表露的主动形成了强烈的反差，这种言行方式与窦娥有了强烈的相似之处，也与一直处于弱势地位的元代士人的精神状态有了类似的关联。从这一点上说，元代的女性题材散曲仍然有着传统的拟代功能，它依旧借这些女子形象为作者代言，只不过，它所代之言不是作者的政治理想，而是他们的情感宣泄。

总之，这种泼辣的"蛤蜊味"正是对以往"温柔蕴藉"的儒家风范的反动，也是对他们憋屈的处处受制的人生的反动。任讷在《词曲通议》中指出"曲以说得急切透辟、极情尽致为尚，不但不宽弛、不含蓄，且多冲口而出，若不得待者；用意则全然暴露于辞面，用比兴者并所比所兴亦说明无隐。此其态度为迫切、为坦率，恰与词处相反地位。"曲的这种特点与曲家创作时追求的这种宣泄心理有着密切的关联。

（2）元散曲作家往往表现出对某些意象的集体偏爱。这些意象如同作家之间的心灵暗语，成为作家们表达自身体验的最有效工具。元散曲中具有普遍意义的意象很多，如鹦鹉洲、渔樵、梅等，其中最具元代士人心态特点的一个意象应该算是"梅"。

根据心理学上的原理，个人强烈的欲望受阻碍时，可能产生认知改变，如感受力、想象力异常，这时人对与自己的目标有关（事实上的及想象中的）的事物，往往有一种特殊的敏感，而且容易将这些对象人格化。[1] 而梅从生存状态和精神象征两个方面都可以直接成为元代士人的代言者，因而受到了元代士人的集体偏爱。

元人朱庭玉在《仙吕·点绛唇·咏梅》中写道：

> 故人应与，梅同态。梅虽雅淡，人更清白。人之风彩，梅之调格。人
> 与梅花俱可爱，无奈，岁寒姿可惜在尘埃。

可见在元人心目中，梅既有"岁寒姿"清雅高洁的一面，也有沦落尘埃、忍受风霜的一面。这种生存的困境与精神的自洁正好构成了元代士人精神生活的两幅图景，自然会受到元人的青睐。与宋人一边倒地欣赏梅花的内修外美、清雅绝俗相比，元人对梅花的感情显得更生活化，梅花既是元人理想人格的象征，同时，也是他们生存困境的写照。可以说，元人的以梅花自喻，这既是以梅花自傲，也是以梅花自怜。这种矛盾心态在元代许多涉梅的散曲中表现得十分突出：

> 孤舟夜泊洞庭边，灯火青荧对客船。朔风吹老梅花片，推开篷雪满天，
> 诗豪与风雪争先。雪片与风鏖战，诗和雪缴缠，一笑琅然。
>
> ——孙周卿《双调·水仙子·舟中》
>
> 月如牙，早庭前疏影印窗纱。逃禅老笔应难画，别样清佳。据胡床再看咱，
> 山妻骂：为甚情牵挂？大都来梅花是我，我是梅花。
>
> ——景元启《双调·殿前欢·梅花》

孙周卿《舟中》曲以梅喻雪，写出曲家在恶劣生活环境中的自强自傲心态。"孤舟"、"夜泊"、"青荧"、"客船"，又偏逢漫天风雪，这样的景象落于图画中自然是一番诗情画意，但作为现实生活，其中的清冷孤寒则不是一般人可以忍受的。然而，曲家没有龟缩于舟中，他"推开篷"笑赏这漫天的飞雪，还将它视为飘飞的梅花，支撑在这种诗情雅意背后的是曲家强大的精神意志："诗豪与风雪争先。"

---

[1] 郝继隆：《社会心理学》，台湾：开明书店 1979 年版，第 23 页。

在作者琅然的笑声中，可以知道，他既没有忽视生存的艰难，也没有在困境中颓废低头，生存艰难反而成就了元代士人这种现实而昂扬的生存态度。

景元启的《梅花》曲就更有这种苦中作乐的意味。据胡床，伴山妻，平庸平淡的生活是元代士人的真实生活写照。然而，在这样的平淡生活中，士人特有的情思仍然活跃于作者的心灵之中。窗纱上的疏影令作者平庸的现实生活升华为一种艺术感受。生活于乡野之间的梅花，若无人欣赏，最终不过是"零落成泥碾作尘"，难逃沉沦的命运，但精神的高蹈可以让如野梅一样的山野村夫有了超越世俗的审美体验。在赏梅中，作家跳脱出一个默默无闻的山野村夫的形象，成为一个精神内涵丰富的高雅之士了。所以曲家说"梅花是我，我是梅花"，生存如梅花一样远离富贵繁华，精神如梅花一般享受清静风雅。这种对现实困难的超越不是以激烈的对抗换来了，它建立在元代士人的精神超脱之上，这一点与元代士人在生活中妥协退让，在精神上高蹈超越的生存态度如同一辙。

（二）以文学自重，在文学的精神满足中实现主体的重新定位，重建自我价值

刘熙载在《艺概·词曲概》中指出散曲"其妙在借俗写雅，面子疑于放倒，骨子弥复认真"[1]。"认真"可作两解：一是指创造态度上的理性成分；二是指"认真"代表着元散曲作者对主体确认的强烈渴望。

1.元散曲曲家创作态度上的理性成分

有学者指出："元代散曲的言理却并不是认真地探究人生哲理，而是表达一种带有主观感情色彩的对人生的看法和感慨，是通过某些现象为作者所不得不采取的玩世哲学和对生活的虚幻看法寻找根据，如通过写景叙事申说人生短促、及时行乐、官场凶险、一切虚无等等。其理是通俗的、浅显的、主观的、感情化的，因而理中有情，并不乏味。"[2]这一观点明确了元散曲中的理附着于作家的情感体验之中。曲家以情感的驱动创作散曲作品，又以理性的态度提升情感的价值，使之不坠入世俗的滥情之中，这是元散曲作家融感性与理性于一体的创作心态的体现。

如胡祗遹《中吕·阳春曲·春景》：

几枝红雪墙头春，数点青山屋上屏。一春能得几清明？三月景，宜醉

---

[1]　中国戏曲研究院编：《中国古典戏曲论著集成》（九），中国戏剧出版社1959年版，第116页。

[2]　许金榜：《元代散曲写景作品中的景物、心态和艺术创新》，载《河北师范大学学报》（哲社版）1994年第2期。

不宜醒。

前两句写景,红雪青山,春意盎然,平庸者不过是玩赏春景,而多思者则会由此及彼,放不下现实中的不如意。所谓惜时行乐,所重的都不是哲理思辨,而在于作者在盛景前仍然放不开的那份伤感。个人的伤情往往只具有个体的价值,但就在作者的吞吐掩饰中,它被概括成了一个具有普遍意义的哲思。这样的散曲常常以具象作为情感的起点,把由形象引发出来的普遍之理以感性的方式道出。这种理不是来源于作家的儒学修为,不以深度见长,而是曲家生活感受的理性化,是理中有情、以情写理的作者生活体验的文学呈现。

同样,不论是嬉笑怒骂的俗调还是闺怨相思的情曲,散曲作家在情感宣泄之中也一直在努力避免沦入淫滥粗俗的世俗底端,是深藏于作家士人精神的求雅心态使元散曲抒情之作远多于纵欲之作。元散曲也因此没有真正脱离雅文学的大家族,成为了雅俗交融的极具时代风味的艺术作品。如:

> 笑将红袖遮银烛,不放才郎夜看书。相偎相抱取欢娱,止不过迭应举,
>
> 及第待何如。

> ——白朴《中吕·阳春曲·题情》

> 疑是杨妃在,怎脱马嵬灾?曾与明皇捧砚来,美脸风流杀。叵奈挥毫
>
> 李白,觑着娇态,洒松烟点破桃腮。

> ——白朴《仙吕·醉中天·佳人脸上黑痣》

第一支曲看似纵欲大胆,直写女孩儿为求一时欢情,"不放才郎夜看书"。但不论是曲中女儿直接大胆的举动,还是她不识科举好处,只求一时欢会的真情表白,都洋溢着鲜活的青春气息,显现出了一个情窦初开的女孩子热爱青春、享受青春的生机活力。这种强烈而诱人的生命活力将作品中可能有的色情意味一洗而空,留下青春的欢乐令人回味不已。这正是元散曲以情写曲、不坠恶俗的一个典型例子。

第二支曲从美人脸上的一颗黑痣生发开去,以杨妃作比,尽显美人风流绰约的体态。末了突发奇想,画龙点睛,既令众人开怀,美人也不致窘羞失态。全曲俗不伤雅,妙趣横生,颇具尖新谐谑之趣,又不失文雅含蓄之格。

散曲创作与杂剧、小说不同,它的作者不是隐藏于作品文本之后,借剧、书中人的际遇离合客观表达思想情感的,而是以一种更明确更执着更渴望表露自己的方式立于文本前台。有时我们看到的是作者借散曲直抒胸臆,但更多的时候作者是以

独立的姿态审视、评判和雅化作品中主人公的情感、生活和人生感慨。

可见，散曲作品以情驱动创作，却不是情感激荡时毫无顾忌的喷薄宣泄，作者在创作时有更多的理性成分。对于作品的雅俗程度，他们有着自己的精准的判断。这也是刘熙载能从散曲中读出"认真"的重要原因。

2."认真"代表着元散曲作者对主体确认的强烈渴望

这种"认真"中深藏的精神动因是元代士人对于被闲置被边缘化的命运的反抗。"尽是些暗晓日茅檐燕雀，故意困盐车千里骅骝。英雄肯落儿曹彀？"（亢文苑《南吕·一枝花》）对于元代儒生来说，社会的轻视将他们的自尊踩到了脚下，但在他们心中，他们仍然是指点江山的"英豪"："邯郸道，不再游，豪气傲王侯。"（卢挚《商调·梧叶儿·席间戏作四章》）他们四海为家，甘受寂寥，即使是归隐田园，也是他们主动的选择。他们无不渴望以一己之言参与到社会政治文化生活的评判与建设之中，渴望以一个强大的自我展现对生活和命运的主动性。

现实中的被闲置和被边缘化的痛苦与对主体精神主动性和独立性的追求成为元代士人文化心态的两面。这种对主体精神主动性和独立性的追求保障了元散曲不会在世俗的包围中沦为狎邪粗鄙之作。它源于元代士人对于传统儒家文化的认同和继承，也是元散曲中雅文化特质的根源所在。

当然，从另一面讲，儒生本身守固因循的稳定性特点也推动着他们一直行走在规范化、秩序化的道路上。所以，虽然元初的士人散曲中洋溢着鲜活灵动的民间意识，但是元后期的士人仍不自觉地循着规范化秩序化的道路努力将散曲纳入正统文学的框架。元代后期散曲的雅化就是这样一种儒生的内在驱动力的结果。

结　语

元散曲是元代重要的文化成果。元代特殊的社会、文化环境为它提供了最肥沃的成长土壤，以至于明清的士人们无论如何努力也再难写出元人风味。元代曲家的群体创作成就了散曲这一极具个性的文学瑰宝，也让自己成为这种宝贵的元人气质的代表。分析这种元曲味道的成分，挖掘这种"元人高致"的由来，也成了找寻元代士人气质的最有效方式。再现元代曲家的创作现场，遥想他们当年的创作体验，可以避免我们以当代的眼光随意地"发现"他们的思想和特质，这是最贴近他们心灵的方式。

本书通过这样的研究方法努力证明元代曲家并不是一群玩世不恭的游民。他们沉郁下僚，而内心却洁身自好，有着传统士人对理想最执着的追求和最绝望的痛苦。但现实对他们的影响，绝不只是一句"压迫"可以总结的。他们在反抗社会的同时，也在适应社会。元散曲风格的复杂化就是最可靠的证明。

从元散曲风格的研究综述中，就可能看出，从元代开始，曲学家们就已经发现了元散曲雅俗融合的风格特点，但或是出于"尊体"考量，或是出于"人民性"判断，客观存世的三千余首元散曲一直被人为地尊为"雅"文学的典范或是"俗"文学的标杆。本书的研究基点就在于回归真实的文本，从元散曲中真实存在的，丰富的雅、俗文化元素中确认元散曲"文而不文，俗而不俗"的融合性风格特点。

以上是本书的研究目标，但限于学识、能力，有几点本书未能完成：

（1）具体的元散曲创作群体的风格划分。元曲家交游广泛，他们相互间的学习、引导必然会使他们的风格相近者走得更近，形成一个个相对独立的创作圈子，分析这些群体之间的风格差异及其成因，将使元散曲风格研究更加务实，元散曲风格研究也有望形成一个清晰的风格版图。

（2）元代士人普遍具有文化杂家身份，元散曲的创作群体与元代诗、文、词、杂剧等的创作群体有着相当程度的重叠，这为分析研究元代文学提供了重要的资料。通过对同一作家或同一群体的元代诗、文、词、杂剧等的系统比较，可能更清晰地勾勒出元散曲的风貌和特点。

本书的遗憾之处，也将是未来的研究方向。

参考文献

一、著　　作

［宋］沈义父著，沈嵩云笺注：《乐府指迷》，人民文学出版社 1963 年版。

［宋］孟元老著，邓之诚注：《东京梦华录》，中华书局 1982 年版。

［宋］灌园耐得翁：《都城纪胜》，江苏广陵古籍刻印社 1985 年版。

［宋］周密：《武林旧事》，江苏广陵古籍刻印社 1985 年版。

［金］元好问：《遗山集》，文渊阁四库全书本。

［金］刘祁撰，崔文印校点：《归潜志》，中华书局 1983 年版。

［元］王恽：《玉堂嘉话》，文渊阁四库全书本。

［元］杨瑀：《山居新话》，文渊阁四库全书本。

［元］鲜于枢：《困学斋杂录》，文渊阁四库全书本。

［元］郑元祐：《遂昌杂录》，文渊阁四库全书本。

［元］杨果：《西庵集》，长洲顾氏秀野堂清康熙 41 年本。

［元］刘秉忠：《藏春集》，文渊阁四库全书本。

［元］张弘范：《淮阳集》，文渊阁四库全书本。

［元］郝经：《陵川集》，文渊阁四库全书本。

［元］释英：《白云集》，文渊阁四库全书本。

［元］刘因：《静修集》，文渊阁四库全书本。

［元］魏初：《青崖集》，文渊阁四库全书本。

［元］赵孟頫：《松雪斋文集》，四部丛刊本。

［元］王恽：《秋涧先生大全集》，四部丛刊本。

［元］姚燧：《牧庵集》，重印四部丛刊初编。

［元］胡祗遹：《紫山大全集》，三怡堂丛书本。

［元］程文海：《雪楼集》，文渊阁四库全书本。

［元］徐明善：《芳谷集》，文渊阁四库全书本。

［元］张之翰：《西岩集》，文渊阁四库全书本。

［元］侯克中：《艮斋诗集》，文渊阁四库全书本。

［元］刘敏中：《中庵集》，文渊阁四库全书本。

［元］蒲道元：《闲居丛稿》，文渊阁四库全书本。

［元］邵亨贞：《野处集》，文渊阁四库全书本。

［元］虞集：《道园学古录》，四部丛刊本。

［元］戴表元：《剡源戴先生文集》，四部丛刊本。

［元］宋褧：《燕石集》，文渊阁四库全书本。

［元］萨都剌：《雁门集》，文渊阁四库全书本。

［元］吴镇：《梅花道人遗墨》，文渊阁四库全书本。

［元］张雨：《句曲外史集》，文渊阁四库全书本。

［元］舒頔：《贞素斋集》，文渊阁四库全书本。

［元］倪瓒：《清閟阁集》，常州先哲遗书，清盛宣怀辑刻本。

［元］杨维桢：《东维子文集》，四部丛刊二次印本。

［元］杨维桢：《铁崖文集》，明弘治间刻本。

［元］周德清撰，任中敏疏证：《作词十法疏证》，《散曲丛刊》本，中华书局 1930 年版。

［元］陶宗仪：《南村辍耕录》，中华书局 1959 年版。

［元］钟嗣成撰：《录鬼簿》（外四种），上海古籍出版社 1978 年版。

［元］倪瓒：《云林乐府》，江苏广陵古籍刻印社 1979 年重印本。

［元］张养浩：《归田类稿》，台湾商务印书馆 1983 年版。

［元］熊梦祥：《析津志辑佚·名宦传》，北京古籍出版社 1983 年版。

［元］姚桐寿：《乐郊私语》，台湾商务印书馆影印文渊阁四库全书本，1983 年版。

［元］盛如梓：《庶斋老学丛谈》，《笔记小说大观》本，江苏广陵古籍刻印社 1985 年版。

［元］白朴：《天籁集》，台湾商务印书馆 1986 年版。

［元］耶律楚材：《湛然居士文集》，中华书局 1986 年版。

［元］孔齐：《至正直记》，上海古籍出版社 1987 年版。

［元］揭傒斯著，李梦生标校：《揭傒斯全集》，上海古籍出版社 1988 年版。

［元］郑思肖：《心史》，收入《北京图书馆古籍珍本丛刊》第 99 种，书目文献出版社 1988 年版。

［元］冯子振著，王毅辑：《海粟集辑存》，岳麓书社 1990 年版。

［元］徐再思著，俞忠鑫校注：《甜斋乐府》，上海古籍出版社 1991 年版。

［元］王实甫撰，张燕瑾校注：《西厢记》，人民文学出版社 1995 年版。

［明］李开先辑：《张小山小令》，明嘉靖间刻本。

［明］叶子奇：《草木子》，中华书局 1959 年版。

［明］何良俊：《四友斋丛说》，中华书局 1959 年版。

［明］沈德符：《万历野获编》，中华书局 1959 年版。

［清］李玄玉：《北词广正谱》，清青莲书屋刻本。

［清］周祥钰：《新定九宫大成南北词宫谱》，乾隆十一年武英殿刻本。

［元］杨朝英编：《乐府新编阳春白雪》十卷本，南陵徐乃昌小檀乐室影印元刊本。

［元］杨朝英编：《朝野新声太平乐府》，四部丛刊影印元刊本。

［元］杨朝英编，任中敏校：《校补阳春白雪》十卷本，《散曲丛刊》排印本，中华书局 1931 年版。

［元］杨朝英编，卢前校订：《朝野新声太平乐府》，商务印书馆 1936 年版。

［元］杨朝英编，隋树森校订：《新校九卷本阳春白雪》，中华书局 1957 年版。

［元］杨朝英编，隋树森校订：《朝野新声太平乐府》，中华书局 1958 年版。

［元］无名氏编，隋树森校订：《梨园按试乐府新声》，中华书局 1958 年版。

［元］高明撰，钱南扬校注：《元本琵琶记校注》，上海古籍出版社 1980 年版。

［元］无名氏编，隋树森校订：《类聚名贤乐府群玉》，上海古籍出版社 1982 年版。

［元］杨朝英编，陈加校：《明抄六卷本阳春白雪》，辽沈出版社 1985 年版。

［明］无名氏编，卢前校勘：《乐府群珠》，商务印书馆 1955 年排印本。

［明］臧贤编辑：《盛世新声》，文学古籍刊行社 1955 年影印明正德十二年本。

［明］张禄辑：《词林摘艳》，文学古籍刊行社 1955 年影印嘉靖四年刻本。

［明］郭勋辑编：《雍熙乐府》，《四部丛刊续编》影印嘉靖丙寅刊本。

［明］陈所闻编：《新镌古今大雅北宫词纪》，明万历刻本。

［明］陈所闻编，赵景深校订：《南北宫词纪》，中华书局 1959 年版。

任中敏辑：《散曲丛刊》，中华书局 1930 年版。

卢前辑：《饮虹簃所刻曲》，1936 年金陵卢氏刊，1979 年江苏广陵古籍刊行社据原刊重印。

任中敏辑：《新曲苑》，上海中华书局 1940 年排印本。

隋树森编：《全元散曲》，中华书局 1964 年版。

隋树森选编：《全元散曲简编》，上海古籍出版社 1984 年版。

杨镰、胥惠民：《贯云石作品辑注》，新疆人民出版社 1986 年版。

王学奇、吴振清、王静竹：《关汉卿全集校注》，河北教育出版社 1988 年版。

王佩增笺注：《云庄休居自适小乐府笺》，齐鲁书社 1988 年版。

刘益国注：《马致远散曲校注》，书目文献出版社 1989 年版。

上海辞书出版社编：《元曲鉴赏辞典》，上海辞书出版社 1990 年版。

胡世厚：《白朴论考》，中州古籍出版社 1991 年版。

谢伯阳辑：《全明散曲》，齐鲁书社 1993 年版。

孔繁信：《重辑杜善夫集》，济南出版社 1994 年版。

吕薇芬、杨镰：《张可久集校注》，浙江古籍出版社 1995 年版。

浙江古籍出版社编：《历代散曲汇纂》，浙江古籍出版社 1998 年版。

吕薇芬主编：《全元曲典故辞典》，湖北辞书出版社 2001 年版。

[明] 臧晋叔编，隋树森校点：《元曲选》，中华书局 1958 初版。

[清] 杜文澜：《古谣谚》，中华书局 1984 年版。

[清] 顾嗣立编：《元诗选》初集、二集、三集，中华书局 1987 年版。

[清] 顾嗣立、席世臣编，吴申扬校点：《元诗选》（癸集），中华书局 2001 年版。

[清] 钱熙彦编：《元诗选》（补遗），中华书局 2002 年版。

王季烈：《孤本元明杂剧》，商务印书馆 1941 年版。

古本戏曲从刊编委会：《古本戏曲丛刊·四集》，商务印书馆 1958 年版。

隋树森编：《元曲选外编》，中华书局 1959 年初版。

[台湾] 刘兆祐：《四库著录元人别集提要补正》，（台湾）台北私立东吴大学 1979 年版。

唐圭璋编：《全金元词》，中华书局 1979 年版。

钱南扬：《永乐大典戏文三种校注》，中华书局 1979 年版。

徐沁君：《新校元刊杂剧三十种》，中华书局 1980 年版。

朱平楚校：《全诸宫调》，甘肃人民出版社 1987 年版。

宁希元校点：《元刊杂剧三十种新校》，兰州大学出版社 1988 年版。

凌景埏、谢伯阳校注：《诸宫调两种》，齐鲁书社 1988 年版。

蔡毅：《中国古典戏曲序跋汇编》，齐鲁书社 1989 年版。

钟兆华：《元刊全相平话五种校注》，巴蜀书社 1990 年版。

王季思主编：《全元戏曲》12 卷册，人民文学出版社 1990—1999 年版。

唐圭璋编：《全宋词》，中华书局 1992 年版。

李修生主编：《全元文》，江苏古籍出版社 1998—2004 年版。

陈翔华编校：《元刻讲史平话集》五种，北京图书馆出版社 1999 年版。

上海古籍出版社编：《宋元笔记小说大观》，上海古籍出版社 2001 年版。

李剑国辑校：《宋传奇集》，中华书局 2001 年版。

冯俊杰编著：《山西戏曲碑刻辑考》，中华书局 2002 年版。

［明］吴讷：《文章辨体序说》，人民文学出版社 1982 年版。

［明］徐师曾：《文章明辨序说》，人民文学出版社 1982 年版。

［明］许学夷著，杜维沫校点：《诗源辨体》，人民文学出版社 1987 年版。

［清］何文焕编：《历代诗话》，中华书局 1981 年版。

王国维著，徐调孚校注：《人间词话》，中华书局 1955 年版。

曹旭：《诗品集注》（钟嵘：《诗品》），上海古籍出版社 1994 年版。

郭绍虞：《沧浪诗话校释》，人民文学出版社 1961 年版。

周贻白：《戏曲演唱论著辑释》，中国戏剧出版社 1962 年版。

郭绍虞：《元好问论诗三十首小笺》，人民文学出版社 1978 年版。

郭绍虞、王文生编：《中国历代文论选》，上海古籍出版社 1979 年版。

钱南扬：《戏文概论》，上海古籍出版社 1981 年版。

王利器：《元明清三代禁毁小说戏曲史料》（增订本），上海古籍出版社 1981 年版。

丁福保辑：《历代诗话续编》，中华书局 1983 年版。

杨镰：《贯云石评传》，新疆人民文学出版社 1983 年版。

顾学颉、王学奇：《元曲释词》（全四册），中国社会科学出版社 1983 年版。

李修生辑笺：《卢疏斋集辑存》，北京师范大学出版社 1984 年版。

王文才：《白朴戏曲集校注》，人民文学出版社 1984 年版。

吴熊和：《唐宋词通论》，浙江古籍出版社 1985 年版。

唐圭璋：《词话丛编》，中华书局 1986 年版。

[意] 马可波罗著，陈开俊等译：《马可波罗游记》，福建科学技术出版社 1981 年版。

[明] 宋镰：《元史》，中华书局 1976 年版。

[清] 黄宗羲等：《宋元学案》，中华书局 1986 年版。

[清] 钱大昕：《补元史艺文志》，丛书集成初编本，商务印书馆 1937 年初版。

[清] 陈衍辑，李梦生校点：《元诗纪事》，上海古籍出版社 1987 年版。

[民国] 柯昭忞：《新元史》，中国书店影印，1988 年版。

范文澜：《中国通史》，人民出版社 1978 年版。

陈邦瞻：《元史纪事本末》，中华书局 1979 年版。

中华书局编辑部：《元代农民战争史料汇编》，中华书局 1985 年版。

孙克宽：《元代汉文化之活动》，台湾中华书局 1986 年版。

徐远和：《理学与元代社会》，人民出版社 1992 年出版。

许凡：《元代吏制研究》，劳动人事出版社 1987 年版。

余英时：《士与中国文化》，上海人民出版社 1987 年版。

李养正：《道教概说》，中华书局 1989 年版。

齐晓枫：《双渐与苏卿故事研究》，台北文史哲出版社 1989 年版。

张宏生：《感情的多元选择——宋元之际作家的心灵活动》，现代出版社 1990 年版。

王明荪：《元代的士人与政治》，台湾学生书局 1992 年版。

幺书仪：《元代文人心态》，文化艺术出版社 1993 年版。

郑传寅：《中国戏曲文化概论》，武汉大学出版社 1993 年版。

周良宵、顾菊英：《元代史》，上海人民出版社 1993 年版。

史卫民：《元代社会生活史》，中国社会科学出版社 1996 年版。

苏天爵：《元朝名臣事略》，中华书局 1996 年点校本。

张节末：《狂与逸》，东方出版社 1995 年版。

陈得芝主编：《中国通史》元代卷，上海人民出版社 1997 年版。

冷成金：《隐士与解脱》，作家出版社 1997 年版。

幺书仪：《元人杂剧与元代社会》，北京大学出版社 1997 年版。

徐子方：《挑战与抉择——元代文人心态史》，河北教育出版社 2001 年版。

吴晟：《瓦舍文化与宋元戏剧》，中国社会科学出版社 2001 年版。

方龄贵点校：《通制条格》，中华书局 2002 年版。

门岿：《粉墨功名——元代曲家的文化精神与人生意趣》，济南出版社 2002 年版。

李治安：《元代政治制度研究》，人民出版社 2003 年版。

孙立群：《中国古代的士人生活》，商务印书馆 2003 年版。

赵琦：《金元之际的儒生与汉文化》，人民出版社 2004 年版。

李泽厚：《中国思想史》，复旦大学出版社 2004 年版。

高益荣：《元杂剧的文化精神阐释》，中国社会科学出版社 2005 年版。

陈得芝：《蒙元史研究丛稿》，人民出版社 2005 年版。

蒙思明：《元代社会阶级制度》，上海世纪出版集团 2006 年版。

张晓梅：《男子作闺音》，人民出版社 2008 年版。

冯沅君：《中国诗史》，大江书铺 1931 年版。

郑振铎：《插图本中国文学史》，北平朴社 1932 年版。

冯沅君：《古剧说汇》，作家出版社 1956 年版。

郑振铎：《中国俗文学史》，作家出版社 1958 年版。

游国恩等：《中国文学史》，人民文学出版社 1962 年版。

陆侃如、冯沅君：《中国诗史》，人民文学出版社 1983 年版。

罗宗强：《隋唐五代文学思想史》，上海古籍出版社 1986 年版。

赵景深、张增元：《方志著录元明清曲家传略》，中华书局 1987 年版。

邓绍基：《元代文学史》，人民文学出版社 1991 年版。

顾易生、蒋凡、刘明今：《宋金元文学批评史》，上海古籍出版社 1996 年版。

李修生：《元杂剧史》，江苏古籍出版社 1996 年版。

谢桃坊：《中国市民文学史》，四川人民出版社 1997 年版。

袁行霈主编：《中国文学史》四卷，高等教育出版社 1999 年版。

陈垣：《元西域人华化考》，上海古籍出版社 2000 年版。

李修生、赵义山主编：《中国分体文学史》（戏曲卷），上海古籍出版社 2001 年版。

［日］今关寿麿：《宋元明清儒学年表》，北京图书馆出版社 2002 年版。

查洪德、李军：《元代文学文献学》，中国社会科学出版社 2002 年版。

杨镰：《元诗史》，人民文学出版社 2003 年版。

葛兆光：《思想史的写法——中国思想史导论》，复旦大学出版社 2004 年版。

杨镰：《元代文学编年史》，山西教育出版社 2005 年版。

查洪德：《理学背景下的元代文论与诗文》，中华书局 2005 年版。

方孝岳：《中国文学批评》，生活·读书·新知三联书店 2007 年版。

任中敏辑编：《曲海扬波》，上海中华书局《新曲苑》本，1940 年版。

郑骞：《北曲套式汇录详解》，台湾艺文印书馆 1973 年版。

唐圭璋：《元人小令格律》，上海古籍出版社 1981 年版。

杨荫浏：《中国古代音乐史稿》，人民音乐出版社 1981 年版。

刘尧民：《词与音乐》，云南人民出版社 1982 年版。

杨荫浏：《语言与音乐》，人民音乐出版社 1983 年版。

吴丈蜀：《诗词曲格律讲话》，河南人民出版社 1986 年版。

孙玄龄：《元散曲的音乐》，文化艺术出版社 1988 年版。

周维培：《论中原音韵》，中国戏剧出版社 1990 年版。

《中原音韵新论》编辑组：《中原音韵新论》，北京大学出版社 1991 年版。

周维培：《曲谱研究》，江苏古籍出版社 1997 年版。

刘崇德译谱：《元曲古乐谱百首》，河北大学出版社 2001 年版。

萧自熙：《散曲格律》，中国三峡出版社 2002 年版。

吴梅：《南北词简谱》，《吴梅全集·南北词简谱卷》，河北教育出版社 2002 年版。

刘崇德：《元杂剧乐谱研究与辑译》，河北教育出版社 2003 年版。

刘崇德：《燕乐新说》，黄山书社 2003 年版。

范文澜注：《文心雕龙注》（刘勰：《文心雕龙》），人民文学出版社 1962 年版。

［宋］朱熹：《四书章句集注》，中华书局 1983 年版。

［明］王骥德：《曲律》，湖南人民出版社 1983 年版。

［清］李渔：《闲情偶寄》，浙江古籍出版社 1985 年版。

［南朝梁］钟嵘：《诗品》，北京大学出版社 1986 年版。

褚斌杰：《中国古代文体学》，台湾学生书局 1991 年版。

余嘉锡：《世说新语笺疏》，上海古籍出版社 1993 年版。

童庆炳：《文体与文体的创造》，云南人民出版社 1994 年版。

陶东风：《文体演变及其文化意味》，云南人民出版社 1994 年版。

顾易生、蒋凡、刘明今：《宋金元文学批评史》，上海古籍出版社 1996 年版。

杨栋：《中国散曲学史研究》，高等教育出版社 1998 年版。

吴承学：《中国古代文体形态研究》，中山大学出版社 2000 年版。

杨有山：《诗词曲的体性之别与文体嬗变》，中国文联出版社 2000 年版。

蒋寅：《古典诗学的现代论释》，中华书局 2003 年版。

郭英德：《明清传奇戏曲文体研究》，商务印书馆 2004 年版。

［美］孙康宜著，李奭学译：《词与文类研究》，北京大学出版社 2004 年版。

王国维：《宋元戏曲史》，商务印书馆 1934 年版。

吴梅：《顾曲麈谈》，商务印书馆 1916 年版。

任中敏：《散曲概论》，《散曲丛刊》本，中华书局 1930 年版。

吴梅：《曲学通论》，商务印书馆 1932 年版。

王易：《词曲史》，神州国光社 1932 年版。

梁乙真：《元明散曲小史》，商务印书馆 1934 年版。

谭正璧：《元曲六大家略传》，古典文学出版社 1957 年版。

中国戏曲研究院编：《中国古典戏曲论著集成》，中国戏剧出版社 1959 年版。

［台湾］罗锦堂：《锦堂论曲》，台北联经出版事业公司 1977 年版。

龙榆生：《词曲概论》，上海古籍出版社 1980 年版。

任中敏：《词曲通义》，扬州师范学院 1981 年翻印版。

王季思、洪柏昭等：《元散曲选注》，北京出版社 1981 年版。

孙楷第：《元曲家考略》，上海古籍出版社 1981 年版。

罗忼烈：《诗词曲论稿》，广东人民出版社 1982 年版。

［台湾］罗锦堂：《中国散曲史》，（台湾）中国文化大学出版部 1983 年版。

吴梅著，王卫民编：《吴梅戏曲论文集》，中国戏剧出版社 1983 年版。

王文才编注：《元曲纪事》，人民文学出版社 1985 年版。

隋树森：《元人散曲论丛》，齐鲁书社 1986 年版。

赵景深等编：《方志著录元明清曲家传略》，中华书局 1987 年版。

门岿：《元曲百家纵论》，教育科学出版社 1990 年版。

王钢：《校订录鬼簿三种》，中州古籍出版社 1991 年版。

李昌集：《中国古代散曲史》，华东师范大学出版社 1991 年版。

王楚：《元人散曲：酒筵歌席的散唱》，春风文艺出版社 1992 年版。

羊春秋：《散曲通论》，岳麓书社 1992 年版。

谢伯阳主编：《散曲研究与教学——首届海峡两岸散曲研讨会论文集》，浙江教育出版社 1992 年版。

门岿：《元曲管窥》，天津人民出版社 1993 年版。

赵义山：《元散曲通论》，巴蜀书社 1993 年版。

门岿主编：《中国古典诗歌的晚晖——散曲》，天津古籍出版社 1994 年版。

首届元曲国际研讨会组委会编：《首届元曲国际研讨会论文集》上下册，河北教育出版社 1994 年版。

钟陵：《金元词纪事会评》，黄山书社 1995 年版。

汤易水：《散曲艺术谈》，浙江古籍出版社 1995 年版。

王星琦：《元曲艺术风格研究》，江苏文艺出版社 1996 年版。

王毅：《元散曲艺术论》，岳麓书社 1997 年版。

李昌集：《中国古代曲学史》，华东师范大学出版社 1997 年版。

杨栋：《中国散曲学史研究》，高等教育出版社 1998 年版。

杨栋：《中国散曲学史研究》（续篇），山东大学出版社 1998 年版。

施蛰存、陈如江辑录：《宋元词话》，上海书店出版社 1999 年版。

叶长海：《曲学与戏剧学》，学林出版社 1999 年版。

张月中主编：《元曲通融》，山西古籍出版社 1999 年版。

王星琦：《元明散曲史论》，南京师范大学出版社 1999 年版。

王星琦：《元明散曲：大俗之美的张扬与泛化》，广西师范大学出版社 1999 年版。

丁放：《金元明清诗词理论史》，安徽大学出版社 2000 年版。

王毅：《冯子振研究》，巴蜀书社 2001 年版。

门岿：《知不足集》，吉林人民出版社 2002 年版。

赵义山：《20 世纪元散曲研究综论》，上海古籍出版社 2002 年版。

邝健行、吴淑钿编选：《香港中国古典文学研究论文选粹（1950—2000）》，江苏古籍出版社 2002 年版。

程毅中：《宋元话本》，中华书局 2003 年版。

[香港] 何贵初：《金元文学研究论著目录》，香港文星图书有限公司 2003 年版。

[香港] 何贵初：《张养浩及其散曲研究》，香港文星图书有限公司 2003 年版。

叶德均：《戏曲小说丛考》修订本，中华书局 2004 年版。

赵义山：《元散曲通论（修订本）》，上海古籍出版社 2004 年版。

马显慈：《关汉卿白朴马致远三家散曲之比较研究》，中华书局 2004 年版。

黄仁生：《杨维桢与元末明初文学思潮》，东方出版中心 2005 年版。

徐大军：《元杂剧与小说关系研究》，河南人民出版社 2006 年版。

〔美〕韦勒克、沃伦著，刘象愚、邢培明等译：《文学理论》，生活·读书·新知三联书店1984年版。

（古希腊）亚里士多德著，陈中梅译：《诗学》，商务印书馆1996年版。

叶舒宪主编：《性别诗学》，社会科学文献出版社1999年版。

〔美〕凯特·米利特著，宋文伟译：《性政治》，江苏人民出版社2000年版。

（美）詹姆斯·费伦著，陈永国译：《作为修辞的叙事：技巧、读者、伦理、意识形态》，北京大学出版社2002年版。

〔美〕宇文所安（Stephen Owen）著，田晓菲译：《他山的石头记——宇文所安自选集》（*Borrowed Stone: Stephen Owen's Selected Essays*），江苏人民出版社2003年版。

二、论　文

任中敏：《散曲之研究》，《东方杂志》第23卷第7号、第24卷第5—6号，1926年4月—1927年3月。

陈斠立：《论元曲中的小令和套数》，《中大季刊》第1卷第1号，1926年3月。

陈乃乾：《元人小令》，《国学》（上海大东）第1卷第1—4号，1926—1927年。

赵万里：《散曲的历史观》，《文学》第2期第6版，1934年6月。

卢冀贤：《剧曲和散曲有怎样的区别？》，《文学百题》1935年第7期。

赵景深：《元人散曲俳体广例》，《青年界》第4卷第4号，1933年9月。

刘永济：《元人散曲选序论》，《武汉大学文哲季刊》第5卷第2号（1936年2月）。

隋树森：《北曲小令与词的分野》，《申·俗文学》第52期，1948年1月30日。

寇效信：《秦汉乐府考略》，《陕西师范大学学报》1978年第1期。

王起、罗忼烈：《关于元曲的通信》，《学术研究》1979年第4期。

吴郑：《元曲中一种特殊的对仗格式》，《语文学习》1979年第6期。

王季思、洪柏昭：《元散曲选注前言》，《文学评论》1980年第2期。

卢润祥：《元人小令浅论》，《社会科学战线》1980年第1期。

宋浩庆：《元明散曲的思想性与艺术性》，《北京师范学院学报》1981年第1期。

羊春秋：《元人散曲略论》，《湘潭大学学报》1981年第1期。

卢润祥：《〈全元散曲〉拾遗》，《晋阳学刊》1981年第3期。

隋树森：《元人散曲概论》，《中华文史论丛》1981年第5期。

唐宇元：《元代的朱陆合流与元代的理学》，《文史哲》1982年第4期。

谭汝为：《鼎足对与联璧对——试论元散曲的特殊对仗形式》，《语文园地》1983 年第 3 期。

胡世厚：《论白朴的散曲》，《文学论丛》1984 年第 2 期。

刘致中：《"散曲套数不借宫"辨》，《中国音乐》1984 年第 2 期。

夏传才：《燕赵和元曲的源流》，《河北学刊》1984 年第 5 期。

黄克：《娱人和自娱——关汉卿剧曲和散曲不同倾向之管见》，《光明日报》1984 年 5 月 29 日。

梁归智：《浪子、隐逸、斗士（关于"元曲"的评价问题）》，《光明日报》1984 年 9 月 4 日。

李汉秋：《论关汉卿剧曲和散曲的异同——兼向黄克同志请教》，《光明日报》1984 年 12 月 11 日。

幺书仪：《元词试论》，《天津社会科学》1985 年第 2 期。

门岿：《谈兄弟民族对元曲发展的贡献》，《中央民族学院学报》1985 年第 2 期。

王季思：《元曲的时代精神和我们的时代感受》，《光明日报》1985 年 4 月 9 日。

黄克：《俏的艺术——试论元人散曲的格调》，《词刊》1986 年第 1 期。

张燕瑾：《元剧三家风格论》，《北京师范学院学报》1986 年第 4 期。

孙玄龄：《带过曲辨析》，《中国音乐学》1986 年第 4 期。

谢成梁：《试论元代"隐逸"散曲的创作成因及其精神》，《湘潭大学社会科学学报》1987 年第 1 期。

洪柏昭：《贯云石、薛昂夫散曲之比较研究》，《学术研究》1987 年第 2 期。

田守真：《元明散曲比较》，《四川师范大学学报》1987 年第 3 期。

于丹：《"剧曲娱人，散曲自娱"说之我见》，《戏曲研究》1987 年第 23 辑。

谢真元：《兄弟民族对元散曲形成和发展的贡献》，《重庆师范学院学报》1988 年第 4 期。

张惠民：《论词曲递兴及其雅俗分流》，《汕头大学学报》1988 年第 4 期。

熊笃：《元散曲五十六首系年考略》，《重庆师范大学学报》1988 年第 4 期。

侯光复：《元前期曲坛与全真教》，《文学遗产》1988 年第 5 期。

陆林：《元人戏曲功能论初探》，《文学遗产》1989 年第 1 期。

曾永义：《元杂剧体制规律的渊源与形成》，原载《台大中文学报》1989 年第 3 期。又载张月中主编：《元曲通融》，山西古籍出版社 1999 年版。

萧自熙：《多向发展的元人小令借对》，《四川大学学报》1989 年第 4 期。

田守真：《元散曲家为什么嘲笑屈原》，《四川师范大学学报》1989 年第 5 期。

熊笃：《关汉卿散曲与杂剧比较的异议》，《河北师范学院学报》1990 年第 2 期。

赖桥本：《四十年来台湾的曲学研究》，《河北师范学院学报》1990 年第 2 期。

〔美〕任友梅：《美国的曲学研究》，《河北师范学院学报》1990 年第 2 期。

萧自熙：《元人小令对仗特性探索》，《四川大学学报》1990 年第 3 期。

许金榜：《北曲音乐和元曲的形式与风格》，《天津师范大学学报》1990 年第 6 期。

乌兰察夫，段文明：《理学在元代的传播与发展》，《内蒙古社会科学》1991 年第 2 期。

门岿：《论元代维吾尔族作曲家薛昂夫的散曲》，《中央民族学院学报》1991 年第 5 期。

李汉秋：《论关汉卿剧曲和散曲的异同——兼向黄克同志请教》，《光明日报》1984 年 12 月 11 日。

幺书仪：《元词试论》，《天津社会科学》1985 年第 2 期。

王季思：《元曲的时代精神和我们的时代感受》，《光明日报》1985 年 4 月 9 日。

门岿：《谈兄弟民族对元曲发展的贡献》，《中央民族学院学报》1985 年第 2 期。

黄克：《俏的艺术——试论元人散曲的格调》，《词刊》1986 年第 1 期。

张燕瑾：《元剧三家风格论》，《北京师范学院学报》1986 年第 4 期。

孙玄龄：《带过曲辨析》，《中国音乐学》1986 年第 4 期。

谢成梁：《试论元代"隐逸"散曲的创作成因及其精神》，《湘潭大学社会科学学报》1987 年第 1 期。

洪柏昭：《贯云石、薛昂夫散曲之比较研究》，《学术研究》1987 年第 2 期。

田守真：《元明散曲比较》，《四川师范大学学报》1987 年第 3 期。

于丹：《"剧曲娱人，散曲自娱"说之我见》，《戏曲研究》1987 年第 23 辑。

谢真元：《兄弟民族对元散曲形成和发展的贡献》，《重庆师范学院学报》1988 年第 4 期。

张惠民：《论词曲递兴及其雅俗分流》，《汕头大学学报》1988 年第 4 期。

熊笃：《元散曲五十六首系年考略》，《重庆师范大学学报》1988 年第 4 期。

侯光复：《元前期曲坛与全真教》，《文学遗产》1988 年第 5 期。

陆林：《元人戏曲功能论初探》，《文学遗产》1989 年第 1 期。

萧自熙：《多向发展的元人小令借对》，《四川大学学报》1989年第4期。

田守真：《元散曲家为什么嘲笑屈原》，《四川师范大学学报》1989年第5期。

熊笃：《关汉卿散曲与杂剧比较的异议》，《河北师范学院学报》1990年第2期。

[美]任友梅：《美国的曲学研究》，《河北师范学院学报》1990年第2期。

萧自熙：《元人小令对仗特性探索》，《四川大学学报》1990年第3期。

许金榜：《北曲音乐和元曲的形式与风格》，《天津师范大学学报》1990年第6期。

左东岭：《元代文化与元代文学》，《郑州大学学报》1991年第1期。

汪志勇：《元散曲中的带过曲研究》，《河北师范学院学报》1991年第4期。

扬文：《首届海峡两岸散曲研讨会综述》，《河北师范学院学报》1992年第1期。

周晓痴：《张可久散曲风格论》，《湖北大学学报》1992年第1期。

赵山林：《从词到曲——论金词的过渡性特征及道教词人的贡献》，《山东师范大学学报》1992年第3期。

王毅：《妙趣横生的"代言艺术"》，《中国文学研究》1992年第3期。

蔡运长：《剧曲分抒情、写景两大类——漫谈剧曲的特点之一》，《民族艺术研究》1992年第3期。

李修生、赵义山：《近年来元散曲研究概述》，《文学遗产》1992年第4期。

徐炼：《散曲本色三题》，《中国韵文学刊》1992年第6期。

田同旭：《元曲研究的一个新思路——论草原文化对元曲的影响》，《山西大学学报》1993年第2期。

张晶：《论元散曲的陌生化》，《内蒙古师范大学学报》1993年第2期。

赵义山：《元散曲家陈草庵、鲜于必仁考略》，《文学遗产》1993年第3期。

许金榜：《元代散曲对传统的叛离》，《山东师范大学学报》1993年第3期。

张晶：《元散曲中的博喻》，《名作欣赏》1994年第3期。

汪芳启：《试析词境曲境差异的成因》，《阜阳师范学院学报》1994年第4期。

许金榜：《元代散曲写景作品中的景物、心态和艺术创新》，《河北师范大学学报》（哲社版）1994年第2期。

詹杭伦：《从元好问曲作看词、曲的分野与合流》，1994年第二届散曲研讨会论文。

熊笃：《近年来元散曲研究新成果管窥》，《西南民族学院学报》1994年第3期。

谢真元：《绚丽多姿的色彩世界——元散曲审美特征新探》，《重庆师范学院学报》199年第1期。

杨栋：《论散曲学与散曲学史》，《河北师范学院学报》1995 年第 2 期。

许金榜：《元代散曲抒情写意的艺术特征》，《山东师范大学学报》1995 年第 2 期。

钟林斌：《乔吉散曲与柳永词之比较研究》，《社会科学辑刊》1995 年第 2 期。

孔繁信：《试论南北曲的合流与发展》，《河北师范学院学报》1995 年第 3 期。

王卫民：《古代曲论概说》，《华中理工大学学报》1995 年第 3 期。

杨镰：《张可久行年汇考》，《文学遗产》1995 年第 4 期。

蒋星煜：《散曲和剧曲的比较和欣赏》，《河北学刊》1995 年第 6 期。

朱万曙：《元散曲隐逸主题再认识》，《文学遗产》1995 年第 6 期。

张晶：《论散曲的"当行本色"》，《吉林大学学报》1996 年第 1 期。

欧阳光：《诗社与书会——元代两类知识分子群体及其价值取向的分野》，《中山大学学报》1996 年第 3 期。

王毅：《试论元散曲的叠字艺术》，《湖南师范大学学报》1996 年第 3 期。

王毅：《论元散曲的比喻艺术》，《湘潭大学学报》1996 年第 5 期。

郭英德：《元明的文学传播与文学接受》，《求是学刊》1997 年第 2 期。

李日星：《散曲谐趣论》，《中国韵文学刊》1997 年第 2 期。

[韩] 俞玄穆：《白朴散曲的艺术风格与历史地位》，《社会科学战线》1997 年第 2 期。

孙虹：《试论元散曲中的道家审美意蕴》，《学术界》1997 年第 2 期。

郝延霖：《贯云石两篇序论内容的蠡测》，《西北民族学院学报》1997 年第 4 期。

邓元煊：《综论元散曲的特性》，《西南民族学院学报》1997 年第 6 期。

罗斯宁：《元代艺妓与元散曲》，《中山大学学报》1998 年第 1 期。

洪哲雄、董上德：《论元杂剧的文体特点》，《中国人民大学学报》1998 年第 2 期。

赵义山：《笔下苍生苦曲中汗血声——张养浩哀民散曲简论》，《四川师范学院学报》1998 年第 2 期。

周云龙：《论元人散曲超"俗"之俗——兼评郑振铎对"俗文学"之界定》，《中国韵文学刊》1998 年第 2 期。

陆林：《叛逆与创新——钟嗣成〈录鬼簿〉剧学思想综论》，《艺术百家》1998 年第 3 期。

陆林：《理学家与曲学家的统一——元初胡祗遹曲学思想的重新审视》，《河北师范大学学报》1998 年第 3 期。

张正学：《元剧套曲曲调、引子与尾声特征散论》，《天津师范大学学报》1998 年第 5 期。

赵义山：《论元代曲论的务实尚用》，《佛山科学技术学院学报》1999 年第 1 期。

王星琦：《散曲语言对正宗文学语言的偏离》，《南京师范大学学报》1999 年第 3 期。

胡世厚：《20 世纪的白朴研究》，《东南大学学报》1999 年第 3 期。

罗斯宁：《元散曲对元杂剧的桥梁作用》，《中山大学学报》1999 年第 4 期。

查洪德：《20 世纪元代文学之宏观研究》，《社会科学战线》1999 年第 6 期。

陈德礼：《愤书论及其审美创作心理机制》，《青海师范大学学报哲社版》，2000 年第 4 期

查洪德：《文道离合与元代文学思潮》，《晋阳学刊》2000 年第 5 期。

赵义山：《20 世纪元散曲研究的回顾与思考》，《文学评论》2001 年第 2 期。

胡传志：《论金末文学观念的纷争》，《东方丛刊》（桂林）2001 年第 4 期。

钟涛：《试论元人的曲本位观念》，《青海师范大学学报》2001 年第 4 期。

钟涛：《论元曲曲体的形成》，《中州学刊》2001 年第 6 期。

韩经太：《唐宋词学的自觉与乐府传统的新变》，《文学遗产》2001 年第 6 期。

刘扬忠：《20 世纪中国散曲史研究与撰著评述》，《东南大学学报》2002 年第 1 期。

李修生：《20 世纪元代文学宏观研究鸟瞰》，《古典文学知识》2002 年第 1 期。

杨镰：《元诗文献研究》，《文学遗产》2002 年第 1 期。

宁希元：《王恽散曲系年小考》，《淮阴师范学院学报》2002 年第 3 期。

洛地：《诗乐关系之我见》，《文艺研究》2002 年第 4 期。

刘廷乾：《元杂剧本色当行辩》，《文学遗产》2002 年第 4 期。

扎拉嘎：《游牧文化影响下中国文学在元代的历史变迁》，《文学遗产》2002 年第 5 期。

胡世厚：《白朴与〈白氏宗谱〉》，《文学遗产》2002 年第 5 期。

胡世厚：《白朴交游考补》，《山西大学学报》2002 年第 6 期。

杨栋：《试论杨朝英的散曲学观——兼说曲学史上格律派与文学派的第一次论争》，《求是学刊》2002 年第 2 期。

赵维江：《略论金元词的类曲化倾向》，《齐鲁学刊》2003 年第 3 期。

王广超：《元代散曲演唱传播试论》，《内蒙古大学学报》2003 年第 4 期。

高益荣：《论元曲反传统观念的思想特征及其成因》，《文史哲》2003 年第 5 期。

杜桂萍：《色艺观念、名角意识及文人情怀——论〈青楼集〉所体现的元曲时尚》，《文学遗产》2003 年第 5 期。

杨栋：《冀南出土瓷窑上的金元词曲》，《文艺研究》2004 年第 1 期。

张大新：《论元初散曲以俗为尚的审美追求》，《河南大学学报》2004 年第 4 期。

谭帆：《稗戏相异论——古典小说戏曲"叙事性"与"通俗性"辨析》，《文学遗产》2004 年第 4 期。

阎福玲：《"文学观念与文学史"学术研讨会综述》，《文学评论》2004 年第 6 期。

陈才智：《新乐府名义辨析》，《南阳师范学院学报》2004 年第 7 期。

吕薇芬：《杂剧的成熟以及与散曲的关系》，《文学遗产》2006 年第 1 期。

李慧：《乔吉研究的回顾与反思》，《艺术百家》2006 年第 3 期。

吴国富：《张可久散曲的道化和雅化》，《道教论坛》2006 年第 4 期。

张玉霞：《许衡〈大学直解〉与〈中庸直解〉的口语注释初探》，《重庆邮电大学学报》2006 年第 2 期。

赖大仁：《当前文艺与理论批评中的审美价值观》，《中州学刊》2007 年第 4 期。

罗斯宁：《以剧曲为曲与以词为曲——马致远与张可久散曲之比较》，《东南大学学报》2007 年第 5 期。

孙书文：《文学张力论纲》，《山东师范大学学报》（人文社科版）2007 年第 6 期。

韦德强：《元代文人身份焦虑论》，《百色学院学报》2008 年第 2 期。

王广超：《论元代散曲语言配置形态及其影响》，《民族语言研究》2008 年第 3 期。

于永森：《诗可以怨——试论豪放范畴的诗学基础》，《船山学刊》2009 年第 3 期。

张羽：《论元散曲的形成和精神实质》，《广播电视大学学报（哲社版）》2010 年第 1 期。

万志全：《元代散曲修辞探究》，云南师范大学 2003 年硕士学位论文。

朝乐蒙其其格：《论蒙汉文化交流与元散曲的繁荣兴盛》，中央民族大学 2005 年硕士学位论文。

周巧群：《元散曲的生命意识》，华南师范大学 2005 年硕士学位论文。

毕雅静：《论元散曲语言的俚俗性》，河北师范大学 2005 年硕士学位论文。

孙一平：《文而不文、俗而不俗》，扬州大学 2005 年硕士学位论文。

张芸娇：《元散曲中的咏妓曲研究》，华东师范大学 2006 年硕士学位论文。

王中秋：《元明散曲咏崔张故事研究》，华中师范大学 2007 年硕士学位论文。

毛义玲：《元散曲作家疏狂心态研究》，华中师范大学 2007 年硕士学位论文。

徐帅：《乔吉心态、散曲作品及理论的研究》，扬州大学 2007 年硕士学位论文。

李翠翠：《〈全元散曲〉处置式研究》，辽宁师范大学 2008 年硕士学位论文。

柴琼：《元散曲隐逸作品代表作家研究》，华中师范大学 2009 年硕士学位论文。

余俊：《元散曲中〈世说新语〉典故研究》，中南大学 2009 年硕士学位论文。

吕海青：《论元散曲中的屈原与陶渊明》，山西大学 2010 年硕士学位论文。

黄丹：《乔吉散曲修辞艺术研究》，重庆师范大学 2010 年硕士学位论文。

李滔：《元代戏谑散曲研究》，江西师范大学 2010 年硕士学位论文。

叶利伟：《元散曲中的民俗文化研究》，陕西师范大学 2011 年硕士学位论文。

王晶晶：《元曲历史观念研究》，华中师范大学 2011 年硕士学位论文。

程丽：《元代女性文学研究》，南京师范大学 2011 年硕士学位论文。

师歌：《词曲异同论》，首都师范大学 2012 年硕士学位论文。

马爱萍：《冯子振隐逸散曲研究》，兰州大学 2012 年硕士学位论文。

张石川：《白朴研究》，复旦大学 2006 年博士学位论文。

薄克礼：《元散曲体格研究》，河北大学 2007 年博士学位论文。

刘凤玲：《元代散曲观念研究》，首都师范大学 2008 年博士学位论文。

后　记

中秋节的夜晚，书稿终于尘埃落定了，这也为我的求学生涯划上了一个句号。这一路走来，要感谢的人太多，但此时想到他们，我却有挥之不去的歉意。学校里像我这样资质普通的学生很多，却少有人如我这样幸运，能遇到一群学术与人品俱佳的老师和同学，扶助我走过这条学术的路。

我要谢谢我的博士生导师戴建业老师。戴老师总在担心我，我散漫冲动的个性给他加了很多的负担。我私下常想，我应该是戴老师的学生中最麻烦的那一个。我的性格弱点严重影响了我的学业，使我的论文总是浮于表面，缺乏深度，戴老师一次次给我写信，要我好好学习葛晓音、赵昌平、谢思炜、萧驰、蒋寅诸位先生的专业论文，"打印出来，认真揣摩，边读边写"。博士论文定稿前，远在台湾讲学的戴老师还利用闲暇时间，将我的论文摘要反复修改了六遍。这本书的顺利出版更有赖于他的推荐和审阅。他的辛苦和认真，我会永记于心。

我要感谢武汉大学的郑传寅老师，他是我爱人的硕士导师，也是我的博士论文答辩的主席。他关心我们的恋爱，祝贺我们的结婚；他还一次次地询问我学业的进展情况。郑老师总是鼓励我，给我提出建议，在我遇到困难时伸出援手，却只要我请他吃一顿煲仔饭。祝郑老师永远身体健康，笑口常开！

我要感谢张三夕老师、谭邦和老师、汤江浩老师和文学院里诸多教过我、指导过我的老师，他们在我的论文写作、开题报告和答辩时都给了我非常中肯的意见，让我受益匪浅。他们开阔的学术视野、宽厚的师德师风将是我终生努力学习的方向。

我要感谢我的师兄韩国良、柏俊才，我的师姐郁进芳、宁微。生活中人人都有难处，他们总是能微笑着扛下所有的困难，脚踏实地地做学问，成为真正的学者。他们的认真和执着值得我一辈子认真学习。能和他们成为同门，我深感荣幸。祝愿他们在学术之路上越走越好！

我要感谢我的家人。为了让我安心写论文，他们承担了大量照顾孩子的工作；

他们忍受了我的坏脾气和坏记性，在我肆意大吼时，只说"声音小一点吧"。我一直享受着他们对我的好，在这里我要说一声谢谢，他们的好我一直都记得。

我自幼热爱文学，但直至步入学术研究之门，我才霍然发现科研工作需要热爱和激情，更需要理性和规范。理性和规范的学术思维的培养对我来说并不容易，我犯了许多错，至今仍在学习的路上，但我从中领悟了学术研究的价值和思想的力量。这些年，我学会了如何真实地看待自己，懂得了效率决定成败的道理，更认识到了未雨绸缪的重要性；我明白上天给我的每一次挫折其实都是希望我变得更好。

最后，我要感谢世界图书出版公司，本书的顺利出版发行得益于刘婕好编辑团队的指导和支持。在此，对上述所有为本书的编写和出版做出贡献的人表示衷心的感谢！

全书引用了部分专家研究成果，在此一并感谢。

本书虽然是我几年来认真思考、不断研究的结果，但不足之处仍有许多，敬请广大读者批评指正。

张筱南

2013 年 9 月 18 日